HEYNE <

Das Buch

Gerade noch war Julia Douglas die glücklichste Frau der Welt, unterwegs nach Schottland, um dort den charmanten Lorenzo Landini zu heiraten. Bis sie im Flieger feststellen musste, dass die Handtasche auf ihrem Schoß definitiv nicht ihre eigene ist. Anstelle ihrer Trauringe enthält sie nämlich das Testament eines berühmten französischen Winzers. Um ihre Hochzeit zu retten, muss Julia so schnell wie möglich nach Südfrankreich zum Sitz der Familie Deschanel. Das Problem ist nur, dass die Erbin Eleonore und Julias Lieblingstasche dort nie angekommen sind.

Die Autorin

Lucy Hepburn schrieb Kurzgeschichten, um ihre Freunde bei der Arbeit zu amüsieren, bevor sie mit *Alle meine Schuhe* ihr erfolgreiches Debüt vorlegte und ihre Freunde nun abendfüllend unterhält. Schuhe sind ihre große Leidenschaft. Das restliche Geld gibt sie für Handtaschen aus, denen sie sich auch in *Mein bestes Stück* widmet. Zurzeit arbeitet sie an ihrem dritten Roman über die Dinge, die die Frauen bewegen.

Lieferbare Titel

Alle meine Schuhe

Lucy Hepburn

Mein bestes Stück

Roman

Aus dem Englischen
von Rasha Khayat

WILHELM HEYNE VERLAG
MÜNCHEN

FSC
Mix
Produktgruppe aus vorbildlich
bewirtschafteten Wäldern und
anderen kontrollierten Herkünften

Zert.-Nr. SGS-COC-1940
www.fsc.org
© 1996 Forest Stewardship Council

Verlagsgruppe Random House FSC-DEU-0100
Das für dieses Buch verwendete
FSC-zertifizierte Papier *Holmen Book Cream*
liefert Holmen Paper, Hallstavik, Schweden.

Vollständige deutsche Erstausgabe 10/2009

Printed in Germany 2009
Redaktion: Eva Spensberger
Umschlagillustration und Umschlaggestaltung:
© Eisele Grafik-Design, München
Satz: Leingärtner, Nabburg
Druck und Bindung: GGP Media GmbH, Pößneck
ISBN: 978-3-453-40684-1

www.heyne.de

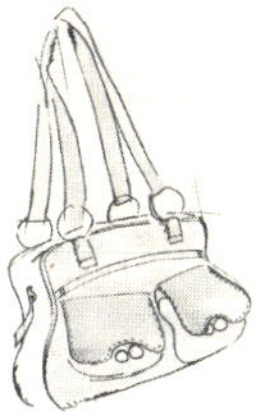

1. Kapitel

N°19? *N°19*??« Onkel Quinn war einem Nervenzusammenbruch gefährlich nah. »Schätzchen, bist du denn von allen guten Geistern verlassen?«

Julia Douglas warf dem Sicherheitsbeamten an der Gepäckdurchleuchtung einen entschuldigenden Blick zu. Der Flughafen Charles de Gaulle war bekannt für seine strengen Sicherheitsvorschriften. Dies war also ganz und gar nicht der richtige Augenblick, dass Onkel Quinn die Wahl ihres Parfüms infrage stellte. Hinter ihnen hatte sich bereits eine lange Schlange gebildet, und die Leute warteten ungeduldig darauf, endlich ihr Flugzeug zu besteigen – und Julias Einhundert-Milliliter-Parfümflakon hielt sie davon ab.

»Chanel N°19 ist der Duft der Macht! Wie alt bist du, vierundzwanzig?«

»Sechsundzwanzig!«, erwiderte Julia.

Onkel Quinn wies mit dem Kopf auf die kleine Flasche, die der Beamte in Händen hielt, nachdem er ihnen zuvor erklärt hatte, dass Julia das Parfüm nicht mit an Bord ihres Fluges nach Edinburgh nehmen dürfe.

»Du solltest N°5 tragen, Schätzchen! N°5 ist geradezu für dich geschaffen – und für Marilyn Monroe natürlich. N°19 bist so was von gar nicht du! Es besagt Kontrolle, es besagt Reife …«

»Monsieur!« Der Sicherheitsbeamte hatte augenscheinlich genug von Onkel Quinns ausufernden Weisheiten. »Mir persönlich ist es völlig egal, was diese Flasche besagt. *Ich* kann Ihnen leider nur eines sagen, Mademoiselle«, und damit wandte er sich wieder Julia zu, »es tut mir leid, aber ich werde dieses Parfum entsorgen müssen.«

»Kein Problem«, sagte Julia gelassen. »Die Flasche ist ohnehin schon halbleer. Nächstes Mal packe ich alles in den Koffer.« Ein Schauer lief ihr über den Rücken, als sie daran dachte, dass sie das nächste Mal, wenn sie ein Flugzeug bestieg, Mrs Julia Landini sein würde. Na, wenn das nicht ein Chanel N°19-kompatibler Name war!

»Was meinst du«, setzte Onkel Quinn erneut an, »wenn wir das Parfum nicht mitnehmen können, warum benutzen wir es nicht, hm?«

»Was, die halbe Flasche?« Julia warf dem Beamten einen flehentlichen Blick zu.

»Ja, warum nicht?« Quinn trat vom Gepäckband zurück und wandte sich an die wartenden Menschen hinter ihnen. »Guten Tag! *Hello there! Bonjour, tout le monde!* Wem darf ich einen kleinen Spritzer Chanel N°19 anbieten, um die Reise ein wenig zu versüßen?« Er streckte die Hand nach der Flasche aus, die der Beamte immer noch fest umschlossen hielt. »Kommen Sie schon, geben Sie her, die haben wir in null Komma nichts verbraucht.« Dann sprach er erneut die anderen Passagiere an. »Dieses Angebot sollte übrigens nur für diejenigen von Ihnen gelten, die bereits ein gewisses Alter erreicht haben. Sie wissen ja, was man über N°19 sagt. Hätten wir es hier mit N°5 zu tun, würde ich ja jedem einen kleinen Spritzer abgeben, aber …« Doch Onkel Quinn hatte sein Publikum falsch eingeschätzt. Seine Rede wurde lediglich mit versteinerten Mienen, verächtlichem Gemurmel und unruhigem Fußscharren quittiert.

»Monsieur, wenn wir uns von wildfremden Menschen mit Parfum besprühen lassen wollen, gehen wir in die Galeries Lafayette. Würden Sie nun bitte so freundlich sein, uns nicht länger aufzuhalten?«, bemerkte scharf eine blasse Rothaarige mit hochgeschobener Sonnenbrille.

Doch dann trat eine elegante Pariserin von ungefähr siebzig aus der Schlange hervor und sagte: »Ich nehme sehr gern einen Tropfen. Es wäre doch eine wahre Schande, auch nur einen Spritzer Chanel zu verschwenden.«

»Madame, ich verneige mich ehrfürchtig vor Ihrer Weisheit!«, erwiderte Onkel Quinn und machte eine ausladende Geste. Julia wusste nur zu gut, wie sehr ihm ältere, exzentrische Damen wie diese gefielen.

In dem Moment schossen weitere Hände in die Höhe und die Flasche wurde in der Menge weitergereicht.

»Monsieur!« Der Tonfall des Beamten war nun noch forscher geworden. »Bitte gehen Sie durch die Schranke bis zum Ende des Gepäckbandes und nehmen Sie Ihr Handgepäck entgegen. Danke.«

Julia fragte sich, ob die Sicherheitsbeamten am Ende ihrer Schicht gemeinsam den Inhalt der großen Plastikbox durchwühlten und die Beute unter sich aufteilten.

»Onkel Quinn, du bist wirklich unmöglich!«, sagte sie und lächelte ihn an. »Aber ich hab dich sehr gern.«

Endlich war Julia an der Reihe und konnte ihre kostbare, hellbraune Bottega-Veneta-Handtasche auf dem Gepäckband abstellen – Lorenzo, ihr wunderbarer Verlobter, hatte sie erst zwei Wochen zuvor mit diesem Prachtstück überrascht. Nun sah sie dabei zu, wie sie im Schlund des Durchleuchtungsschachts verschwand. Wie sehr sie diese Tasche doch liebte! Sie stammte aus der allerneuesten Kollektion und war ein limitiertes Luxusexemplar. Typisch Lorenzo, ihr so ein außergewöhnliches Geschenk zu machen. Sie hatte das Gefühl, die glücklichste Frau auf der Welt zu sein. Ihr neues Leben als Taschendesignerin in Paris war meilenweit von ihrem alten Leben entfernt. Und dennoch konnte sie es nicht abwarten, in ihre regnerische Heimat Schottland zurückzukehren, um die wichtigste Entscheidung ihres Lebens zu feiern – ihre Hochzeit mit Lorenzo. Nichts konnte heute ihre gute Laune trüben.

Doch als sie langsam durch die Schranke ging, sank ihre Stimmung gleich wieder. Auf der anderen Seite winkte ihr bereits eine breit gebaute, uniformierte Frau mit einem Handmetalldetektor zu.

»Mademoiselle, s'il vous plaît?«

Onkel Quinn, der die Kontrolle bereits passiert hatte, verdrehte die Augen, als er sah, dass man Julia für eine genauere Inspektion aus der Menge gefischt hatte. »Ich gehe schon mal vor, Schätzchen. Wir treffen uns im Duty-free-Shop, okay? Wenn sie dich überhaupt gehen lassen …«

Er hielt inne und schlug sich in gespieltem Entsetzen die Hand vor den Mund. Das hätte ihrem Onkel ähnlich gesehen, öffentlich darüber zu scherzen, dass sie ihre Hochzeit verpassen würde, weil man sie am Flughafen als Terrorverdächtige festhielt. Während die Sicherheitsbeamtin sie aufforderte, die Arme auszubreiten und die Beine zu spreizen, warf Julia ihm einen warnenden Blick zu. Gott sei Dank hielt er daraufhin den Mund. Die Aussicht darauf, den Tag, der eigentlich ihr Hochzeitstag hätte sein sollen, in einer Gefängniszelle zu verbringen, erschien ihr alles andere als verlockend. Seufzend sah sie ihrem Onkel nach, wie er im Duty-free-Laden verschwand.

Für einundsechzig sah Onkel Quinn noch ziemlich gut aus, dachte Julia und versuchte krampfhaft, den Metalldetektor zu ignorieren, der an ihren Schenkeln auf- und abfuhr. Onkel Quinn trug sein typisches Reisoutfit – ein leichtes Safarihemd und handgeschneiderte Khakihosen, in der Hand seine schwarze Ledertasche von Prada, seine ständige Begleiterin. Er hatte die Aura eines Mannes, der vollständig mit sich im Reinen war – ein gut aussehender, selbstbewusster schwuler Mann, der Paris zu seiner Wahlheimat gemacht hatte.

»Vielen Dank!« Julia war sich nicht ganz sicher, warum sie der Frau für die ausführliche Sicherheitsinspektion dankte – vielleicht einfach nur, um etwas vorhochzeitliche gute Laune zu verbreiten. Dann drehte sie sich noch einmal um, dankte auch dem Mann an der Gepäckdurchleuchtung, der ihr Parfüm hatte entsorgen wollen, und war schließlich und endlich wieder vereint mit ihrem ganzen Stolz, ihrer Bottega-Veneta-Handtasche. Sie ließ den Riemen ihres Schmuckstücks über ihre Schulter gleiten und strich sanft über das butterweiche Leder. Der zarte, einzigartige Duft dieser feinen Haut war, dessen war sie absolut sicher, großartiger, als irgendetwas, das Chanel jemals in einen Parfümflakon hätte füllen können. Mit einem Mal hatte sie das Gefühl, wieder ganz bei sich zu sein. Ihre Reise, ihre Hochzeit, ihre Zukunft – alles niet- und nagelfest!

Julia konnte sich in Flugzeugen nie so recht entspannen, bis die Anschnallzeichen erloschen waren. Onkel Quinn seinerseits genoss jede Minute eines Fluges. Seine dunkelblaue Schlafmaske griffbereit auf dem Kopf, das aufblasbare Reisekissen im Nacken und mit einem gewichtigen Ausdruck im Gesicht trommelte er auf die Armlehne ein und hielt Ausschau nach einem Steward, um sich seinen ersten Cognac zu bestellen. Julia sah ihn von der Seite an und lächelte. »Ich bin so froh, dass du mit mir fliegst.«

»Schätzchen, wie könnte ich das verpassen?« Er schenkte ihr ein breites Grinsen. »Wer sonst sollte sich um die ganze Blumendekoration kümmern?« Schelmisch zwinkerte er ihr zu.

»Musst du immer so ein wahnsinniges Klischee abgeben?« Julia lachte. »Mum hat jedes kleinste Detail so haargenau organisiert, dass du vermutlich nicht einmal mehr bei den Blumen fürs Knopfloch ein Mitspracherecht hast.«

»Um genau zu sein«, sagte Quinn und lächelte vielsagend, »hat Frances mich bereits vor Wochen angerufen, um die Frage meiner Ansteckblumen zu klären. Wenn ich mich recht erinnere, so wird das kleine Bouquet um exakt Viertel vor sieben am Morgen deiner Vermählung geliefert werden und anschließend dem Kühlfach übergeben, bis zum letztmöglichen Moment. Dann werde ich, ganz wie ein Ritter sein Schwert dem Schaft, es dem Kühlschrank entreißen und dir zu Ehren an meine männliche Brust heften.«

Julia kicherte.

»Meine Schwester hat noch nie etwas dem Zufall überlassen!«, fuhr Quinn fort. »Noch *nie*. Die Frau wird noch zu ihrer eigenen Beerdingung zu früh erscheinen.«

»So sind sie eben, die Anwälte. Wahrscheinlich würde es gar nicht auffallen, wenn ich selbst nicht einmal da wäre, wenn nicht jemand das weiße Kleid anziehen müsste, ›Ja, ich will‹ sagen und die Torte anschneiden. Und dann liegt es bei mir nicht zu vergessen, vor Mitternacht zu verschwinden, ehe die Kutsche sich wie bei Cinderella wieder in einen Kürbis verwandelt. Allerdings reicht mir das als Verantwortung schon völlig aus.«

»Ich bete nur zum Himmel, dass sie ihre Drohung nicht wahrmacht und meinem Gesteck aus blütenweißer Erika nur ein winziges bisschen Schleierkraut hinzufügt. Mich dünkt, das wäre einfach too much. *Too much,* Schätzchen.«

Etwa zehn Minuten nach dem Take-off erklang der verheißungsvolle Gong, und Julia löste ihren Anschnallgurt und streckte sich. Quinn drückte sogleich den Serviceknopf, während Julia sich nach ihrer Tasche bückte, um ihr Buch herauszuholen. Nicht, dass sie sich wirklich auf ihre Lektüre hätte konzentrieren können. Es gab viel zu viel anderes, über das sie nachdenken musste. Vielleicht sollte sie sich noch ein paar Notizen zur Abfolge der Feier am Samstag machen. Auch wenn ihre Mutter mit Sicherheit ihr Veto zu den meisten von Julias Vorschlägen erheben würde. Doch auch diese Vorstellung konnte Julias Laune nicht trüben. Familie, Tradition und Abstammung bedeuteten ihr alles. Schon als kleines Mädchen hatte sie von einer Hochzeit auf ihrem geliebten, leicht verfallenen Familienanwesen Frean Hall geträumt. Ihre ältere Schwester Kathy hatte bereits vor knapp zehn Jahren dort geheiratet, und die Feier hatte Julias Fantasien über ihre eigene

Hochzeit nur noch beflügelt. Damals war ihr zukünftiger Ehemann nicht mehr als ein mysteriöser Traummann gewesen, eine gepunktete Linie mit einem Fragezeichen dahinter.

Als naives sechzehnjähriges Schulmädchen mit vagen Plänen für ein Kunststudium hatte sie wohl kaum geahnt, dass sie heute, nur zehn Jahre später, in Paris leben, Handtaschen für eines der angesagtesten Labels der Welt entwerfen und einen attraktiven Italiener, den bezaubernden, kultivierten Lorenzo Landini, Controller bei Guccis Muttergesellschaft PPR, heiraten würde. Und dennoch – genau so war ihr Leben verlaufen.

Zugegeben, es mochte für Lorenzo ein Leichtes sein, eine Bottega-Veneta-Tasche aus der limitierten Kollektion zu bekommen, dachte Julia, während sie ihr Schmuckstück unter dem Sitz hervorzog. Aber es war der Gedanke dahinter, der zählte.

Als sie das weiche, geflochtene Leder unter ihren Fingern spürte, musste sie unweigerlich lächeln. Jede einzelne dieser herrlichen Taschen aus der hundertprozentig echten *Bottega Veneta Limited Edition*, auf liebevolle Weise handgefertigt, trug die Spur ihres Machers, wie wenn sie ihrer Besitzerin zuzuflüstern schien: »Ich bin so viel mehr als nur eine aus der *Limited Edition*. Ich bin ganz und gar einmalig.« Versonnen ließ Julia ihre Hand einen Moment lang auf dem Leder ruhen. Schließlich öffnete sie die Tasche und begann darin zu wühlen.

Zwischenzeitlich war es Onkel Quinn zu ihrer Rechten gelungen, den Steward herbeizuwinken.

»Einen Cognac, bitte, ohne Eis.«

Der hübsche junge Mann mit dem fast orangefarbenen Sonnenteint lächelte milde.

»Sir, in einer Minute komme ich mit dem Getränkewagen ...«

»Entschuldigen Sie bitte«, Onkel Quinns Stimme klang zuckersüß, »aber ich kann mich nicht erinnern, nach dem Getränkewagen gefragt zu haben. Nur einen Cognac, wenn Sie so reizend wären.«

Neben ihm war Julia plötzlich zur Salzsäule erstarrt. Irgendetwas war hier furchtbar, furchtbar schiefgelaufen. Sie fühlte Übelkeit in sich aufsteigen, spürte, wie ihre Hände zitterten.

»O... Onkel Quinn?«

»Sir«, warf der Flugbegleiter ein, »wir werden gleich sämtliche Passagiere mit Getränken versorgen, wenn Sie nur einen Moment ... Oh, ist die von Prada?«

Er hatte Onkel Quinns Herrentasche erspäht und starrte sie mit begehrlichem Blick und weit geöffnetem Mund an.

»Oh, das alte Ding?« Onkel Quinn hielt die Tasche in die Höhe, so dass der Steward einen genaueren Blick darauf werfen konnte.

»Onkel Quinn!« Julias rechte Hand hatte sich um den Unterarm ihres Onkels gekrallt.

»Einen Moment, Schätzchen!« Quinn zwinkerte ihr zu und wandte sich dann wieder an den Steward. »Ja, ich weiß, sie ist aus der älteren, klassischen Linie ...«

»Aber mit Sicherheit weitaus mehr en vogue als die neueren Modelle, finden Sie nicht auch?« Die orangefarbene Nase des Stewards kräuselte sich angeekelt. »Mit all diesem unnötigen Chichi!«

Quinn lehnte sich verschwörerisch vor und löste so ein wenig seinen Unterarm aus Julias krampfhaftem Griff. »Ich habe einen guten Freund, der Ihnen vielleicht eines dieser Schmuckstücke besorgen kann. Aus liebevollem Vorbesitz, versteht sich.«

»Wirklich?« Die Augen des Stewards leuchteten auf. »Dann sollte ich Ihnen wohl schnell Ihren Brandy bringen, nicht wahr, Sir?«

»Cognac, Herzchen, ich hatte Cognac gesagt. Ein Unterschied wie Prada und Pimkie.«

Der Steward warf Quinn eine angedeutete Kusshand zu und schwebte mit seinem Auftrag von dannen.

»Ich habe die falsche Tasche erwischt«, flüsterte Julia.

»Wie bitte?« Quinn runzelte die Stirn und wandte sich nun endlich mit voller Aufmerksamkeit seiner Nichte zu.

»Die Tasche!« Julia hielt sie mit zitternden Händen hoch. »Das hier ist nicht meine! Nichts von meinen Sachen ist darin!«

»Schätzchen, bitte sag mir, dass du zu scherzen beliebst!«

»Nein, ich beliebe vielmehr gerade auszuflippen! Schau selbst!« Julia riss die Tasche auf und warf sie ihrem Onkel in den Schoß. »Siehst du? Nichts davon gehört mir! Das Handy einer anderen, der Kalender einer anderen, der Lippenstift einer anderen!«

»Wie um alles …«

»Die Gepäckdurchleuchtung!«, jammerte Julia. »Zu keinem anderen Zeitpunkt habe ich die Tasche losgelassen. Weißt du nicht mehr, ich musste mich von dieser Frau an der Schranke betatschen lassen! Und dann habe ich offenbar einfach versehentlich die Tasche einer anderen an mich genommen!« Julia sank mutlos in sich zusammen. Sie spürte, wie ihr die Tränen in die Augen schossen. Das KONNTE einfach nicht passiert sein!

»Sieh mal, Schätzchen«, versuchte Quinn sie nun zu beruhigen. »Was auch immer vorgefallen sein mag, die Wahrscheinlichkeit einer Verwechslung erscheint mir doch sehr gering. Denk doch noch mal nach. Wie hoch stehen die Chancen, dass deine Tasche, die, wie ich mich zu erinnern glaube, brandneu ist ...«

Julia nickte.

»... und ein limitiertes Luxusmodell ...«

Sie nickte wieder.

»... und bei einer Kundendatei, die exklusiver ist als eine Gästeliste für Michael Jacksons Pyjamapartys ...«

»Na ja, außer man arbeitet in der Branche wie Lorenzo ...«, warf Julia ein.

»Wie hoch, meinst du, stehen jedenfalls die Chancen, dass deine Tasche ausgerechnet bei der Gepäckdurchleuchtung am Flughafen Charles de Gaulle auf ihren eineiigen Zwilling trifft? Hm?«

Julia atmete tief ein und versuchte mit aller Kraft, ihre aufsteigende Panik im Zaum zu halten. »Ich weiß, dass das unrealistisch ist! Aber genau das ist passiert!«

»Nein, nein, nein! Sieh noch mal nach, Schätzchen. Wahrscheinlich warst du im Geiste schon irgendwo in den Flitterwochen, weshalb du die merkwürdigsten Dinge eingepackt hast, ehe du deine Wohnung in Paris verlassen hast!«

Sie schüttelte den Kopf. »Nein, Onkel Quinn. Sieh selbst.«

Vorsichtig und mit zitternden Händen nahm sie die Tasche wieder an sich und begann, ihr den Inhalt zu entnehmen. Zuerst ein Tagebuch. Ein in wunderschön verarbeitetes, mattes marokkanisches Leder gebundenes Heft mit bunten Wasserzeichen auf den Seiten, das, wenn man die abgenutzten Ränder betrachtete, offenbar von seiner Besitzerin recht häufig zur Hand genommen wurde. Es war mithilfe eines dünnen Schnürriemens zusammengebunden wie ein Paket. Julia reichte es Quinn und sie sah, dass es ihm nun endlich auch die Sprache verschlug.

»Das gehört nicht mir«, sagte sie leise.

Dann zog sie einen kleinen Stoß bedruckter Seiten hervor, den sie direkt an ihren Onkel weiterreichte.

»Auch nicht meine.«

Als Nächstes kam ein Smartphoneum Vorschein.

»Negativ.«

Dann ein schmaler Lippenstift von Lancôme, den Julia öffnete, auch wenn sie nicht recht wusste, warum. Ein tiefes Purpurrot leuchtete ihr entgegen. Bekümmert drehte sie den Stift zurück in seine Hülle und setzte die Kappe darauf.

»Nicht meine Farbe. Und das Schlimmste ist …«, sie sah ihren Onkel traurig an.

»Ja, Schätzchen?«

»Die Trauringe«, flüsterte sie. »Sie sind in meiner Tasche.«

»*Voilà*, Ihr Cognac.« Der Steward war zurück zu Quinns Platz geschwebt, klappte nun den Tisch herunter, legte eine Papierserviette darauf und stellte einen schweren kristallenen Cognacschwenker mit einem sehr großzügigen Schluck goldbrauner Flüssigkeit darauf ab.

Quinn sah zu ihm auf und schenkte ihm ein schwaches Lächeln. »Bitte noch einen, wenn Sie so ausgesprochen reizend sein würden!«

2. Kapitel

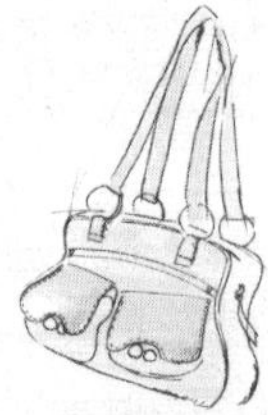

Trotz der überwältigenden Panik, die sich in Julia nun ungehindert breitmachte, schaffte sie es auf wundersame Weise, in ihrem Hirn einige Synapsen freizuhalten, um zu registrieren, dass sich dieses Kuckucksei doch ein ganz klein wenig anders anfühlte, obgleich es sich um das gleiche Modell wie ihre eigene Tasche handelte. Es war zwar ganz eindeutig eine hundertprozentig echte Bottega Veneta aus der *Limited Edition,* doch es war nicht ihre. Weil jede einzelne ein Unikat und damit unverwechselbar war.

»Wie kann es denn sein, dass mir das nicht gleich aufgefallen ist?«, jammerte sie und sah hilfesuchend zu ihrem Onkel, der ebenso ohnmächtig dreinblickte wie sie selbst.

»Schätzchen, gib dir nicht die Schuld«, versuchte er sie zu beruhigen. »Ich kann immer noch nicht glauben, dass etwas von so geringer Wahrscheinlichkeit wirklich passiert sein soll. Die Chancen standen doch eins zu einer Million! Du solltest Lotto spielen diese Woche. Das Glück des Außenseiters scheint dir hold zu sein.«

»Sehr beruhigend, vielen Dank auch«, gab Julia patzig zurück. »Oh Gott, ich halte das einfach nicht aus! Unsere Trauringe! Lorenzo und ich haben sie extra bei Sheila Fleet Jewellery in Orkney Islands bestellt. Sheila ist eine alte Schulfreundin von Dad …«

»Die Glückliche«, schnaubte Quinn. Argyle Douglas, Julias Vater, war, um es milde auszudrücken, eher traditionell eingestellt und hatte sich nie recht mit seinem Schwager arrangieren können. »Vielleicht kann sie einfach zwei neue anfertigen …«

Quinn hielt mitten im Satz inne, als er das versteinerte Gesicht seiner Nichte sah.

»Einige Dinge wollte ich eigentlich nur einmal im Leben im Original besitzen«, Julias Ton klang nun eine Spur schnippisch. »*Einen* Ehemann, *ein* vollständiges Gebiss, *eine* Fendi Spy Bag. *UND EINEN EHERING!*«

In diesem Moment tauchte der orangefarbene Steward mit zwei frischen Gläsern Cognac auf. Vorsichtig stellte er sie vor Quinn und Julia ab, berührte Quinn dabei ganz leicht an der Schulter, griff dann nach dem leeren Glas und verschwand wortlos wieder.

»Komm, lass mich noch mal sehen!«, sagte Quinn sanft, nahm Julia die Tasche ab und begann, darin zu wühlen. »Schauen wir doch mal, ob wir herausfinden können, wem dieses Baby gehört. Hast du schon im Innenfach … Aha!«

Er zog eine Kreditkarte heraus und hielt sie triumphierend hoch. *»Et voilà!«*

»Eleonore Deschanel«, las Julia laut. Sie musste die Augen ein bisschen zusammenkneifen, um die abgegriffene Schrift auf der Karte entziffern zu können. »Na klar, eine Französin. Ich google sie sofort, wenn ich nach Hause komme.«

»Deschanel? Deschanel, Deschanel, den Namen habe ich schon einmal gehört …« Geräuschlos schnippste Quinn mit den Fingern, als könne er sich so besser erinnern.

Julia hingegen traf in der Zwischenzeit eine Entscheidung. Schweigend löste sie den Riemen um das Tagebuch und schlug die erste Seite auf. Gleichzeitig versuchte sie, das ungute Gefühl, eines der ungeschriebenen Gesetze des Lebens zu brechen, hinunterzuschlucken; man las einfach nie und unter keinen Umständen die Privataufzeichnungen einer anderen Person. Ihre Eltern hatten Julia und ihre Geschwister in dieser Hinsicht mustergültig erzogen – private Post blieb privat, ebenso wie persönliche E-Mails, vertrauliche Gespräche und – na ja, ein Tagebuch sowieso. Das ledergebundene Tagebuch eines fremden Menschen zu öffnen kam also gewissermaßen öffentlicher Leichenfledderei gleich. So etwas machte man einfach nicht!

Julia erblickte einige Listen mit Zahlen, weiter nichts. Sie seufzte, schlug das wieder Buch zu und versuchte, den Schuhriemen so gut wie möglich wieder zuzuschnüren. Sobald sie daheim in Frean Hall angekommen war, würde sie die Eigentümerin der Tasche via Internet ganz schnell ausfindig machen.

»Ich hab's!«, rief Onkel Quinn plötzlich aus. »Deschanel, eine alteingesessene Winzerfamilie aus dem Département Var. Um genau zu sein, gehört ihnen sogar die halbe Region dort unten an der Mittelmeerküste. Ja, das ist es! Gerade erst gestern habe ich einen Bericht über sie in *Le Monde* gelesen. Hat der alte Patriarch nicht kürzlich den Löffel abgegeben?«

Julia zuckte desinteressiert mit den Schultern. »Keine Ahnung.«

»Nein, ich bin ganz sicher! Die Beerdigung findet am

Samstag statt, am gleichen Tag wie diese andere kleine Veranstaltung, dessen Anlass mir gerade entfallen ist …«

Julia knuffte ihn in die Seite, sie war zu niedergeschlagen, um zu lächeln. Seufzend nahm sie das Tagebuch und den Papierstoß wieder auf. Doch als sie erkannte, worum es sich bei dem unordentlichen Bündel Blätter handelte, hielt sie mit einem Mal inne. Sie hatte diese Art Dokumente schon einmal gesehen, auf dem Schreibtisch ihres Vaters, und an der Walzung und der Beschaffenheit des edlen Papiers war unschwer zu erkennen, dass es sich um Originale handeln musste.

»Wie auch immer«, fuhr ihr Onkel fort. »Es wird sicher eine riesige Beerdigung, vermutlich auf dem Familienfriedhof von Château Deschanel, ganz in der Nähe von Nizza, glaube ich …« Er schien erschöpft. »Vielleicht sind es ja auch gar nicht *die* Deschanels, die wir suchen.«

»Da wäre ich mir nicht so sicher«, stieß Julia plötzlich hervor, setzte sich auf und starrte auf die Papiere in ihrer Hand. *Letzter Wille und Testament* stand darauf … Vorsichtig hob sie die untere Ecke des Deckblattes an, und da war sie – eine Originalunterschrift in blauer Tinte: *Jaques Deschanel.* Außerdem befanden sich die Unterschriften mehrer Zeugen und einige weitere handschriftliche Zusätze auf dem Dokument, die Julia als eine Art Nachtrag ausmachte.

»Es sind genau diese Deschanels«, sagte sie mit zitternder Stimme. »Onkel Quinn, das hier ist das Testament des Alten – das Original!«

Ganz vorsichtig, als sei es aus Kristall, nahm Onkel Quinn Julia das Dokument ab und drehte und wendete es in seinen Händen hin und her. Ganz offensichtlich dachte er angestrengt nach. Schließlich drehte er seinen Körper und wandte sich seiner Nichte zu. »Dann, meine Liebe, sieht es wohl so aus, als hätten wir das, was man im Allgemeinen *Ein Problem* nennt.«

Eine ganze Weile saßen sie nur schweigend da und schwenkten ihren Cognac in den Gläsern. Schließlich ergriff Julia das Wort.

»Onkel Quinn, ich glaube, die Trauringe sind auf dem Weg nach Nizza.«

»Ich denke, du hast Recht, Schätzchen!«

»Und ich glaube, die Deschanels werden den letzten Willen des alten Jaques pünktlich zur Beerdigung am Samstag zurückhaben wollen.«

»Meinst du wirklich?« Doch ganz offensichtlich dachte Onkel Quinn dasselbe wie sie. »Lass uns einen Blick hineinwerfen und sehen, ob es irgendwelche Dringlichkeitsklauseln gibt. Und dann entscheiden wir, was zu tun ist.«

»Onkel Quinn!« Julia war außer sich. »Das steht uns nun wirklich nicht zu!«

»Manchmal vergesse ich einfach, dass du die Tochter meiner Schwester bist!«, sagte Quinn resignierend. »Gut, lesen wir den Wisch eben nicht.«

»Genau, wir tun es nicht! Aber was bleiben uns noch für Möglichkeiten?« Julia schienen die Ideen ausgegangen zu sein.

»Ist doch ganz klar, Schätzchen. Wir fragen am Flughafen in Paris nach, ob eine Tasche im Fundbüro abgegeben worden ist, und wenn nicht … fahren wir nach Nizza!«

»Lorenzo?« Julia stand am Flughafen von Edinburgh und bellte in das Handy ihres Onkels. »Lorenzo, bist du da?«

Sie wusste, er müsste eigentlich noch in seinem Büro von PPR sein. Doch der vertraute Piepton nach Lorenzos Mailboxansage erklang laut und schrill, so dass Julia fluchend den Hörer von ihrem Ohr weghielt.

»Renzo, wo bist du? Oh, Liebling, ich muss dringend mit dir sprechen. Es ist etwas passiert. Du musst deine Kontakte spielen lassen und eine Frau namens Eleonore Deschanel ausfindig machen, okay? E-leo-nore De-schanel. Sie müsste in der Kundendatei von Bottega Veneta stehen, für die gleiche Tasche, die du mir vor zwei Wochen geschenkt hast. Und die ich immer noch abgöttisch liebe! Wie auch immer, ich weiß, das macht jetzt alles gar keinen Sinn, ich erklär dir alles, sobald wir uns sehen, mein Schatz, aber bitte, bitte finde Eleonore Deschanel und ruf mich … Oh!« Mit einem Mal fiel ihr ein, dass sie ihr Handy ja gar nicht mehr hatte. »Äh, ruf mich nicht auf meinem Handy an, es funktioniert im Moment irgendwie nicht, melde dich auf Onkel Quinns Handy, okay? Ich kann dir das alles erklären! Ich bin jetzt weg, ich liebe dich! Du fehlst mir, ich kann's gar nicht erwarten, dich zu sehen! Küsschen, ciao!«

»Also wirklich, Schätzchen, du klingst einfach nicht wie du selbst, wenn du mit diesem Mann sprichst. Oh, schau mal, da ist Frances!«

Frances Douglas winkte diskret und hatte so über die Köpfe der anderen Wartenden hinweg die Aufmerksamkeit von Quinn und Julia erregt. Julia stürzte sich durch die Menge und geradewegs in die Arme ihrer Mutter.

»Mum! Mum, es ist so schön, dich zu sehen!«

»Franny!«, säuselte Quinn, ehe er seine Schwester umarmte. »Dein kleines Mädchen macht mal wieder nichts als Scherereien!«

Frances Douglas ließ sich umgehend jedes Detail der misslichen Lage genau berichten. Informationssplitter sinnvoll aneinanderzureihen, war ihre Spezialität. Vermutlich war sie deshalb eine so erfolgreiche Anwältin.

»Nun«, seufzte sie, nachdem ihre Tochter und ihr Bruder mit ihren Erklärungen am Ende waren. »Warum fahrt ihr zwei Hübschen nicht rasch nach Nizza und nehmt einen waghalsigen Gefangenenaustausch vor?«

»Mum!«, rief Julia aus. Die Ruhe ihrer Mutter brachte sie zur Weißglut. »Ich bin zu Hause! Zu Hause, um zu heiraten! Und zwar in vier Tagen. Ich bin hier, um dir bei den letzten Vorbereitungen zu helfen, und du willst, dass ich mich direkt auf dem Absatz wieder umdrehe? Wir sind keine zwanzig Meilen von Frean Hall entfernt, und ich habe noch nicht mal das Festzelt gesehen! Du solltest mich umarmen und mich zurück in den Schoß der Familie bringen …«

»Der Schoß der Familie kann uns jetzt mal kreuzweise!«, warf Onkel Quinn trotzig ein. »Das wäre also entschieden.« Er lehnte sich vor und küsste seine Schwester. »Franny, Schätzchen, Leute wie wir sterben einfach aus, stimmt's?«

»Entschuldigt mal bitte!«, Julia wurde langsam ungeduldig. »Wer von uns ist denn bitte die bezaubernde Braut in spe, die ungefähr noch eine Zillion Dinge zu tun hat, und die sie nun hintanstellen muss? Hm?«

Quinn und Frances sahen sich an und lächelten. Plötzlich sahen sie sich erstaunlich ähnlich.

»Liebling«, sagte Frances Douglas und streichelte ihrer Tochter sanft über die Wange. »Fahr nach Nizza und hol deine Trauringe. Bring den armen Deschanels das Testament von ihrem Daddy zurück, so dass sie es pünktlich zur Beerdigung in Händen halten. So schlägst du gleich zwei Fliegen mit einer Klappe, mein braves Mädchen!«

Julia brach in Tränen aus. Es sah ihrer Mutter ähnlich, dass sie immer genau das Richtige aussprach. Die zwei Frauen umarmten sich fest, und selbst Quinn bekam feuchte Augen.

»Ich lasse euch zwei Hübschen mal allein«, murmelte er. »Ich muss mich irgendwie an Hunnenkönig Attila dort drüben vorbeistehlen, um uns den nächsten Anschlussflug nach London zu sichern.« Er warf seiner Schwester eine Kusshand zu und entschwand in Richtung Ticketschalter.

»Mum«, schluchzte Julia und löste sich aus der Umarmung ihrer Mutter.

»Ja, Liebling?« Frances Douglas reichte ihrer Tochter ein Taschentuch.

»Die Hochzeitsmandeln …«

»Was ist mit den Hochzeitsmandeln?«

»Ich muss doch noch den Musselin-Stoff zuschneiden und die Bänder abmessen, um die Säckchen zusammenzubinden … Und brauchen wir nicht immer noch zwei Silbertabletts, um die Mandeln draufzulegen?«

Frances setzte einen schockierten Gesichtsausdruck auf. »Oh mein Gott, Liebling, du hast Recht! Lass uns die Hochzeit absagen und uns erschießen.«

»Du hast alles schon fertiggemacht, stimmt's?«

»Ja, gestern Abend.«

Sie wurden unterbrochen von einem spitzen Schrei am anderen Ende der Flughafenhalle. Es war Quinn, der furchtbar aufgebracht schien und auf sie zuraste.

»Schätzchen, nimm deine reizenden Füße in die Hand! Wenn wir das Flugzeug, das da draußen schon die Motoren warmlaufen lässt, noch erwischen, bekommen wir den Anschluss nach Nizza dreißig Minuten nach der Landung! Lauf, schnell!«

»Mum …« Julia wandte sich noch einmal ihrer Mutter zu, Tränen liefen ihr die Wangen hinunter.

Ihre Mutter lächelte sie an, doch auch sie hatte feuchte Augen. »Nun geh schon, Julia. Ich warte genau wieder hier, wenn du zurückkommst. Und dass du dir ja um nichts Sorgen machst, hörst du!«

Julia rannte so schnell sie konnte zum Abflug-Gate, wo ihr Onkel in ein Gespräch mit dem orangefarbenen Steward vertieft war, der bereits auf dem Flug nach Edinburgh so nett zu ihnen gewesen war.

»Und vergessen Sie es nicht«, sagte der Steward soeben. »Sie haben ja meine Nummer.«

»Die habe ich. Und ich werde nicht zögern, sie auch zu wählen. Es sollte nicht länger als ein, zwei Wochen dauern.«

»Was ist los?«, fragte Julia verständnislos, während ihr Onkel ihren Unterarm griff und sie in Richtung Gate zerrte.

»Oh, der wunderbare Kevin hier hat seine Beziehungen spielen lassen, um uns noch zwei Plätze in dem Flieger nach London zu sichern. Als Dank sozusagen, weil ich ihm eine Prada-Tasche besorgen werde.«

Julia lachte. »Onkel Quinn, du bist einfach unmöglich!«

»Und denken Sie dran«, Kevins Stimme hallte ihnen noch eine Weile nach, »schwarz wäre mir am liebsten, aber dunkelgrau ist fast ebenso gut. Nur bitte keine beige. Beige kann ich nicht ausstehen …«

Der Flug nach London war bis auf den letzten Platz ausgebucht. Julia fand sich eingeklemmt zwischen ihrem Onkel – der obwohl sicher nicht fett, dennoch durchaus breit gebaut war –, und einem Geschäftsmann im Anzug, der gleich nach dem Take-off sein Laptop herauszog, auf dem Klapptisch abstellte und sehr geräuschvoll zu tippen begann.

In Julias Kopf hämmerte und pochte es. Die Anstrengung durch den Stress, die Tränen, die Flüge und nicht zuletzt der ungewohnte Konsum von Cognac ließen ihren Kopf an die Schulter ihres Onkels sacken und innerhalb weniger Minuten war sie eingeschlafen.

Die Ankündigung des Piloten, dass der Anflug auf London Heathrow soeben begonnen habe, weckte Julia auf, und sie musste zweimal hinschauen, ehe sie erkannte, womit sich ihr Onkel auf dem Sitz neben ihr beschäftigte. Während sie tief und fest geschlafen hatte, hatte Quinn Eleonore Deschanels Tagebuch aus der Tasche gefischt und darin zu lesen begonnen.

»Was um Himmels willen tust du da?« Julia war außer sich vor Zorn.

»Ach Schätzchen, du hörst dich genauso an wie deine Mutter! Und wie deine Großmutter, wenn ich es mir genau überlege.«

»Onkel Quinn!«, fauchte sie ihn an. »Gib das her! Du kannst nicht einfach das Tagebuch einer vollkommen fremden Frau lesen!«

»Schau, Liebes, ich weiß, ich sollte das nicht tun, aber es geht hier um mehr als um gutes Benehmen, meinst du nicht? Ich meine, immerhin fliegen wir den ganzen Weg nach Nizza, um dieser Madame Deschanel ihre Habseligkeiten zurückzugeben, oder?«

»Stimmt«, sagte Julia. »Aber es gibt zwei, nein, drei gute Argumente, warum deine Entschuldigung nichts taugt. Zum einen wissen wir ja, wem die Tasche gehört, weshalb es nicht nötig ist, darin zu schnüffeln.« Sie schlug mit der flachen Hand auf das Tagebuch. »Zweitens fahren wir nicht einfach nach Südfrankreich, weil wir so unendlich gute Menschen sind. Wir wollen meine Ringe zurückholen! Und drittens …«

»Oh, die Juristerei hat einen leuchtenden Stern verloren, als sie dich aus ihren Fängen ließ, Julia Douglas!«

»Und drittens geht es uns einfach nichts an. Ende der Debatte. Entschuldige, Onkel Quinn, ich bin gerade ein bisschen … dünnhäutig.« Julia verschränkte die Arme vor der Brust und setzte eine beängstigend harte Miene auf. Instinktiv zuckte der Geschäftsmann neben ihr zusammen und rückte ein wenig von ihr ab.

»Ist mir noch gar nicht aufgefallen«, sagte Onkel Quinn und seufzte. »Es ist ja nicht so, als hätte ich das Testament gelesen. Nenn mich Miss Marple, wenn du willst, aber ich habe das Tagebuch nur durchgeblättert, um nach Hinweisen zu suchen. Ich wollte es ja nicht im Internet veröffentlichen oder so etwas.«

Schließlich musste Julia schmunzeln. »Ich weiß. Es tut mir leid. Und es ist wirklich wahnsinnig lieb von dir, mich zu begleiten.«

»Ich, dich begleiten? Wessen Idee war denn das bitte, *s'il vous plaît*?«

»Wenn wir alles hinter uns haben, werde ich dir gebührend Dank zollen und am Samstag bekommst du ein extra Stück Hochzeitstorte.« Sie küsste ihn auf die Wange.

»Julia?«

»Ja, Onkel Marple?«

»Bist du denn kein klitzekleines bisschen neugierig, was ich in dem Tagebuch gefunden habe?«

»Nein!«, gab sie entschieden zurück.

»Weil wenn du hoffst, Schätzchen, deine Ringe zurückzubekommen …«

»Hoffst?«, wiederholte sie ungläubig. »Was meinst du damit? Natürlich werde ich meine Ringe zurückbekommen!«

Sie sah ihn durchdringend an. Er schlug die Augenlider nieder und wartete darauf, dass sie ihn fragte. Julia zögerte nun nicht länger.

»Was ist los?«, fragte sie, ihre Stimme war plötzlich ganz leise. »Was steht in dem Tagebuch, Onkel Quinn?«

Seine Antwort kam wie aus der Pistole geschossen, und Julia war zu geschockt, um ihm Einhalt zu gebieten.

»Die Namen von Casinos überall in Frankreich, Monte Carlo und Spanien. Unmengen an Codes, Initialen und Abkürzungen, die vermutlich Spielstrategien bezeichnen,

Passwörter für Onlinewettbüros, ausstehende Schulden, Listen von Casinos, die Kredite gewähren, und welche, die es nicht tun. Und viele sind schon rot durchgestrichen, weil die gute Eleonore dort vermutlich bereits Hausverbot hat. Julia, Schätzchen, ich befürchte, unsere gesuchte Person ist spielsüchtig. Und damit nicht genug: Sie ist spielsüchtig und in einer ziemlich ausweglosen Situation.«

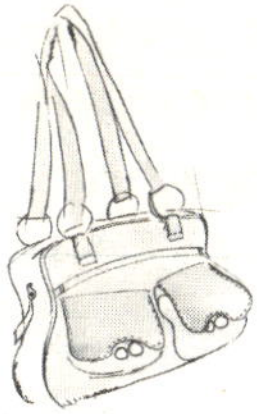

Kapitel 3

Am Flughafen von Nizza herrschte Rushhour. Unmengen von Reisenden wuselten durch die Abfertigungshalle wie eine Schar emsiger Ameisen, jeder von ihnen einzig auf sein Reiseziel konzentriert, während draußen die Nachmittagssonne herunterbrannte. Gepäckwagen beladen mit schweren Koffern wurden in sämtliche Richtungen geschoben, und die allseits präsente Lautsprecherstimme kündigte verspätete Flüge an, rief einzelne Fluggäste zu den Gates und warnte vor der großen Gefahr, Gepäckstücke unbeaufsichtigt zu lassen.

Für die junge Frau, die auf dem Boden der Flughafenhalle hockte, kam diese Warnung ein bisschen zu spät. Sie hatte vor sich den Inhalt der Handtasche einer anderen Frau ausgebreitet.

Eleonore Deschanel, in diesem Moment weiß wie die Wand, konnte einfach nicht glauben, dass ihr das wirklich passiert sein sollte. Wellen von Zorn stiegen in ihr auf, während sie jeden einzelnen Gegenstand in den Händen hin- und herdrehte. Ihre Mundwinkel hingen nach unten, ihr Kopf wiegte von einer zur anderen Seite, nur der Vorhang glänzenden kastanienbraunen Haares verbarg das wahre Ausmaß ihrer Verzweiflung.

»Nein«, flüsterte sie. »Nicht *jetzt*!«

Ein Schminktäschchen. Ein Handy ohne Guthaben. Ein Schlüsselbund. Ein Taschenspiegel mit Perlmuttrücken. Eine Sonnenbrille von Chanel in einem schmalen, samtenen Etui. Ein gestärktes weißes Leinentaschentuch, dessen Rand mit dem Muster eines Erikazweiges bestickt war. Keine Brieftasche, keine Möglichkeit, die Besitzerin zu identifizieren. Wem auch immer diese … diese Doppelgängerin ihrer Bottega Veneta gehörte, sie musste ihre Ausweispapiere in der Hand gehalten haben, als sie die Sicherheitskontrolle am Charles de Gaulle-Flughafen passiert hatte.

»Nur in Paris kann so etwas geschehen«, zischte sie.

Sie fühlte, wie ihr die Tränen in die Augen schossen. Krampfhaft umschloss sie das Taschentuch der Fremden mit ihrer Hand. Sie hatte noch nicht geweint, seit sie die Nachricht bekommen hatte. Ihr Vater war verstorben, aber sie hatte noch nicht geweint.

Konnte man sich mit dreißig wie eine Vollwaise fühlen? Eleonore wischte sich die Tränen aus den Augen und begann mit gewaltiger Kraftanstrengung, den ausgebreiteten Inhalt wieder in die fremde Tasche einzupacken. Als das angenehm betäubte Gefühl, über Autopilot gesteuert zu werden, sich einstellte, wurde ihr klar: Oh ja, das konnte man durchaus.

»Eleonore!«

Eine bekannte, männliche Stimme holte sie mit einem Schlag aus ihren Gedanken, sie sprang auf und strich sich den Staub von Stiefeln und Jeans. Das starke Sonnenlicht blendete sie, und sie musste die Augen zusammenkneifen, um die einst so vertrauten Gesichtszüge des attraktiven Mannes auszumachen, der nun vor ihr stand.

»Simon«, sagte sie und war selbst überrascht, wie leblos und leer ihre Stimme klang.

Der Mann trat einen Schritt vor und gab ihr je einen Kuss auf beide Wangen.

»Das mit deinem Vater tut mir sehr leid …«, begann er und schaute ihr dabei tief in die Augen.

Eleonore wich seinem Blick aus.

»Er war ein großartiger Mann, ein guter Freund für meinen Vater und ein wunderbarer Arbeitgeber. Wir werden ihn sehr vermissen.«

Eleonores Blick folgte einem Schmetterling, der in der Halle ausgerechnet auf einem der *Ausgang*-Schilder ein Plätzchen zum Landen suchte.

»Danke«, sagte sie und schien mehr auf den Schmetterling konzentriert als auf ihr Gegenüber.

Hatte er seine Rede zunächst noch eifrig begonnen, so wirkte Simon nun ein wenig betreten. »Äh, hast du noch mehr Gepäck?«

»Wie bitte?« Eleonore runzelte die Stirn. »Oh, nein. Das ist alles.« Mit dem Kopf wies sie auf den kleinen schwarzen Trolley neben sich.

Simon griff nach dem Koffer, und sie liefen schweigend nebeneinander her in Richtung Parkplatz, wo der alte Familienmercedes im kühlen Schatten einer Mauer stand.

Eleonore wollte einfach nur in aller Stille im Auto sitzen und sich ihrer Trauer und ihrem Selbstmitleid hingeben. Doch Simon hatte scheinbar andere Vorstellungen von der gemeinsamen Fahrt.

»Du siehst gut aus«, sagte er und sah sie von der Seite

an. Ruhig lenkte er den Oldtimer auf die Autobahn, die sie zum Château Deschanel führen würde.

»Ich sehe grauenhaft aus«, erwiderte sie und starrte aus dem Fenster. Sie hatte keinesfalls untertrieben. Schon lange vor dem Tod ihres Vaters hatten sich tiefdunkle Ringe unter ihren Augen abgezeichnet, und sie hatte den leisen Verdacht, dass die Furchen auf ihrer Stirn zu Anfang des Jahres noch nicht da gewesen waren. Doch auch das war ihr im Moment egal.

Simon atmete hörbar aus. »Nein, tust du nicht. Aber du bist sicher erschöpft …«

»Ja, Simon, das bin ich«, antwortete sie, sehr viel schnippischer, als sie es beabsichtigt hatte. Warum konnte er ihre Hinweise nicht einfach verstehen und schlicht und ergreifend seiner Aufgabe nachgehen? Immerhin war das Fahren sein Job. Und zuvor war es der Job seines Vaters gewesen.

Die altbekannte goldene Landschaft mit ihren versengten Feldern zog an ihnen vorüber und eine Weile fuhren sie schweigend weiter. Wie um alles in der Welt sollte sie ihrem Bruder Luc klarmachen, dass sie es fertiggebracht hatte, das Testament ihres Vaters zu verlieren? Er hatte sie um eine lausige Kleinigkeit gebeten, die sie in Paris erledigen sollte, ehe sie zur Beerdigung zurück zum Château kam – sie hatte nur das Testament bei dem Pariser Familienanwalt abholen sollen. Und wie immer hatte sie es geschafft, auch diese Aufgabe in den Sand zu setzen.

Bei dem Gedanken an ihre Heimkehr nach Château Deschanel zog sich ihr Magen zusammen. Es war einfach zu schrecklich – die Vorstellung, die Auffahrt zum Schloss hochzufahren, ihren Bruder, der bis zum Schluss am Sterbebett ihres Vaters gesessen und anschließend alle nötigen Vorkehrungen getroffen hatte, zu umarmen, ihn, der sich schon immer um alles gekümmert hatte. Es tat einfach zu weh.

Eleonore warf Simon verstohlen einen Blick von der Seite zu. Sie waren zusammen aufgewachsen, und soweit sie wusste, war Simon auch heute noch Lucs bester Freund. Einen Moment lang überlegte sie, ob sie ihren unfassbaren Fauxpas beichten sollte.

Sie holte tief Luft und sah ihn an, als auch er ansetzte, etwas zu sagen.

»Ich hoffe …«, begann er.

»Simon, ich …«, sagte sie just im selben Moment, ehe sie beide wieder innehielten. Beschämt drehte Eleonore sich zur Seite.

»Was wolltest du sagen?«, fragte er zögernd.

»Nichts. Gar nichts«, antwortete sie so unbeteiligt wie möglich.

Sie spürte Erleichterung, dass sie Simon nichts von ihrem Missgeschick erzählt hatte. Es wäre der falsche Weg gewesen, mit dem Problem umzugehen. Aber wie zum Teufel sollte sie es anpacken?

»Ich wollte dir nur sagen«, fuhr Simon fort, »wenn du irgendetwas brauchst, egal was, bitte zögere nicht, mich zu fragen, okay?«

»Danke schön«, antwortete sie und lächelte schwach.

»Es tut mir immer noch so leid, dass ich vor zwei Jahren nicht zur Beerdigung deiner Mutter kommen konnte, Eleonore …«

»Schon gut!« Sie wollte einfach nur, dass er den Mund hielt. Immerhin waren sie ja keine engen Freunde. Zumindest nicht mehr so wie damals, als sie Kinder waren. Das schien ein völlig anderes Leben gewesen zu sein.

»Ich war damals auf Geschäftsreise, und ich bekam die Nachricht erst, als ich auf dem Weingut in Neuseeland angekommen war.«

»Ist schon in Ordnung, wirklich!« Eleonore hörte ihm kaum zu. Ein plötzlicher Geistesblitz hob ihre Laune mit einem Mal, und ihre Augen glitzerten freudig.

»Die Zeit war einfach zu knapp, einen Rückflug zu buchen. Hast du die Blumen bekommen, die ich geschickt habe? Und den Brief?«

»Welchen Brief? Nein, ich glaube nicht ... Oder doch! Warte, ja natürlich, vielen Dank, Simon. Das war sehr nett.« Eleonore hatte keinen Schimmer, wovon er sprach ... Obwohl, ja, da war ein Brief gewesen ... Ach, wie auch immer. Das war jetzt völlig unwichtig. Ja, sie würde es tun! Sie wandte sich erneut Simon zu und fragte mit weicher, zugleich jedoch entschlossener Stimme: »Simon, würdest du mich bitte zu dem Appartement in Nizza bringen?«

»Wie bitte?«

»Ich sagte, würdest du mich bitte zu dem Appartement in Nizza bringen? Jetzt gleich?«

Simon sah verwirrt aus. »Musst du dort etwas abholen?«

»Nein«, entgegnete sie kühl. »Du musst mich nur dort absetzen.«

»Aber Luc wartet doch im Château auf dich!«

Eleonores Herz raste. »Das geht schon in Ordnung. Würdest du einfach tun, worum ich dich bitte?«

Nach einiger Zeit betätigte Simon resigniert den Blinker und steuerte den Wagen zurück auf die Autobahn in Richtung Innenstadt. Eleonore fühlte Triumph und Aufregung in sich aufsteigen, und sie musste sich anstrengen, ihre emotionslose Fassade zu bewahren. Sie versuchte, ihre verkrampften Schultern zu entspannen und tief zu atmen, dabei fuhr sie mit den Fingern über die weiche Ledertasche in ihrem Schoß – die Berührung gab ihr ein Gefühl von Ruhe.

Eleonore war entschlossen, sich ihren Zustand Simon gegenüber nicht anmerken zu lassen, bis sie wieder vollständig die Kontrolle über sich gewonnen hatte. Möglichst beiläufig öffnete sie die Tasche und begutachtete einmal mehr den Inhalt. Doch die Gegenstände waren nach wie vor dieselben fremden – die Sonnenbrille, der kleine Taschenspiegel … Doch dann fiel ihr ein, dass sie noch nicht in dem kleinen Innenfach nachgesehen hatte. Als sie es vorsichtig befühlte, konnte sie darin ganz klar etwas ausmachen.

Es war aufregend, in der Handtasche einer unbekannten Frau zu stöbern, wenn der Sitznachbar nicht die leiseste Ahnung hatte, dass man etwas Unrechtes tat. Eleonore genoss ein wenig das erregende Gefühl, umoralisch zu sein, und öffnete vorsichtig den Reißverschluss der Innentasche. Als sie eine kleine, sehr exquisite Schmuckschachtel aus weichem, dunkelblauem Leder erblickte, hielt sie den Atem an.

Sie drehte ihren Oberkörper ganz leicht weg von Simon, damit er nicht sah, was sie tat, griff dann nach der Schachtel und öffnete mit leicht zitternden Fingern den Deckel.

Trauringe. Einen für die Frau, einen für den Mann, eindeutig zueinander passend und sehr elegant. Offenbar aus dem feinsten Gold handgefertigt. Die Oberfläche war leicht gebürstet, eher matt als glänzend, und dennoch glitzerten die Ringe ihr hoffnungsfroh entgegen und schenkten der im Mercedes vorherrschenden Tristesse einen Lichtschimmer.

Was Eleonore wirklich hätte brauchen können, wäre ein Ring mit einem lupenreinen Diamanten, so groß wie ein Ei, oder zumindest etwas Ähnliches. Doch sie verdrängte den Gedanken so gut es ging und seufzte.

Sie hob die Ringe aus der Schachtel, hielt einen Moment inne und genoss die angenehme Schwere der Schmuckstücke. Sie waren nicht graviert. Das war gut. Geistesabwesend ließ sie sie von einer Hand in die andere und wieder zurückgleiten, als handele es sich um ein Paar Würfel, die sie gleich ausspielen würde, während ihr Gehirn sich fieberhaft um Wahrscheinlichkeiten, Chancen, Risiken und Quoten drehte. Was würde sie tun? Hey, wen interessierte das schon? Solange sie nur Luc und das Château nicht sehen musste – zumindest noch nicht heute Abend.

»Da wären wir.« Simon fuhr die Auffahrt zu dem eleganten Gebäude in der Rue duVille hinauf, wo sich das selten benutzte Appartement der Deschanels befand.

»Danke.« Eleonore starrte geradeaus. Sie blinzelte.

»Bist du dir sicher, dass du hierbleiben willst?«, fragte Simon sie eindringlich.

»Absolut.«

Simon wartete noch einen Moment ab und gab sich dann geschlagen.

»In Ordnung. Ich bringe deinen Koffer nach oben.«

»Nein!« Eleonores Einwand kam so heftig, als hätte Simon angekündigt, ihr Gewalt antun zu wollen. »Simon, ich habe deine Zeit schon viel zu lange in Anspruch genommen. Bitte, fahr einfach nach Hause. Vielen Dank.«

Simon schaute sie fragend an, zuckte dann jedoch einlenkend mit den Schultern, stellte ihren Trolley auf dem Gehsteig ab und stieg zurück ins Auto. Eleonore griff nach dem Koffer und drehte sich in Richtung Eingangstür, als ihr noch etwas einfiel.

»Simon …«

»Ja?«

»Bitte sag Luc nichts.«

»Aber …«

»Ich werde mit ihm reden, versprochen«, schnitt sie ihm das Wort ab. »Aber bitte, gib mir nur diesen einen Tag für mich, okay?«

Simon erwiderte nichts. Mit einem ungläubigen Kopfschütteln startete er den Motor und fuhr in dem treuen alten Familienauto der Deschanels davon.

Odette Deschanel, Eleonores und Lucs verstorbene Mutter, hatte einen unfehlbaren Geschmack und ein sicheres Auge für Details und Qualität besessen. Und so war Château Deschanel mit edlen, wertvollen Antiquitäten und üppigen Vorhängen und Teppichen ausgestattet, das Appartement in der Stadt jedoch zeigte Odettes Liebe zu feineren Künsten, zu zarten, sinnlicheren Möbeln und Seidengardinen, und beherbergte ihre umfangreiche Porzellansammlung. Das Wohnzimmer, das Odette stets ihren »Salon« genannt hatte, war ein eleganter, hoher Raum mit aufwendigem Stuck, Perserteppichen in weichen Farben und drei Fenstern, die vom Boden bis zur Decke reichten. Die Fenster führten zu drei winzigen Balkonen, die hoch über der eleganten Straße thronten.

Die Stille in der Wohnung war erdrückend. Staubkörnchen hingen in der Luft und blitzten sternengleich, als Eleonore das Licht anschaltete und in die Mitte des Raumes ging.

Es roch immer noch wie damals. Dunkle Erinnerungen beschlichen Eleonore, an jene Shoppingstunden mit ihrer Mutter, bei denen sie sich so entsetzlich über Kleiderfragen gestritten hatten.

Sie sollte Luc anrufen. Das Telefon stand auf dem kleinen Tischchen mit der Marmorplatte, direkt neben dem Lieblingslehnstuhl ihrer Mutter; ein blau und blassgelb gepolstertes Möbel mit aufgestickten Paradiesvögeln. Doch wenn sie Luc jetzt anrief, wäre sie unmittelbar mit der Realität konfrontiert. Sie würde der Tatsache ins Auge sehen müssen, dass ihr Vater tot war – ein Umstand, den sie nicht länger leugnen konnte –, dass Luc mit der Situation ganz allein zurechtkommen musste und dass sie eigentlich bei ihrem Bruder sein und die Last der Trauer mit ihm teilen sollte.

Noch nicht, sie konnte noch nicht. Zuerst würde sie andere Dinge erledigen und ein paar Anrufe tätigen müssen. Oh, wie sehr wünschte sie sich ihr Tagebuch her, mit all den Zahlenkombinationen und Notizen. Verflucht sei die verdammte Taschenverwechslung!

Neben dem Kamin befand sich eine fein gearbeitete und

mit Intarsien versehene Hausbar aus Ebenholz. Eleonore schaute hinein. Instinktiv wusste sie, dass das Schränkchen leer sein würde. Es wäre ohnehin kein guter Zeitpunkt zu trinken.

Sie sah auf ihre Armbanduhr. Das *Oyster Room* hatte bereits geöffnet. Wenn sie sich jetzt gleich auf den Weg machte, könnte sie sich ein bis zwei Stunden mit der ein oder anderen Partie Poker ablenken … Ja, sie würde ein bisschen Geld gewinnen und ihr Selbstbewusstsein aufpolieren, unter Fremden, die nicht wussten, wer sie war, und die es nicht interessierte, dass sie aus der berühmten Winzerfamilie Deschanel stammte, jüngst verwaist war, eine absolute Verliererin und nicht einmal dazu in der Lage, ein Testament abzuholen und sicher zu Hause abzuliefern.

Doch ihr Plan hatte einen kleinen Haken. Sie hatte kein Bargeld. Und kein Casino der Stadt gewährte ihr noch Kredit. Und auch wenn die Geber sie wohl kaum erkennen würden, das Management erinnerte sich mit Sicherheit an sie.

Eleonore seufzte, hob den schweren Glasaufsatz von der antiken Öllampe neben dem Kamin, nahm ein Streichholz und zündete den Docht im Inneren der Lampe an. Dann setzte sie die Glashaube wieder auf, ließ sich auf die blassblaue Chaiselongue fallen und starrte in die Flamme. Schließlich glitt ihr Blick über den Kamin hinauf zum ganzen Stolz ihrer Mutter: dem echten Matisse.

Ihr Vater hatte das Bild als Verlobungsgeschenk für ihre Mutter gekauft, nachdem Odette das Gemälde im Schaufenster eines Auktionshauses gesehen und sich unsterblich darin verliebt hatte. Jaques Deschanel hatte all eine Ersparnisse auf den Tisch legen und sein geliebtes Auto verkaufen müssen, doch er hatte das Bild ersteigert. Und Odette hatte es für den Rest ihres Lebens geliebt. Es war wunderschön. Eine friedvolle Landschaft in weichen Blau- und Gelbtönen. Das gesamte Appartement war in Abstimmung auf das Gemälde eingerichtet worden.

Eleonore kniff die Augen zusammen.

Das Bild war ein Vermögen wert. Es *musste* einfach ein Vermögen wert sein.

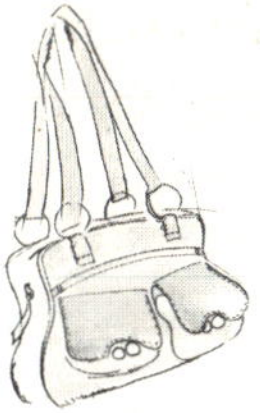

Kapitel 4

Julia und Quinn, ein wenig steif und mitgenommen von den zusätzlichen ungeplanten Flügen, traten hinaus in den milden südfranzösischen Abend und standen, wenn sie es nur geahnt hätten, auf genau demselben Gehsteig, auf dem nur wenige Stunden zuvor Eleonore Deschanel gesessen und Tränen vergossen hatte angesichts des Inhalts ihrer Handtasche.

»Los, suchen wir uns ein Taxi, damit die Show endlich beginnen kann.« Onkel Quinn gähnte und streckte sich, zog dann sein Handy aus der Tasche und schaltete es ein.

Julia beobachtete ihn und hatte plötzlich ein schlechtes Gewissen. Der arme Mann! Drei Flüge an einem Tag, in seinem Alter, und das alles nur, weil sie am Charles-de-Gaulle-Flughafen eine Sekunde lang nicht aufgepasst hatte. Im Geiste dichtete sie bereits ein paar extraliebe Zeilen ihm zu Ehren, die sie bei ihrer Tischrede am Samstag einfließen lassen wollte. Einige Leute würden vielleicht gar nicht erwarten, dass sie bei ihrer Hochzeit zum Vortrag ansetzte, doch da hatten sie die Douglas-Frauen unterschätzt. Der feurig-witzige Lobgesang ihrer Schwester Kathy auf ihre Eltern hatte vor zehn Jahren die gesamte Hochzeitsgesellschaft Tränen lachen lassen. Julia selbst setzte allerdings eher auf die feinfühlige, anrührende Nummer.

»Schätzchen, Lorenzo hat eine Nachricht auf der Mailbox hinterlassen. Klingt, als solltest du ihn lieber gleich zurückrufen. *Subito*!«

Aufgeregt nahm Julia ihrem Onkel das Telefon ab und drückte auf die Rückruf-Taste, dann setzte sie sich auf ihren Koffer, just neben die Stelle, wo Eleonore gesessen hatte, und hielt sich mit dem Finger das andere Ohr zu, um sich von dem Hintergrundlärm abzuschotten.

Lorenzo hob nach nur einem Klingeln ab.

»Jules?«

»Schatz!«

»Würdest du vielleicht die Freundlichkeit besitzen, mir zu erklären, was hier vor sich geht?«

Julia konnte die Besorgnis in seiner Stimme hören, und ihr Herz begann zu rasen.

»Ach Schatz, ich bin einfach ein Vollidiot! Deine wundervolle Tasche … Du wirst es nicht glauben, aber an der Gepäckdurchleuchtung am Flughafen in Paris habe ich versehentlich eine identische, aber fremde Tasche mitgenommen und in meiner waren doch unsere Trauringe und …«

»Es stimmt also«, unterbrach er sie mit leiser Stimme.

»Wie bitte?«

»Na ja, als ich dich nicht erreichen konnte, habe ich deine Mutter in Frean Hall angerufen, und sie hat mir von der Verwechslung erzählt. Ich hatte schon befürchtet, sie hätte – wie sagt man? – den Verstand verloren.«

»Renzo, wie sprichst du über deine zukünftige Schwiegermutter?«

Onkel Quinn, der neben ihr stand und ihre Worte gehört hatte, legte die Stirn in Falten.

»Und was ist das für eine Geschichte mit dem Testament?«, fragte Lorenzo weiter. »In der Tasche war Jaques Deschanels Testament? Stimmt das?«

»Ja! Onkel Quinn und ich sind eben in Nizza angekommen, und jetzt fahren wir zum Château Deschanel, übergeben das Testament der Familie, tauschen die Tasche aus und kommen zurück nach Hause. Idiotensicherer Plan, oder?«

Lorenzo seufzte. »Jules, das wäre doch nicht nötig gewesen, dass ihr zwei den ganzen Weg nach Frankreich zurückfliegt. Wenn ihr nur vorher mit mir gesprochen hättet!«

»Ich habe ja versucht, dich zu erreichen«, erwiderte Julia. »Aber du bist ja nicht rangegangen.«

»Ich weiß – aber stell dir vor, Julia, ich kenne Eleonore Deschanel. Sie ist eine meiner Kolleginnen bei PPR!«

Julia wandte sich abrupt ihrem Onkel zu und raunte: »Lorenzo arbeitet mit Eleonore zusammen!«

Onkel Quinn quittierte das Ganze nur mit einem Schulterzucken, drehte sich um und ging.

»Sie hat die Tasche also auch über Kontakte bekommen«, sagte Julia. Zumindest würde das den so absurden Umstand erklären, warum zwei identische, seltene Designertaschen zur gleichen Zeit am gleichen Ort aufgetaucht waren.

Lorenzo schien diese Überlegung jedoch gar nicht zu interessieren. »Ich hätte sie ohne weiteres ausfindig machen und einen Kurier für die Tasche schicken können.«

Julia schwieg einen Moment. Das leise Gefühl beschlich sie, dass ihr Verlobter nicht gerade auf ihrer Seite war.

»Und was das Testament angeht«, fuhr Lorenzo fort, »so müssen die Deschanels doch Kopien haben, oder? Wahrscheinlich machen sie sich überhaupt keine Gedanken über das Original. Komm einfach nach Hause, Julia. Du musst eine Hochzeit vorbereiten, hast du das vergessen?«

»Na ja, jetzt sind wir schon mal hier, jetzt können wir das Ganze auch selbst durchziehen …«

»Ich wünschte, du würdest es einfach lassen.« Seine Stimme klang angespannt, als müsse er sich bemühen, einen Wutanfall zu unterdrücken.

»Schatz, das ist ja alles schön und gut, und ich finde es wirklich süß, dass du dir solche Sorgen um mich machst, aber ich habe mir das alles genau überlegt. Gerade auf dem Land in Schottland sind Kurierdienste alles andere als zuverlässig. Selbst wenn sie damit werben, dauern die Lieferungen immer länger als vierundzwanzig Stunden. Und wahrscheinlich ist das in der Provinz von Südfrankreich nicht anders. Ich hätte keine ruhige Minute, wenn ich mich die ganze Zeit fragen müsste, ob unsere Ringe pünktlich zur Trauung da sein werden. Wahrscheinlich würde ich mir vor lauter Nervosität sämtliche Nägel abkauen.«

»Und deshalb willst du eine Familie, die sich in Trauer befindet, belästigen?«

Das saß. Julia atmete einmal tief ein, um sich zu sammeln. »So habe ich das nicht gesehen. Und ich wollte, du würdest es auch nicht tun. Wir werden nur kurz am Château anläuten, unser Beileid bekunden, die Taschen austauschen und wieder heimfahren. Wir haben Dienstagabend, morgen sind wir schon wieder in Frean Hall, und wir sehen uns am Freitag, wenn du kommst. Ich freue mich schon so auf dich.«

»Oh Jules, tu mir nur den Gefallen und belästige die Deschanels nicht länger als nötig, okay?«

»Schatz, vertrau mir einfach.«

Grimmig stand Julia auf und gab ihrem Onkel, der soeben ein Taxi angehalten hatte, das Telefon zurück. Mit gesenktem Kopf trottete sie zum Kofferraum des Wagens, um ihren Trolley zu verstauen. Mit einem Mal war all die Aufregung über ihre Mission, all das Adrenalin aus ihr gewichen. Vielleicht hatte Lorenzo Recht. Vielleicht war sie wirklich unsensibel und töricht.

Der freundliche Taxifahrer schien Julia und Quinn für Freunde der Deschanels zu halten, die anlässlich der Beerdigung angereist waren. Aus seinen Erzählungen wurde sehr schnell klar, dass die Deschanels eine hoch geachtete Familie in der Region waren und dass der Tod des Familienoberhaupts viele Leute getroffen hatte. Sie erfuhren außerdem, dass Madame Deschanel ebenfalls verstorben war und dass das Château nun in den Besitz des Sohnes übergehen sollte.

»Er wird ein sehr beschäftigter Junge sein, *non?*«, sagte der Fahrer mit einem traurigen Lächeln. Auf dem Rücksitz murmelten Julia und Quinn Worte der Zustimmung. Sie mussten sich in Acht nehmen und sich nicht anmerken zu lassen, dass sie weder etwas über die Deschanels wussten noch trauernde Freunde waren. Stattdessen hielten sie sich an kurze, höfliche Floskeln, waren aber dankbar für jede Vorabinformation.

Das letzte Tageslicht verblasste langsam, als sie am Fuße der Alpen entlangfuhren und sich allmählich der breiten Auffahrt zum Château Deschanel näherten. Julia konnte kaum mehr atmen. Die Einschätzung des Taxifahrers und das Gespräch mit Lorenzo hatten dazu geführt, dass sie sich in ihrem Vorhaben schäbig fühlte. Hoffentlich würde die ganze Sache schnell über die Bühne gehen.

»Voilà!« Der Wagen war um die letzte Kurve gebogen, und der Blick auf das dezent angestrahlte Château lag frei.

»Wow.« Onkel Quinn war selten so sparsam mit seinen Worten.

Das Château Deschanel wirkte majestätisch, imposant, aber dennoch einladend. Der Bau war in absoluter Symmetrie errichtet, der honigfarbene Sandstein schmiegte sich perfekt in die satte grüne Landschaft hoch über dem Mittelmeer. Jedes der deckenhohen Fenster war in vierundzwanzig Scheiben unterteilt und von schweren hölzernen Fensterläden flankiert. Eine breite Treppe führte hinauf zu der massiven Eichentür, und hinter den schweren zugezogenen Vorhängen schimmerte sanftes Licht hervor.

Beim Anblick des erleuchteten Hauses schlug Julias Stimmung erneut um. Sicher war sie nervös, aber das eingeschaltete Licht erinnerte sie daran, dass Lorenzo Recht gehabt hatte. In dem Haus befanden sich Menschen. Und sie und ihr Onkel waren dabei, aufrichtig trauernde Fremde zu belästigen, und das alles nur wegen ihrer nicht gerade selbstlosen Mission.

In der Zwischenzeit hatte der Taxifahrer ihr Gepäck aus dem Kofferraum geholt, Onkel Quinn drückte ihm viel zu viel Geld in die Hand, und der Fahrer brauste davon.

»Nein!«, schrie Julia. Doch es war zu spät. »Wir hätten ihn bitten müssen, auf uns zu warten! Wir werden doch nicht länger als zwei Minuten benötigen.«

»Schätzchen, in Südfrankreich gibt es nichts, für das man nur zwei Minuten benötigt. Ich lebe weit länger als du in diesem Land. Keine Angst, ich habe mir seine Karte geben lassen. Also, *courage*!«

»Vielleicht sollten wir wenigstens das Gepäck verstecken?«, merkte sie betreten an.

»Gute Idee.«

Quinn rollte ihre Koffer aus dem Blickfeld des Eingangsbereichs hinter einen duftenden Rosenbusch, stieg dann die Treppen empor und klingelte beherzt an der Tür. Sie warteten angespannt. Nach ein paar Minuten waren im Inneren des Hauses Schritte zu hören, und Julia hielt erneut den Atem an.

Ein junger Mann Ende zwanzig öffnete die Tür. Er war groß, gebräunt, mit athletischer Figur und einem attraktiven, ausdrucksstarken Gesicht, und leger in Jeans und einem leichten weißen Leinenhemd gekleidet. Julia, die normalerweise über tadellose Manieren verfügte, konnte nicht umhin, als ihn mit offenem Mund anzustarren, denn zu ihrer eigenen Überraschung erkannte sie den Mann sofort.

»Luc Desch!«, rief sie aus. »Sie sind es doch, oder?«

»Ja, Mademoiselle, das bin ich. Obwohl ich, wenn ich zu Hause bin, eher auf Luc Deschanel höre. Wie kann ich Ihnen helfen?«

Es war an Onkel Quinn, den Fauxpas seiner Nichte auszubügeln und die rechten Umgangsformen wiederherzustellen, denn auch wenn Julia mit so gut wie allem gerechnet hatte, so war ihr ganz sicher nie der Gedanke gekommen, plötzlich ihrem absoluten Lieblingsfolksänger gegenüberzustehen. Luc Desch … Deschanel! Natürlich!

»Monsieur«, setzte Quinn an. »Bitte entschuldigen Sie, dass wir Sie in einer so schwierigen Zeit behelligen. Ich möchte Ihnen mein allerherzlichstes Beileid zu Ihrem schweren Verlust aussprechen. Ich hatte nicht das Vergnügen, Ihren Vater zu kennen, doch nach alldem, was ich gehört und gelesen habe, werden Sie ihn sehr vermissen.«

»Vielen Dank«, antwortete Luc und wartete ab, welches Anliegen Quinn vortragen würde. Julia hatte sich derweil von ihrem ersten Schock erholt und wollte nun am liebsten vor Scham im Boden versinken. Sie hatte sich wie ein bescheuertes Groupie verhalten, hier, vor Luc Desch, der soeben seinen Vater verloren hatte. Ihre Wangen glühten, und sie wusste nicht, wo sie hinschauen sollte.

»Mein Name ist Quinn Gibson, und dies ist meine Nichte, Julia Douglas.«

»Sehr erfreut.« Er trat einen Schritt vor, schüttelte Quinns Hand und nahm dann Julias zitternde Hand entgegen, führte sie flüchtig zu seinen Lippen und berührte sie sanft. Die ganze Zeit über sah er ihr in die Augen.

Julia verspürte ganz plötzlich den Drang, laut aufzuschreien und die Auffahrt hinunterzurennen.

»Sie haben eine Schwester namens Eleonore, wenn ich nicht irre«, sagte Quinn schließlich.

Luc neigte den Kopf ein wenig zur Seite und nickte fast unmerklich. Seine Züge wirkten auf einmal angespannt.

»Nun, es sieht so aus, als hätten Julia und Eleonore versehentlich ihre Taschen am Flughafen in Paris verwechselt.«

»Hier ist Eleonores Tasche«, warf Julia hastig ein und hielt Luc die Bottega Veneta hin. »Ich nehme an, dass Ihre

Schwester meine Tasche mitgenommen hat. Es handelt sich um das gleiche Modell.«

Luc schwieg, er schien die Information zu verarbeiten.

»Wenn Sie einmal kurz hineinschauen möchten, werden Sie sehen, dass die Tasche Ihrer Schwester das Testament Ihres verstorbenen Vaters enthält«, fuhr Quinn sanft fort. »Und in der Tasche meiner Nichte befinden sich ihre Trauringe, die sie am Wochenende bei ihrer Hochzeit in Schottland benötigen wird. Deshalb sind wir persönlich hergekommen. Die Angelegenheit schien uns zu wichtig, um sie Dritten zu überlassen.«

»Dann kommen Sie doch bitte herein«, antwortete Luc nun wesentlich freundlicher.

Sie folgten ihm ins Haus. Die doppelstöckige Eingangshalle war mit schwarzem und weißem Marmor in Schachbrettmuster gefliest, und mit all den eleganten Wandbehängen, den schlanken Sideboards, imposanten Kerzenleuchtern und der geschwungenen, freien Treppe war der Eingangsbereich so unverwechselbar französisch, so geschmackvoll ausgestattet, dass Quinn nicht anders konnte, als seinem Staunen Ausdruck zu verleihen. »Monsieur Deschanel …«

»Luc. Bitte nennen Sie mich doch Luc.«

Quinn verneigte sich leicht. »Luc, Ihr Heim ist wunderschön. Und mit einem so liebevollen Auge fürs Detail eingerichtet.«

»Das alles trägt die Handschrift meiner verstorbenen Mutter. Vielen Dank.«

Er führte sie in einen hohen Salon, wo ein Feuer im steinernen Kamin gemütlich knisterte und eine große Vase mit weißen Lilien den einzigen Blickfang im ganzen Raum bildete. Julias Augen wanderten unruhig umher auf der Suche nach einer Frau, die Eleonore sein könnte. Doch inzwischen hatte sie sich ihre Umgangsformen wieder ins Gedächtnis gerufen und sie hielt es für angebracht, einzig einen schüchtern gemurmelten Dank an ihren Gastgeber zu richten, der ihnen je ein Glas Cognac reichte.

»Luc, es liegt wirklich nicht in unserer Absicht, Sie länger als nötig aufzuhalten, vor allem in einer so schwierigen Zeit«, sagte Quinn. »Ich hoffe, Ihre Schwester ist gut angekommen.«

Julia zuckte zusammen. Die arme Eleonore saß vermutlich oben und schluchzte sich die Seele aus dem Leib.

Luc schien verwirrt. »Nein, es tut mir leid, aber Eleonore ist noch nicht hier. Sie sagte mir, dass sie heute aus Paris abfliegen würde, aber ich war nicht sicher, wann genau wir sie zu erwarten hätten. Mein Freund Simon sollte sie vom Flughafen abholen, und ich fürchte, mit all dem Trubel der letzten Tage habe ich ein bisschen den Überblick verloren.«

»Merkwürdig«, bemerkte Julia. »Sie war auf jeden Fall in der Maschine nach Nizza, die heute Morgen etwa zur gleichen Zeit abgeflogen ist, wie unser Flugzeug nach Edinburgh …«

»Wir haben das überprüft«, beeilte sich Quinn zu bestätigen.

Luc seufzte, der Ausdruck auf seinem Gesicht war schwer zu deuten. »Ich verstehe.«

Er blickte einen Moment lang ins Leere, bevor er weitersprach. »Nun, es ist jedenfalls ein Segen, dass Sie gekommen sind, um das Testament herzubringen! Ich hoffe, meine Schwester wird nicht allzu lang auf sich warten lassen. Bitte, nehmen Sie doch Platz.«

Julia konnte sehen, dass Luc sich sehr bemühen musste, die Form zu wahren, dass weit mehr hinter seiner scheinbar ruhigen Fassade vorging, als er sich anmerken ließ. Doch wer war sie schon, ihn zu fragen, ob alles in Ordnung war? Natürlich war *nicht* alles in Ordnung.

»Würden Sie mich bitte einen Moment entschuldigen?« Er nahm das Telefon von dem kleinen Mahagonitischchen und drückte eine Schnellwahltaste. »Sie muss wohl zu unserem Appartement in der Stadt gefahren sein.«

Offenbar hob am anderen Ende der Leitung niemand ab. Nach einigen Minuten legte er auf und wandte sich wieder seinen Gästen zu. »Vielleicht ist sie ja doch auf dem Weg hierher.« Er seufzte erneut. »Ich hatte Eleonore darum gebeten, Vaters Testament bei unserem Familienanwalt in Paris abzuholen«, erklärte er. »Eleonore arbeitet in Paris, daher meinte sie, es sei kein Problem für sie, die Dokumente abzuholen, so müssten wir sie auch nicht der Post anvertrauen.«

»Vollkommen richtig«, stimmte Quinn zu, und sogleich fühlte sich Julia darin bestätigt, dass sie diese wichtige Angelegenheit nicht einem Kurier überlassen hatten. Sie hatte sich wieder gefangen. Und zwar so sehr, dass sie eine Notwendigkeit verspürte, sich für ihr ungebührliches Verhalten an der Haustür vorhin zu entschuldigen.

»Es … es tut mir sehr leid, dass ich mich so dumm benommen habe, als Sie uns eben die Tür geöffnet haben«, setzte sie an. »Aber ich bin wirklich ein großer Fan Ihrer

Musik. Ich habe all Ihre CDs und die limitierte DVD von dem Konzert, das Sie in Verona gegeben haben … Und ich war wirklich auf alle möglichen Situationen vorbereitet, nur eben darauf nicht …«

Luc lächelte zum ersten Mal, und Julia schien es, als breitete sich ganz plötzlich eine angenehme Wärme in dem Raum aus. »Das ist schön zu hören, vielen Dank«, sagte er leise. »Musizieren Sie auch?«

»Sie ist ein kleines Genie am Klavier …«

»Onkel Quinn!« Julia fiel ihm ins Wort und warf ihm einen warnenden Blick zu.

»Ach Schätzchen, werd endlich erwachsen! Du spielst großartig!«

»Musik ist eine so gute Therapie, nicht wahr?«, sagte Luc, mehr zu sich selbst.

»Interessant, dass Sie das sagen«, meinte Julia. »Tatsächlich habe ich mir die Noten zu Ihren ersten zwei CDs besorgt, *Constant Exposure* und *Microclimate,* und genau die hole ich immer raus, wenn es mir schlecht geht …«

»Klingt wie eine Hommage an den Weinbau«, sagte Onkel Quinn.

»Genau«, bestätigte Luc. »Alles, was ich schreibe, und alles, was ich jemals geschrieben habe, dreht sich immer um meine Heimat. Aber das ist Geschichte. Seit meine Mutter verstorben ist, habe ich weder einen Song geschrieben noch ein Konzert gegeben. Es war immer so viel anderes zu tun …« Er hielt inne und sah Julia direkt an. »Ich freue mich, dass Sie in meiner Musik etwas gefunden haben, das Sie berührt. Das bedeutet mir sehr viel.«

Julia fühlte, wie sie von Kopf bis Fuß zu erröten drohte.

Zum Glück war Onkel Quinn etwas pragmatischer veranlagt.

»Gibt es einen anderen Ort, an dem sich Ihre Schwester aufhalten könnte?«, brachte er das Gespräch zurück auf ihr Anliegen.

Genau in diesem Moment klingelte das Telefon. Luc sprang sogleich auf und nahm den Hörer ab. Quinn und Julia lauschten gespannt.

»Ja … Ach, hat sie das? Nein, hier nicht. Ist sie jetzt dort? … Konntest du sie nicht überreden? … Natürlich, das verstehe ich … Vermutlich hast du Recht … Danke für alles, mein Freund! … Ja, das mache ich. Mach's gut!«

Er kam zurück und ließ sich wieder aufs Sofa fallen. »Das war Simon. Er hat Eleonore tatsächlich heute Vormittag vom Flughafen abgeholt, und sie hat ihn gebeten, wie ich vermutet habe, sie zu unserem Stadtappartement zu bringen, anstatt hierherzukommen.«

»Aber sie ist dort nicht ans Telefon gegangen!«, platzte Julia heraus.

»Ich kenne meine Schwester«, sagte Luc betrübt. »Sie wird gewisse Dinge zu erledigen haben, besonders, wenn sie glaubt, Vaters Testament verloren zu haben. Oh Eleonore! Du solltest einfach hier sein!«

»Was können wir tun, um Ihnen helfen?«, fragte Quinn mit ernsthaft betroffenem Gesicht.

Am besten, indem wir endlich abhauen und diese armen Menschen mit ihrer Trauer in Ruhe lassen, dachte Julia, sagte jedoch nichts.

Luc erlangte seine Fassung sogleich wieder. »Nichts, wirklich. Es tut mir sehr leid, aber wäre es in Ordnung, wenn Sie beide hierblieben, bis meine Schwester im Château eintrifft? Eleonore wird wohl erst mal ein bisschen Dampf ablassen müssen, sagen wir mal so, dann wird sie schon kommen. Vermutlich wird es aber bis morgen dauern. Vielleicht irre ich mich auch, und sie kommt schon heute Nacht. Dürfte ich Sie bitten, die Nacht hier zu verbringen, falls sie nicht mehr kommt?«

»Na ja …« Julia fühlte sich plötzlich merkwürdig befangen, wie in einer Falle sitzend.

»Natürlich bleiben wir, wenn es Ihnen keine allzu große Last ist«, antwortete Quinn.

Julia sah die beiden Männer an. Sie waren wirklich eine andere Spezies. Die Art und Weise, wie sie soeben die Angelegenheit geregelt hatten, ohne auch nur ein Wort darüber zu verlieren, wie es den einzelnen Beteiligten wirklich ging, das war schon erstaunlich. Somit war alles beschlossen. Und sofern Eleonore nicht am selben Abend noch auftauchen würde – wonach es im Augenblick nicht aussah –, würden sie wohl die Nacht im Château verbringen.

»Ich werde gleich dafür sorgen, dass Sie das Nötigste für eine Übernachtung bekommen.«

Julia und ihr Onkel sahen einander schuldbewusst an. Wer von ihnen würde nun die Sache mit den Koffern hinter dem Rosenbusch erklären?

»Eigentlich brauchen wir gar nichts …« Es war wieder einmal Onkel Quinn, der die Initiative ergriff.

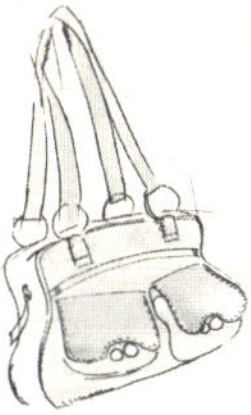

Kapitel 5

Julia hätte sich am liebsten gezwickt, um sich zu versichern, dass sie nicht träumte. Sie fühlte sich wie ein Teenager, der bei einem Konzert seines Lieblingspopstars mit hinter die Bühne durfte. Sie errötete, als ihr ihre früheren Mädchenfantasien über Luc Desch wieder einfielen. Im gleichen Moment bemitleidete sie den Mann beinahe. Es fühlte sich einfach nicht richtig an, dass ihr eigenes Leben so voll von Wärme und Glück war, während ein so aufrichtiger Mann soviel Kummer hatte.

Im Lauf des Abends wurde die Stimmung allmählich entspannter. Julia gestattete sich gar den Gedanken – wenn auch nur ganz kurz –, dass ihre Anwesenheit Luc womöglich helfen konnte, sich ein wenig von seiner Trauer abzulenken. Er war ein ausgesprochen charmanter Gastgeber. Zunächst führte er sie hinauf in den zweiten Stock, zu einem sehr hübschen, eleganten Schlafzimmer. Luc entschuldigte sich sogleich, dass die größeren Zimmer noch nicht zurechtgemacht seien, da man erst am Freitagabend vor der Beerdigung mit den ersten Besuchern gerechnet habe. Julia und Quinn versicherten, dass das Zimmer absolut wundervoll sei und völlig ausreichend. Zurück im Salon nahmen sie ihre Plätze am Kamin wieder ein und Luc bot seinen Gästen weitere Getränke an.

Die ganze Zeit über war sich Julia der Traurigkeit in den blaugrauen Augen ihres Gastgebers schmerzlich bewusst. Er hatte die Aura eines Mannes, der die Last der ganzen Welt auf seinen Schultern trug, doch mit aller Macht versuchte, so unbefangen wie möglich dabei zu wirken. Sie vermutete, dass er seine Trauer nicht nur verbarg, um seinen unerwarteten Besuch nicht zu belasten, sondern dass er so auch sich selbst zu überzeugen versuchte, der schweren Aufgabe gewachsen zu sein, ab sofort Oberhaupt der Deschanel-Familie zu werden.

Luc erkundigte sich nach der schottischen Herkunft seiner Gäste.

»Schottland?«, fragte Quinn und hob die Augenbrauen. »Also ich persönlich versuche tunlichst, diesen Ort zu meiden, wann immer ich kann.«

»Onkel Quinn!« Julia schlug ihm mahnend leicht auf den Unterarm.

»Aber es stimmt, Schätzchen. Wären da nicht deine Mutter und ihr drei, ich hätte sicher nie wieder einen Fuß auf die Insel gesetzt.« Er wandte sich Luc zu. »Ich lebe seit vierzig Jahren in Paris. Es ist einfacher für meinen Beruf. Ich bin Dekorateur und vor vierzig Jahren in Dumfries … Kennen Sie Dumfries?«

Luc schüttelte bedauernd den Kopf.

»Denken Sie sich nichts, das überrascht mich nicht im Geringsten. Dumfries ist meine Heimatstadt. Wirklich am hinterletzten Ende des Landes, keinerlei Abwechslung … Wie auch immer, die Vorstellung, die man in Dumfries von Innendekor hatte, beschränkte wohl eher ausschließlich auf Resopal als auf … Nun, lassen Sie es mich so sagen: Die

Herausforderung war einfach zu groß«, dramatisch legte er die Hand auf seine Brust, »sogar für mich.«

Julia verdrehte die Augen.

»Und … in Paris lernte ich zudem jemanden kennen.«, fuhr Quinn fort. »Meinen Lebensgefährten. Wir waren zusammen, bis er vor fünf Jahren verstarb.« Quinn hielt für den Bruchteil einer Sekunde inne. Vor Julias innerem Auge tauchte Hugo auf, Onkel Quinns lebenslustiger Partner. Sanft legte sie ihrem Onkel den Arm um die Schulter. »Paris ist jetzt meine Heimat und wird es immer sein. Alle Wurzeln meiner Persönlichkeit liegen dort begründet.« Er warf seiner Nichte einen verschwörerischen Blick zu. »Auch wenn in Schottland einige sehr wertvolle Verzweigungen liegen.«

Luc nickte verständnisvoll. »Und die Hochzeit – Sie sagten, sie finde in Schottland statt?«

»Ja, am Samstag.« Bei dem Wort »Samstag« zuckte Julia zusammen. Immerhin würde Luc am gleichen Tag seinen Vater zu Grabe tragen. Julia fühlte sich erneut veranlasst, sich zu entschuldigen und so schnell wie möglich das Thema zu wechseln. Insgeheim hoffte sie auch noch, dass jeden Moment die Tür auffliegen und Eleonore Deschanel mit ihrer Handtasche hereinschneien würde und der ganze Alptraum dann endlich vorbei wäre.

Doch irgendetwas stimmte ganz und gar nicht mit Eleonore – das war mehr als offensichtlich. Julia hoffte nur, dass es nichts mit den Hinweisen in ihrem Tagebuch zu tun hatte, das Onkel Quinn unhöflicherweise einfach geöffnet hatte.

»Julia arbeitet auch in Paris – als Designerin bei Gucci«, sagte Quinn, um die Stille zu durchbrechen. »Sie entwirft

Handtaschen. Ist das nicht ein amüsanter Zufall? Sie designt Taschen, ist aber nicht in der Lage, auf ihre eigene Handtasche aufzupassen!« Er schmunzelte. »Auch Julia war immer schon sehr talentiert, wenn es um Handarbeiten ging: Egal ob Handtaschen, schottische Sporrans – das sind die typischen Gürteltaschen am Kilt – oder Hüte, ihre flinken Finger können einfach alles. So hat sie auch das Musikzimmer in Frean Hall immer mit ihrem herrlichen Klavierspiel erfüllt. Ich muss wohl nicht erwähnen, dass sie all diese Talente von mir geerbt hat.«

»Natürlich!« Luc lächelte.

Julia konnte sehen, dass er ihren Onkel mochte. Und obwohl jedes Zeichen für die Anwesenheit einer weiblichen Person fehlte, wusste Julia instinktiv, dass Luc Deschanel definitiv, todsicher und absolut nicht schwul war. Zudem flirtete Onkel Quinn nicht mit ihm, was ein weiterer Hinweis war.

»Haben Sie schon immer Gitarre gespielt?«, fragte Julia, obwohl sie glaubte, die Antwort schon zu kennen. Luc Desch spielte Gitarre, als sei das Instrument ein Teil seiner Seele.

»Nein.« Seine Antwort überraschte sie sichtlich. »Ihr Akzent ist übrigens ganz bezaubernd.« Dies überraschte Julia noch viel mehr. Sie lächelte.

»Ob Sie es glauben oder nicht, aber ich hatte zunächst angefangen, Cabrette zu spielen. Haben Sie davon schon einmal gehört?«

Bedauernd musste Julia verneinen.

Ganz im Gegensatz zu ihrem Onkel. »Cabrette? Wie Joseph Canteloube?«

»Genau! Er war mein Vorbild.« Luc lächelte breit. »Ein Meister seines Faches.«

»Schön und gut, aber was ist denn nun eine Cabrette?«, fragte Julia und blickte von einem zum anderen.

»Ein Instrument, ähnlich wie ein schottischer Dudelsack, nur aus Ziegenleder gefertigt, wenn ich nicht irre«, antwortete Quinn. »Es stammt aus der Auvergne, nicht wahr?«

Luc nickte. »Es hat tatsächlich eine gewisse Ähnlichkeit mit dem schottischen Dudelsack, allerdings ohne das Geweih.«

»Geweih?«, sagte Julia empört. »Das sind die Basspfeifen!«

»Wie man unschwer hören kann!«, warf Onkel Quinn ein.

»Bei der Cabrette wird der Ton nur durch das Drücken mit dem Ellbogen auf den Beutel erzeugt«, erklärte Luc.

»Also kein Schnaufen und Pusten und verkrampfte Gesichter mit knallroten Wangen«, sagte Quinn. »Wussten Sie, dass es in Schottland gegen das Gesetz verstößt, in einer Dudelsack-Kapelle zu spielen, wenn man weniger als zweihundert Kilo wiegt?«

»Onkel Quinn!«, mahnte ihn Julia so würdevoll wie möglich, während ihr Onkel sich noch immer über diese Vorstellung amüsierte. »Es wird dich vielleicht überraschen, aber ich habe durchaus eine Toleranzgrenze, wenn es darum geht, wie viele schlechte Witze über meine Heimat ich ertragen kann. Und ich glaube, du hast diese Grenze soeben überschritten.« Sie grinste ihn süßlich an, ehe sie sich wieder an Luc wandte. »Ich hatte vorher noch nie von einer Cabrette gehört, aber in Irland wird der Dudelsack genauso gespielt, nicht wahr? Der Klang ist sehr schön. Er ist schlichter.«

»Genau«, stimmte Luc ihr zu.

»Und jagt nicht direkt nach zehn Minuten sämtliche Zuhörer aus dem Raum …«, murmelte Quinn.

»Es reicht, Onkel Quinn!«, herrschte Julia ihn an.

»Tut mir leid.«

»Wirklich?«

»Na gut, stimmt, tut es nicht.«

»Ich setze dich am Samstag bei der Feier zur Strafe direkt neben den Dudelsackbläser!«

»Hm, dann werde ich ihn womöglich umbringen müssen.«

»Es ist eine *Sie*, um genau zu sein.«

»Wiegt sie über zweihundert …« Endlich parierte er ihrem warnenden Blick. »Nein, natürlich nicht. Wie reizend, ich kann es kaum erwarten.«

Julia wandte sich nun erneut Luc zu. »Ich nehme nicht an, dass Sie Ihr Instrument noch haben. Ich würde es so gerne einmal hören.« Sie war nicht sicher, ob dies eine angemessene Bitte war, angesichts seines familiären Verlusts und seiner auf Eis gelegten Musikerkarriere und all dem, aber sie war einfach furchtbar neugierig auf diese französische Variante – warum hätte sie also nicht fragen sollen?

Doch Luc schüttelte den Kopf. »Es tut mir leid, aber ich habe die Cabrette weggegeben, als meine Mutter vor zwei Jahren verstorben ist. Wahrscheinlich würde ich ohnehin keinen Ton mehr rauskriegen. Seit ich ein Teenager war, habe ich mich fast ausschließlich auf das Gitarrespielen und das Schreiben von Songs konzentriert.«

»Sie haben also all Ihre Lieder selbst geschrieben?« Julia hatte diesem Umstand nie recht Tribut gezollt.

Er nickte. »So ziemlich. Aber es gibt so viele Einflüsse, von denen ich zehre. Die Folkmusik aus der Auvergne hat mich sehr stark geprägt. Meine Mutter kam von dort, und sie hat immer viel gesungen …« Seine Stimme war bei diesem Gedanken leiser geworden. »Und dann natürlich die übliche Rockmusik als Teenager. Ich höre mir viele Bands an und versuche dann, ihre Musik auf das Wesentliche herunterzubrechen, um diese Elemente dann in den traditionellen Folk einzuweben. Ich hatte sehr viel Glück, dass ich diese beiden Musikrichtungen miteinander verbinden konnte. Es gibt so viele Stimmungen, so viele Kontraste, man braucht doch Musik, um dazu zu tanzen, und eine andere, um zu weinen; um seine Stimmung aufzuheitern oder einfach nur darin zu schwelgen und sich verstanden zu fühlen – wissen Sie, was ich meine?«

Julia wusste es genau. »Musik hat so viel Kraft.« Ihre Stimme war nun beinahe nur noch ein Flüstern. »*Home Hill* ist mein absoluter Lieblingssong von Ihnen, Luc.« Ihre Schüchternheit war wie weggewischt, als sie sich erinnerte, wie sie in ihrem Zimmer in Frean Hall gesessen und sich ganz in Luc Deschs Musik verloren hatte.

Plötzlich sprang er von seinem Sessel auf. »Kommen Sie, spielen wir es zusammen.«

Julia sah zu ihm auf. »Ist das Ihr Ernst?«

Doch Luc hatte bereits zu seiner Gitarre gegriffen, die auf einem Ständer in der hinteren Ecke des Raumes direkt neben dem Flügel stand.

»Die Musik ist zu Ihren Diensten.«

»Okay, warum nicht.«

Julia erhob sich und ging zu dem Flügel. Ihre ehemalige Klavierlehrerin, Miss Carruthers, hatte ihr schon in frühester Kindheit beigebracht, dass Musik dazu da war, sie zu teilen, nicht, sich mit ihr einzusperren. Im Geiste hörte Julia die schrille Stimme der alten Dame: »Wenn jemand dich bittet, für ihn zu spielen, spiel!«

»Onkel Quinn«, rief sie durch den Salon, als sie auf dem Klavierhocker Platz nahm, »komm doch zu uns!«

Quinn machte eine abwehrende Handbewegung. »Schätzchen, wenn Luc mir nicht ein Kazoo in die Hand drückt und mich zwingt, ein Solo darauf zu spielen, bin ich doch mehr als zufrieden mit meinem Platz hier am Feuer.«

Luc setzte sich auf einen kleinen Schemel neben dem Klavier und legte sich den Ledergurt seiner Gitarre um den Hals. Julia erkannte das Instrument von dem Videomitschnitt des Verona-Konzerts, und ein Schauer nervöser Erregung lief ihr den Rücken hinunter. »Zwei … drei … vier.«

Zunächst zögerlich, dann mit immer größerer Selbstsicherheit, ließ Julia ihre Finger über die Klaviatur des wunderschönen Steinway-Flügels gleiten, während Luc die Melodie von *Home Hill* auf den Saiten seiner Gitarre zupfte. Als sie an die Stelle kamen, wo er eigentlich hätte anfangen müssen zu singen, blieb er jedoch still und überließ es einfach der Musik, die Geschichte zu erzählen.

Er spielte die Hauptstimme zu Julias virtuoser Klavierbegleitung. Während die Klänge sich ineinander verwoben, schloss er die Augen, und Julia meinte – obgleich sie sich nicht hundertprozentig sicher war –, eine Träne in seinem Augenwinkel zu sehen, die Gefahr lief, sich zu verselbstständigen.

»Bravo!« Onkel Quinn applaudierte begeistert, als die letzten Akkorde ausklangen. »Wunderbar! Einfach wunderbar! Ihr zwei spielt wirklich großartig zusammen!«

Julia errötete, und Luc nickte ihr lächelnd zu.

»Komm«, sagte er, »spiel mir etwas Schottisches vor.«

»Sind Sie ... bist du ... bist du dir sicher?« Julia erschrak, auch über die von ihm angeschlagene Vertraulichkeit, gleichzeitig reizte sie jedoch auch die Herausforderung. Dann fiel ihr ein, dass sie gar keine schottischen Lieder auswendig konnte. Ohne weiteres hätte sie stundenlang Beethoven spielen können; selbst ein bisschen Scott Joplin wäre ihr vermutlich geglückt.

»Es tut mir leid, aber ich fürchte ich kann gar keine ...«

»Komm schon, Schätzchen!«, ermunterte Onkel Quinn sie. »Weißt du nicht mehr, Silvester, damals nach der Verlobungsfeier deiner Schwester? Wie alt warst du da? Vierzehn? Was war das noch für ein Song, den du da selbst komponiert und den ganzen Abend für uns in verschiedenen Variationen gespielt hast?«

Julia erinnerte sich. »Oh! *The Flowers o' the Forest!* Das ist aber eigentlich ein Stück für Dudelsack!«

»Tatsächlich?« Onkel Quinn zog eine Grimasse.

»Jetzt bist du wohl nicht mehr so wild darauf, das Lied zu hören, was?«

»*Ich* würde es gern hören!«, sagte Luc. »Tust du mir den Gefallen?«

Also spielte sie. Es war eine einfache Melodie, eine Klage auf eine verlorene Liebe. Sie schien die Schönheit des

Liedes auf besondere Art zu betonen, und in dem eleganten Salon des Château Deschanel breitete sich ein kleines bisschen Schottland aus. Das Lied war wohl kaum geeignet, um einen trauernden Mann aufzuheitern, schoss es Julia durch den Kopf, während sie spielte. Doch irgendwie schien es dennoch genau das Richtige zu sein.

Nachdem der letzte Ton verklungen war, blieb es zunächst still im Raum.

Onkel Quinn durchbrach das Schweigen als Erster. »Vielen Dank, dass du mich daran erinnert hast, dass Schottland mehr zu bieten hat als Homophobie und das Nationalgericht Haggis. Das war wirklich wunderschön!«

»Ja, vielen Dank«, stimmte Luc mit ein. »Ein wundervolles Lied.«

Der Moment der Ergriffenheit wurde unterbrochen durch die sich öffnende Tür, und eine attraktive junge Frau betrat den Salon.

Julias Herz machte einen Satz. Eleonore!

Onkel Quinn erhob sich sogleich von seinem Sessel. Auch Luc stand auf, ging auf die Frau zu, küsste sie auf beide Wangen und führte sie schließlich zu ihnen.

»Marie-Louise, darf ich dir Miss Julia Douglas aus Schottland und ihren Onkel, Quinn Gibson … aus Paris vorstellen?« Er lächelte Quinn zu, während die Frau den beiden zur Begrüßung die Hand reichte. Julia war sichtlich enttäuscht, dass es sich bei der jungen Frau nicht um Eleonore handelte. Andererseits hätte das bedeutet, dass sie nicht länger hätten bleiben müssen, und dabei war es doch gerade so unerwartet nett. Schließlich hatte sie seit ewigen Zeiten nicht mehr Klavier gespielt.

»Mein Vater, Claude, ist Monsieur Deschanels oberster Winzer. Oh, ich meine vielmehr …« Sie hielt inne und schlug sich die Hand vor den Mund.

Luc legte ihr die Hand auf die Schulter und sah sie zärtlich an. »Ist schon in Ordnung, Marie-Louise, wirklich, glaub mir!«

»Mein Vater ist jetzt *dein* oberster Winzer, Luc! Oh, ich werde noch eine Weile brauchen, um mich daran zu gewöhnen.«

Luc umarmte sie kurz.

»Ich wollte nachsehen, ob du womöglich noch etwas Heißes zu trinken haben möchtest, ehe du zu Bett gehst«, fuhr Marie-Louise fort. »Eine Schokolade vielleicht?« Dann wandte sie sich an Julia und Quinn. »Und für Sie? Kann ich Ihnen auch noch etwas bringen?«

Quinn und Julia lehnten dankend ab. Ein Blick auf ihren Gastgeber verriet Julia außerdem, wie ausgelaugt und müde Luc tatsächlich war. Marie-Louises Erscheinen schien ihn offenbar in die eiskalte Realität zurückgeholt zu haben. Sein Vater war tot, er musste eine Beerdigung organisieren, und seine Schwester war verschwunden.

Doch Julia fühlte sich nicht länger schuldig, weil sie nach Nizza gekommen waren. Wenigstens für einige Minuten hatte sie sehen können, wie Luc sich ganz und gar in der Musik verloren hatte.

Schließlich bedankten Quinn und Julia sich noch einmal bei Luc für seine Gastfreundschaft und wünschten ihm und Marie-Louise eine gute Nacht. Als Julia langsam die breite Treppe emporschritt, blickte sie noch einmal über die Schulter zurück und warf einen letzten Blick auf die beiden. Sie standen innig beieinander unter dem schweren Türrahmen, ihre Hand lag vertraulich auf seinem Arm, ehe sie sich umdrehte und in Richtung Küche ging.

Ob die beiden ein Paar waren? Es war schwer zu beurteilen. Außerdem, was ging es Julia schon an, ob sie ein Paar waren oder nicht, ermahnte sie sich selbst und schüttelte missbilligend den Kopf.

»Nun, das nenne ich eine Überraschung!« Onkel Quinn hatte es sich bereits unter den frischen Laken gemütlich gemacht und grinste seine Nichte breit an. »So ist das Leben, nicht wahr? Und der Tod und alles, was dazwischenliegt.«

»Ja, ich weiß, was du meinst.« Julia schlüpfte neben ihm unter die Decke. »Nein, eigentlich weiß ich es nicht! Dies ist wahrscheinlich der seltsamste Abend meines Lebens gewesen.«

»Weil du bisher noch nicht wirklich gelebt hast!«, gab Onkel Quinn zurück.

»Wie bitte?« Julia warf ihm einen zornigen Blick zu, bemerkte dann aber, dass es ausgesprochen schwierig war, einem gut gelaunten schwulen Mann mit einer Schlafmaske auf dem Kopf, einem Hochglanzmagazin in der einen und eine Flasche Mineralwasser in der anderen Hand böse zu sein. »Was soll das heißen, ich habe noch nicht wirklich gelebt? Erinnere mich doch bitte daran, dass ich dir bei Gelegenheit mal meinen Lebenslauf vorlese. Und vergleich das dann mal mit dem, was die meisten meiner Schulkameradinnen bisher erreicht haben! Zwei von ihnen haben es immerhin zur Buchhalterin geschafft!«

Zu ihrer Verwunderung ließ ihr Onkel jedoch nicht locker. »Ich rede hier von dir, Schätzchen.« Und nach einer kurzen Pause fügte er hinzu: »Mit sechsundzwanzig ist man sehr jung, um zu heiraten.«

Julia wollte ihm erneut einen wütenden Blick zuwerfen. Doch er gab vor, in sein Magazin vertieft zu sein. »Wie bitte? Das stimmt doch gar nicht!«, gab sie zurück. »Du liest einfach zu viel *Cosmopolitain.*«

Er ließ die Zeitschrift sinken und sah ihr geradewegs in die Augen. »Nun, da ich ja eher der *Vogue*-Typ bin, kann ich deine Bemerkung nicht recht einschätzen, aber ich nehme an, du möchtest mir widersprechen …«

»Mum war dreiundzwanzig, als sie Dad geheiratet hat.«

Als Onkel Quinn daraufhin dreinsah, als müsse er sich eine fiese Bemerkung à la »Da hast du's!« unterdrücken, musste Julia gegen ihren Willen schmunzeln.

»Und überhaupt, wenn man sicher ist, ist man sicher!«, legte sie nach und schlug der Nachhaltigkeit halber mit der flachen Hand auf die Satinlaken.

»Und bist du dir sicher, dass du dir sicher bist?« Ihr Onkel lächelte milde.

»Okay, worauf willst du hinaus?«

Er schüttelte den Kopf. »Ach Schätzchen, auf gar nichts. Wie alt ist Lorenzo noch gleich?«

»Einunddreißig«, antwortete sie wie aus der Pistole geschossen. »Der ideale Altersunterschied. Ich wollte immer einen Ehemann, der fünf Jahre älter ist als ich. Dad ist auch …«

»Mooooment!« Onkel Quinn hob seine Hand, um seine Nichte zum Schweigen zu bringen. »Also, halten wir fest:

Er ist einunddreißig und schon jetzt quasi Geschäftsführer von PPR …«

»Er ist ehrgeizig! Das liebe ich an ihm! Er hat als absoluter No-Name angefangen! Seine Familie in Umbrien hat nach wie vor nicht mehr als das Nötigste zum Leben, aber sie bedeutet ihm einfach alles! Und das bedeutet *mir* sehr viel! Ein Mann, der seine Familie liebt – warte nur ab, Onkel Quinn. Wenn du ihn erst mal näher kennenlernst, wirst du ihn auch mögen!«

»Du hast ja Recht, Schätzchen. Es würde mir nicht im Traum einfallen, deine Wahl infrage zu stellen.«

»Ich weiß«, antwortete Julia mit einem schwachen Lächeln auf den Lippen. Irgendetwas in ihr sagte ihr jedoch, dass er dies soeben getan hatte. »Renzo und ich haben so viel gemeinsam. Wir lieben beide schönes Design, wir … wir lachen über dieselben Dinge …« Ihre Gedanken drifteten ab, und mit einem Mal fühlte sie sich unendlich müde.

Doch eine letzte Bemerkung wollte sie noch machen. Selbst ihr Onkel dürfte zu diskret sein, um näher auf diesen Punkt einzugehen.

»Und weißt du was, Onkel Quinn? Ich hatte genug Beziehungen, um zu erkennen, dass ich jemanden gefunden habe, der zu mir passt!«

Onkel Quinn zeigte sich nicht im Mindesten überzeugt von ihrem Argument. »Ach Schätzchen, du könntest dir auch eine letzte kleine Liaison mit Luc Desch gönnen. Freilich nur zu Recherchezwecken, was das Zusammenpassen angeht!«

»Wie bitte?« Selbst für Onkel Quinns Verhältnisse war diese Bemerkung unter der Gürtellinie.

Der zuckte jedoch lediglich mit den Schultern. »Warum nicht? Ihr zwei wart einfach fabelhaft zusammen. Ab mit dir, saus nach unten und tröste ihn mit deinem ach so bezaubernden Akzent und … *uff*!«

Julia hatte ihm ein Kissen direkt ins Gesicht geworfen, woraufhin seine Schlafmaske verrutschte und sich in seinen Haaren verhedderte.

Kapitel 6

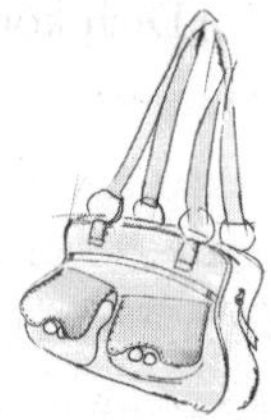

Auch am nächsten Morgen war weit und breit keine Spur von Eleonore zu sehen. Und als Julia und Quinn sich zu Luc auf die herrlich luftige Terrasse mit Blick auf die Weinberge gesellten, um ein Frühstück aus Kaffee und Croissants zu sich zu nehmen, wurde schnell klar, dass auch ihr Gastgeber nichts über den Verbleib seiner Schwester wusste.

»Diese ganze Geschichte tut mir so unendlich leid!«, sagte er und deutete vage mit der Hand in Richtung Dorf am Fuße des Weinbergs. »Ich fürchte, ich werde Eleonore suchen müssen.«

»In Nizza?«, fragte Julia.

Er nickte. »Ich werde mich sofort auf den Weg machen.«

»Wir sollten Sie begleiten«, beschloss Onkel Quinn. »So können wir die Tasche gleich in Empfang nehmen und weiter zum Flughafen fahren.«

»In Ordnung«, stimmte Luc zu, schlug sich dann jedoch mit der Hand gegen die Stirn. »Oh je, ich fürchte, das geht nicht. Ich muss die Vespa nehmen. Aber natürlich könnte ich auch Simon anrufen.«

»Nein, nein, mach dir nicht so viel Mühe.«

»Es sei denn …«

»Was?«, fragte Julia.

»Dich könnte ich mitnehmen«, sagte Luc zu ihr. »Hinten auf der Vespa.«

Sogleich erinnerte er sich an seine Umgangsformen und wandte sich an Quinn. »Oder, wenn *Sie* vielleicht eher …«

»Machen Sie sich nicht lächerlich, junger Mann!«, rief Onkel Quinn aus. »Ich? Auf einer Vespa? Genauso gut könnten Sie mir anbieten, auf einem Kamel zu reiten. Obwohl, das würde ich mir eventuell noch überlegen, aber so … Nein danke! Fahrt ihr Kinder nur mal los. Vielleicht könnte ich mich in Ihrer Abwesenheit irgendwie im Haus nützlich machen?«

Im selben Moment stieß ein großer Mann um die sechzig mit silbernem Haar und gebräuntem, wettergegerbtem Gesicht zu ihnen. Luc erhob sich, um den Neuankömmling zu begrüßen.

»Ah, Claude! Das ist gut! Vielleicht könntest du unseren Gast auf dem Weingut herumführen? Darf ich dir Quinn Gibson und seine Nichte Julia Douglas vorstellen?« An sie gewandt sagte er: »Claude ist seit vielen Jahren Chefwinzer hier auf Château Deschanel.«

»Claude?«, sagte Quinn, während er dem Mann die Hand reichte. »Wissen Sie, ich hatte einmal einen Kater namens Claude.«

»Genau wie meine Mutter!«, meinte Claude und lachte. »Zum Glück wurde ich nach ihm benannt, und nicht nach seinem Bruder, Chouchou.«

Da es ganz offenbar den Anschein hatte, dass sich die zwei älteren Herren prächtig verstehen würden, brachen Luc und Julia zu ihrem Ausflug nach Nizza auf. Luc reichte ihr einen glänzenden schwarzen Helm mit einer angedeuteten Blende, was sie insgeheim ziemlich sexy fand. Sehnlichst wünschte sie sich ihre Chanel-Sonnenbrille her, doch die befand sich ja in ihrer verschwundenen Tasche. Außerdem hätte sie jetzt alles dafür gegeben, wäre ihr pinkfarbenes Baumwollhalstuch ein leichter weißer Chiffonschal, den sie *très Bardot* im Wind hätte flattern lassen können. So musste sie sich mit ihrem leicht zerknitterten Reiseoutfit aus weißen Shorts und ärmelloser Bluse zufriedengeben.

Sie wollte sich nicht anmerken lassen, dass sie noch nie zuvor auf dem Sozius mitgefahren war. Womöglich hatte ihr Onkel ja Recht, und ihr fehlte in Sachen Lebenserfahrung wirklich noch das eine oder andere Erlebnis. Also hielt sie ihre Arme für die einstündige Fahrt fest um Lucs Taille geschlungen und schwankte zwischen Angst, Aufregung und Ungläubigkeit, während sie dachte: »Ich fahre auf der Vespa von Luc Desch mit! Wenn das kein einmaliges Erlebnis ist!«

Es war nicht leicht, sich über den Lärm des Motorrollers hinweg zu unterhalten, dennoch waren Lucs Flüche ziemlich deutlich zu hören, als sie sich langsam den Weg ins Stadtzentrum bahnten und dabei auf dem Weg zum Appartement der Deschanels von mehreren Straßensperrungen aufgehalten wurden.

Nachdem sie die Vespa in einer hübschen, begrünten Nebenstraße geparkt hatten, herrschte zunächst ein etwas unbeholfenes Schweigen zwischen ihnen. Julia versuchte krampfhaft, ihr vom Helm zerdrücktes Haar wieder in Ordnung zu bringen, und dachte gleichzeitig fieberhaft darüber nach, was sie sagen könnte.

Luc ergriff als Erster das Wort. »Du bist bestimmt sehr aufgeregt wegen deiner Hochzeit. Erwartet ihr viele Gäste?«

Julia nickte. »Fast zweihundert. Der Douglas-Clan macht bei Festen keine halben Sachen.«

»Und dein Verlobter, wird er einen Kilt tragen?«

Bei diesem Gedanken musste Julia kichern. »Ganz sicher nicht. Er ist Italiener.«

»Und warum wäre das ein Problem?« Er warf ihr ein schelmisches Grinsen zu. »Gibt es in Schottland ein Gesetz, wer einen Kilt tragen darf und wer nicht? Vielleicht sollte ich Quinn fragen.«

»Na ja«, meinte Julia, »er verweigert sich dem Kilt, nicht weil er Italiener ist, sondern eher, weil er eben Lorenzo ist.«

»Tracht ist also nicht so sein Ding?«

»Er arbeitet bei PPR«, erklärte Julia, »und hat ein Faible für maßgeschneiderte Anzüge. Manchmal sind Mitarbeiterrabatte wirklich der reinste Segen!«

»Da bin ich sicher.«

»Ich weiß nicht viel über Weinbau«, begann sie, um möglichst elegant und unauffällig das Thema zu wechseln. Ein Vorhaben, das ihr nur um Haaresbreite misslang. »Aber ich kenne Familien, deren Leben sich über Generationen hinweg nur an einem einzigen Ort abspielt. Ich kann mir nicht vorstellen, dass ich den Mut hätte, zurück ins Haus meiner Eltern zu ziehen! Das war für dich sicher eine große Umstellung, nach der Band. Ich meine, ihr wart ja quasi ununterbrochen auf Tournee.«

Er nickte. »Ja, das stimmt. Nach Hause zu kommen, war

wie eine Herausforderung. Doch meine Rückkehr gab mir auch ein Gefühl von Sicherheit, die ich damals brauchte, nachdem meine Mutter verstorben war. Und nun, da auch mein Vater nicht mehr lebt, ist es …« Er hielt inne, als suchte er nach den richtigen Worten.

»Ja«, ermunterte ihn Julia.

»Papa hat wundervolle Arbeit geleistet. Er hat die Firma über Jahrzehnte durch sämtliche Krisen und Stürme manövriert, egal ob es technische Veränderungen, Bedrohung durch die Konkurrenz, Befall der Rebstöcke oder Missernten waren, er war einfach da! Selbst als er krank wurde, war er noch da, und er hat alle Vorgänge überwacht, alles lief weiter wie am Schnürchen, weil er eben da war. Und nun ist er auf einmal weg. Und das ist seltsam. Und schwer zu ertragen.«

Julia fühlte, wie ihre Augen plötzlich feucht wurden, doch sie blinzelte die Tränen eilig fort. Sie hatte kein Recht, um Menschen zu trauern, die sie nicht einmal gekannt hatte.

»Ich glaube«, fuhr er nachdenklich fort, »sein Tod ist nur eine von vielen Veränderungen, die sich auf Château Deschanel in nächster Zeit ereignen werden. Und das gefällt mir nicht. Eigentlich fürchte ich mich sogar davor.«

»Aber du kannst die Veränderungen auch nicht aufhalten, oder?«, fragte Julia.

Luc sah auf, als überraschte ihn ihre Weisheit.

Dann schüttelte er den Kopf. »Nein, das kann ich tatsächlich nicht. Es ist nur … ach, es ist nur so, dass ich fürchte, mein Vater hat eine Art Leben geführt, das heutzutage gar nicht mehr möglich ist. Und dass, egal was ich auch tue, ich nie erreichen werde, was er erreicht hat.«

Eine Weile gingen sie schweigend nebeneinander her. Julia ahnte, dass er weitersprechen würde, wenn ihm danach war und wollte ihn nun nicht mehr drängen.

»Der Tod meiner Mutter hat Papa sehr schwer getroffen«, setzte er schließlich wieder an, als sie auf dem Trottoir weitergingen. »Für Eleonore und mich war es natürlich auch nicht leicht. Meine Band hat sich kurz nach Mutters Beerdigung aufgelöst, und auch wenn das eine mit dem anderen nichts zu tun hatte, schien es die richtige Entscheidung, zurück nach Hause zu kommen und sich um das Weingut zu kümmern.«

»Und dann bist du dageblieben«, sagte sie.

Er nickte. »Ja, ich bin dageblieben.«

»Ich bin sicher, dass dein Vater sich sehr gefreut hat, dich wieder an seiner Seite zu haben. Man ist schließlich nichts ohne seine Familie, nicht wahr?«

Er sah sie an und lächelte. »Das ist wahr.«

»Ich kann mir ein Leben ohne meine Familie gar nicht vorstellen. Frean Hall – das ist das Anwesen meiner Familie – hat ein bisschen Ähnlichkeit mit eurem Haus, nur ohne das gute Wetter, die Weinberge, die funktionstüchtigen Rohrleitungen und das wunderschöne Grundstück. Na ja, das Grundstück war zumindest einmal sehr schön, vor Jahrzehnten, als meine Familie noch Gärtner und jede Menge andere Hilfe für die Instandhaltung des Anwesens hatte. Heute ist Frean Hall nur noch ein verfallenes altes Haus an der Nordseeküste, und auch wenn ich mich monatelang nicht dort blicken lasse, bleibt es trotzdem immer mein Zuhause. Allein beim Gedanken daran wird mir ganz warm ums Herz.«

»Ich weiß genau, was du meinst.«

»Oft fühle ich mich schuldig, dass ich einfach nach Paris abgehauen bin, um einen glamourösen Job bei Gucci anzunehmen, anstatt es meinen Geschwistern gleichzutun und in der Nähe des Familiennestes zu bleiben …«

Er berührte sie flüchtig an der Schulter. »Ah, aber es muss immer einen geben, der seine Flügel ausbreitet und das Nest verlässt. Über wen sollten sich wohl sonst die anderen Familienmitglieder den ganzen Tag das Maul zerreißen?«

Sie lächelte ihn an. »Das stimmt wohl. Hast du nicht auch manchmal das Gefühl, eine Art Wächter über ein Familienleben zu sein, das du dir selbst nie ausgesucht hättest?« Sie waren zu sehr in ihr Gespräch vertieft, als dass Julia die persönliche Dimension ihrer Frage rechtzeitig bemerkt hätte.

»Ziemlich oft«, antwortete er, von ihrer Direktheit kein bisschen aus der Ruhe gebracht. »Ah, da sind wir.«

»Monsieur Luc!« Ein uniformierter Portier kam die Treppen herab und schüttelte Lucs Hand. »Mein aufrichtiges Beileid. Ihr Vater war ein ganz großer Mann!«

»Vielen Dank, Stephane«, erwiderte Luc. »Sagen Sie, ist Eleonore hier?«

Julia hielt den Atem an.

Der Portier nickte, hob dann die Handflächen zu einer ausladenden Geste. »Ja, sie ist gestern Abend angekommen, allerdings nach Ende meiner Schicht, daher konnte ich sie nicht persönlich begrüßen …«

»Gott sei Dank!«, unterbrach ihn Luc und schickte sich an, schnell die Treppe hinaufzulaufen. »Vielen Dank, Stephane!«

Große Erleichterung machte sich in Julia breit.

»Einen Augenblick!«, rief ihnen der Portier hinterher.

»Was?« In Lucs Stimme schwang nun leichte Gereiztheit mit.

»Sie ist vor etwa einer Stunde abgereist. Mit Ihrem Chauffeur.«

Luc schnappte nach Luft. »Was? Mit Simon?«

»Genau.«

Julia brauchte einen Moment, um diese neue Information zu verarbeiten. »Womöglich sind sie uns auf dem Weg entgegengekommen.«

»Vor einer Stunde, sagten Sie? Dann müssten sie mittlerweile am Château sein.«

Stephane verzog das Gesicht. »Ah, ich glaube nicht, dass sie zum Château gefahren sind, Monsieur Luc. Ich konnte hören, wie Mademoiselle Eleonore den Fahrer bat, sie zur Rue Saint-Jeoire zu bringen. Nummer siebenundzwanzig, sagte sie.«

Luc sah den Mann bestürzt an. »Sind Sie sicher?«

»Absolut sicher. Sie hat die Adresse ein paar Mal wiederholt. Es hatte den Anschein, als wolle der Chauffeur durchaus nicht dorthin fahren, doch Mademoiselle trat sehr bestimmt auf. Rue Saint-Jeoire, auf direktem Weg.«

Armer Luc. Julia konnte nur hilflos zusehen, wie er sich gegen die in elegantem Gold tapezierte Wand der Eingangshalle stützte. Was zum Teufel führte Eleonore im Schilde? Keine der Möglichkeiten, die Julia in diesem Moment durch den Kopf schossen, fielen sonderlich schmeichelhaft aus.

Luc hatte seine Augen geschlossen und atmete tief ein und aus.

»Zumindest wissen wir jetzt, dass es ihr gutgeht«, flüsterte Julia.

»Aber ich brauche sie zu Hause!« Luc seufzte und straffte die Schultern. »Sie ist meine große Schwester, und ich könnte jetzt wirklich ihre Unterstützung gebrauchen!«

Mit gesenktem Kopf trottete Luc die Treppen zum Appartement hinauf. Julia überlegte einen Moment. Vielleicht sollte sie besser unten beim Portier bleiben? Doch ihr Instinkt sagte ihr, dass Luc jetzt besser nicht allein sein sollte. Und auch wenn sie nicht diejenige Person war, die er jetzt so dringend hier gebraucht hätte, so war es doch besser, als niemanden an seiner Seite zu haben. Ohne Umschweife folgte sie ihm also nach oben.

Luc fingerte nervös an dem Schlüsselbund herum.

»Können wir zur Rue Saint-Jeoire laufen, oder nehmen wir besser den Roller?« Julia wollte Eleonore um keinen Preis erneut verpassen und war in Gedanken schon ein paar Schritte weiter als ihr Begleiter.

Die schwere Wohnungstür öffnete sich. »Es wäre eine kurze Fahrt mit der Vespa.«

»Wow!«, stieß Julia aus, als sie Odettes Salon betraten. »Was für ein wunderschönes …«

»NEIN!«

Luc hatte aufgeschrien, als sei er angeschossen worden. Julia erschrak zutiefst und lief sogleich zu ihm.

»Was ist passiert?«

Luc zeigte in Richtung Kamin. »Einbrecher!«

»Wie bitte?«

»Da! Da oben!«

»Luc …«

»Der Matisse meiner Mutter! Ihr ganzer Stolz! Er ist weg!«

Julia schaute auf die leere Wand über dem Kamin. Tatsächlich war da ein heller, rechteckiger Fleck auf der edlen Chinoiserie-Tapete zu erkennen.

Luc war vollkommen außer sich. »Wir müssen die Polizei rufen. Wer weiß, wann das passiert ist! Seit Wochen war niemand hier!«

»Eleonore war hier«, sagte Julia ruhig.

Er warf ihr einen fragenden Blick zu, sagte jedoch nichts. Stattdessen lief er unruhig in der Wohnung umher, auf der Suche nach Spuren oder Hinweisen auf weitere gestohlene Gegenstände. Seine Hände glitten über die teuren Lampen und das Porzellan, als wollte er sichergehen, dass diese Dinge nicht nur in seiner Erinnerung existierten. Hilflos beobachtete Julia ihn von der anderen Ecke des Raumes aus. Ihr brannte eine Frage unter den Nägeln, die sie nicht länger zurückhalten konnte.

»Könnte Eleonore es mitgenommen haben?«

Luc blieb wie angewurzelt stehen, mit dem Rücken zu ihr und der gebräunten Hand auf einer antiken Schatulle. Doch er schwieg auch weiterhin.

Julia begriff sogleich, dass sie entweder in ein massives Fettnäpfchen getreten war oder aber einen sehr empfindlichen Nerv getroffen hatte. Vermutlich beides.

Ohne ein Wort wandte sich Luc zum Gehen. Julia folgte ihm betreten, und als er ihr die Wohnungstür aufhielt, versuchte sie, seinen Blick zu deuten. Doch seine Miene war wie versteinert.

Unten angekommen ging Luc direkt auf Stephane zu,

der draußen auf der oberen Treppenstufe stand und eine Zigarette rauchte.

»Entschuldigen Sie«, setzte Luc an, seine Stimme klang nun angespannt. »Hatte meine Schwester irgendetwas dabei, als sie das Appartement vorhin verlassen hat?«

Stephane nickte sofort energisch. »Oh ja, ein ziemlich großes, rechteckiges Paket. Etwa so hoch.«

Er streckte seine Arme in beide Richtungen aus. Man musste kein Genie sein, um zu begreifen, dass die von Stefan angezeigten Maße relativ genau mit denen des vermissten Matisse übereinstimmten.

Schweigend eilten sie zurück zum Motorroller. Es war nur schwer vorstellbar, dass sie vor nicht mal einer halben Stunde so entspannt plaudernd hier entlanggeschlendert waren.

In der Rue Saint-Jeoire Nummer siebenundzwanzig war, ganz wie Julia befürchtet hatte, eine Kunstgalerie. Und eine reichlich noble noch dazu. Das einzige Gemälde im Schaufenster zeigte eine fahl aussehende Renaissance-Familie, zusammen mit Kind und Kegel und Schoßhündchen, wie sie in Seide und Spitze gekleidet missmutig in die Welt hinausblickten. »Preis auf Anfrage« war auf dem kleinen Schildchen am Rahmen zu lesen. Mehr musste man wohl nicht sagen.

Im Inneren der mit edelster Auslegeware und elegantester Beleuchtung ausgestatteten Galerie hielt Julia den Atem an. Vor ihr stand ein echter Renoir! Sie hatte bislang nur ein Original im Louvre gesehen, und nun stand hier direkt einer vor ihr – zum Verkauf angeboten! War das erlaubt?

Der Renoir hatte sie derart in seinen Bann gezogen, dass sie kaum bemerkte, wie Luc schnurstracks auf die zwei umwerfend attraktiven jungen Männer in Armani-Anzügen zuging, die in der hinteren Ecke des Raumes mit einem Paket und einer Stufenleiter hantierten. Als sie ihm mit ihrem Blick folgte, sah sie, wie er ganz plötzlich wie angewurzelt stehen blieb und ein hübsches, blau-gelbes Gemälde anstarrte, das zu Füßen des Galeriemitarbeiters an die Wand gelehnt stand.

Kein Zweifel – das war Odette Deschanels Matisse. Eleonore hatte es verkauft und war nun zum zweiten – oder schon dritten? – Mal verschwunden.

Lautlos durchquerte sie die Galerie, bis sie an Lucs Seite stand. Sie wusste einfach nicht, was sie sagen sollte.

»Oh Eleonore, Eleonore«, flüsterte Luc. »Was hast du nur getan?«

»Es tut mir so leid!«, sagte Julia und berührte ihn ganz leicht am Arm.

Doch nicht nur das Gemälde aus Familienbesitz und Lucs unfassbarer Kummer machten Julia in diesem Moment Sorgen. Selbstverständlich hätte sie bei ihrem allerersten verstorbenen Pony geschworen, dass sie die einfühlsamste Frau der Welt war und dass natürlich all ihre Gedanken in diesem Moment Luc galten, doch die Wirklichkeit sah anders aus.

Wenn Eleonore in der Lage war, dieses Gemälde einfach zu verhökern – den ganzen Stolz ihrer Mutter –, dann würde sie vor den Ringen erst recht nicht haltmachen! Vielleicht hatte sie sie sogar schon veräußert …

Julia hasste sich selbst, weil sie in so einem Moment an ihren eigenen Verlust dachte, anstatt ihrem neuen Bekannten beizustehen, doch ihre pragmatische, schottische Seite sprach eine andere Sprache: Sie machte sich ernsthaft Sorgen, wie sie ihre Trauringe wiederbekommen sollte. Sollte sie nicht ohnehin längst zurück in Frean Hall sein, ein Glas Champagner in der Hand halten und auf einer der zahlreichen Gartenpartys, die für diese Woche angesetzt waren, munter mit den Gästen plaudern über … Oh, was war das gleich für ein kleines unbedeutendes Ereignis, das sie fast vergessen hatte? Richtig, ihre Hochzeit. Diesen Samstag. Und Eleonore Deschanel drohte, ihr einen Strich durch die Rechnung zu machen.

Also wirklich! Julia blickte sich im Raum um und versuchte krampfhaft, einen kühlen Kopf zu bewahren und ihre aufsteigende Wut zu unterdrücken. Jetzt auszuflippen wäre wohl alles andere als hilfreich.

»Sie wird ein Vermögen erben!«, rief Luc nun aus. »Warum tut sie das jetzt?«

Julia war nicht sicher, ob Luc mit ihr, den Armani-Männern oder zu sich selbst sprach. Also seufzte sie und legte ihm erneut die Hand auf den Unterarm. »Sie ist süchtig, Luc. Man kann das Verhalten von Suchtkranken nicht erklären!«

Luc blickte sie schockiert an.

Es war, als sei ein Vorhang zwischen sie gefallen. Die Stille, die sich mit einem Mal in der Galerie ausgebreitet hatte, war erdrückend. Julia meinte, sie fast körperlich spüren zu können.

»Woher weißt du das?« Seine Stimme war nun eiskalt.

»Ich … ich weiß es eigentlich nicht …«, stotterte Julia und ruderte hilflos mit den Armen.

»Komm schon, Julia!« Luc stand nun ganz nah vor ihr.

»Na ja, da waren ein paar Hinweise in ihrem Tagebuch …«

»Du hast im Tagebuch meiner Schwester gelesen?«, brach es nun aus ihm heraus. »Sollte so etwas nicht privat sein?«

»Luc, so war das nicht …«

Doch er starrte sie nur kalt an. Weder konnte sie ihm in die Augen sehen noch gelang es ihr, sich zu verteidigen und ihm zu sagen, dass nicht sie, sondern ihr Onkel das Buch geöffnet hatte. Und überhaupt, welchen Unterschied hätte das schon gemacht? Fremde hatten das Notizbuch seiner Schwester gelesen. Wer genau der Eindringling war, war in diesem Fall egal.

»Merkwürdig«, sagte Luc schließlich. Mit einem bitteren Lächeln auf den Lippen schaute er zur Decke. »So hätte ich dich gar nicht eingeschätzt!«

So bin ich auch nicht! Julia streckte die Hand aus, um ihn an der Schulter zu packen und ihm diese Worte ins Gesicht zu schleudern. Doch das würde bedeuten, Onkel Quinn zu verraten. Und Onkel Quinn hatte ihren Verrat nicht verdient. Ohnehin hatte es heute schon genug Familienverrat gegeben.

»Luc«, stammelte sie, »es tut mir so leid. Ich will mir gar nicht vorstellen, wie du dich jetzt fühlst, aber …«

»Vergiss es«, gab er barsch zurück. »Vergiss es einfach.«

Damit drehte er sich um und stürmte aus der Tür.

Kapitel 7

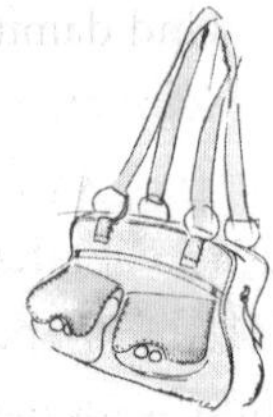

Julia wusste nicht, was sie tun sollte. Sie stand starr mitten in der Galerie wie die kleine bronzene Degas-Ballerina auf ihrem steinernen Sockel. Der Gedanke an Lucs Zorn trieb ihr die Schamesröte in die Wangen.

Erst nach einigen Minuten hatte Julia sich wieder einigermaßen gefangen. Luc war nicht zurückgekehrt. Sie würde ihm nachlaufen müssen, anderenfalls säße sie allein in Nizza fest – ohne Geld und ohne Telefon.

»Kann ich Ihnen irgendwie behilflich sein?« Der größere und blondere der beiden Armani-Männer kam auf sie zu und sah sie aufmunternd an.

Julia, die ihre Fassung nun weitgehend wiedererlangt hatte, lächelte ihn matt an. »Vielen Dank, aber ich wollte gerade gehen.« Sie drehte sich um und marschierte so selbstbewusst wie möglich zum Ausgang, wandte sich jedoch noch ein letztes Mal um, als sie die Tür erreicht hatte. »Ach, würden Sie mir den Preis für dieses Gemälde dort verraten?«

»Dieses hier?« Er zeigte auf die blässliche Familie im Schaufester, deren Mitglieder so aussahen, wie Julia sich gerade fühlte. »Es kostet zwei Millionen Euro.«

»Tatsächlich? *Zwei* Millionen, sagten Sie? Nicht zweiundzwanzig? Ganz reizend! Ich denke darüber nach! Ganz herzlichen Dank!«

Und damit war sie auch schon verschwunden.

Sie hatte vorhin gesehen, dass Luc nach rechts gelaufen war, also schlug Julia dieselbe Richtung ein, die elegante Rue Saint-Jeoire hinunter. Dabei achtete sie keine Sekunde auf die herrlich dekorierten Schaufenster der Galerien und Antiquariate, die nur darauf warteten, den gemeinen Multimillionär zu verführen. Julia war sich durchaus bewusst, dass ihr blasser schottischer Teint von der Sonne und all der Aufregung vermutlich die Farbe reifer Tomaten angenommen haben musste. Großartig!

Und da sah sie ihn. Regungslos und nach vorne gesunken hockte Luc auf einer Bank am Ende der Straße. Sein weißes Hemd klebte an seinem Rücken, und er hatte die Ärmel hochgekrempelt. Seine gebräunten Unterarme hatte er auf seinen Oberschenkeln abgestützt und seine Hände klammerten sich ineinander. Mit gebeugtem Kopf saß er in sich gekehrt da.

Sie rief nicht spontan nach ihm, sondern blieb ein paar Meter entfernt von der Bank stehen. Zum zweiten Mal an diesem Tag überlegte sie, was sie sagen könnte.

Ihre Mutter, dessen war sie sicher, würde einfach auf den Punkt kommen, würde die ganze Wahrheit sagen, erklären, warum sie das Notizbuch geöffnet hatten, sich entschuldigen und den anderen dann umarmen und schließlich zur Tagesordnung übergehen. Ihr Vater würde genauso handeln, abgesehen von der Umarmung. Onkel Quinn wiederum würde sich vermutlich nur auf die Kraft einer Umarmung verlassen.

Doch die Situation war ein bisschen komplizierter. Julia war die Tochter ihrer Eltern, und genau deshalb erkannte sie auch in jeder Situation das wesentliche Problem. Daher wusste sie auch, dass die Hauptschwierigkeit weder Lucs Misere noch ihre verschwundenen Ringe darstellten.

Vielmehr war es die Tatsache, dass Luc nun schlecht von ihr dachte. Sie war es einfach nicht gewohnt, dass man ihr böse war, und sie fühlte sich furchtbar.

Schließlich ging sie auf die Bank zu und sagte einfach: »Es tut mir leid, Luc!«

Er rührte sich nicht, ja, er schien nicht einmal zu bemerken, dass sie da vor ihm stand. Also setzte sich Julia, nachdem sie nicht mehr wusste, was sie noch sagen sollte, einfach dicht neben ihn.

»Ich würde wirklich gern helfen!«

»Hast du das Testament auch gelesen?«

»Was?«, fragte sie empört. »Nein!«

Seine Stimme klang so kalt, es war kaum zu glauben, dass dies derselbe Luc Deschanel von gestern Abend sein sollte.

»Natürlich habe ich das Testament nicht gelesen! Wofür hältst du mich?«

Julia kaute auf ihrer Unterlippe und war nun entschlossener denn je, nichts davon verlauten zu lassen, dass es Onkel Quinn und nicht sie gewesen war, der in das Buch hineingelesen hatte.

»Luc, ich gebe zu, wir hätten das Tagebuch niemals öffnen dürfen. Es war falsch.«

»Natürlich war es falsch!«

»Aber sieh mal, nur so konnten Onkel Quinn und ich das Testament deines Vaters so schnell hierherbringen. Ich weiß, das ist keine Entschuldigung, aber zumindest eine

Erklärung, und es tut mir leid, dass ich nichts Besseres vorbringen kann.«

»Sieht nicht gut aus für dich.«

»Luc, ich …«

»Hör zu, Julia Douglas, ich habe verstanden, aber ich glaube, du übergehst hier elegant das eigentliche Problem. Es ist niemals und unter keinen Umständen in Ordnung, die privaten Aufzeichnungen einer anderen Person zu lesen. Ich weiß, wie das Tagebuch meiner Schwester aussieht, jeder kann auf den ersten Blick erkennen, dass es sich dabei um einen persönlichen Gegenstand handelt. Du hättest es nicht lesen dürfen. Du hättest einen anderen Weg finden müssen, die Besitzerin der Tasche ausfindig zu machen, einen moralisch einwandfreien Weg!«

Julia rückte ein wenig von ihm ab. Sein heftiger Wutausbruch erschreckte sie.

»Zwar tut es mir sehr leid«, fuhr er fort, »dass meine Schwester mit deinem Eigentum verschwunden ist, und ich werde ganz sicher alles in meiner Macht Stehende tun, um dir deine Tasche zurückzubringen. Doch im Moment wäre es mir sehr lieb, wenn du mich alleinlassen würdest!«

»Luc, bitte …«

»Was ist? Meine Schwester hat schon genug Probleme, ohne dass jemand in ihren Privataufzeichnungen herumschnüffelt, und ehrlich gesagt, ich auch. Ich habe genug zu tun und kann es mir nicht leisten, meine Energie darauf zu verschwenden, wütend auf dich zu sein!«

»Dann verzeih mir!«

»Wage es ja nicht, mir vorzuschreiben, was ich tun soll!«

»Um Himmels willen, das war doch nur ein Vorschlag!«

»Behalt deine Vorschläge einfach für dich, okay?«

Julia verschränkte die Arme. »Na gut, kein Problem.« Sie rückte noch weiter von ihm weg, ans äußerste Ende der Bank.

Erneutes Schweigen. So würden sie Eleonore nie finden. Julia kaute auf ihrem Daumennagel und überlegte, ob es wohl besser wäre, auf eigene Faust zum Château zurückzufahren und Luc sich selbst zu überlassen. Doch andererseits waren sie so nah dran, Eleonore ausfindig zu machen, warum sollte sie diese unerträgliche Situation unnötig in die Länge ziehen? Außerdem hatte Luc sie gebeten, ihre Ideen für sich zu behalten.

»Du hast Recht, Eleonore ist spielsüchtig«, sagte Luc schließlich nach einigen Minuten. »Es ist … es *war* meinem Vater und mir sehr wichtig, dass niemand davon erfährt.«

»Ich verspreche dir, ich werde …«

»Spar dir deine Versprechungen, Julia. Die helfen mir nicht.«

Damit wusste Julia nun ganz sicher, dass sich zwischen ihnen etwas grundlegend und unwiederbringlich verändert hatte. So zart ihre neue Freundschaft auch gewesen sein mochte, sie war nun für immer zerbrochen.

»In Ordnung, Luc«, flüsterte sie. Dennoch stand sie nicht auf. Wo hätte sie auch hingehen sollen?

»Was mir *wirklich* geholfen hätte«, fuhr er fort, als hätte Julia kein Wort gesagt, »wäre, wenn dieses Geheimnis – Eleonores … Krankheit – nie ans Licht gekommen wäre.«

Tut mir leid, aber damit kann ich nun mal nicht dienen, dachte Julia, sagte aber nichts.

»In den letzten Jahren hat Eleonore der Familie nichts als Kummer bereitet. Erst war es der Alkohol.« Er drehte sich zu Julia um. »Hast du das auch herausgefunden?«

»Natürlich nicht!«

»Sie hat an der Ecóle du Vin in Bordeaux Weinbau studiert. Sie wollte immer nur meinem Vater gefallen. Am Ende wurde sie von Seiten der Schule gebeten zu gehen. Wegen ihres ... Problems.«

»Dein Vater muss sehr enttäuscht gewesen sein«, sagte Julia und hoffte, die Unterhaltung so wieder in etwas friedlichere Wasser lenken zu können.

»Enttäuscht?« Er seufzte. »Nein, nicht wirklich. Mein Vater hat nie so recht geglaubt, dass sich Eleonore für diesen Beruf eignet. Er hat einfach mit den Schultern gezuckt und gesagt, sie solle sich einen richtigen Job suchen.«

»Das ist hart.«

Er nickte. »Mutter besorgte ihr eine Stelle im Marketing bei PPR. Ich kann nicht genau sagen, ob sie ein neues Ventil gesucht hat oder ob sie mit den falschen Leuten in Kontakt kam, aber ihre Spielsucht fing kurz nach Mutters Tod an ... Es war so schwer, danebenzustehen und nichts tun zu können.«

»Ich bin sicher, sie weiß, dass du für sie da bist.« Julia wagte es nun, wieder ein Stückchen näher zu ihm aufzurücken.

»Oh ja, das weiß sie. Aber sie lässt mich nicht an sich ran. Vermutlich ist sie noch nicht so weit. Und dabei war sie so gut zurechtgekommen! Jedenfalls haben mein Vater und ich wirklich alles dafür getan, Eleonores Problem die letzten zwei Jahre geheim zu halten.«

»Bis gestern?«

»Sozusagen.«

»Tut mir leid. Ich kann es nur immer wieder sagen.«

»Immer und immer wieder die Auseinandersetzung mit den Leuten in den Casinos, sie in den ganz harten Zeiten auslösen, sie zu Therapien bewegen, reden, reden, ihr immer wieder die Hand reichen … Ach, vergiss es einfach. Es hat ja nichts mit dir zu tun.«

Julia öffnete den Mund, um etwas zu sagen, doch es kam kein Ton heraus.

Schließlich erhob sich Luc von der Bank. »Wie auch immer. So werde ich meine Schwester jedenfalls nicht finden.« Er wies mit der Hand die Hauptstraße hinunter. »Wenn du in diese Richtung gehst, kommst du direkt zum Bahnhof. Ich rufe Claude an und bitte ihn, dich abzuholen …«

»Luc!«, rief Julia entrüstet. »Ich werde dich doch jetzt nicht alleinlassen!«

Trotz der erheblichen verbalen Tracht Prügel, die Luc ihr verpasst hatte, fühlte Julia, dass es die einzig richtige Entscheidung war, bei ihm zu bleiben. Und zu ihrer Überraschung widersprach Luc auch nicht.

»So, da wir das nun geklärt haben«, sagte sie entschieden, »gehen wir zurück zur Galerie und fragen diese kleinen Lackaffen, was deine Schwester über ihre Pläne gesagt hat.«

»*Wir?*«, fragte Luc ungläubig.

So, nun hatte Julia wirklich genug. Es war unglaublich anstrengend, der Bösewicht zu sein, und sie würde sich ganz sicher nicht in einen Zug verfrachten lassen, um dann im Château zu sitzen und abzuwarten, ob Luc seine Schwester ausfindig machen würde. Das könnte ewig dauern. Ein Alptraum! Als sei die gegenwärtige Situation nicht schon schlimm genug.

»Komm schon, Luc. Verachte mich, sosehr du willst, aber lass uns erst Eleonore finden. Zwei Detektive sind besser als einer. Um die Ecke bringen kannst du mich hinterher immer noch.«

Während Julia mit Schwung von der Bank aufstand, meinte Luc nur: »Klingt nach einem Plan.«

Falls Julia sich jemals in ihren wildesten Träumen ausgemalt hatte, wie wunderbar es wäre, mit einem attraktiven Franzosen auf einer Vespa die Côte d'Azur entlangzubrausen, so sorgte ihre Fahrt mit Luc auf der berühmten Straße zwischen Nizza und Monte Carlo dafür, dass diese Fantasien aufs Böseste zerstört wurden.

Es war ihnen immer noch nicht gelungen, Eleonore auf Julias Handy zu erreichen, also gingen sie zurück zur Galerie, wo sie die entmutigende Information erhielten, dass Eleonore die Absicht kundgetan hatte, nach Monaco zu fahren. Luc lenkte den Roller über den glühend heißen Asphalt, und seine Wut und Sorge übertrugen sich auf seinen Fahrstil. Das glitzernde Meer zu ihrer Linken, den herrlichen Sonnenschein und die wunderbar frische Brise, die sie dabei umspielte, schien er völlig zu ignorieren.

Verzweifelt klammerte sich Julia an Luc fest. Sein athletischer Körper schirmte sie von dem beißenden Wind ab. Er fühlte sich sehr viel angespannter an als noch auf ihrer Hinfahrt am Morgen – kein Wunder! Sie konnte sich kaum vorstellen, was ihm in diesen Minuten alles durch den Kopf gehen musste, jetzt, da seine schlimmsten Vermutungen bestätigt, ja vielleicht sogar übertroffen worden waren. Eleonore hatte keinesfalls die Absicht, nach Hause zu kommen und ihrem jüngeren Bruder beizustehen. Nur er und sie waren von dieser Familie übrig geblieben, und sie war auf dem Weg zu irgendeinem Casino in Monte Carlo, nachdem sie kurz zuvor den werstvollsten Besitz ihrer Mutter verhökert hatte.

Der Gedanke war schier unerträglich. Also beschloss Julia, zunächst nicht weiter an Eleonore zu denken, sondern die Augen zu schließen und den Kopf an Lucs Schulter zu legen.

Doch die Schlaglöcher und Unebenheiten der Küstenstraße holten sie immer wieder in die Realität zurück. Und ein Blick über Lucs Schulter hinweg auf den Tacho verriet ihr, dass er viel zu schnell fuhr.

»Luc!« Sie schrie so laut sie konnte gegen den heulenden Motor und den Fahrtwind an. »Fahr langsamer!«

»Willst du das alles endlich hinter dich bringen oder nicht?«, schrie er zurück. Seine Stimme klang entschlossen.

»Ja, aber bitte lebendig!«, rief sie und kniff ihre vom Wind tränenden Augen zusammen.

»Jetzt sagst du mir ja schon wieder, was ich tun soll!« Er musste immer noch schreien, doch seine Stimme klang diesmal weicher, und Julia seufzte erleichtert auf, als Luc das Gas ein wenig drosselte und sich ihre Fahrt verlangsamte.

»Tut mir leid!«, rief sie. »Aber ich fahre nicht so oft mit … Achtung, pass auf!«

Irgendetwas – Julia konnte nicht genau sagen, was – kam ihnen entgegen. Auf der falschen Straßenseite.

»Luc!«, brüllte sie.

Der Motorroller wich hart aus und kam von der Straße ab.

»Festhalten!« Lucs Schrei klang verzweifelt, während er versuchte, die Maschine vor einem Sturz in Richtung Mittelmeer zu bewahren.

Kapitel 8

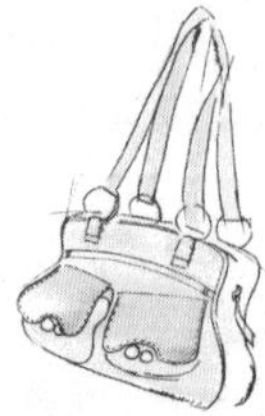

Simon wollte einfach nicht gehen, und Eleonore konnte beinahe seinen Atem in ihrem Nacken fühlen. Er stand hinter ihr wie ein misstrauischer Bodyguard, während sie aufrecht und stolz am obersten Black-Jack-Tisch in Monte Carlos exklusivstem Casino, dem *CoCo,* saß.

Immerhin, als sie vor einer knappen Stunde das Gebäude betreten und nach dem Manager verlangt hatte, war er ihr nicht gefolgt. Eleonore hatte dem Manager den Scheck übergeben, den sie für den Verkauf des Matisse erhalten hatte, woraufhin man ihr herzlich die Hand schüttelte und einen schönen Abend im Casino wünschte.

Als aber schließlich die hübsche, farbige Croupière in ihrem engen roten Kleid die erste Runde Karten ausgab, konnte Eleonore es nicht länger aushalten. Sie drehte sich um und zischte Simon zu: »Hast du nichts Besseres zu tun, als hinter mir zu stehen und mir über die Schuler zu glotzen?«

Simon trat von einem Fuß auf den anderen, bewegte sich jedoch nicht vom Fleck.

»Ich bleibe, wo ich bin, Eleonore«, sagte er.

Die Croupière lächelte in die Spielerrunde. »Wollen wir beginnen?«

Sogleich fühlte Eleonore diese zuckersüße, heiße Aufregung, als die erste Karte vor ihr landete. Eine Sechs. Es tat so gut, hier zu sein! Sie atmete ein paar Mal tief ein. Es war lebenswichtig, dass sie sich jetzt so schnell wie möglich in jenen Zustand begab, den sie »den Tunnel« nannte – sie musste klaren Kopfes jegliche Ablenkung ausblenden und sich konzentrieren.

Eine weitere Sechs landete vor ihr.

Sie schaute der Croupière in die Augen und sagte: »Verdoppeln.«

»Eleonore …«, setzte Simon von hinten an, hielt dann jedoch inne, als hätte er im selben Moment begriffen, dass sie nun für ihn unerreichbar war.

Sie verlor.

Macht nichts, egal, die ersten Partien liefen nicht immer optimal. Eleonore versuchte die Panik zu unterdrücken, die sich langsam in ihr breitmachte, schwelgte jedoch auch gleichzeitig in diesem Gefühl. Der Rausch war einfach unbeschreiblich. Jeden Moment, jede Partie würde es so weit sein, und sie würde den großen Gewinn einfahren. Sie musste nur daran glauben und ruhig bleiben.

Es folgten ein paar kleinere Erfolge. Passives Spiel zahlte sich aus, doch für Eleonores Geschmack war es viel zu langsam. Eine Partie noch, dachte sie, dann lege ich eine Pause ein. Vielleicht kann ich sogar Simon abschütteln …

Eine Drei. Hm, nicht besonders vielversprechend. Doch dann, wie aus dem Nichts, fühlte sie plötzlich den altbekannten Kitzel, dieses Gefühl, das langsam ihren Rücken hochkroch; dieses Spiel würde *ihr Spiel* werden. Eine Andeutung von einem Lächeln huschte über ihr Gesicht und unter den wunderschönen, regungslosen Augen der Croupière schob Eleonore einen Einsatz in die Mitte des Tisches, der fünfmal höher war als alles andere, was zuvor an diesem Tisch gespielt wurde.

Die Croupière registrierte den Einsatz emotionslos mit einem leichten Nicken.

»Eleonore!« Sie spürte Simons Hand auf ihrer Schulter. »Nein, bitte nicht, setz dieses Spiel aus. Das ist es nicht wert!«

Sie sah ihn nicht an. »Sie müssen ihn entschuldigen«, raunte sie der Croupière zu. »Er ist ein echter Langweiler.« Simon zog seine Hand zurück, als die Runde um sie herum zu kichern begann.

»Oh, Eleonore«, hörte sie ihn flüstern, doch er bewegte sich nicht vom Fleck. *Verdammt!*

Ihre zweite Karte. Eine Sechs. Eleonore erhaschte einen Blick auf ihr Gesicht in dem üppigen, glitzernden Spiegel an der gegenüberliegenden Wand. Ihre Wangen waren tiefrot angelaufen, ihre Augen funkelten und in dem gedimmten Licht des Raumes wirkte ihr Haar wild und beinahe wie auf einem präraphaelitischen Gemälde. Sie hatte sich noch nie so lebendig gefühlt.

»Karte.«

Eine Vier. Okay, das machte dreizehn.

»Karte.«

Eine Sieben. Zwanzig! Hinter sich konnte sie Simons Seufzer der Erleichterung hören, was sie ein wenig irritierte.

»Karte.«

»Nein!« Die anderen Mitspieler schnappten hörbar nach Luft, doch es war Simon, der laut aufgeschrien hatte. Eleonore nahm nichts davon wahr.

Ein Ass.

»Herzlichen Glückwunsch. Höchste Punktzahl. Das *Co-Co*-Casino gratuliert Ihnen.« Die Croupière bemühte sich nicht einmal, so zu klingen, als meinte sie ihre Worte ehrlich.

»Vielen Dank!«, Eleonore drehte sich um und grinste Simon triumphierend an. »Oh, du Ungläubiger! Was sagst du jetzt, Mister Obervorsichtig. Ich hab dir doch gesagt, ich bin gut!«

Simon stand mit versteinertem Gesicht da. »Ist ja schon gut. Kommst du jetzt bitte?«

Eleonore stand auf und rückte so nah an ihn heran, dass ihr Gesicht nur wenige Zentimeter von seinem entfernt war. »Was ist los, Simon? Freust du dich gar nicht für mich? Ich habe gewonnen!« Sie ergriff seine Hand. »Komm, lass uns feiern! Barkeeper, Champagner!« Dann wandte sie sich wieder an Simon und sagte mit gesenkter Stimme: »Bei diesem einen wird es bleiben. Das ist der Trick dabei, verstehst du? Immer einen klaren Kopf bewahren. Den Leuten hier wäre ich angeschickert natürlich um einiges lieber. Aber nicht heute, Baby, oh nein!«

»Hör zu, Eleonore …«

»Nein, du hörst mir jetzt zu, Simon Crasset! Ich will mich amüsieren, und du stehst mir im Weg! Wenn du schon nicht mit mir feiern willst, lass mich einfach in Ruhe und verpiss dich, okay?«

Das war selbst für Eleonores Verhältnisse reichlich barsch. Tief im Inneren wusste sie das auch, jedoch war sie wild entschlossen, sich nicht von Simons Bevormundungen den Spaß verderben zu lassen. Also stob sie in Richtung Roulettetisch davon und rannte dabei fast den Kellner um, der ihre zwei Champagnerflöten auf einem Silbertablett vor sich hertrug. Sie brauchte diesen Abend. Der morgige Tag, die restliche Woche, die Beerdigung, der Rest ihres Lebens – all das würde noch ein bisschen warten müssen.

Der Kellner gewann sein Gleichgewicht wieder und reichte Eleonore eines der beiden Gläser. Die streckte ihm auch ihre zweite Hand entgegen.

»Und das übernehme ich auch. Mein Begleiter wollte gerade gehen.« Sie griff nach dem Glas und wandte sich über die Schulter ein letztes Mal an ihren Chauffeur: »Mund zu, Simon, es zieht! Bis dann!«

»Einen wunderschönen guten Abend, mein Lieber!«, begrüßte Eleonore den attraktiven Croupier am Roulettetisch. Der junge Mann hieß Eleonore wie eine alte Bekannte willkommen, so stand es zweifellos in seinen Anweisungen. Eleonore kannte die Choreographie, doch heute Abend gefiel ihr der Ablauf sogar. Sie hatte eine Glückssträhne, weshalb die ganze Welt an diesem Tag freundlich zu ihr zu sein schien. Na ja, abgesehen von Simon Crasset, der soeben wieder neben ihr auftauchte.

»Ja, was willst du denn noch?« Ihre Stimme klang fast gefährlich süß.

»Eleonore, bitte, komm mit, ich bringe dich nach Hause.«

»Nach Hause?«, Eleonore blitzte ihn wütend an. »Nach Paris? Wie reizend von dir!«

»Nein, ich meine zum Château. Luc wartet auf uns …«

Der Name ihres Bruders versetzte Eleonore sofort in Panik, zudem stieg Wut in ihr auf. »Zur Hölle mit Luc. Er hat keine Ahnung, wer ich wirklich bin. Seine Schwester interessiert ihn kein bisschen. Und zur Hölle mit dir, Simon. Geh! Geh einfach!«

»Belästigt Sie dieser Herr?« Der junge Mann sah kaum stark genug aus, um Simon mit seinen weißen Glacéhandschuhen über die Wangen zu streichen, dennoch zog es Simon vor, sich zurückzuziehen. Endlich. Mit erhobenen, abwiegelnden Händen ging er langsam über den dicken, mit Monogrammen versehenen Teppich und entfernte sich von ihr.

Eleonore warf ihm über die Schulter hinweg noch einen letzten Blick nach. »Nein, alles in Ordnung«, sagte sie. »Wollen wir anfangen?«

Roulette. Eleonore liebte Roulette. Nicht so sehr, wie sie Poker liebte, doch das würde später kommen. Poker hob sie sich immer bis zum Schluss auf. Zunächst genoss sie es in vollen Zügen, mit interessanten Menschen, die über ihre Scherze lachten und sie charmant, geheimnisvoll und schön fanden, am Roulettetisch zu sitzen. Und die ganze Zeit über ließ sie das Rad nicht aus den Augen, suchte nach einem System, wie die kleine Kugel wohl fallen würde, spürte jedes noch so sanfte Ruckeln am Tisch oder jeden Tritt auf dem Boden, der den Fall der Kugel in die eine oder andere Richtung beeinflussen würde. Wer auch immer behauptete, Roulette sei ein reines Glücksspiel, hatte sich nie mit Eleonore Deschanel unterhalten.

Sie begann mit kleinen Einsätzen, setzte zunächst nur auf die Farbe. Rot. Rot. Schwarz. Schwarz. Wieder rot. Sie beobachtete, dachte nach, taktierte und schwelgte in dem berauschenden Herzklopfen, das alles andere um sie herum verblassen ließ.

Schließlich war die Zeit gekommen, das Tempo ein bisschen anzuziehen, auf einzelne Kolonnen zu setzen, was ihre Chancen zwar verringerte, ihren Gewinn aber deutlich erhöhte – *sollte* sie gewinnen.

»Spielen Sie weiter, Madame?« Der junge Croupier sah sie freundlich an, während die kleine Kugel nun schon zum wiederholten Male ungünstig fiel und Eleonores Glückssträhne beendet schien. Missbilligend sah sie zu, wie ihre Jetons dahinschwanden.

Schließlich hatte sie kaum noch welche. Sie warf einen Blick über ihre Schulter. Da saß Simon an der Bar und trank … Orangensaft? Pah! Falls sie später jemanden brauchte, der sie nach Hause fuhr – und sie würde niemanden brauchen –, würde sie sich ein Taxi rufen. Was bezweckte er nur mit seiner Hartnäckigkeit, dieser Vollidiot!

Das zweite Champagnerglas neben ihr stand noch unberührt da. Eleonore seufzte, betrachtete den niedrigen Stapel Jetons vor sich und überlegte, was sie als Nächstes tun sollte.

Düster entschied sie sich, auf eine einfache Zahlenfolge zu setzen. Dreizehn, vierzehn, fünfzehn. Wenn das nicht funktionierte … Nein, nur nicht daran denken. Es würde funktionieren!

Mit einem nervenaufreibenden Klackern hüpfte die Kugel über die Zahlenfelder, wurde langsamer und fiel schließlich in seine endgültige Position. Vierundzwanzig.

»Kein Einsatz mehr, Madame?« Der Croupier schenkte ihr sein schönstes Lächeln.

Stolz sah Eleonore ihm in die Augen. »Doch. Holen Sie den Manager.«

Keine Minute später war der auch schon da. Eleonore brauchte nur wenige Augenblicke, um herauszufinden, wie viel Kapital ihr von ihrem Matisse-Scheck noch geblieben war.

Es war eine Menge. Nun gut, sie war zurück im Spiel.

»Haben Sie vielen Dank!« Sie hauchte dem Manager einen Kuss auf jede Wange und kehrte dann zurück zum Roulettetisch, wo der Croupier schon bereitstand, das Rad erneut zu drehen.

Wie von Zauberhand war ein immenser Stapel Jetons an ihrem Platz aufgetaucht.

Wie sehr sie es doch liebte, wenn ein Plan so hervorragend funktionierte. Doch dann erblickte sie Simon aus dem Augenwinkel. Er hatte sich von seinem Barhocker erhoben und kam nun auf sie zu. Verflucht! Währenddessen schien sich ihre Hand automatisch zu bewegen. *Nummer sechs.*

Die anderen Spieler schauten mit einer Mischung aus Faszination und Entsetzen zu, wie Eleonore ihre gesamten Jetons auf die kleine schwarze Zahl auf dem Tableau schob.

Komm schon, komm schon! Nummer sechs, nur für mich, ein einziges Mal!

Die kleine Silberkugel war den ganzen Abend noch nicht in der Nähe der Nummer sechs gelandet. Das musste einfach ein gutes Zeichen sein, entschied Eleonore. Ihr war, als könne sie die Präsenz ihrer Mutter spüren, die über sie wachte. Komm schon, kleine Kugel! Nur für mich. Dann kann ich den Matisse zurückkaufen und niemand wird je etwas herausfinden.

Der Croupier wollte die Zahl nicht nennen. Doch im Hintergrund stand der Manager und wachte über seinen Angestellten und den Spieltisch. Der Croupier würde seinen Job machen müssen.

»Einundzwanzig.« Er rang mit diesem kleinen Wort und kniff die Augen zusammen, als er Eleonore kurz ansah. »Es tut mir sehr leid, Madame.«

Simon war zur Stelle und konnte ihre Schmach miterleben. Eleonores erster Gedanke war, dass man sie betrogen hatte. Wie hatte das passieren können? Sie war sich so sicher gewesen, dass die kleine Kugel auf der Nummer sechs landen und all ihre Gebete erhört werden würden … Wie hatte sie sich so täuschen können?

»Eleonore, es reicht jetzt. Komm mit.« Simons Stimme war sanft und dennoch bestimmt. Eleonore schwankte, wenn auch nur leicht. Warum hatte er nicht vorhin schon so mit ihr reden können? Doch das taube Gefühl des Schocks ließ sich nicht einfach wegwischen. Sie hatte soeben den Matisse ihrer Mutter verspielt. Mit einer einzigen verfluchten Runde Roulette. Was war bloß mit ihrer Konzentration los gewesen? Das hätte einfach nicht passieren dürfen.

Sie drehte sich zu Simon um und funkelte ihn an. Mit einem Mal wurde sie überwältigt von ihrem Zorn.

»Du warst es! Du hast wirklich alles dafür getan, meine Konzentration heute Abend zu untergraben! Das alles ist deine Schuld!«

Simon erwiderte nichts darauf.

»Hau ab! Wie oft muss ich das noch sagen? Bist du nicht nur taub, sondern auch noch völlig schwachsinnig?«

»Nein, Eleonore, noch nicht ganz. Pass auf, ich werde jetzt raus zum Auto gehen. Es steht direkt vor der Tür. Würdest du bitte deine Sachen holen und in zehn Minuten zum Wagen kommen?«

Eleonore rang mit den Händen. Und hatte einen Plan. »Na gut, wenn es dich beruhigt«, sagte sie. »Bis gleich.«

Doch Eleonores Triumph über Simons Abgang hielt nur kurz an. Schon wenige Augenblicke später überkam sie wieder Panik.

Was habe ich nur getan? Das kann einfach alles nicht wahr sein!, dachte sie verzweifelt.

Doch eines stand jedenfalls fest. Luc durfte niemals und unter keinen Umständen davon erfahren! Sie würde den Matisse zurückkaufen müssen, egal wie, noch bevor irgendjemand etwas bemerkte.

Aber womit? Sie hatte kein Geld. Natürlich würde sie eine Menge erben, sobald Vaters Besitz erst mal aufgeteilt war. Doch das konnte Monate dauern. Das Anwesen, der Weinberg – verdammt, warum musste immer alles so kompliziert sein? Falls Luc jemals in das Appartement nach Nizza kommen sollte – oder jemand anderes, der ihrem Bruder von dem fehlenden Gemälde berichten würde –, es wäre eine große Schande für sie! Und all die Vorurteile ihr gegenüber und das mangelnde Vertrauen ihres Vaters hätten sich bewahrheitet.

Der Gedanke war unerträglich. War sie nicht für ihren kleinen Bruder die erfolgreiche, knallharte Pariser Karrierefrau? Doch im Moment fühlte sie sich nur noch am Boden zerstört. Schließlich griff sie nach der fremden Handtasche, die sie noch immer bei sich trug, und holte das feine Leinentaschentuch hervor.

Dann erblickte sie die kleine lederne Schmuckschachtel.

Sie fühlte sich schuldig, ja grauenvoll, als sich ihre Hand fest darum schloss. Sie schaute gen Decke und flüsterte: »Danke, Mutter. Ich wusste, du würdest mir helfen!«

Eleonore setzte sich auf, entspannte sich ein wenig, atmete tief ein und rief den Manager ein weiteres Mal herbei.

»Monsieur, ich habe Ihnen noch einen Vorschlag zu unterbreiten.«

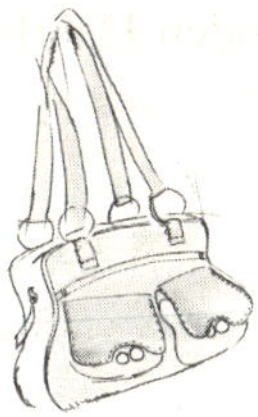

Kapitel 9

ACHTUNG, halt dich fest!«

»Hilfe, tu doch was!«

Luc versuchte mit aller Kraft, die Vespa unter Kontrolle zu halten, doch der Motorroller war bereits ausgebrochen und schlingerte die Böschung hinunter. Alles, was Julia also tun konnte, war, sich festzuhalten und zu hoffen. Zu hoffen, dass es glimpflich ausgehen würde.

Sekunden zuvor war ein knallrotes Cabrio auf der falschen Straßenseite um die schmale Kurve geschossen. Julias Hirn hatte zwar nur noch reduziert funktioniert, aber sie war sicher, ein eng umschlungenes, knutschendes Paar im Wagen gesehen zu haben. Der Fahrer hatte das Lenkrad nur mit einer Hand leicht im Griff gehabt, und seine Augen waren so ziemlich überall gewesen, außer auf der Straße.

Und dann noch mit einer solchen Geschwindigkeit! Das Cabrio hatte nicht die geringsten Anstalten gemacht abzubremsen. Luc hatte nur auf die gegenüberliegende Fahrbahn ausweichen können, um einen Zusammenstoß zu vermeiden, und nun polterten sie den Hang hinunter. Julia hatte Todesangst.

Sie schlitterten immer tiefer, stießen an Felsbrocken, Büsche und Äste, bis sich, nach einer gefühlten Ewigkeit, der

Roller schließlich überschlug und Luc und Julia über die Lenkstange katapultiert wurden.

Lucs Helm flog hoch durch die Luft, und sein Kopf landete – zum Glück – auf einem Fleckchen moosigen Gras. Julia konnte sich nicht halten und rutschte über den steinigen Untergrund, wobei ihr Oberarm die Wucht des Sturzes abfing.

Der Roller ächzte und stotterte, ehe der Motor gänzlich verstummte und die Maschine nur wenige Zentimeter von Lucs Nase liegen blieb. Das Vorderrad drehte sich noch eine ganze Weile weiter.

Eine kleine Ewigkeit lang blieb es still. Julia konnte Blut in ihrem Mund schmecken. Vorsichtig tastete sie mit der Zunge an ihren Zähnen entlang. Alles schien in Ordnung und am rechten Platz zu sein. Sie setzte sich auf und rieb sich die Steinchen von ihrem schmerzenden Arm. Schließlich nahm sie ihren Helm ab und blickte sich vorsichtig um. Ihr war schwindlig.

»Luc?«

Auch er setzte sich langsam auf. Er stützte sich auf seine Ellbogen und blinzelte gegen das Sonnenlicht, das durch die hohen Büsche fiel. Sein Gesicht war schweißüberströmt, und er war um einiges blasser als noch vor einer Stunde.

»Ist alles in Ordnung?«

»Alles wunderbar!«, brummte er. »Ging mir nie besser … autsch!«

Er versuchte aufzustehen, sank jedoch gleich wieder zurück auf den Boden und hielt sich sein Bein.

»Was hast du? Was tut dir weh?«, fragte Julia und robbte zu ihm hinüber.

»Mein Knie.« Luc verzog das Gesicht. »Verdammt!«

Verzweifelt reckte Julia den Hals und versuchte so, die Straße einzusehen, die nun einige Meter über ihnen lag. Das Cabrio war längst von dannen. Alles lag vollkommen still da.

Vermutlich haben die uns nicht mal gesehen, dachte Julia wütend.

»Dann schauen wir doch mal!« Ihre Stimme klang sehr viel ruhiger, als ihr zumute war.

»Dieser verfluchte, verfluchte Fahrer!«, schimpfte Luc, während er sein Hosenbein hochkrempelte. »Um ein Haar hätte der uns umgebracht! Hast du das gesehen? Er war auf der falschen Straßenseite, oder etwa nicht?«

Er sah Julia auffordernd an, als wolle er eine Bestätigung von ihr. Ohne zu zögern stimmte sie ihm zu.

»Du hast großartig reagiert, Luc. Dieser Idiot ist mit mindestens hundert Sachen auf uns zugefahren. Ich habe keine Ahnung, wie du es geschafft hast rechtzeitig auszuweichen.«

Trotz aller Schmerzen, die er offensichtlich hatte, schien Luc erleichtert. Julia, die kein spezielles medizinisches Wissen besaß, versuchte vorsichtig, sein Knie zu bewegen. Als er zusammenzuckte, sah sie ihn entschuldigend an.

»Ich glaube nicht, dass es gebrochen ist«, diagnostizierte sie nach einigen Abtastversuchen fachmännisch, obgleich sie in Wirklichkeit nicht die geringste Ahnung hatte. Zumindest stach nirgendwo ein Knochen aus dem Bein. »Höchstens verstaucht. Kann man sich ein Knie verstauchen?«

Luc zuckte mit den Schultern. »Verstauchen, verdrehen,

wie auch immer. Jedenfalls werde ich wohl morgen nicht joggen gehen. Allerdings glaube ich auch nicht, dass etwas gebrochen ist. Aber was ist mit dir? Dein Arm!«

Julia sah an sich hinunter. Und spürte, wie Luc dasselbe tat. »Mir geht es gut, denke ich. Nur ein paar Schürfwunden am Arm. Nichts Wildes, keine Sorge.«

»Bist du sicher?«

»Absolut!« Tatsächlich wies die Wunde unzählige kleine Steinchen auf, und der Arm brannte höllisch, doch Julia gab sich alle Mühe, das zu ignorieren.

Sie saßen eine Weile schweigend nebeneinander und versuchten, sich wieder zu sammeln. Julias Gedanken überschlugen sich. Ihr Hochzeitskleid war ärmellos. Großartig. Wie sollte sie das alles nur Lorenzo erklären? Sie sank mutlos in sich zusammen.

Erst nach einigen Minuten setzte sie an, etwas zu sagen. »Was … was sollen wir jetzt tun? Sollen wir ins Krankenhaus, um das Knie untersuchen zu lassen?«

»Ach Unsinn, mir geht es gut.«

»Okay, vielleicht fahren wir einfach zurück zum Château fahren und holen Verstärkung.«

»Was?« Luc schien verärgert, und er machte Anstalten aufzustehen. »Wir müssen nach Monaco! Los, komm, es ist nicht mehr weit. Hilf mir, die Vespa zurück auf die Straße zu schieben.«

»Bist du wahnsinnig?«

»Ja, das bin ich! Wahnsinnig wütend! Auf den verdammten Fahrer, auf Eleonore … Autsch!«

Lucs Gesicht war schmerzverzerrt, als er sich an ein paar Ästen wieder auf die Füße zog. Julia bot ihm ihre Schulter als Stütze an, doch er schien wild entschlossen, es allein zu schaffen.

Mit vereinter Kraft hoben sie den Motorroller auf und schoben, zerrten und hievten ihn wieder den Hang hinauf in Richtung Straße. An Lucs kalkweißem Gesicht konnte Julia ablesen, welche Schmerzen er haben musste, doch ihr war auch klar, dass sie die Vespa niemals alleine den Hügel hätte hinaufbugsieren können.

Oben angekommen sank Luc erneut auf den Boden. Er atmete schwer.

»Das hat doch keinen Sinn!«, sagte Julia. »Ich denke wirklich, wir sollten besser ins Krankenhaus …«

»Nein!«, unterbrach sie Luc. »Ich habe mir nur was verrenkt. Wenn etwas gebrochen wäre, hätte ich mich keinen Meter weit bewegen können.«

Das Argument schien Julia nicht zu überzeugen, doch sie sagte nichts mehr.

»Ich habe mir mit dreizehn beim Basketball den Knöchel gebrochen. Glaub mir, ich weiß, wovon ich rede!«

Doch er stand nicht auf. Julia stemmte die Hände in die Hüften und dachte fieberhaft nach. Könnte sie die Vespa fahren? Vor ungefähr fünf Jahren hatte sie mal eine gemietet, im Urlaub auf Korfu, zusammen mit ein paar Freundinnen. Zählte das als Qualifikation?

Kurz bevor sie vorschlagen konnte, eine Proberunde auf dem Roller zu drehen, um zu sehen, ob sie so eine Maschine beherrschte, blickten sie beide auf und sahen, wie sich ihnen langsam ein kleiner Lieferwagen näherte. Der Wagen bremste ab und kam neben ihnen zum Stehen. Luc stand mühsam auf.

Der Fahrer, ein kleiner, untersetzter Mann mittleren Alters in Jeans und einem ärmellosen T-Shirt, sprang aus dem Wagen und eilte ihnen entgegen.

»Ist alles in Ordnung?«

Julia und Luc sahen sich an. Wie könnte alles in Ordnung sein?

»Meine Tochter«, fuhr der Fahrer atemlos fort, »fährt auch so ein schreckliches Ding! Die sind so gefährlich!«

»Wir hatten eine kleine Auseinandersetzung mit einem Sportwagen«, erklärte Luc. »Mein Knie tut ein bisschen weh, aber sonst geht es uns gut.«

»Sind Sie sicher?«, fragte er zweifelnd und sah Luc an, der mehr schlecht als recht an die Fahrbahnbegrenzung gelehnt dastand.

»Ich denke schon.« Luc rang sich ein schwaches Lächeln ab. »Trotzdem vielen Dank, dass Sie angehalten haben!«

»Das ist mein schlimmster Alptraum, wissen Sie«, gestand der Fahrer. »Um eine Kurve zu biegen und meine Tochter im Straßengraben sehen …« Allein beim Gedanken daran wurde sein Gesicht beinahe so weiß, wie Lucs eh schon war.

Der schien seinerseits alles andere als in der Stimmung, Smalltalk mit einem Fremden zu führen. Vermutlich weil er in den letzten vierundzwanzig Stunden schon genug Probleme mit Fremden gehabt hatte …

»Bitte, machen Sie sich keine Sorgen!«, sagte Luc schließlich. »Wir wollen Sie nicht länger aufhalten. Wir kommen schon zurecht.«

»Einen Moment!« Julia war in der Zwischenzeit zu dem Lieferwagen gelaufen und sah nun in den offenen Anhänger. Er war voll mit Rankengittern. Vermutlich arbeitete der Mann auf einem Weingut. Julia erkannte die Werkzeuge und Gegenstände von ihrem kurzen Rundgang auf Château Deschanel.

»Ja, bitte?« Der Fahrer war ihr zum Wagen zurück gefolgt.

Julia zeigte auf den Anhänger und sagte: »Könnte ich wohl ein paar von den Gummibändern dort haben?«

»Diese hier?« Der Mann hielt zwei Bänder in die Höhe. »Natürlich! Wozu brauchen Sie die?«

»Danke!« Sie nahm die Bänder und ging zurück zu Luc, der noch immer an die Leitplanke gelehnt dastand. »Setz dich«, befahl sie, »dort ins Gras.«

Luc gehorchte, zog jedoch eine Augenbraue hoch und sah sie an, als vermutete er, ihr Hirn habe bei dem Sturz doch mehr gelitten als vermutet.

»Ich werde dein Knie jetzt damit stabilisieren. Halt still.«

Julia hatte nie einen Erste-Hilfe-Kurs gemacht, war aber in dunkler Vergangenheit mal Pfadfinderin gewesen. Genau genommen war sie die engagierteste und eifrigste Pfadfinderin ihres Stammes gewesen, seit ihrer Schwester Kathy zehn Jahre vor ihr.

Sie kniete sich vor Luc hin und nahm ihr pinkfarbenes Halstuch ab. Aus dem Augenwinkel konnte sie sehen, wie sich Luc und der Fahrer erstaunte Blicke zuwarfen, wie letzterer amüsiert die Augenbraue hochzog und wie Luc versuchte, sich ein Lächeln zu verkneifen.

Das entschlossene Gesicht ihrer Pfadfinderführerin Kirsty Macleod – eine großartige, einfühlsame Frau – erschien vor Julias innerem Auge, während sie Lucs Knie verarztete. Sie konnte sie förmlich hören. *Pass auf, dass du niemandem wehtust! Halt das Gelenk still! Wenn du nicht weißt, was du tun sollst, hol Hilfe* … Tja, genau da lag das Problem. Na ja, sie würde einfach so tun müssen, als wüsste sie, was zu tun war.

Vorsichtig wickelte sie die Gummistriemen um Lucs Knie, das mittlerweile rot geschwollen war. Dann wand sie ihren pinkfarbenen Schal um die Bänder, so dass die Kniescheibe vollständig stabilisiert wurde. Auch wenn sie so behutsam vorging, wie sie nur konnte, bemerkte sie doch, wie Luc mit aller Kraft versuchte, seine Schmerzen zu unterdrücken. Schließlich noch ein Kreuzknoten – oder war es ein Altweiberknoten? Die Vision der hilfsbereiten Kirsty Macleod war inzwischen verschwunden. Julia setzte sich auf und betrachtete ihr Werk.

»Fertig!« Ängstlich biss sie sich auf die Unterlippe, als sie Luc ansah. »Wie fühlt sich das an?«

Er schien beeindruckt, was Julia zumindest ein kleines bisschen Genugtuung verschaffte.

»Sieht auf jeden Fall sehr gut aus«, sagte er. »Mal sehen, ob deine Konstruktion hält, was sie verspricht.«

Mit Julia als Stütze auf der einen und dem Lastwagenfahrer auf der anderen Seite schaffte Luc es, sich wieder hinzustellen. Als seine beiden Helfer ihn losließen, gelangen ihm sogar ein paar Schritte aus eigener Kraft. Der Lastwagenfahrer streckte Julia zwei enthusiastisch erhobene Daumen entgegen.

Nach ein paar weiteren Schritten drehte Luc sich zu Julia um. »Danke dir!«

»Viel Glück Ihnen beiden!«, rief der Fahrer, der sich inzwischen wieder in seinen Wagen gesetzt hatte, um weiter nach Nizza zu fahren. »Lassen Sie das Knie untersuchen, ja?«

»Natürlich!«, rief ihm Luc zu, während Julia dem Fahrer zum Abschied zuwinkte.

»Na, dann wollen wir mal!« Luc humpelte zurück zur Vespa.

»Hör mal, Luc, lass mich fahren! Du bist nicht fit genug, und ich habe so ein Ding schon öfter gefahren. Na ja, einmal, um genau zu sein, aber ich bin sicher, das ist wie … wie …«

»Wie Fahrrad fahren?«

»Genau! Wie Fahrrad fahren!«

»Und bist du auch schon mit Beifahrer gefahren?«

Julia musste zugeben, dass sie diese Erfahrung noch nicht gemacht hatte.

»Das ist etwas völlig anderes, glaub mir!«, sagte er. »Das zusätzliche Gewicht macht wirklich viel aus – in null Komma nichts fliegen wir wieder über den Lenker!«

»Ach, so ein Quatsch!«

»Nein, ganz ehrlich! Diese Gefahr besteht bei jedem, der nicht häufig fährt.«

Julia wollte nur ungern auf die kleine Öllache hinweisen, die sich dort ausgebreitet hatte, wo die Vespa stand. Luc inspizierte die Maschine. Abgesehen von ein paar Kratzern und dem kaputten Spiegel schien das Gefährt in Ordnung zu sein. Mit etwas Mühe schwang sich Luc auf den Sattel und versuchte, den Motor zu starten.

Doch die Vespa schien nicht in der Stimmung, ihren

Dienst wieder anzutreten. Sie keuchte ein einziges Mal auf, erstarb dann aber komplett. Alle weiteren Versuche brachten nur kleine schwarze Rauchwölkchen zum Vorschein und leise rasselnde Geräusche irgendwo aus dem Inneren der Maschine.

Schließlich blieb Luc nichts anderes übrig als aufzugeben. Julia half ihm beim Absteigen.

»Tot«, stellte er fest. »Meinst du, heute könnte uns *noch* irgendetwas anderes Schlimmes passieren?«

»Dein Bein könnte abfallen«, murmelte Julia.

Zusammen schoben sie den Roller hinter einen Busch am Straßenrand. Julia fragte sich langsam, ob sie in Wahrheit in irgendeinem merkwürdigen Alptraum gefangen war, hervorgerufen durch zu viel Zucker oder Koffein, einem Alptraum, in dem sie permanent versuchte, ein Ziel zu erreichen, das eigentlich gar nicht existierte.

»Und wie kommen wir jetzt nach Monte Carlo?«, fragte sie schließlich. Trotz ihrer Müdigkeit, ihrem verletzten Arm und ihrer trübsinnigen Stimmung wegen Eleonores erneutem Abtauchen hörten sich die Worte »Monte Carlo« trotzdem noch sehr aufregend und glamourös an. Wie ärgerlich, dass sie gerade heute aussehen musste wie eine Stadtstreicherin an einem Bad Hair Day.

»Tja, dann werden wir wohl per Anhalter fahren müssen.«

»Oh, super.«

»Los, du musst das machen, du bist die Frau!« Der verschmitzte Tonfall in seiner Stimme besagte jedoch, dass er nur Witze machte. Er besagte außerdem, dass Luc sich trotz seines verletzten Knies und seiner Schmerzen alle Mühe gab, die Stimmung an diesem richtig, richtig miesen Tag hochzuhalten.

Also setzte Julia bereitwillig ein Lächeln auf, brachte sich in Position und streckte den Daumen raus. Der Fahrer des ersten vorbeifahrenden Wagens hupte anerkennend, sauste jedoch vorbei.

»Nun, das war nur ein Test«, murmelte sie. »Den Nächsten hab ich in der Tasche!«

Das sich nähernde Auto war ein weiterer Sportwagen. Julia bewegte mit erhobenem Daumen den Arm vor und zurück, wie es die Leute im Film immer machten.

Wieder kein Glück.

Luc stand ein paar Meter hinter ihr und grinste. »Bist du überhaupt schon mal per Anhalter gefahren?«

»Oh, klar, schon tausend Mal!«, antwortete Julia.

»Bist du nicht, oder?«

Sie drehte sich um und verdrehte die Augen. »Natürlich nicht! Das ist unglaublich gefährlich! Wofür hältst du mich denn?«

Luc erwiderte nichts und ließ ihre Frage ohne Antwort stehen. Julia konnte spüren, wie sie rot anlief. Sollte sie sich geschmeichelt fühlen? Plötzlich fiel ihr aber wieder Eleonores Tagebuch ein, und ihr ging plötzlich auf, dass sein Schweigen ganz und gar nicht als Kompliment gemeint sein könnte.

Ein paar weitere Autos fuhren an ihnen vorbei. Schließlich humpelte Luc vor und stellte sich neben sie.

»Okay, mal sehen, ob du es besser hinkriegst!«, sagte Julia herausfordernd. »Wenn du ein bisschen auf Mitleid machst, könnte das vielleicht hinhauen.«

»Ich gebe mein Bestes. Wahrscheinlich warst du einfach nicht überzeugend genug.«

»Ach, Quatsch!« Julia trat zurück und setzte sich auf die Erde.

Nach einigen Minuten kam ein großer, silberner Citroën um die Kurve gebogen.

»So, pass gut auf, hier kannst du was lernen!«

Luc trat noch einen Schritt nach vorne, beugte sich ein wenig mit hochgerecktem Daumen vor und setzte eine so gequälte Miene auf, dass Julia sich die Hände vors Gesicht halten musste, um nicht laut loszulachen. Doch zu ihrer großen Überraschung hielt der Wagen tatsächlich an.

»Monsieur!«, rief ein älterer Mann und streckte den Kopf aus dem Fenster. In seinem Mundwinkel balancierte er eine Zigarette. »Monte Carlo liegt doch in dieser Richtung, oder?«

»Ja, das stimmt«, antwortete Luc. »Vielen Dank, dass Sie …«

»Großartig!«, der Mann drückte aufs Gas, düste davon und ließ Luc in einer mächtigen Staubwolke stehen. Ganz langsam drehte er sich zu Julia um. Sein Gesicht war völlig ausdruckslos.

»Das ist doch ganz prima gelaufen«, brummte er, und nach einigen Sekunden des Schweigens brachen sie beide in schallendes Gelächter aus.

»Los, mach schon!«, feuerte Julia ihn an. »Da kommt ein Bus!«

Luc schnellte herum. »Okay, diesmal darf es aber nicht schiefgehen!« Er humpelte in die Mitte der Fahrbahn und wedelte wild mit den Armen.

»Pass auf!«, schrie Julia und hielt sich entsetzt die Hand vor die Augen.

Doch es funktionierte. Der klapprige blaue Minibus bremste ab und kam neben ihnen zum Stehen. Der Fahrer öffnete die Tür. Er war um die vierzig und sah ausgesprochen müde und desinteressiert aus.

»Irgendein Problem?«, fragte er.

Seine Mitfahrer, eine Gruppe älterer Damen mit ausladenden Frisuren in sämtlichen Schattierungen von blassblau bis weiß, beugten sich vor, um zu sehen, was da auf der Straße vor sich ging. Der ganze Kleinbus war auf einmal erfüllt von aufgeregtem Geschnatter.

»Bitte«, sagte Julia flehentlich, »können Sie uns bis Monte Carlo mitnehmen? Es ist ein Notfall!«

»Was für einen Notfall hat man denn in Monte Carlo?«, erwiderte der Fahrer und musterte sie von oben bis unten. »Ärger mit der Yacht?«

»Ach, zum Teufel, Jean-Paul, lass sie rein!« Die üppige Dame auf dem Beifahrersitz sprach Englisch mit amerikanischem Akzent. »Der Junge sieht doch ganz süß aus!«

Der Fahrer zögerte. »Wenn ich das mache, bekomme ich Ärger!«

Eine weitere Frau beugte sich aus der nächsten Reihe hervor. »Komm schon, Schätzchen, wir könnten etwas Frischfleisch hier drin wirklich gebrauchen – bei der langen Fahrt!«

Die Üppige auf dem Beifahrersitz drehte sich zu ihr um. »Ach, Marion, du willst doch nur jemanden, der deine ganzen Witzchen noch nicht kennt!«

»Das ist doch gar nicht möglich – oder haben wir etwa

den Planeten Erde verlassen?«, rief eine Stimme aus dem Hintergrund, und der ganze Bus brach in schallendes Gelächter aus.

Der Fahrer seufzte. Die Ladys hatten ganz offensichtlich sehr viel Spaß und strapazierten damit sein Nervenkostüm zunehmend. Doch schließlich machte er eine eindeutige Geste mit dem Kopf und signalisierte ihnen, dass sie einsteigen könnten.

»Vielen Dank!«, sagte Luc erleichtert und trat zur Seite, damit Julia als Erste den Bus erklimmen konnte. Dann hievte er sich selbst unter Schmerzen hinein. Eine der Damen schob einen Berg Handtaschen von zwei Sitzen in der Mitte, so dass sie sich setzen konnten.

Luc dankte ihnen mit einem Kofnicken. »Haben Sie vielen Dank, meine Damen! Sie sind wirklich sehr liebenswürdig«, sagte er auf Englisch.

Als Julia das anerkennende Gemurmel der Damen vernahm, musste sie lächeln. Der Fahrer steuerte den Wagen kopfschüttelnd auf die Straße zurück und setzte die Fahrt nun mit zwei weiteren Passagieren in Richtung Monte Carlo fort.

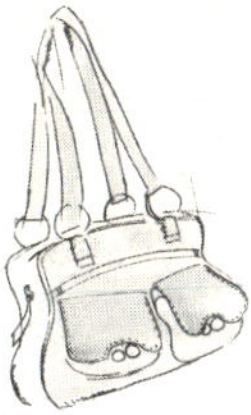

Kapitel 10

Die zehn Damen im Bus waren im Durchschnitt um die fünfundsiebzig Jahre alt und trugen ausnahmslos knallbunte Jogginganzüge, Turnschuhe und Sonnenhüte aus leichter Baumwolle. Die meisten von ihnen hatten ihre Haare zu schweren Zöpfen geflochten, und farbenfroher Lippenstift rundete ihr Erscheinungsbild ab. Julia musste an die konservative, zurückhaltende Kleidung denken, die sie von den älteren Schottinnen her kannte; warme Pullover oder Strickjacken in gedeckten Farben, Blusen und Röcke, Strumpfhosen und Perlenketten, feine Lederschuhe. Wiederum ganz anders sah es bei den Pariser Damen aus. Die meisten von ihnen waren dünn wie Stricknadeln, trugen das silberne Haar zu strengen Knoten gebunden und gingen nie ohne ihre perfekt geschnittenen Kostüme, ihre kleinen Hunde und ihre Designerschuhe aus dem Haus. Auch wenn es Julia durchaus bewusst war, dass sie nach Klischees urteilte, aber diese fröhliche Gruppe von Urlauberinnen konnte einfach nur aus den Vereinigten Staaten kommen.

»Keine Angst«, sagte Marion und lächelte sie freundlich an. »Wir sehen vielleicht gefährlich aus, aber in Wahrheit sind wir die reinsten Kätzchen. Stimmt doch, Mädels, oder?«

Die Antwort kam in Form von lautem Schnurren und

Fauchen. Eine runde Dame, die in derselben Reihe über dem Gang neben Luc saß, markierte mit der Hand eine Kralle und kratzte ihm damit spielerisch über den Unterarm.

»Aus welchem Teil von Amerika kommen Sie?«, fragte Julia.

»Aus dem besten Teil!«, erklang es aus den hinteren Reihen. »Boise, Idaho. Kennen Sie die Ecke?«

»Spätestens, wenn sie aus dem Bus steigt, wird sie sie kennen!«, erschallte laut eine Stimme.

»Leider kenne ich Idaho nicht«, meinte Julia. »Allerdings war ich schon ein paar Mal in New York. Wunderbare Stadt! So aufregend.«

»Sie haben gar nichts gesehen, bis Sie in Boise waren. Hey, sollen wir die zwei Hübschen nicht in unseren Koffern mit zurückschmuggeln? Was meint ihr, Mädels? Sie ist doch nur so ein dünnes Ding, sie passt locker ins Handgepäck.«

Die Dame auf dem Vordersitz drehte sich um und streckte ihre Hand aus. »Ich bin Hettie«, erklärte sie, »willkommen an Bord.«

Luc nahm ihre Hand und antwortete auf Englisch. »Luc Deschanel, sehr erfreut, Madame.« Er wies auf Julia. »Dies ist meine … meine …«

Julia schluckte.

»Das ist Julia Douglas.«

Zerknirscht schüttelte sie Hetties Hand. Ganz offenbar war ihr Waffenstillstand vorüber, und Luc verhielt sich nun wieder kühl und distanziert. Hettie musterte sie nacheinander eindringlich und versuchte offenbar herauszufinden, in welchem Verhältnis sie zueinander standen. Es würde nicht lange dauern, bis sie bemerkte, dass ihr Verhältnis, wenn man es denn überhaupt so nennen konnte, alles andere als gut war. Julia bemerkte, wie Hettie einen Blick auf den Ring an ihrem Finger warf.

»Seid ihr zwei verlobt?«

»Nein!«, riefen sie beide im Chor aus, ehe Julia noch hinzufügte: »Na ja, zumindest nicht miteinander.«

Hettie zog verwundert eine Augenbraue hoch, wechselte dann jedoch das Thema. »Sind Sie aus Schottland?«, fragte sie an Julia gewandt.

Julia nickte. »Ja, meine Familie lebt in der Nähe von Edinburgh.«

»Dachte ich es mir doch. Ihr Akzent ist wirklich bezaubernd.«

»Danke.« Julia wagte es nicht, Luc anzusehen. Es war seltsam, zweimal innerhalb von vierundzwanzig Stunden und in zwei verschiedenen Sprachen zu hören, dass man einen bezaubernden Akzent hatte.

Inzwischen war die volle Aufmerksamkeit sämtlicher Passagiere auf sie beide gerichtet.

»Was haben Sie mit Ihrem Bein angestellt, mein Lieber?«, fragte Marion. Dank Julias provisorischem Verband konnte Luc sein Knie nicht beugen, und er musste das Bein gerade von sich weg in den Gang strecken.

»Sieht übel aus«, fügte die Beleibte neben ihm hinzu.

Luc winkte ab. »Halb so schlimm, wirklich. Aber danke der Nachfrage. Wir hatten einen kleinen Unfall mit dem Motorroller …«

»Nein, wie schrecklich!« Die Damen schienen durch die Bank entsetzt, einige schnappten hörbar nach Luft.

»Soll ich mir das mal anschauen?«, bot Marion an. »Ich bin Physiotherapeutin.«

»Das sagt sie jedem niedlichen Kerl«, stichelte Hettie.

Ein Lächeln war auf Lucs Gesicht zurückgekehrt.

»Nee, war nur ein Scherz. Sie ist wirklich Physiotherapeutin, sogar eine ziemlich gute. Oder zumindest war sie es, bis sie langsam senil wurde. Sie hat den gesamten amerikanischen Baseball-Kader behandelt.«

»Das waren noch Zeiten«, sagte Marion und seufzte. »Und wenn wir schon über senile alte Frauen reden, wer dachte denn, Nizza wäre in Italien, hm? Dora Taylor, dahinten auf den billigen Plätzen, wie war das noch gleich?«

Der Bus brach erneut in schallendes Gelächter aus, und auch Luc und Julia stimmten mit ein, wenn auch etwas halbherzig.

»Wie sieht's aus, Luc Deschanel? Womöglich ist Ihre Kniescheibe rausgesprungen?«

»Wirklich sehr freundlich von Ihnen, aber ich bin sicher, in ein, zwei Tagen ist wieder alles bestens. Vielen Dank.«

»Haben Sie sich da diese Schrammen auch geholt? Bei dem Unfall?« Die Frau hinter Julia lehnte sich vor und berührte sie sanft an der Schulter.

Julia nickte.

»Sie sollten das saubermachen. Hier.« Die Frau zog aus ihrem riesigen, ausgebeulten Rucksack ein Päckchen antiseptischer Tücher hervor und reichte sie nach vorne.

Das kühle Tuch brannte wie Feuer auf Julias aufgeschürfter Haut, doch nach einigen Sekunden fühlte sich die Wunde sofort besser an, nachdem die letzten Reste Schmutz und Splitt entfernt waren.

»Ich habe Schmerztabletten dabei«, sagte eine kleine Frau mit spitzem Gesicht zu Luc. »Wollen Sie welche?«

»Oh Gott, Gloria dealt wieder!«, rief Marion aus. »Ruft die Polizei!«

»Wir nennen sie ›Gloria mit der Pillendose‹«, erklärte ihnen eine Frau aus der vorderen Reihe.

»Aber immer nur heimlich«, sagte Hettie.

Gloria schüttelte den Kopf und reichte Luc eine kleine Pillenflasche. »Aspirin. Vertrauen Sie mir, das ist gut gegen die Schwellung.«

Luc zögerte einen Moment, nahm die Tabletten dann aber doch an.

Marion reichte ihm eine Flasche Wasser nach hinten. »Hier, nehmen Sie einen Schluck Wodka, ich meine natürlich Wasser, zum Runterspülen. Also, warum haben Sie es so eilig, nach Monte Carlo zu kommen?«

Julia spürte, dass Luc ein bisschen Ruhe brauchte, und lenkte das Thema auf das Fahrtziel der Damen. »Werden Sie dort auch Station machen?«, fragte sie.

Marion nickte aufgeregt. »Auf jeden Fall. Das wird das Highlight unserer Reise. Klingeling!« Sie machte eine Geste, als betätigte sie einen einarmigen Banditen.

»Wir wollen sehen, ob die Casinos dort besser sind als in Vegas«, sagte Gloria.

»Genau!«, erklang es von der Rückbank. »Die haben wir ja bei unserem Ausflug letzten Herbst schon alle leergeräumt.«

»Außerdem«, fügte eine andere hinzu, »ist dies ein komplett neuer Kontinent. Hier kennt uns niemand.«

»Das wird sich bald ändern!«, rief Gloria.

Beim Gedanken an Glücksspiel drehte sich Julia der Magen um. Luc hatte die Augen geschlossen; Julia wollte sich nicht vorstellen, was ihm in diesem Moment alles durch den Kopf gehen musste.

»Wir nennen diese Reise ›unseren letzten Einsatz‹«, sagte Hettie und lachte. »Wir sind schließlich auch nicht mehr die Jüngsten …«

»Du vielleicht!«, rief ihr Marion zu. »Erinnere mich daran, dass ich dir die Nummer von meinem Schönheitschirurgen aufschreibe!«

»Jedenfalls haben wir beschlossen, alle zusammen nach Monte Carlo zu fahren, ehe wir abtreten.«

»Oh, sagen Sie doch so was nicht!«, rief Julia aus.

»Warum nicht?«, erwiderte Hettie. »Keine Sorge, Kindchen, wenn Sie erst mal in unserem Alter sind, werden Sie die Dinge auch ganz anders sehen.«

»Genau!«, stimmte Gloria zu. »Der Tod macht uns keine Angst.«

»Ach, ehrlich? Mir macht er unglaubliche Angst«, sagte Marion. »Aber da es nun mal kein Entkommen gibt, kann ich mich auch mit ihm anfreunden und jeden Moment genießen, der mir noch bleibt.«

Julia war bei diesen Worten das Blut in die Wangen geschossen. Luc saß regungslos neben ihr. Es war wohl alles andere als einfach für ihn, diese Gespräche mit anzuhören. Sie wollte ihm zureden, ihn wissen lassen, dass sie Anteil nahm an seiner Trauer, doch sie wagte es nicht.

»Aufgepasst, Leute!« Hettie hatte sich in ihrem Sitz umgedreht und zeigte jetzt auf eine der Damen auf der Rückbank. »Elizabeth ist eingenickt! Lizbeth! Lizbeth, komm zurück! Siehst du ein Licht da drin? Geh nicht drauf zu, hörst du? Geh nicht drauf zu! Komm zurück zu uns!«

Julia schaute sich um und sah, wie die schlummernde Elizabeth langsam die Augen öffnete und grinste.

»War nur ein Versuch«, murmelte sie. »War wohl nichts.«

»Ah, du wirst zumindest noch so lange überleben, bis du dein Vermögen beim Pokern verloren hast«, scherzte Hettie.

Julia musste Luc einfach zeigen, dass sie sich sorgte. Diese Fahrt musste ein Alptraum für ihn sein. Er hatte Schmerzen, trauerte um seinen Vater und war gefangen in einem Bus zusammen mit zehn schnatternden alten amerikanischen Damen und einer elften jungen schottischen, die in den Privatangelegenheiten seiner Schwester herumgeschnüffelt hatte.

Vorsichtig berührte sie ihn am Arm. »Alles in Ordnung?«

Er nickte. »Mir geht es gut.«

Sie zog die Hand wieder zurück.

»Aber danke der Nachfrage«, fügte er leise hinzu.

»Ihr jungen Leute seht den Tod nicht so wie wir«, sagte Marion. »Ihr seid noch viel zu weit davon entfernt.«

»Genau«, stimmte ihr Hettie zu, »es sterben immer nur die anderen, habe ich Recht? Aber wenn man erst mal siebzig wird, fallen sie um einen herum um wie die Fliegen von den Wänden, und man muss einfach damit umgehen lernen. Stimmt's, Mädels?«

»Absolut!«, bekräftigte Marion. »Genießt euer junges, sorgenfreies Leben, solange der Sensenmann noch anderweitig beschäftigt ist.«

Julia konnte es nicht länger aushalten. »Nun hören Sie mal zu«, setzte sie an. »Auch einige von uns …«

Doch Luc legte ihr die Hand aufs Knie, um sie in ihrer Rede aufzuhalten. »Tu es nicht«, flüsterte er. »Bitte.«

»Siebzig, sagen Sie?«, sagte er dann laut und sah sich im Bus um. »Was können Sie schon darüber wissen, wie es ist, siebzig zu sein?«

»Ach, Sie Charmeur!« Gloria strahlte ihn an. »Ich wusste doch gleich, dass Sie so ein gewisses Etwas in den Augen haben.«

»Was meinen Sie?« Luc zuckte mit den Schultern und hob abwiegelnd die Hände. »Ich sage nur, was ich sehe, das ist alles.«

»Na ja, immerhin bin ich schon dreiundachtzig«, sagte Gloria stolz.

Luc setzte einen übertrieben erstaunten Gesichtsausdruck auf. »Nein, seien Sie ehrlich, Sie – wie sagt man gleich – nehmen mich auf den Arm?«

Er machte das wirklich gut, wirkte kein bisschen überheblich, was wohl das Geheimnis seines Charmes war.

»Hey, wollt ihr zwei uns nicht Gesellschaft leisten, wenn wir die Casinos von Monte Carlo unsicher machen?«, rief Marion.

»Großartige Idee!«, stimmte Gloria mit ein. »Wir zeigen euch den *American Way* des Glücksspiels! Und Sie, junger Mann, können mir einen Martini spendieren.«

»Nur einen, Gloria?«, erklang eine Stimme von der Rückbank. »Bist du auf Entzug?«

»Das wäre wirklich wunderbar, meine Damen«, antwortete Luc schmeichlerisch. »Aber ich fürchte, das wird nicht gehen. Wir haben wirklich sehr viel in der Stadt zu erledigen. Aber vielen Dank für die Einladung.«

Oh Gott, sein Akzent war wirklich ganz entzückend, stellte Julia fest, ehe sie sich mit feuerroten Wangen zum Fenster drehte.

»Wie schade«, sagte Marion und seufzte. »Denn heute scheint unser Glückstag zu sein, nicht wahr, Mädels?«

Laute Zustimmung machte sich im Bus breit.

»Das könnte der größte Fehler eures Lebens sein, Kinder.«

»Ich habe vor, genug zu gewinnen, um sämtliche Reisekosten zu decken«, verkündete Gloria. »Und mit dem Rest werde ich Jean-Paul hier einen neuen Bus kaufen. Das habe ich ihm versprochen.«

Julia konnte im Rückspiegel sehen, wie der Fahrer die Augen verdrehte. Dachte Eleonore genauso über das Glücksspiel? Marschierte sie mit ähnlichem Selbstbewusstsein in die Casinos in dem festen Glauben, sie könnte einfach nicht verlieren? Den Erzählungen der Damen nach zu urteilen, schien so ein Ausflug ins Casino wirklich Spaß zu machen. Das musste auch Julia zugeben. Doch wann kippte dieses Amüsement um und wurde zur Sucht? Denn ein Ausflug mit Freundinnen war wohl kaum zu vergleichen mit dem Gefühl, allein und auf sich gestellt an einem Spieltisch zu sitzen, dachte Julia.

Ehe sie heute Morgen am Château aufgebrochen waren, hatte Julia auf einem kleinen Tischchen in der Eingangshalle ein gerahmtes Foto von Eleonore entdeckt. Es bestand kein Zweifel daran, dass sie es war: eine lebensfrohe, schöne weibliche Version ihres jüngeren Bruders. Sie trug

Jeans und einen Kaschmirpullover, der ihre schlanke Figur gut zur Geltung brachte, ihre rotbraunen Haare umrahmten ungezügelt ihren Kopf und auf ihrem Gesicht zeichnete sich ein breites Lächeln ab.

Inzwischen war Eleonore das Lächeln vermutlich vergangen. Wie sollte es auch anders sein? Sie war irgendwo da draußen in dieser Stadt, von den Vorkommnissen ebenso erschüttert und traurig wie ihr Bruder, nur vollständig auf sich gestellt. Der Gedanke war unerträglich.

Oder, konnte es tatsächlich sein, dass sie beim Spielen gewann?

Der allgemeine Lärm im Bus verebbte langsam zu leisem, fröhlichem Geplapper, und man überließ Julia und Luc wieder sich selbst. Julia starrte aus dem Fenster auf das glitzernde Meer, war aber zu sehr in Gedanken versunken, um die Schönheit der Landschaft zu registrieren.

Plötzlich riss sie das Klingeln eines Handys aus ihren Tagträumen. Es war Lucs Telefon.

Er zuckte vor Schmerz zusammen, als er sich auf dem Sitz wand, um das Handy aus seiner Hosentasche zu fischen.

»Hallo? Simon! Wo bist du?«

Julia hielt den Atem an. Jetzt ging endlich etwas voran!

Während Luc leise mit seinem Freund sprach, fuhr der Bus in einen Vorort von Monte Carlo ein. Julia versuchte verzweifelt, so unauffällig wie möglich zuzuhören und dabei so auszusehen, als würde sie sein Privatgespräch nicht im Mindesten interessieren. Doch seinem Tonfall nach zu schließen, schien Simons Nachricht zunächst gut, dann jedoch wieder ins Schlechte zu kippen. Luc schaute sie todernst an, nachdem er aufgelegt hatte.

»Er war bei ihr«, setzte er an und seufzte dann tief, »und nun ist er es nicht mehr.«

»Oh.« Sie wusste nicht, was sie sonst sagen sollte, außer dass sie ihn gern am Hemd gepackt, geschüttelt und ihn angebrüllt hätte, ihr endlich alles zu sagen, was er wusste.

»Nachdem sie die Galerie verlassen hatten, fuhr er sie zum *CoCo*-Casino in Monte Carlo, wie uns die Männer in der Galerie ja schon gesagt haben …«

»Warum hat er sich nicht einfach geweigert, sie dorthin zu fahren?« Die Frage war ihr so herausgerutscht. Sie war ihrer Mutter einfach zu ähnlich und musste immer alles ganz genau wissen.

Luc sah sie genervt an. »Warum er sich nicht geweigert hat? Weil er für meine Schwester da sein wollte, natürlich. Und was glaubst du, wie ich das finde? Er hat sich richtig verhalten. Was hätte er auch sonst tun sollen? Eleonore fesseln und knebeln und im Kofferraum zurück zum Château kutschieren?«

Julia hob entschuldigend die Hände. Einen Moment lang wünschte sie, Simon hätte wirklich genau das getan. Das hätte zumindest Julias Leben enorm vereinfacht. »Okay, tut mir leid.« Tief im Inneren wusste sie, dass sie nicht allein der Grund für seine Wut war. Na ja, solange es nötig war, würde sie eben den Sündenbock spielen. In einem gewissen Maß zumindest.

»Sie hat ihn im Casino auf Abstand gehalten, aber Simon glaubt, Eleonore hat heute Abend kein Glück gehabt. Offenbar hatte sie erst eine kleine Summe gewonnen, wurde dann aber wütend, weil Simon nicht mit ihr feiern wollte. Das ist nie ein gutes Zeichen. Jedenfalls ist er der Überzeugung, Eleonore habe das Geld, das sie für den Matisse bekommen hat, verloren.«

Julia sackte geschockt in ihrem Sitz zusammen.

»Aber das ist es nicht einmal, was mir jetzt Sorgen bereitet.«

»Wo ist sie, Luc?«

»Sie ist Simon entwischt. Er hat noch gesehen, wie sie ins Büro des Managers ging, und auf sie gewartet, aber dann ist sie wohl durch den Hinterausgang des Casinos geschlüpft.«

Julia konnte es nicht glauben. »Was? Sie ist schon wieder abgehauen?«

Luc nickte. »Scheint so. Der Manager des Casinos hat gesagt, sie habe ihn gebeten, ihr ein Taxi zu rufen. Er hatte sich geweigert, sie weiterspielen zu lassen.«

»Oh Luc.«

»Die Situation ist jetzt bitterernst, Julia. Eleonore ist außer Kontrolle.« Erschöpft rieb er sich mit den Händen das Gesicht.

»Wo kann sie hingegangen sein?«, fragte Julia.

»Simon war sich nicht sicher, ebenso wenig der Manager, aber es scheint da einen Ort zu geben, wo die Leute … wo Spieler häufig hingehen.«

»Wo ist das?«

»Ein Etablissement namens *Bonne Chance* offenbar.«

»Kennst du es?«

Er schüttelte den Kopf. »Simon sagte, es sei eine Art Klub unten am Yachthafen. Wahrscheinlich ist es auch ein Casino. Oh Eleonore …«

Der Bus bahnte sich seinen Weg ins funkelnde Stadtzentrum.

»Also gut.« Julia versuchte, so zuversichtlich zu klingen wie möglich. »Dann werden wir wohl dorthin gehen.« Sie erhob nun die Stimme und wandte sich an die Damen: »Entschuldigen Sie, aber wo werden Sie als Erstes Station machen?«

»Im *CoCo*-Casino, meine Liebe! Sind Sie sicher, dass wir Sie nicht doch noch überreden können, uns zu begleiten?« Wie alle anderen hatte auch Hettie inzwischen angefangen, ihre Frisur und ihr Make-up wieder aufzufrischen, um sich auf die feindliche Übernahme von Monte Carlo vorzubereiten.

Durch einige strahlend weiße Gebäude hindurch erblickte Julia plötzlich ein paar Masten, die sanft im Wasser schaukelten. Der Yachthafen.

»Oh, Jean-Paul, könnten Sie uns bitte hier rauslassen?«

»Was, Sie wollen uns schon verlassen?«, rief Marion. »Wir haben doch gerade erst angefangen, uns ein wenig kennenzulernen.«

Sie verabschiedeten sich herzlich von Hettie, Gloria und allen anderen und traten dann aus dem Bus auf den erhitzten Asphalt der Straße.

Und noch im Vorrüberfahren war Glorias Stimme glasklar durch ein offenes Fenster zu hören: »Also, dem Kleinen hätt ich gern sein letztes Hemd abgenommen.«

Kapitel 11

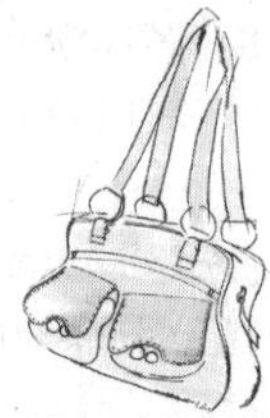

Die *Bonne Chance* stellte sich als prunkvolle, atemberaubende Superyacht heraus. Ein so herrliches, schnittiges, strahlend weißes Boot hatte Julia bislang nur in Filmen gesehen. Oder vielleicht noch in ihren Träumen. Nahezu arrogant thronte die Yacht inmitten des edlen Hafens zwischen anderen, kleineren Booten, versprühte Glamour und streckte ihre elegante, stromlinienförmige Silhouette der gleißenden Sonne entgegen.

Luc sagte nichts. Seine Stirn glänzte vor Schweiß; die aufregende Jagd mit stets neuen Zielen forderte ihren Tribut. Ganz offensichtlich tat er sein Möglichstes, sein Humpeln zu kaschieren und seine Schmerzen im Zaum zu halten, doch mit jedem mühevollen Schritt wurde Julia seine Anstrengung deutlicher. Sie hatte ihm ihren Arm als Stütze angeboten, doch er war nicht darauf eingegangen. Eine Gangway, überdacht mit einem schweren blauen Baldachin, führte zum Passagiereingang der Yacht. Ohne einander anzusehen, hielten Luc und Julia einige Sekunden inne, ehe sie auf den Anleger zusteuerten. Julia hielt Eleonores Tasche fest unter ihren Arm geklemmt. Ihr Herz pochte nun wieder wild vor Aufregung.

»Luc! Gott sei Dank!« Julia blickte auf und sah in die Richtung, aus der die fremde Stimme gekommen war. Ein großer, sportlich aussehender junger Mann lief ihnen von der anderen Straßenseite her entgegen.

»Simon!«, Luc lächelte seinem Freund zu. »Es tut so gut, dich zu sehen!«

»Was ist mit deinem Bein passiert?«, fragte Simon, während er Lucs Hand schüttelte.

»Kleiner Unfall mit der Vespa, erzähle ich dir später.« Er deutete mit dem Kopf auf die Yacht. »Ist Eleonore da drin?«

Simon nickte.

Mit einem Mal zeichnete sich große Erleichterung auf Lucs Gesicht ab. Er schloss die Augen für einen Moment und atmete dann lang und hörbar laut aus.

»Mademoiselle?« Simon wandte sich nun an Julia. Diese öffnete den Mund, um sich vorzustellen, als Luc ihr auch schon zuvorkam. Simon hatte einen warmen, festen Händedruck und sah ihr direkt in die Augen. »Sehr erfreut.«

Simon hatte eine ähnlich athletische Figur wie Luc, doch sein dunkles, fast schwarzes Haar bildete das komplette Gegenteil zu Lucs hellen Locken. Die dunklen Stoppeln an seinem Kinn standen Simon gut, und seine Augen waren weniger forsch als Lucs, dennoch aber warm und freundlich. Trotz ihrer Müdigkeit und Aufregung konnte sie nicht anders als selbstzufrieden festzustellen, dass sie sich nunmehr in Begleitung nicht eines, sondern zweier äußerst attraktiver Franzosen befand.

Julia fühlte sich klein und, nun ja, *schottisch* zwischen diesen beiden Männern, auch angesichts der beeindruckenden *Bonne Chance* und überhaupt der gesamten Situation. Sie trat ein wenig zur Seite, um den Männern kurz Zeit zu geben, sich auszutauschen.

Luc sprach schnell, und Julia hatte Mühe, wenigstens einen Teil von dem zu verstehen, was er sagte. Und das bisschen, was sie verstand, war alles andere als ermutigend. Offenbar erzählte er Simon, dass Julia das Tagebuch seiner Schwester gelesen hatte und dass er sie nicht eher loswerden würde, bis die Sache mit der Handtasche geregelt war. Einmal zeigte er sogar wütend mit dem Daumen in ihre Richtung und verdrehte die Augen.

Also ehrlich, dachte sie. Wenn Luc das Schlimmste von ihr denken wollte, wenn er wirklich diese Art Mann war, dann sollte er doch. Sie hatte endgültig genug davon, sich sämtliche Arme und Beine auszureißen und ihm in all dem Chaos behilflich zu sein.

Dann warf auch Simon ihr einen prüfenden Blick zu. Im Gegensatz zu Lucs offener Feindseligkeit schien sein Gesichtsausdruck eher enttäuscht, doch das machte Julia nur noch wütender.

Zum Teufel noch mal, dachte sie, ich habe das verdammte Tagebuch nicht gelesen! Also kriegt euch ein und lasst mich endlich in Ruhe! Einmal mehr musste sie ihr dringendes Verlangen, die Sache zurechtzubiegen und Luc aufzuklären, herunterschlucken. Das alles war so unfair! Es war neu für Julia, die Böse zu sein. Doch dann wurde ihr plötzlich klar, dass selbst *wenn* sie Luc nun mit der Wahrheit konfrontierte, würde er ihr vermutlich gar nicht glauben. Zu viel Zeit war inzwischen vergangen, seitdem Luc ihr vor der Galerie in Nizza diese miesen Anschuldigungen an den Kopf geworfen hatte. Wenn sie jetzt anfinge, sich zu rechtfertigen, würde er womöglich nur noch mehr Respekt vor ihr verlieren. Zu spät also.

»Dann mal los«, sagte Luc schließlich und wandte sich wieder der Yacht zu. »Gehen wir.«

Zu dritt gingen sie nun zur überdachten Gangway. Erst jetzt, aus unmittelbarer Nähe, erkannte Julia, was die beiden Männer vermutlich die ganze Zeit schon gewusst hatten. Die *Bonne Chance* war ein schwimmendes Luxuscasino. Na ja, was hätte sie auch erwarten sollen – etwa eine Suchtklinik auf dem Wasser?

»Was wir jetzt brauchen«, sagte Simon, »ist ein Plan. Die *Bonne Chance* steht nur Klubmitgliedern offen. Wir können da nicht einfach hineingehen.«

»Ach so.« Luc stemmte die Hände in die Hüften. »Dann lasst uns jetzt beitreten.«

»Vergiss es«, antwortete Simon. »Ich hab's bereits versucht. Du musst eine schriftliche Empfehlung vorlegen, und der Antrag braucht Wochen.«

»Einen Moment!«, warf Julia ein, denn sie hatte einen Einfall. Sie nahm Eleonores Tasche von der Schulter und begann, darin zu wühlen. Als sie die kritischen Blicke der beiden Männer auf sich spürte, hielt sie einen Moment lang inne und sah Luc ein klein wenig herausfordernd an. »Entschuldigung, aber ich habe eine Idee. Da ist etwas in Eleonores Handtasche, das uns vielleicht weiterhilft, und ich werde nicht so tun, als wüsste ich nichts davon.«

Triumphierend zog sie schließlich Eleonores Personalausweis hervor. »*Voilà*. Vielleicht lassen sie mich ja rein, wenn ich vorgebe, Eleonore zu sein.«

Die zwei Männer sahen einander an. Ganz offensichtlich dachten sie fieberhaft nach.

»Wissen Sie, wie Eleonore aussieht?«, fragte Simon schließlich. »Groß, lange braune …«

Julia nickte. »Ich habe heute Morgen ein Bild von ihr im Château gesehen.« Ihre Stimme wurde leiser. »Sie ist so wunderschön, ich werde sie wohl kaum übersehen können.«

»In Ordnung«, sagte Luc nach einer kurzen Pause.

»Vielleicht kann ich euch beide als Begleiter mit hineinnehmen. Man wird Eleonore Deschanel ja wohl erlauben, ihren Bruder mitzubringen, oder?«

Simon nickte. »Das könnte funktionieren. Versucht ihr zwei es, ich warte lieber hier. Ich habe das Gefühl, wir fordern unser Glück ein bisschen zu sehr heraus, wenn ich auch noch mitkäme. Die Sicherheitsleute haben mich wahrscheinlich schon hier auf der Straße herumlungern sehen.«

»Na, dann wollen wir mal.« Ein Hauch Ungeduld lag in Lucs Stimme. »Nur die Ruhe bewahren, Julia.«

Als sie gemeinsam die Gangway hinaufgingen, drehte sich Julia zu ihm um.

»Du meinst wohl, nur die Ruhe bewahren, *Eleonore*, oder?«

Eine spindeldürre Hostesse in einem strahlend weißen Kaftan empfing sie mit weit ausgebreiteten Armen. »Die *Bonne Chance* heißt Sie herzlich willkommen.«

»Vielen Dank«, sagte Luc und erwiderte ihr aufgesetztes, kokettes Lächeln auf gleiche Weise.

Julia entschied, dass es wohl das Beste wäre, so wenig

wie möglich zu sagen. Ihr Französisch war exzellent, aber wenn sie allzu viel redete, würde am Ende doch noch jemand ihren »bezaubernden« Akzent bemerken, und ihr Spiel wäre aus, noch ehe es begonnen hatte. Also nickte sie einfach nur und verkündete so ruhig wie möglich: »Eleonore Deschanel.«

Die Hostesse sah verwirrt aus. Sie warf einen Blick auf ihre Gästeliste, als Julia Eleonores Tasche öffnete und den Ausweis vorlegte.

»Ich bin ihr Bruder«, kam Luc ihr zu Hilfe, auch wenn die Hostesse gar nicht zuzuhören schien. »Luc Desch.«

»Eleonore Deschanel«, murmelte die Hostesse. »Offensichtlich ist sie schon an Bord … Wie bitte?« Mit einem Mal sah sie auf, und ihr Blick blieb an Luc hängen.

»Ich sagte, ich bin ihr …«

»*Luc Desch!*« Schamlos musterte sie ihn von oben bis unten. »Sie sind es wirklich!«

Luc hatte ein geduldiges Promi-Lächeln aufgesetzt, das Julia trotz ihrer nervlichen Anspannung sehr amüsierte.

Die Hostesse bückte sich und wühlte in ihrer eigenen Handtasche, die Julia sofort als eine gefälschte Louis Vuitton identifizierte. Sogleich schmolz ihr Gefühl von Minderwertigkeit dahin, und sie strich über Eleonores weiche Bottega Veneta und schickte ein Stoßgebet gen Himmel. Das war die Macht des Luxus-Unikats.

Nachdem die Hostesse Lucs Identität erfahren hatte, wurden sie beide mit großer Geste an Bord begleitet, und das Mädchen schaffte es gerade noch, Luc ihre Telefonnummer zuzustecken, die sie in Windeseile auf ein Stückchen Papier gekritzelt hatte. Höchstwahrscheinlich, so dachte Julia, hätten sie auch Simon und sogar all die Damen aus dem Minibus noch mit an Bord bringen können. Und wer weiß, vielleicht würde Luc das Mädchen sogar anrufen.

Das opulente, gedrungene Interieur der *Bonne Chance* stand im krassen Gegensatz zu ihrem strahlend hellen Äußeren. Luc und Julia stiegen die geschwungene Treppe hinunter zum Casino, das in Marineblau und Silber gehalten war und keinerlei Fenster aufwies.

»Hier verliert man ja jegliches Zeitgefühl«, murmelte Julia.

Luc sah sie an. »Ich glaube, genau das ist der Gedanke dahinter«, sagte er, ehe er in die Menschenmenge eintauchte und nach seiner Schwester Ausschau hielt.

Wo kamen all diese Leute nur her? Überall saßen sie gedrängt um Spieltische herum oder pumpten ihr Geld in einarmige Banditen … der Lärm, das Licht, die komplette Fremdartigkeit der Umgebung waren schlicht überwältigend. Julia konnte kaum glauben, dass es wirklich so viele Menschen in der Stadt gab, die genug Zeit und Geld hatten, ihre Tage und Nächte hier zu verbringen. Auf einer kleinen Bühne in der Ecke spielte ein dicklicher grauhaariger Mann auf einem Flügel sanfte Jazzmelodien, die allerdings von den Besuchern vollständig ignoriert zu werden schienen.

»Kannst du sie sehen?« Julia reckte ihren Kopf in die Höhe, um die Menschenmenge überblicken zu können, aber sie konnte niemanden ausmachen, der Eleonore ähnlich sah. Allerdings hatte sie mehr und mehr Zweifel, dass sie unter all diesen schönen und glamourösen Menschen die Frau von dem Foto aus dem Château wiedererkennen würde.

Luc schüttelte den Kopf.

Langsam tauchten sie immer tiefer in die Menge ein. Von außen hatte die Yacht bereits riesig gewirkt, doch Julia war fassungslos über das enorme Ausmaß des Casinos. Der Raum schien unendlich groß. Sanft beleuchtet schien er ständig auf verführerische Art eine Einladung auszusprechen, hier zu verweilen und Unmengen an Geld auszugeben: Versucht es einfach, Leute, amüsiert euch!

»Ich gehe rechts herum und schaue zuerst beim Pokertisch nach«, sagte Luc nach einigen Minuten. »Eleonore spielt am liebsten Poker, also ist sie vielleicht dort. Geh du links herum.«

»Was ist, wenn …«, begann Julia.

»Wir treffen uns hier an der Treppe wieder«, unterbrach sie Luc. »Einer von uns wird sie dann schon gefunden haben.«

Ohne ihre Antwort abzuwarten, wandte er sich ab und humpelte los.

Julia starrte ihm hinterher und murmelte: »Bitte, Julia, würdest du so nett sein, mir bei der Suche nach meiner äußerst sprunghaften Schwester zu suchen? Vielen Dank!« Sie seufzte und bahnte sich dann wie geheißen einen Weg in entgegengesetzter Richtung durch die Menge.

Der Anfang ihrer Suche führte sie durch einen Gang mit klingelnden und blinkenden Spielautomaten. Frauen mit weißen Plastikbechern saßen mit dem Rücken zu ihr und fütterten die Maschinen so eifrig mit Münzen, als handle es sich um ihre hungrigen Kinder.

Die meisten von ihnen konnte sie sofort aufgrund der grauen Haaren oder ihrer Körperfülle ausschließen, doch die jüngeren Frauen würde sie sich auch von vorne ansehen müssen. Also setzte sie zu einem Slalom zwischen den Spielautomaten hindurch an, schlenderte langsam voran, drehte dabei so unauffällig wie möglich ihren Kopf, um die Frauen zu mustern, nur um sich dann mit einem süßlichen »Pardon!« zu entschuldigen, sobald sie festgestellt hatte, dass es sich bei der Kandidatin wieder nicht um Eleonore handelte. Keine der Spielerinnen machte auch nur im Mindesten den Eindruck, als hätte sie Julia überhaupt wahrgenommen. Sie schienen wie hypnotisiert von den blinkenden Lichtern und der Aussicht auf einen üppigen Gewinn.

Die Luft in dem Raum war stickig, und der weiche Teppich unter Julias Füßen fühlte sich zäh und klebrig an. Durch das Stimmengewirr und die laut klingelnden Automaten war die Klaviermusik im Hintergrund nur ganz schwach wahrnehmbar. Julia fühlte sich plötzlich schwindelig. Sie hielt an einem Roulettetisch an und beobachtete fasziniert, wie die kleine Kugel in dem Rad hin- und herhüpfte.

Ganz langsam verstehe ich wirklich, warum Leute süchtig nach einem solchen Ort werden. Es ist geradezu ein Paralleluniversum! Ob die hier Betäubungsmittel durch die Klimaanlage pumpen?

»Mademoiselle, möchten Sie vielleicht etwas trinken?«

Der Mann, der vor ihr aufgetaucht war, sah aus, als sei er direkt einem Casanova-Casting entsprungen. Sein cremefarbener Anzug saß ein kleines bisschen zu eng im Schritt, das violette Hemd, das er darunter trug, war fast bis zum Bauchnabel aufgeknöpft, und schon der erste Blick auf das luxuriöse Diamantkreuz, das in seinem üppigen Brusthaar schlummerte, verriet Julia, dass es sich bei dem Schmuck um eine ganz miese Fälschung handelte.

»Sind Sie etwa allein hier? Das kann doch nicht sein. Erlauben Sie, dass ich Ihnen Gesellschaft leiste!« Seine Haut war von einem schimmernden Ölfilm überzogen, was gut zu seinem schwarzen, streng zurückgekämmten Haar passte, von dem einige fettige Strähnen schwer über seine Ohren hingen.

Julia spürte, wie sie mit ihrer Geduld am Ende war. »Ich glaube nicht!«, antwortete sie so bestimmt wie möglich und schob sich an ihm vorbei. »Entschuldigen Sie bitte.«

Sie schüttelte sich und schloss kurz die Augen, um ihre Fassung wiederzugewinnen. Als sie die Lider wieder öffnete, erblickte sie plötzlich eine große schlanke Frau, die an einem Black-Jack-Tisch in einigen Metern Entfernung saß.

Da! Das ist sie!

Ganz ohne Zweifel, dort, bildschön und selbstsicher, saß Eleonore Deschanel.

Julias Herz machte einen Satz. Mit all ihren Aktionen, dem plötzlichen Auftauchen und Verschwinden, war Eleonore in Julias Vorstellung geradezu zu einem Fabelwesen geworden, doch da war sie nun tatsächlich. Sie schien voll und ganz auf ihr Spiel konzentriert, und Julia konnte nur den Blick auf ihr Profil erhaschen: die blasse Haut, das volle, rotbraune Haar, die ausgeprägte, vielleicht ein klein bisschen zu groß geratene Nase, ihre zarte Figur. Sie verfügte über eine nonchalante, fast aristokratische Eleganz, genau wie sie es sich vorgestellt hatte.

Langsam näherte sich Julia dem Tisch, hielt dann jedoch inne. Wo war Luc? Sie stellte sich auf Zehenspitzen, um die Spieler und umstehenden Menschen zu überblicken, aber sie konnte ihren Begleiter nicht ausmachen. Dann würde sie es wohl oder übel allein versuchen müssen. Sie hatten jetzt keine Zeit mehr zu verlieren.

Eleonore schien gerade einen weiteren Einsatz machen zu wollen. Graziös beugte sie sich vor und griff nach ihrer Tasche.

Julia hielt den Atem an und schlug sich die Hand vor den Mund. Es war *ihre* Tasche.

Eleonore wühlte einen Moment lang darin und holte schließlich einen Stapel Jetons hervor, die sie dem Croupier zuschob. Die Tasche hatte sie nun neben sich auf dem Tisch abgestellt. Julia blinzelte. Konnte es sein, dass Eleonores Finger leicht zitterten?

Als sie neben Eleonore angelangt war, sagte sie zunächst nichts zu ihr. Sie nahm einfach nur Eleonores Handtasche von ihrer Schulter und setzte sie sanft neben ihre eigene auf dem Spieltisch ab.

Erst nach einigen Sekunden bemerkte Eleonore, was soeben geschehen war. Sie sah kurz von einer Tasche zur anderen, blickte dann zurück auf die Karten, die sie im Moment ausgeteilt bekam, und erst dann, mit dem Selbstvertrauen – oder war es nur Schauspielerei? – von jemandem, der seine wahren Gefühle bereits sehr lange vor seinen Mitmenschen versteckte, hob sie ihren Kopf und sah Julia direkt in die Augen.

»*Meine* Tasche?«, fragte sie. Sie hatte eine tiefe, sexy Stimme.

Julia nickte.

Eleonore wandte sich wieder dem Spiel zu. »Ich beneide Sie um die Chanel-Sonnenbrille«, sagte sie, mehr zu den Karten, als zu Julia. Sie studierte noch immer ihr Blatt und flüsterte ihr dann zu: »Einen Moment noch, bitte.« Daraufhin blickte sie wieder auf und lächelte den Croupier breit und herausfordernd an. »Karte!«

Julia blieb nichts anderes übrig, als zu warten. Na ja, sie könnte sich auf den Tisch werfen, die Karten und Jetons durcheinanderwirbeln und eine enorme Szene heraufbeschwören, doch sie verzichtete darauf. Sie blinzelte in Eleonores Blatt und sah, dass sie bereits eine Dame und eine Fünf in der Hand hielt. Machte fünfzehn.

Der Croupier teilte ihr eine Karte zu.

»Neun. Was für ein Pech, Mademoiselle Deschanel.« Er zog ihre Jetons ein, stapelte sie und teilte auch schon eine neue Runde aus, noch ehe Julia Luft holen konnte.

Doch dann passierte plötzlich etwas Seltsames mit Eleonore. In dem Moment, als ihre Karte aufgedeckt und ihr Verlust verkündet wurde, war aus dieser vermeintlich selbstbewussten Frau ein Mädchen mit kalkweißer Gesichtsfarbe geworden, das wie festgefroren dasaß und wirkte, als würde sie jeden Moment umkippen.

»Geht es Ihnen gut?«, fragte Julia besorgt.

»Spielen Sie weiter, Mademoiselle?«, erkundigte sich der Croupier.

»Ich … ich kann nicht«, stotterte Eleonore.

»Eleonore?« Julia ließ nicht locker. »Was ist los?«

»Kommen Sie bitte mit, Mademoiselle Deschanel.«

Aus dem Hintergrund war ein kleiner, tadellos gekleideter Mann an ihrer Seite aufgetaucht und griff nun mit seiner Hand unter Eleonores Ellbogen. Julia vermutete, dass er um die vierzig sein müsse, doch seine Haut war verdächtig glatt, und seine schmalen Augen schienen ständig wachsam und alles im Blick zu haben. In seinem Ohr konnte Julia einen kleinen Knopf mit einem Kabel sehen, das in seinem Hemdkragen verschwand. Weiß der Teufel, was für Überwachungsapparate er sonst noch unter seiner Kleidung trug …

»Nein!«, protestierte Eleonore, allerdings mit einer eher schwachen Stimme, die vollkommen anders klang als noch vor einigen Minuten.

Der Croupier und der Mann sprachen ein paar Worte miteinander, jedoch viel zu schnell und zu leise, als dass Julia sie hätte verstehen können.

Der Typ mit dem Knopf im Ohr machte Julia Angst. Dem eifrigen Nicken und der anbiedernden Körpersprache des Croupiers nach zu urteilen, handelte es sich vermutlich um den Manager. Offenbar hatte sich Eleonore soeben ziemliche Probleme eingehandelt.

»Mademoiselle«, sprach er nun wieder Eleonore an, wobei er nach wie vor ihren Ellbogen unauffällig, aber fest umfasste. »Ich bitte Sie, machen Sie die Situation nicht unangenehmer, als sie eh schon ist. Würden Sie mich also bitte ins Büro der Geschäftsführung begleiten.« Seine Stimme klang zwar nicht sonderlich bedrohlich, dennoch lief es Julia kalt den Rücken hinunter.

Eleonore zuckte nur leicht mit den Schultern und rutschte schließlich von ihrem Hocker. Ihr Blick war leer und kalt. Niedergeschlagen und mit hängendem Kopf lief sie nun neben dem Man her, wie eine Verurteilte auf dem Weg zur Hinrichtung. Sie war fast einen Kopf größer als er, doch gerade dieser Größenunterschied, sein kontrollierter Griff um ihren Arm und seine Entschlossenheit, sie nicht wieder gehen zu lassen, ließen den Mann noch bedrohlicher erscheinen.

»Einen Moment!«, rief Julia ihnen hinterher, nachdem sie einige Sekunden fieberhaft überlegt und sich daran erinnert hatte, dass sie selbst überhaupt nichts zu befürchten hatte. »Ich komme mit!«, verkündete sie und folgte der kleinen Gruppe. Sie würde den Teufel tun und Eleonore einmal mehr entkommen lassen, jetzt, wo sie sie endlich gefunden hatte. Und überhaupt – ihre Ringe! Sie war nur einen halben Meter von ihren Trauringen entfernt gewesen.

Der Mann hielt an, drehte sich langsam um und sah sie irritiert an. »Und Sie sind …?«

Julia musste kurz überlegen, ehe sie antwortete: »Eine Frau mit persönlichem Interesse.«

Der Mann erwiderte nichts darauf und führte Eleonore dann weiter in Richtung des Büros. Julia lief ihnen hinterher und hielt dabei verzweifelt in alle Richtungen Ausschau nach Luc.

Doch er war nirgends zu sehen.

Kapitel 12

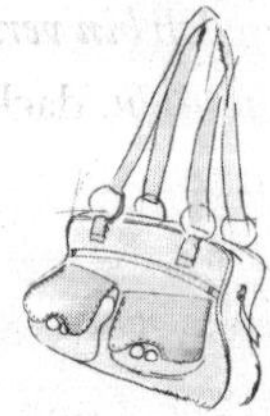

Wie das Casino mit seinen Spieltischen und -automaten hatte auch das Büro des Managers kein einziges Fenster. Der Raum war vollständig mit dunklem Eichenholz vertäfelt und mit polierten Messinglampen ausgestattet. Ein überdimensionaler, lederbezogener Schreibtisch stand in der Mitte, dahinter ein grün gepolsterter Drehstuhl und seitlich davor zwei dazu passende Chesterfield-Sofas. Der Effekt, in eine Zeit um die vorherige Jahrhundertwende versetzt zu werden, wurde lediglich durch die Reihe von Überwachungsmonitoren an der Wand, zwei Computer auf dem Schreibtisch und eine hoch kompliziert aussehende Telefonanlage gestört.

Zwei bullige Sicherheitsmänner in schwarzen Anzügen, weißen Hemden und schmalen Krawatten flankierten ein überdimensionales, gold gerahmtes Gemälde der monegassischen Königsfamilie. Auch sie trugen Knöpfe im Ohr. Julia vermutete, dass, wenn diese Typen ihre Sakkos auszogen, vermutlich ein Halfter mit Pistole zum Vorschein kommen würde.

Sie riskierte nun auch einen Blick auf Eleonore, die ihre Fassung inzwischen wiedergefunden zu haben schien und nun trotzig und mit flammendem Haar den Mann anfunkelte, der sie immer noch am Ellbogen festhielt.

Ich bin versehentlich in die Dreharbeiten eines Bond-Films geraten, dachte Julia. *Wie gern würde ich jetzt aufwachen, irgendwo, nur nicht …*

»Und was passiert jetzt?«, fragte Eleonore ungeduldig.

»Wir warten«, gab der Mann zurück.

Sie mussten nicht lange ausharren. Die zwei Sicherheitsmänner drehten gleichzeitig ihre Köpfe zur Seite, hielten mit einer Hand den Knopf im Ohr fest, als hörten sie jemanden sprechen, und stellten sich dann stramm auf.

Ein gut gekleideter, abgebrüht wirkender Mann öffnete die Tür und kam ohne Hast herein. Er hielt kurz inne, um erst Eleonore und dann Julia einer genauen Inspektion zu unterziehen, ehe er eine Verbeugung andeutete und schließlich hinter dem massiven Schreibtisch Platz nahm.

Julia starrte ihn unverhohlen an. Der Typ schien Geld und Macht aus jeder Pore zu atmen und mit seinem scharf geschnittenen, sonnengebräunten Gesicht und den pechschwarzen, an den Schläfen schon leicht ergrauten Haaren sah er aus wie eine Mischung aus Julio Iglesias und Antonio Banderas.

Und das war Julia an sich auch eigentlich gar keine so unangenehme Vorstellung, wäre nicht die Stimmung in dem Büro so derart angespannt gewesen, dass sie das Gefühl hatte, sie und Eleonore würden nun jeden Moment zu einem qualvollen Tod, ganz in alter, klassischer Bond-Manier, verurteilt werden.

»Mademoiselle Deschanel.« Seine Stimme war angenehm tief und wie gesagt, unter anderen Umständen hätte sie das durchaus sexy gefunden. Er deutete auf den schleimigen, kleinen Mann, der Eleonore immer noch am Ellbogen festhielt.

»Eugène sagte mir, dass Sie eine kleine Pechsträhne hatten. Das tut mir wirklich sehr leid.«

Eleonore drehte nun ihren Kopf und wandte sich hochmütig an den Mann neben ihr. »*Eugène*, was für ein reizender Name. Könnten Sie mich jetzt bitte endlich loslassen?«

Tatsächlich ließ er von ihr ab, nicht aber ohne sich vorher mit einem kurzen Blick auf seinen Chef, der daraufhin wortlos genickt hatte, rückversichert zu haben.

»Mein Name ist Gustave Hyrcenko. Ich bin der Besitzer der *Bonne Chance*.«

»Ich weiß«, erwiderte Eleonore.

»Mir gehört außerdem das *CoCo*-Casino.«

Nun blieb Eleonore stumm. Ganz offensichtlich hatte sie das nicht gewusst.

»Scheinbar haben Sie sich in geringfügige Schwierigkeiten gebracht, Mademoiselle, habe ich Recht?«

Eleonore sah ihm direkt in die Augen, auch wenn ihre Lippen ganz unmerklich zitterten. »Ich ... ich habe keine Ahnung, wovon Sie reden.«

»Kommen Sie schon!« Gustave lehnte sich vor und stützte die Ellbogen auf den Schreibtisch. »Sie waren den ganzen Tag über in meinen Etablissements zu Gast, unter Nutzung der Einkünfte aus einem Wechselschein, der dem Verkauf eines Gemäldes entstammte, wenn ich nicht irre. Das zumindest ist die Information, die mir der Manager des *CoCo* hat zukommen lassen.«

Julia sank das Herz in die Hose. Es war also wirklich wahr. Eleonore hatte den Matisse von ihrer Mutter verhökert – den Matisse von Lucs Mutter! Um mit dem Erlös zu spielen. Und schließlich zu verlieren.

»Das ist alles gar kein Problem«, setzte Eleonore an. Ihre Stimme klang nun wiederum stabil. »Ich benötige lediglich …«

»Ah, aber genau da liegt das Problem!«, unterbrach Gustave sie sogleich und tippte sich mit dem Finger an die Nase. »Leider habe ich keine Zeit, mir länger anzuhören, was Sie benötigen. Was ich benötige, Mademoiselle Deschanel, ist ein kleines bisschen mehr, als sie bereits vorgestreckt haben.«

Er streckte seine Hand aus, öffnete eine der Schreibtischschubladen und holte eine kleine Schmuckschachtel heraus.

Julia schnappte nach Luft. »Die gehört mir!«, rief sie. »Meine Ringe! Eleonore …«

»Und wer sind Sie noch mal?«, fragte der Besitzer des Casinos und beäugte sie skeptisch.

»Julia Douglas.«

Gustave machte eine abfällige Geste mit der Hand und wandte sich erneut an Eleonore. »Zurück zu den Ringen, die Sie bei uns in Kommission gegeben haben …«

»Sie hat *was*?« Julia war entsetzt. »Eleonore, Sie haben meine Ringe verpfändet? Wie konnten Sie das tun? Die Ringe sind *mein* Eigentum!«

Lucs Schwester stand einfach nur da, öffnete den Mund, nur um ihn gleich darauf wieder zu schließen. Sie sah zuerst Gustave, dann Julia an. Offensichtlich hatte sie keine Erklärung vorzubringen. Stattdessen zuckte sie wortlos mit den Schultern und schüttelte den Kopf. Die Scham stand ihr ins Gesicht geschrieben, doch sie konnte – oder wollte – es einfach nicht aussprechen.

»Machen Sie sich nicht lächerlich.« Julia funkelte Eleonore an und marschierte dann schnurstracks an Gustaves Schreibtisch. Im selben Moment taten die Sicherheitsmänner es ihr nach und traten ihr wie mechanisch zur Seite.

Doch es war ihr gleichgültig. Sie straffte die Schultern und streckte fordernd ihre Hand aus. »Diese Ringe gehören mir«, sagte sie zu Gustave. »Sie sind nicht das Eigentum von Eleonore Deschanel und waren es auch nie.« Dabei warf sie Eleonore einen eindringlichen Blick zu. »Habe ich Recht?«

Eleonore vermied es, Julia anzusehen.

»Mademoiselle Douglas«, setzte Gustave nun an, und es klang, als hätte er alle Zeit der Welt. »Es tut mir sehr leid, aber diese Ringe wurden mir als Pfand für Mademoiselle Deschanels Schulden in meinem Haus übergeben. Ich werde sie einbehalten müssen. Also …«

Plötzlich unterbrach lautes Geschrei draußen seine Rede. Gustave und die Sicherheitsmänner schauten auf die Überwachungsmonitore an der Wand. Julias Herz raste. Es war Luc. Er schien in eine Art Handgemenge unmittelbar vor der Bürotür verwickelt zu sein und kämpfte sich mühsam frei von … Wer war das bloß? Julia kniff die Augen zusammen … Oh, war das etwa die Hostesse vom Eingang?

»Lassen Sie mich rein! Meine Schwester ist da drin!«

Beim Anblick ihres Bruders war Eleonore erstarrt. Gustave hatte sie beobachtet und nickte sogleich den Sicherheitsmännern zu, die dennoch zögerlich die Tür öffneten. Luc purzelte geradezu in den Raum, die Hostesse folgte ihm mit nur wenigen Zentimetern Abstand. Eugène marschierte sogleich auf das Mädchen zu und zischte ihr etwas ins Ohr. Sie riss erschrocken die Augen auf und zog sich in eine Ecke zurück. Gustave saß einfach nur schweigend da und beobachtete die Vorgänge.

»Eleonore!« Luc atmete schwer und verzog das Gesicht vor Schmerz. Er musste sich auf dem Schreibtisch abstützen.

Julia beobachtete ihn mit einer Mischung aus Mitleid und Frust. *Tja, da gehen sie dahin, meine Fantasien von einer echten Bond-Rettung,* dachte sie. *Vielleicht, wenn ich ein enges Abendkleid angehabt hätte …*

Während sie zusah, wie er seine Schwester umarmte, hatte sie ihre Ringe schon fast wieder vergessen. Luc sah so verletzlich und zugleich erleichtert aus. Doch für einen kurzen Moment, als Eleonore sich an ihn drückte, hatte es den Anschein, als sei sie bei weitem die gequältere Seele. Luc machte sich gar nicht erst die Mühe, sich Gustave, der immer noch regungslos im Stuhl saß, vorzustellen.

»Wie ich höre«, sagte er, »ist meine Schwester in Schwierigkeiten?«

Es war Eleonore, die auf diese Worte zuerst reagierte. »Der Matisse ist weg«, sagte sie einfach. »Aber ich bin sicher, ich könnte ihn zurück…«

»Und was ist mit meinen Ringen?« Julia konnte es einfach nicht länger aushalten. »Sie hat sie versetzt, Luc! Die Schachtel ist dort in der Schublade.« Ihr war klar, dass sie wohl hätte abwarten sollen, ehe Bruder und Schwester sich vom Schock ihres Wiedersehens erholt hatten. Doch in Julias Kopf schossen die Gedanken blitzschnell hin und her, sie schwankte zwischen Angst, Tollkühnheit und völliger Gleichgültigkeit.

»*Wie bitte?*« Luc erblasste ebenso wie Eleonore zuvor am Black-Jack-Tisch. Er starrte seine Schwester an. »Eleonore, bitte sag mir, dass das nicht stimmt.«

Eleonore schaute weg. Ihre Schulten waren eingefallen, und sie wirkte nun vollkommen kraftlos. Julia konnte sehen, dass Eleonore sich davor gefürchtet hatte, ihrem Bruder gegenüberzutreten. Auch wenn ihr gebieterisches Verhalten vor einigen Minuten das nicht hätte vermuten lassen.

»Es tut mir so leid. Ich werde sie selbstverständlich zurückkaufen«, sagte Luc zu Julia und sah ihr dabei direkt in die Augen. Dann wandte er sich wieder an Gustave. »Monsieur«, setzte er an. »Mein Name ist Luc Deschanel, und ich bin Eleonores Bruder.«

»Das habe ich schon mitbekommen.«

»Würden Sie Mademoiselle Douglas bitte ihre Trauringe zurückgeben? Meine Schwester hatte nicht das Recht, Ihrem Haus die Ringe als Pfand anzubieten. Selbstverständlich werde ich für den Wert der Ringe aufkommen, ebenso für andere Auslagen, die Sie durch meine Schwester haben …«

»Nicht so schnell«, unterbrach ihn Gustave und bremste ihn mit einer Handbewegung. »Sie scheinen zu vergessen, dass ich hier ein Geschäft zu führen habe. Ein Geschäft, das steht und fällt mit dem Einlösen von Verpflichtungen.«

»Das ist mir klar …«

»Und wenn ich zulassen würde, dass jeder meiner Gäste sich mit seinen Verpflichtungen einfach entfernte und mir nur sein Ehrenwort hinterlässt – Monsieur, verzeihen Sie die nautische Wortwahl –, aber dann wäre die *Bonne Chance* zum Sinken verurteilt.«

Eugène und die beiden Sicherheitsmänner verzogen pflichtbewusst die Mundwinkel bei diesem kleinen Scherz ihres Chefs. Die Hostesse lächelte schwach.

»Haben Sie Bargeld bei sich?«, Gustave musterte Luc skeptisch.

»Nein«, musste Luc zugeben, »aber …«

»Genug!«, erklärte Gustave und machte nun keinen Hehl mehr aus seiner Ungeduld. »Sie werden an Bord der *Bonne Chance* bleiben müssen, bis wir eine Lösung für dieses Problem gefunden haben. Keiner von Ihnen wird das Boot verlassen.«

»Wie bitte?«, Luc war entsetzt.

»Das meinen Sie nicht ernst!«, rief Julia aus.

Selbst Eleonores Augen weiteten sich in Panik. Doch Gustave zeigte keinerlei Regung.

»Sehen Sie, die Ringe decken die Schuld Ihrer Schwester nicht vollständig. Aber im Moment sind sie alles, was ich habe. Ich fürchte, Ihre Schwester …«, er sah Eleonore voll Verachtung an, »… hat sich am Roulettetisch ein bisschen vergessen.«

»Hören Sie zu«, fuhr Luc ihn nun an. »Was fällt Ihnen überhaupt ein! Die Deschanel-Familie hat noch nie ihr Wort gebrochen.«

»Bis jetzt«, sagte Eleonore kleinlaut. »Bis das schwarze Schaf sich beim Spielen verkalkuliert hat.«

»Ich werde Ihnen die Nutzung meines Telefons gestatten. Sie können das Geld direkt herbringen lassen oder eine Anweisung auf das Konto ›uneinbringliche Forderungen‹ vornehmen lassen. Doch Sie werden das Schiff auf keinen Fall verlassen.«

Julia schaute auf ihre Armbanduhr. Luc tat es ihr nach. Die Banken hatten mittlerweile bestimmt schon geschlossen.

»Das ist einfach lächerlich!«, warf Luc nach einem Moment ein. »Und überhaupt ist es illegal!«

Julia schloss die Augen und stellte sich vor, wie sie tagelang auf der *Bonne Chance* gefangen gehalten wurde, ihre Hochzeit verpasste und in dieser kalten, herzlosen und moralfreien Zone des Schiffes Augenringe und Falten bekam. Wenn das keine schräge Erfahrung darstellte …

»Einen Augenblick«, sagte Luc und deutete auf die Hostesse. »*Sie* wissen doch, wer ich bin, oder?«

»Luc … Luc Desch«, antwortete sie und warf ihrem Chef einen ängstlichen Blick zu. »Er ist Sänger. Ich habe all seine CDs … *Swathe* ist auf jeden Fall die beste.«

»So ein Quatsch. *Connections* ist noch besser«, warf Julia ein. »Viel ausgefeilter. Tut mir leid, Luc, aber so ist es nun mal.«

»Unsinn. Mit *Early Fruit* kann nichts mithalten.« Alle Anwesenden drehten sich um und starrten den bulligen Sicherheitsmann an, der mit hochgezogenen Augenbrauen ihren Blick erwiderte. »Denken Sie nicht?«

Selbst Luc musste nun wider Willen lächeln. »Was glauben Sie, wie viele Ihrer Gäste haben mich vorhin erkannt?«, fragte er die Hostesse.

Sie dachte kurz nach. »So einige, denke ich. Das Paar hinter Ihnen in der Schlange fragte, ob es Sie fotografieren dürfe. Aber ich habe ihnen gesagt, dass Sie als Privatperson hier sind. Was auf der *Bonne Chance* passiert, bleibt auf der *Bonne Chance.*« Sie warf ihrem Chef einen bestätigenden Blick zu.

»Sieht ganz so aus«, kommentierte Luc trocken. »Wie auch immer, ich konnte mich vorhin kaum durch das Casino bewegen. Ständig sprachen mich die Leute an und fragten nach einem Autogramm.«

»Ach was!«, entfuhr es Julia. »Während ich mich also auf der Suche nach deiner Schwester ins Zeug gelegt habe, hast du ein Bad in der Menge genossen? Na, vielen Dank auch!«

»Man gewöhnt sich dran«, murmelte Eleonore.

Luc hatte seine Hände in die Hüften gestemmt und funkelte die beiden Frauen wütend an. Zu Gustave sagte er: »Denken Sie an die Überwachungsmonitore. Unsere Gesichter sind sicherlich überall aufgezeichnet. Mit Zeit, Datum und allem Drum und Dran. Überlegen Sie es sich gut, ob Sie uns wirklich hier festhalten wollen. Die Polizei wäre sicher nicht begeistert von Ihrem Vorgehen.«

Hatte Julia Halluzinationen oder war Gustave bei dem Wort »Polizei« zusammengezuckt? Jedenfalls sah er Eugène eindringlich an, wandte sich dann aber wieder an die Umherstehenden.

»Meine lieben Leute«, verkündete der Besitzer schließlich lächelnd, »Sie hier festhalten? Warum sollte ich das tun?«

Julia warf einen Blick auf die Sicherheitsmänner, die bei den Worten ihres Chefs auffällig genickt hatten.

»Das habe ich nicht damit sagen wollen. Ich meinte nur, ich nehme Sie beim Wort.«

»Natürlich haben Sie das damit sagen wollen!«, fuhr Luc den Casinobesitzer an.

»Na, na, ganz ruhig. Wir haben die Ehre, sehr viele Prominente hier auf der *Bonne Chance* begrüßen zu dürfen. Und wir kümmern uns immer sehr gut um sie, nicht wahr, Solange?«

Die Hostesse errötete heftig und schaute zu Boden.

»Monsieur Desch, oder Deschanel, oder welchen Namen Sie auch immer bevorzugen, Sie haben einfach zu viele James-Bond-Filme gesehen! Natürlich verlasse ich mich auf Ihr Ehrenwort, dass die Schuld Ihrer Schwester beglichen wird.«

»Gut«, antwortete Luc knapp.

»Morgen werden Sie bezahlen. Morgen und keinen Tag später.«

»Morgen«, bestätigte Luc. »Ich gebe Ihnen mein Wort.«

»Kann ich dann bitte meine Ringe zurückhaben?«, brach es erneut aus Julia heraus. »Bitte! Ich habe mit der ganzen Sache hier nichts zu tun …«

»Nicht so schnell, Mademoiselle«, sagte Gustave. »Es wird den Ringen wohl kaum schaden, wenn sie hier bei mir bleiben, bis die Schuld beglichen ist.«

»Was?« Vor lauter Zorn und Enttäuschung schossen Julia Tränen in die Augen.

»Es ist eine Frage des Vertrauens«, fuhr Gustave fort. »Immerhin vertraue ich darauf, dass Ihr Freund morgen seine Schulden bei mir bezahlt. Ich nehme an, da Sie ihn ja offenbar sehr gut kennen, vertrauen auch Sie darauf, oder?«

Es blieb nichts mehr zu sagen. Niedergeschlagen trottete sie hinter den anderen her zum Ausgang. Die Spieler an den Tischen drehten sich um und starrten der kleinen Prozession hinterher. Eugène war ganz in seinem Element. Er machte den Weg frei, und die beiden Sicherheitsmänner eskortierten die beiden Deschanels und eine unglücklich dreinschauende kleine Schottin, die ihre Tränen nur schwer zurückhalten könnte, zurück zur Gangway.

»Na endlich!« Simon eilte ihnen entgegen, als sie hinaus in den milden, dunstigen Abend von Monte Carlo traten. Der Tag war unbemerkt vergangen, während sie sich im Bauch der *Bonne Chance* befunden hatten. »Eleonore, geht es dir gut? Ich bin fast gestorben vor Angst!«

Eleonore hatte inzwischen angefangen, lautlos zu weinen.

»Simon, kannst du uns bitte nach Hause fahren?«, fragte Luc und sah seinen Freund bittend an.

Dieser nickte. »Natürlich. Das Auto steht gleich dort drüben auf der anderen Straßenseite.«

Eleonore setzte sich neben Julia auf die Rückbank, drehte den Kopf zum Fenster und fiel in tiefes Schweigen. Niemand drängte sie, etwas zu sagen. Julia wusste ohnehin nicht, über was sie reden sollte. Und Luc? Wer wusste schon, was Luc dachte. Vermutlich war er froh, seine Schwester endlich wiedergefunden zu haben, doch zu welchem Preis? Nun hatte er nicht nur seinen Vater zu betrauern, sondern sich auch noch um seine Schwester zu kümmern, dazu kamen die Schulden, die bezahlt werden mussten … Und sollte er noch ein paar Hirnzellen frei haben, musste er ein Paar Ringe auslösen und diese seiner rechtmäßigen Besitzerin übergeben.

Die Fahrt zum Château fiel sehr viel kürzer aus, als Julia erwartet hatte. Der Hinweg war durch die Fahrt auf der Vespa reichlich in die Länge gezogen worden, und mit all den Zwischenfällen durch den Unfall und das Mitfahren im Minibus hatte auch die Fahrt nach Monte Carlo nicht gerade kurz gewirkt. Daher war sie durchaus überrascht, wie schnell die Landschaft nun an ihnen vorüberzog. Einen Moment lang glaubte sie sogar, eingenickt zu sein, da sie ganz plötzlich die Auffahrt zum Château hinauffuhren und Julia, ebenso wie Eleonore, die ganze Fahrt über kein Wort gesprochen hatte.

Sobald Simon den Wagen vor der Eingangstür zum Stehen gebracht hatte, sprang Eleonore aus dem Auto, rannte über den Kiesweg und eilte ins Haus. Ihre langen Haare wehten wild hinter ihr her und die Bottega Veneta hüpfte an ihrem Arm auf und ab. Julia und die zwei Männer sahen ihr nach, wie sie im Inneren des Châteaus verschwand, ohne sich auch nur einmal nach ihren Rettern umgesehen zu haben.

»Lassen wir sie ein bisschen zur Ruhe kommen«, schlug Simon vor. »Sie ist jetzt sehr dünnhäutig.«

Selbst von ihrem Platz auf dem Rücksitz aus ahnte Julia, dass Luc angespannt, zornig und gleichzeitig unendlich müde war. Sie schickte sich an, aus dem Auto zu steigen.

»Julia«, setzte Luc mit leiser Stimme an. »Es tut mir sehr leid, dass du das alles miterleben musst.«

Julia war zu niedergeschlagen wegen ihrer Ringe, als dass sie etwas darauf hätte antworten können. Schließlich lief sie mit all der Würde, die sie noch aufbringen konnte – irgendwie spürte sie, dass die zwei Männer vom Auto aus sie beobachteten –, zurück zum Haus. Im Eingang stieß sie beinahe mit Onkel Quinn zusammen, der Motorengeräusche gehört und aus dem Salon gelaufen kam wie ein aufgescheuchter Cockerspaniel.

»Schätzchen, wo wart ihr denn, um Gottes willen? Claude und ich waren ganz außer uns vor Sorge!«

»Oh, Onkel Quinn …« Julia war so froh, endlich ein bekanntes Gesicht zu sehen, dass sie sich ihrem Onkel erleichtert in die Arme warf.

Arm in Arm gingen sie in den Salon. Onkel Quinn, der sich offenbar bei den Deschanels schon ganz wie zu Hause fühlte, schenkte einen großen Schluck Cognac in einen kristallenen Schwenker und reichte ihn seiner Nichte, die sich bereits auf das Sofa hatte fallen lassen und verzweifelt versuchte, ihre Tränen zurückzuhalten.

Onkel Quinn sah sie zärtlich an. »Komm, wir nehmen unseren Schlummertrunk oben auf dem Zimmer. Dort kannst du mir dann alles erzählen.«

»Gute Idee«, Julia war ihrem Onkel für die physische wie auch moralische Unterstützung sehr dankbar und hakte sich sogleich bei ihm unter, als sie die zwei Treppen zu ihrem gemütlich-friedlichen Schlafzimmer emporstiegen.

»Verdammt, das gibt's doch gar nicht!« Sie war auf ihr Bett gesunken und hatte auf der Suche nach ihrem Leinentaschentuch in ihre Handtasche gegriffen. »Ich habe immer noch Eleonores Tasche! Wie blöd kann man denn eigentlich sein?«

»Wie bitte?«, fragte Onkel Quinn und ließ sich auf sein eigenes Bett nieder.

Julia seufzte und sah ihren Onkel an. »Wir haben Eleonore gefunden, und ich habe ihre Tasche neben meine eigene gestellt, die bei ihr auf dem Black-Jack-Tisch in der *Bonne Chance* stand, das ist ein Spielcasino in einer Riesenluxusyacht, aber dann ist Eleonore irgendwie festgenommen worden, und man hat uns in ein Büro gebracht, das aussah wie in einem James-Bond-Film, und dann mussten wir diese echt furchterregenden Typen irgendwie überreden, uns wieder freizulassen …«

»Moment mal, Schätzchen!« Onkel Quinns Augen schienen geradezu aus seinem Kopf herauszuspringen. »Hast du irgendetwas geraucht, das du nicht hättest rauchen sollen?«

»Nein!« Julia nahm einen großen Schluck von ihrem Cognac und atmete ein paar Mal tief ein.

»Dann erzähl mir mal der Reihe nach, was passiert ist.«

»Okay, also, sie war nicht mehr in der Gemäldegalerie, aber dann haben wir erfahren, dass sie weiter nach Monte Carlo gefahren ist – oh Onkel Quinn, beinahe hätte ich einen Tizian oder so was für zwei Million Euro gekauft …«

»Wie bitte?«

»Und dann sind wir mit dem Roller verunglückt …«

»Was?«

»… und per Anhalter nach Monte Carlo weitergefahren.«

»Nein!«

»Schließlich haben wir uns heimlich in dieses Casino auf der Luxusyacht eingeschleust, indem ich vorgegeben habe, Eleonore zu sein …«

»Natürlich, was auch sonst …«

»Aber sie hatte gerade alles beim Black Jack verloren, und zwar auch meine Trauringe …«

»Autsch.« Onkel Quinn lehnte sich zurück und kratzte sich am Kopf.

»Und jetzt bitte noch mal von vorne. Und ein bisschen zusammenhängender diesmal, bitte.«

Nach einigen weiteren misslungenen Versuchen schaffte es Julia, den gesamten Tagesablauf mehr oder minder in der richtigen Reihenfolge zu erzählen, ohne dabei zu klingen, als sei sie auf Drogen. Onkel Quinn war ein guter Zuhörer. Er ließ sie reden, machte zustimmende Laute und Gesten an den richtigen Stellen und versicherte ihr immer wieder, dass spätestens am nächsten Morgen alles gut werden würde. Auch wenn er einige passende Worte fand, um das, was er »die verachtenswerten Spiele der Eleonore Deschanel« nannte, zu beschreiben.

Nachdem sich Julia vollkommen leergeredet hatte und erschöpft innehielt, sah sie auf ihre Uhr. »Lorenzo«, schrie sie auf, »ich muss ihn sofort anrufen. Er wird schon ganz krank sein vor Sorge.«

»Tu das, Schätzchen«, meinte Onkel Quinn und reichte ihr sein Handy, begleitet von einem demonstrativen Gähnen. »Ich werde schon mal ins Bett hüpfen.«

Flink tippte sie Lorenzos Nummer ein, während Onkel Quinn den letzten Rest seines Cognac hinunterkippte und mit ausufernden Gesten zur Abendtoilette überging.

Was zum Henker sollte sie ihrem Verlobten erzählen? Dass sie heute zusammen mit einem berühmten französischen Sänger in einem Casino in Monte Carlo war?

Das Freizeichen ertönte, und Julias Herz begann zu rasen. Mit einer Mischung aus Enttäuschung und Erleichterung hörte sie schließlich die mechanische Ansage des Anrufbeantworters. »Hinterlassen Sie eine Nachricht für Lorenzo Landini, oder rufen Sie meine Sekretärin an unter …«

»Renzo?« Julias Stimme war nun nicht mehr als ein Flüstern. Sie wusste nicht, was sie sagen sollte. »Ich … ich habe unsere Ringe gefunden. Glaube ich zumindest. Und ich habe Eleonore Deschanel gefunden und deine wundervolle Tasche. Nun, das ist erst mal alles … Ich hoffe, dir geht es gut. Melde mich morgen wieder. Ich liebe dich …«

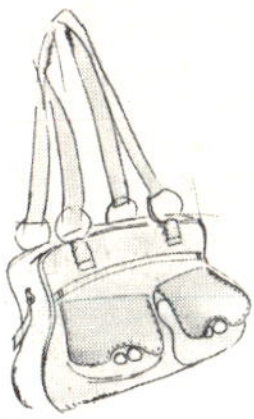

Kapitel 13

Auf Zehenspitzen schlich Eleonore die Treppe hoch, zum kleinsten der Gästezimmer im oberen Stockwerk. Dabei hielt sie Julia Douglas' Handtasche fest unter ihren Arm geklemmt. Vor der Tür angekommen, konnte sie hören, wie Julia soeben ein Telefongespräch beendete. Im Hintergrund putzte sich offenbar jemand die Zähne. Das musste der ältere Herr sein. Sie klopfte.

»Herein.« Julias Stimme klang angespannt.

Eleonore drückte die Klinke. Julia wirkte überrascht, sie zu sehen, und ihr Begleiter, der gerade geräuschvoll über dem kleinen Waschbecken gurgelte, warf ihr einen stechenden Blick zu. Offenbar hatte Julia keine Zeit verloren, ihm sämtliche Ereignisse des Tages direkt weiterzutratschen. Es war schon seltsam, sie hatte angenommen, Julia hätte sich als zukünftigen Ehemann jemanden ausgesucht, der zumindest ein bisschen eher in ihre Altersklasse passte. Andererseits – wieso sollte sie über die Beziehungen anderer Leute urteilen?

»Das mit … deinen Ringen tut mir sehr leid.« Sie bemühte sich, möglichst reuevoll zu klingen, und schaute zuerst Julia, dann den älteren Mann flehentlich an. Der war offensichtlich völlig sprachlos angesichts dieser Worte.

»Oh, das ist ein Missverständnis. Onkel Quinn ist nicht

mein Verlobter. Er ist mein Onkel. Nicht wahr, Onkel Quinn?«

»So ist es wohl.« Onkel Quinn tat ein paar Schritte auf Eleonore zu und streckte ihr seine noch feuchte Hand entgegen. »Quinn Gibson.«

»Eleonore …«

»Ich weiß, wer Sie sind. Sie haben meiner Nichte ganz schön Kopfschmerzen bereitet.«

»Es tut mir wirklich sehr leid. Das war nicht meine Absicht.«

»Meine Tasche!«, Julias Stimme durchbrach die bedrückende Stille.

»Ich dachte, du würdest sie sicher so schnell wie möglich zurückhaben wollen«, erklärte Eleonore kleinlaut. »Es tut mir nur leid, dass die Ringe nicht mehr drin sind.«

»Warum setzt du dich nicht einen Moment«, sagte Julia und deutete auf einen Sessel.

Eleonore zögerte kurz, nahm dann aber Platz. Wenn Julia ihr die Meinung sagen wollte, bitte sehr! Sie wäre sicher nicht die Erste in ihrem Leben. In der Zwischenzeit hatte sich Julias Onkel in den leichten, rosafarbenen Morgenmantel gehüllt, der neben dem Waschbecken hing und den Gästen zur Verfügung stand. Auf der Rückseite war großflächig ein chinesischer Drache eingestickt. Der Morgenrock hatte einmal ihrer Mutter gehört, erinnerte sich Eleonore nun.

»Weißt du was, Schätzchen«, sagte Quinn nun zu seiner Nichte. »Ich denke, ich werde noch einmal hinuntergehen und mir noch ein Gläschen von diesem köstlichen Cognac besorgen.« Und damit ergriff er den Cognacschwenker, der auf seinem Nachttisch gestanden hatte, und schwebte an ihr vorbei zur Tür hinaus. Er würdigte Eleonore im Vorbeigehen keines Blickes.

»Eleonore«, ergriff Julia nun das Wort und lehnte sich ein bisschen zu ihr vor. »Der Verlust Ihres … deines Vaters – das tut mir wirklich entsetzlich leid. Es muss eine furchtbar schwere Zeit für dich sein.«

Damit hatte Eleonore nun wirklich nicht gerechnet. Nachdem sie allen Mut zusammengenommen hatte, um zu Julia zu gehen und die Taschen endlich ein für alle Mal auszutauschen, war Mitgefühl wirklich das Letzte, was sie von ihr erwartet hatte. Sie hatte Julia so schnell und so reibungslos begegnen und ihr möglichst aus dem Weg gehen wollen, ehe diese sie wegen der Ringe zur Rede stellen konnte.

»Danke«, sagte sie nun. »Ich glaube, ich habe es noch gar nicht richtig realisiert.«

Julia nickte mitfühlend. »Ich wage gar nicht, mir vorzustellen, wie du dich fühlst.«

»Leben deine Eltern noch?«

»Ja, sie sind quicklebendig.«

»Dann hast du großes Glück.«

»Ja, ich denke, das habe ich. Hier, die gehört dir.«

Julia stand auf und gab die Tasche ihrer rechtmäßigen Besitzerin.

»Und die hier dir«, erwiderte Eleonore und machte den Tausch komplett. »Julia, wegen der Ringe …«

»Ist schon in Ordnung«, fiel Julia ihr ins Wort.

»Nein, ist es nicht!« Eleonore fühlte, wie sie errötete. Spielte diese … diese kleine schottische Frau mit dem Singsang in der Stimme jetzt etwa die Gönnerhafte? »Ich habe etwas Schreckliches getan, und du hast jedes Recht, mir böse zu sein. Nichts an meinem Verhalten ist in Ordnung. Rein gar nichts. Also sag so etwas bitte nicht!«

Zornig blinzelte sie Julia an, die nun ein bisschen von ihr zurückgewichen war und ihre Tasche fest an sich drückte. Doch nach einigen Sekunden des Schweigens beruhigte sich Eleonore wieder. Julia wirkte so ... ehrlich. War sie, Eleonore Deschanel, inzwischen wirklich derart paranoid, dass sie in jedem Wort Doppeldeutigkeit oder Falschzüngigkeit witterte?

Julia sah ihr nun direkt in die Augen. Ihr Ausdruck hatte sich verändert, und sie wirkte nun sehr viel entschlossener. »Gut, Eleonore, es ist nicht in Ordnung«, sagte sie schließlich. »Du hast Recht. Als ich die Verwechslung bemerkt habe, war ich furchtbar wütend. Du hast ja keine Ahnung, was Onkel Quinn und ich die letzten zwei Tage durchgemacht haben, und dann noch meine Hochzeit am Samstag ...«

»Wie bitte?«, brach es aus Eleonore hervor. »Du heiratest *diesen Samstag*?«

Julia nickte wortlos und zuckte leicht mit den Schultern.

Eleonore lehnte sich vor, stützte das Kinn in die Hände und dachte fieberhaft nach.

Inzwischen fuhr Julia fort. »Onkel Quinn und ich sind hierhergekommen, weil wir angenommen hatten, es sei der einfachste Weg, um die Taschen möglichst schnell auszutauschen. Auf diese Weise hätte ich meine Ringe bis Samstag wiederbekommen und du ... nun ja, das Testament deines Vaters schien uns zu wertvoll, um es per Post zu schicken. Onkel Quinn hatte in der Zeitung gelesen, dass er verstorben ist, und so wussten wir auch von der Beerdigung, die am selben Tag stattfinden soll wie meine Hochzeit. Es schien uns einfach richtig, herzukommen.«

»Vielen Dank«, sagte Eleonore erneut. Und ganz plötzlich überkam sie eine Welle von Trauer und Schuldgefühlen. Sie hatte fast das Gefühl, ersticken zu müssen. Julia war … so echt und aufrichtig. Im Laufe der letzten Jahre hatte Eleonore diesen Typ Mensch völlig vergessen. »Das war wohl kaum der passende Dank, deine Ringe …«

»Eleonore, hör auf, dich so zu quälen. Du hast auch ohne mich und meine Ringe schon genug Sorgen. Luc hat versprochen, dass er die Ringe morgen für mich auslösen wird, das reicht mir voll und ganz. Was passiert ist, ist passiert, und nun ist es vorbei. Na ja, fast vorbei. Bitte – oh je, weinst du?«

Ja, das tat sie. Eine dicke Träne war auf ihre Jeans getropft. Julia nahm ein Taschentuch von der Frisierkommode, reichte es ihr und setzte sich dann wieder aufs Bett.

»Es ist wirklich nett, dass du das sagst«, schluchzte Eleonore nach einigen Minuten des Schweigens. »Aber mir ist völlig klar, dass ich etwas wirklich Schreckliches getan habe. Ich … ich konnte einfach nicht aufhören …«

Julia unterbrach sie. »Hey, wir alle tun ab und zu schlimme Dinge.«

Eleonore blinzelte die letzte Träne weg und starrte Julia an. Sie war so schön, so ehrlich, bot ihr Mitgefühl und Trost, was Eleonore nun wirklich nicht verdiente, und sich dennoch so sehnlichst wünschte. Verzweifelt wünschte.

Sie sollte nun wirklich gehen. Julia wollte ganz offensichtlich ins Bett, und trotzdem hatte sie das Gefühl, noch etwas bleiben und sich erklären zu müssen.

»Eigentlich hasse ich es zu spielen«, murmelte sie. »Liebe es, hasse es, liebe es, hasse es! Ich liebe das Gefühl, das ich beim Spielen habe, und dann hasse ich, was es aus mir macht. Aber ich tue es trotzdem. Sogar ziemlich häufig in letzter Zeit.« Wo kam das denn jetzt her? So klar hatte sie ihre Gedanken zu dem Thema noch nie formuliert, so viel war sicher.

»Sprich einfach weiter«, ermunterte Julia sie.

Eleonore konnte sehen, dass Julia ihr wirklich zuhörte, und sie ließ zu, dass sich ihr Herz ein wenig öffnete. Nur ein wenig.

»Nun ja, es geht jetzt schon eine ganze Weile so. Es ist nicht einfach. Ich denke nicht gern zurück, um nachzuforschen, wann alles anfing. Ich bin dreißig Jahre alt – fünfzehn Monate älter als Luc –, und ich vermute ... nun, ich glaube vielmehr, das könnte ein Teil des Problems sein.«

»Luc?« Julia klang ehrlich überrascht. »Was hat Luc denn damit zu tun?«

»Oh, nein, so meine ich das nicht. Es ist nur so, Luc war immer Papas Liebling. Ich war eher ein Mama-Kind. Meine Mutter und ich fühlten einander sehr nah, und als sie starb ... Oh, je ...« Ihre Stimme brach erneut, und ein lauter, jämmerlicher Schluchzer entfuhr ihr. Ihr ganzer Körper fühlte sich wund und unendlich erschöpft an.

Julia blieb regungslos. »Lass dir Zeit«, sagte sie dann.

Eleonore atmete tief durch und reiste in Gedanken zurück in die Vergangenheit.

»Ich war nie auch nur in der Nähe eines Casinos gewesen, bis … nun ja, bis einige Monate vor Mutters Tod. Damals war ich mit einem Mann zusammen, der einen extravaganten Lebensstil pflegte, wenn du verstehst, was ich meine.«

Julia nickte.

»Er fand es fantastisch, mir die Casinos von Paris zu zeigen, mir all die Spiele beizubringen … Und das war es auch! Ich habe es geliebt! All der Glamour, ich dachte, ich wäre geradezu für diese Welt geboren. Aber ich bin nicht sicher, ob mein Charakter sich mit der Spielerei verträgt. Ich habe immer ein bisschen zu viel Engagement an gewisse Dinge gelegt.«

»Manchmal passiert es schnell, dass man sich mitreißen lässt«, meinte Julia.

Eleonore lächelte sie dankbar an. »Genau! Aber das Problem ist, ich lasse mich jeden Abend mitreißen. Es ist einfach kein guter Abend, wenn ich es nicht völlig auf die Spitze treibe, Julia.«

Sie wusste, dass sie zu viel von sich preisgab. Doch es tat so gut, einmal nicht gleich verurteilt zu werden. Es war so befreiend.

»Als Mutter vor zwei Jahren starb, habe ich irgendwie die Kontrolle verloren. Allein die Vorstellung, dass sie nicht länger da war, schien mir unerträglich. Ich denke, ich habe die Casinos gebraucht, um nicht an andere Dinge zu denken. Dort hatte ich mein Glück selbst in der Hand, wenn du verstehst, was ich meine.«

»Es ist ein gefährliches Spiel«, sagte Julia. »Hat dein Freund dir damals geholfen?«

Eleonore erstarrte. Wie war es möglich, dass Julia den Nagel derart auf den Kopf getroffen hatte?

»Nun ja, er hat mir eine Handtasche geschenkt«, murmelte Eleonore. Dann sah sie Julia an, und die beiden Frauen mussten plötzlich herzlich lachen.

»Eine Gucci Tote Bag. Sie war wunderschön. Weißes, gestepptes Leder …«

»Die mit der Doppelschnalle und den Fransen?«

»Genau die!« Sie blinzelte Julia an. »Woher weißt du das?«

Julia setzte ein breites Lächeln auf. »Taschen sind mein Spezialgebiet. Ich bin Taschendesignerin. Gestepptes Leder hört sich genau nach der Zeit damals an. Ich bin ein echter Taschenfreak.«

»Wer auf Taschen steht, ist niemals ein Freak!« Eleonore lachte laut, hielt dann aber ganz plötzlich inne und biss sich auf die Unterlippe. Ihr war da eine Idee gekommen. »Du liebst also Taschen?«

»Oh ja! Und wie!«

»Dann komm mal mit.« Eleonore stand auf und ging in Richtung Tür. Ihr Herz begann zu rasen. Sie fühlte einen unwiderstehlichen Drang, eines der bestgehüteten Geheimnisse der Deschanels mit dieser unkonventionellen Frau zu teilen. Während sie den Korridor entlang zur Treppe ging, hörte sie, wie Julia hinter ihr hermarschierte.

»Wo gehen wir hin? Brauche ich einen Pullover?«

»Nein. Wir gehen nicht nach draußen.«

Julia schloss zu Eleonore auf und zusammen stiegen sie eine Treppe hinunter zum Flur, der zu den Hauptschlafzimmern führte. Der Korridor war sanft beleuchtet und ein bisschen opulenter ausgestattet als das Dachgeschoss, das sie soeben verlassen hatten – auch heimeliger, fand Julia. Eleonores Schlafzimmer lag ebenso auf dieser Etage, doch sie lief an der Tür vorbei, bis zum Ende des Flurs. Eleonore hielt inne. Ihre Hand lag bereits auf dem polierten Türknauf aus Ebenholz. Sie drehte sich um und sah Julia an.

»Niemand außer Papa, Luc, Marie-Luise und mir waren jemals hier drin, seit meine Mutter gestorben ist. Aber ich möchte, dass *du* es siehst.«

Sie öffnete die Tür und spürte sofort schmerzlich die Aura ihrer Mutter. Als sie das Licht anschaltete, hörte sie, wie Julia nach Luft schnappte.

»Das ist … das war das Ankleidezimmer meiner Mutter. Keiner von uns hat es jemals übers Herz gebracht, hier etwas zu verändern, seit sie … seit sie nicht mehr da ist.«

Eleonore trat mit stolzem Gesichtsausdruck zur Seite, als Julia wie in Trance weiter in den Raum mit seinen dicken Teppichen und beleuchteten Spiegeln hineinging. *Mutter ist noch hier. Irgendwie. Oh, ich bin so froh, dass Papa die Sachen nie weggegeben hat,* dachte Eleonore.

Sie sah zu, wie Julia all die aufgetürmten, unendlich teuren Schuh- und Hutschachteln ignorierte und direkt auf die andere Seite des Zimmers zusteuerte. Und dort, in der mit Glasregalen ausgestatteten Nische standen sie, aufgereiht wie die Soldaten: Handtaschen.

Die eindrucksvolle Sammlung ihrer geliebten Mutter. Eleonore biss sich auf die Lippe.

»Eleonore«, hauchte Julia. »Die sind ja … unglaublich … Wow!« Sie drehte sich um und schaute Eleonore an. Ihr

Gesicht leuchtete vor Überraschung und Glück, doch es schien auch eine Spur Schuldgefühl in ihrem Blick zu liegen. »Vielen Dank, dass ich das hier sehen darf.«

»Du kannst sie ruhig in die Hand nehmen,« sagte Eleonore lächelnd. »Es ist ziemlich gute Qualität.«

»Ich darf sie anfassen?« Julias Hand griff sogleich nach dem Sahnestück der Sammlung. »Aber das ist ein original Hermès-Sac à Depeches! So eine habe ich bisher nur auf Bildern gesehen!«

Eleonore runzelte die Stirn. »Also, ich wusste das, und meine Mutter auch. Aber wie um alles in der Welt hast du das erkannt? Die meisten Leute würden die Tasche für eine Kelly Bag halten.«

Julia verzog das Gesicht. »Nein! Viel zu früh! Das hier ist ein Original. Schau dir doch nur die Verarbeitung an.« Ihre Finger wanderten zu dem Modell, das neben dem edlen Stück ruhte. »Eine Birkin – eine der hübscheren Modelle. Ich habe noch nicht viele der frühen Modelle gesehen. Zumindest nicht in diesem hellen Crème – und die hier!« Julia griff nach einer großen, schwarzen, aufwendig bestickten Schultertasche und streichelte sie sanft. »Balenciaga, aus der ersten Kollektion. 1963, schätze ich.«

»Wirklich? So früh?«

»Oh ja, auf jeden Fall. Fühl mal, wie schwer das Material ist!« Sie drückte Eleonore die Tasche in die Hand. »Kein anderer Designer hat damals so gearbeitet. Balenciaga-Taschen waren echte Wegbereiter. All die Stickereien, die großflächigen Details – sie haben völlig mit der damaligen Form gebrochen. Deine Mutter muss modisch ziemlich up to date gewesen sein, um sich damals so eine zuzulegen.«

»Eigentlich war die Tasche ein Überraschungsgeschenk meines Vaters«, sagte Eleonore und presste die Balenciaga fest an sich. »Mutter hat mir erzählt, dass er sie sogar selbst ausgesucht hatte.«

»Dann muss er sehr guten Geschmack gehabt … Oh, entschuldige! Wie taktlos von mir …«

»Ist schon in Ordnung«, versicherte Eleonore. »Wirklich!«

Um unauffällig die Tränen, die ihr in die Augen geschossen waren, wegzublinzeln, stellte Eleonore die Balenciaga-Tasche zurück ins Regal und nahm eine andere in die Hand.

»Auch die hier hat Papa ihr gekauft, ganz zu Anfang ihrer Beziehung. Meine Mutter hat einmal gesagt, dass sie nach diesem Geschenk wusste, dass Papa der Mann ihres Lebens ist … Er sagte ihr, die Farbe des Leders sei ein Blau, das am ehesten ihren Augen entsprach, und er hätte die Tasche einfach kaufen müssen, weil er es nicht bis zu ihrer nächsten Verabredung aushalten konnte, nicht an ihre Augen erinnert zu werden.«

»Das ist wirklich wunderschön!«, flüsterte Julia. »Kein Wunder, dass deine Mutter sich in ihn verliebt hat.«

»Ja, da magst du wohl Recht haben …« Eleonores Stimme verebbte. Es war neu für sie, sich ihren Vater als romantischen Kavalier vorzustellen, der hoffnungslos verliebt war in die junge, sorglose Odette Marin und sie um jeden Preis zu seiner Frau machen wollte. Diese Seite ihres Vaters hatte sie fast vergessen. Falls sie sie überhaupt je gekannt hatte.

»Weißt du, was das hier für eine ist? Eine ganz frühe Dior …«

»Oh ja, das wusste ich«, sagte Eleonore. »Aber ich habe keine Ahnung, was es mit der hier auf sich hat.« Sie nahm eine kleine Ledertasche im Fünfzigerjahre-Stil aus dem Regal und sah, wie Julias Augen aufleuchteten. »Es ist ganz sicher ein edles Stück, aber irgendwie passt es so gar nicht zu dem Rest …«

»Launer!«, rief Julia. »Wie seltsam, die Tasche hier zwischen all den eleganten, französischen Modellen zu sehen.«

»Launer?«, Eleonore sah ratlos drein.

»Launer of London. Sie stellen die Handtaschen der Queen her.«

»Deshalb hat meine Mutter sie wohl immer ihre ›königliche Tasche‹ genannt. Ich dachte immer, sie sagte das, weil die Tasche ein bisschen spießig wirkt.«

»Das tut sie tatsächlich, nicht wahr? Ist es nicht unglaublich, dass Frankreich und England geografisch so eng beieinanderliegen, was den Stil angeht aber scheinbar Lichtjahre voneinander entfernt sind? – Eleonore!«, rief Julia plötzlich aus und griff nach ihrem Arm. »Du solltest die Taschen benutzen!«

Eleonore wirkte überrascht. »Ich? Sie benutzen? Bist du verrückt?« Missmutig zog sie ihren Arm weg. »Diese Taschen wurden für großartige, wundervolle Frauen gemacht, nicht für so hoffnungslose Fälle wie mich.«

Sie sah, wie Julia die Stirn runzelte. Aber es stimmte doch! Sie wäre niemals auf die Idee gekommen, die Handtaschen ihrer Mutter zu benutzen. Sie war es nicht wert – war das nicht offensichtlich?

»Komm schon«, sagte Julia leise. »Du bist doch kein hoffnungsloser Fall! Dein Freund in Paris hat das sicher auch nicht so gesehen, habe ich Recht? Jede Wette, du hast seine Gucci-Tasche immer liebend gern benutzt, oder?«

Eleonore lachte. So hatte sie es noch nie gesehen. »Ja, gut, das stimmt. Ich fand es toll, eine Gucci-Tasche zu besitzen, aber …« Sollte sie weitersprechen? Ach, zum Teufel, sollte Julia doch die ganze Geschichte wissen. Warum auch nicht.

»Als er mir die Tasche geschenkt hat, ging es mir nicht sehr gut. Meine Mutter war krank, ich war allein in Paris, versuchte zu arbeiten, und … ach, ich weiß doch auch nicht. Es schien so viel einfacher, ins Casino zu gehen, als mich mit meinen Gefühlen auseinanderzusetzen. Ist es immer noch. Jedenfalls habe ich … ich habe die Tasche versetzt.« Eleonore sah zu Boden. Ihr Gesicht glühte vor Scham.

Doch Julia zeigte keinerlei Regung. Sie schwieg einen Augenblick, suchte nach den richtigen Worten.

»Hat dein Freund das herausgefunden?«, fragte sie schließlich.

Eleonore nickte. »Allerdings. Er war rasend, hat mich sofort fallen lassen wie eine heiße Kartoffel. Und dabei hätte ich ihn so dringend gebraucht.«

»Oh, das ist wirklich schrecklich!«

»Ja, ich nehme an, sein Geschenk zu verpfänden war für ihn der letzte Tropfen, der das Fass zum Überlaufen gebracht hat.«

»Aber hat er denn nicht begriffen, dass du eigentlich um Hilfe gerufen hast?«

Eleonore zuckte mit den Schultern. »Nein. Aber du hast Recht, ja, ich habe um Hilfe gerufen. Meine Mutter war krank, Luc und mein Vater mussten sich um den Betrieb kümmern, und Simon war auf Reisen. Ich habe mich nie so allein gefühlt wie damals.«

»Du armes Ding!«

Sie lächelte Julia schwach an. Niemand hatte sie je *ein armes Ding* genannt. War sie das denn? Nicht, wenn sie die richtigen Karten zugespielt bekam, so viel war sicher. Doch die restliche Zeit über …

»Ja, vielleicht war es ein Weckruf, als er mich verlassen hat. Andererseits war alles einfach so schwer, und es hat mich genau in die gegenteilige Richtung geführt. Ich ging immer öfter in die Casinos, blieb länger, spielte mehr. Dort konnte ich mein Leben einfach vergessen.«

»So ein Unsinn, Eleonore. Wir alle brauchen unser Sicherheitsnetz. Ohne meine Familie und ohne meinen Verlobten wäre ich absolut verloren. Du hättest Liebe und Unterstützung gebraucht, nicht Distanz und Verachtung.«

Eleonore zuckte erneut mit den Schultern. »Vermutlich stimmt das. Ich habe nach Liebe und Unterstützung gesucht – im *Mayflower* Casino, im *Beau Belle* Casino, im *Lucky Strike* Casino … und weißt du was?«

Julia schüttelte den Kopf.

»Eines Tages werden sie ein Casino nach mir benennen. Das *Eleonore*. Oder das *Deschanel*! Das wäre was! Oh, armer Luc, armer kleiner Bruder. Was er alles mit mir mitmachen muss …«

Erschöpft ging Eleonore in die Knie und sank auf den weichen, warmen Teppich. Mit verschränkten Beinen saß sie nun da und vergrub das Gesicht in ihren Händen. Es war einfach zu viel – ihr Geständnis, all diese Gerüche und Erinnerungen an ihre Mutter inmitten ihres Ankleidezimmers, die Beerdigung, die vor der Tür stand …

Sie wehrte sich nicht, als Julia sich neben ihr niederließ und sie in die Arme schloss. Es war merkwürdig, gleichzeitig aber auch wunderbar, und sie fühlte sich geborgen. Doch dann kamen sie zurück, die Dämonen in ihrem Kopf, und sie löste sich vorsichtig von Julia. Sie wirkte beschämt, als sie beide vom Boden aufstanden.

»Vielen Dank. Ich gehe jetzt besser und lass dich ein bisschen schlafen.«

»Bist du sicher?«, fragte Julia besorgt.

Eleonore streckte sich. Ihr Körper war steif geworden. Was für ein Tag … »Ja, ich bin sicher. Ich danke dir!«

Julia winkte ab. »Nein, Eleonore, ich danke dir. Dass du mir all das hier …« Sie deutete in den Raum, »all diese Schätze gezeigt hast. Vielen Dank!«

Eleonore spürte, wie sich ein warmer Schwall Zuneigung zu dieser jungen Frau aus Schottland in ihr ausbreitete. »Du bist ein kleiner Segen für Luc und mich – nach alldem, was du für uns getan hast. Irgendwie wünschte ich, du würdest morgen noch nicht abreisen.«

Julia seufzte. »Du hast noch gar nicht mit Luc gesprochen, oder?«

»Nein, noch nicht.«

»Nun ja«, fuhr Julia fort. »Wenn du morgen früh mit ihm sprichst, wirst du sehen, dass er wahrscheinlich sehr froh sein wird, mich endlich los zu sein.«

»Tatsächlich?« Eleonore schaute sie neugierig an.

»Ach, ist ja auch egal. Ihr beide habt eine schwere Woche vor euch, es ist spät, und ich bin sicher, ihr könnt jetzt ein bisschen Ruhe brauchen.«

»Gute Nacht, Julia Douglas.«

»Gute Nacht, Eleonore.«

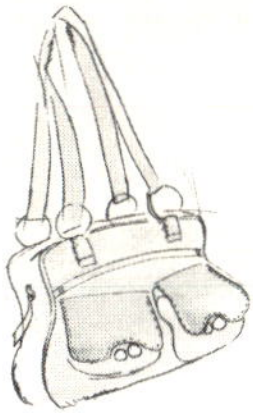

Kapitel 14

Eleonore lehnte sich erschöpft an die blassblaue Flurwand und schloss die Augen. Da riss sie das Klingeln ihres Handys aus ihren Gedanken. Rasch eilte sie in Richtung Treppe, um ungestört zu sein, und rannte dabei fast Onkel Quinn um, der soeben den Korridor entlang Richtung Gästezimmer kam. Der rosafarbene Bademantel stand ihm wirklich ausgezeichnet!

Auf der Treppe warf sie einen Blick aufs Display. »Hallo?« Sie atmete schwer, als sie endlich in den schützenden vier Wänden ihres Zimmers angekommen war und die Tür hinter sich schloss.

»Eleonore? Ich bin's.«

Sie spürte, wie ihre Knie nachgaben. Zitternd hielt sie mit beiden Händen das Telefon ans Ohr und lehnte sich gegen die Tür. Ganz langsam sank sie zu Boden.

»Lorenzo?«

»Natürlich bin ich's! Wer sonst?«

Eleonore fühlte ein heftiges Kribbeln. Wie bizarr! Eben noch hatte sie mit Julia über Lorenzo gesprochen und nun, als hätte er es geahnt, rief er sie an.

»W… wie geht es dir?«, stotterte sie. »Ist lange her …«

»Hör zu, ich muss mit dir reden. Bist du allein?«

Er wirkte gereizt und ungeduldig. Andererseits, so erinnerte sich Eleonore, hörte Lorenzo sich am Telefon meist kurz angebunden und rüde an. Eleonore setzte sich auf. »Ja, Lorenzo, ich bin allein.«

»Ist irgendetwas passiert? Du weißt schon, hast du was gesagt?«

Verdattert fuhr sich Eleonore durchs Haar. »Lorenzo, rufst du wegen Papa an?«

»Was? Nein! Ich meine, ja, genau deshalb rufe ich an. Mein herzliches Beileid.«

»Danke …«

»Hör zu, Eleonore, hast du mit Julia gesprochen?«

»Wie bitte? Wovon redest du, Lorenzo? Meinst du Julia Douglas, die Schottin …« Sie hörte, wie er entnervt schnaubte.

»Natürlich meine ich sie! Ist sie noch bei euch im Château?«

»Ja … Aber woher um alles in der Welt kennst du Julia?«

Schweigen am anderen Ende der Leitung. Eleonore spürte, wie langsam Wut in ihr aufstieg. Eben noch hatte er sein Beileid ausgedrückt, und nun wollte er über die Frau sprechen, die ein Stockwerk über ihr im Bett lag? Obwohl er genau wusste, wie sehr sie schon der Tod ihrer Mutter mitgenommen hatte?

»Gott sei Dank.« Seine Stimme war kaum zu hören, so als hielte er den Hörer weg von seinem Mund.

»Lorenzo? Was meinst du damit? Ich habe wirklich keine Zeit, um über …«

»Eleonore, wirst du noch mal mit Julia sprechen, ehe sie abreist?«

Sie war fassungslos. Rasend vor Wut stand Eleonore vom Boden auf und brüllte ins Telefon: »Lorenzo Landini, was zum Teufel geht hier vor?«

»Hör zu«, schnurrte er auf einmal sehr viel sanfter. »Ich muss dir etwas sagen, und du darfst jetzt nicht … Ich meine, du solltest jetzt nicht ausflippen, okay?«

»Dann schieß mal los, Lorenzo.«

»Julia Douglas ist meine Verlobte.«

»Wie bitte?«

»Du hast schon verstanden.«

»Du machst Witze, oder?«

»Nein. Wir heiraten diesen …«

»Samstag, ich weiß. Am selben Tag, an dem Luc und ich Papa beerdigen. Ich kann einfach nicht glauben, dass Julia kein Wort gesagt hat …« Eleonore hielt inne und versuchte, sich an die Einzelheiten des Gesprächs mit ihr zu erinnern. Keiner von ihnen hatte den Namen des Partners genannt …

»Na, was für ein Zufall«, flüsterte sie und spürte ihr Herz hart gegen ihren Brustkorb pochen.

»Ja, nicht wahr«, stimmte Lorenzo zu. »Pass auf, Eleonore: Julia darf nichts erfahren, gar nichts! Hast du verstanden? Sind doch alles alte Geschichten, oder? Ich meine, wir beide verstehen uns doch, nicht wahr?«

Eleonore seufzte. Beim Gedanken an jene furchtbare, grauenvoll schmerzhafte Zeit, als ihre Mutter gestorben und Lorenzo die Beziehung beendet hatte, zog sich ihr Herz zusammen. Und was dann noch kam …

»Es ist eine alte, aber wahrlich keine gute Geschichte«, sagte sie schließlich nach einer Weile.

»Du hast ja Recht. Aber seitdem habe ich viel dazugelernt«, versicherte Lorenzo. »Ich habe mich verändert. Genau wie du, Eleonore, stimmt's?«

»Vermutlich«, murmelte sie.

»Siehst du? Wir alle verändern uns mit der Zeit …«

»Lorenzo, rufst du nur an, um sicherzugehen, dass ich Julia nichts erzähle, was sie veranlassen könnte, die Hochzeit abzublasen?«

Er seufzte, und sie merkte, dass er nach den richtigen Worten suchte. »Sie muss ja diese … diese Kleinigkeit nicht wissen, nicht wahr? Die sollte da bleiben, wo sie hingehört – in die Vergangenheit nämlich.«

Kleinigkeit? Für Eleonore war es mit Sicherheit keine Kleinigkeit. Es war etwas Großes, das da vorgefallen war und ihr ganzes Leben verändert hatte …

»Sie ist nicht wirklich dein Typ«, bemerkte sie trocken.

»Mein Typ?« Er wirkte überrascht. »Du glaubst, ich hätte einen bestimmten Typ?«

»Allerdings.«

»Sie ist eine wunderschöne Frau, Eleonore, genau wie du.«

»Verarsch mich nicht, Lorenzo.«

Erneutes Schweigen. »Es tut mir leid, chérie …«

»Nenn mich nicht *chérie*! Und ich denke noch, du rufst wirklich wegen Papa an, dabei geht es dir wieder mal nur um dich selbst!«

»Nein, das ist nicht wahr! Ich will nur … ich will Julia nicht verletzen. Eleonore, ich habe mich verändert, und ich will von vorn anfangen. Bitte, hilf mir dabei.«

»Hat ihre Familie Geld?«

Das Schweigen in der Leitung schien nun ohrenbetäubend. »Ein bisschen vielleicht. Aber das ist …«

»Schon gut, Lorenzo, den Rest kann ich mir denken. Ich werde dir deinen großen Tag nicht verderben. Aber weißt du was?«

»Sag schon!«

»Ich werde Julia auch nicht anlügen.«

Wieder Schweigen.

»Hast du kapiert, Lorenzo? Ich habe harte Tage vor mir, und ich werde mir sicher nicht den Kopf darüber zerbrechen, wie ich dich decken kann. Aber ich werde auch nichts ausplaudern, okay?«

Sie wusste, dass Lorenzo eigentlich von ihr ein anderes Versprechen hatte hören wollen. Doch das kümmerte sie jetzt herzlich wenig.

Kapitel 15

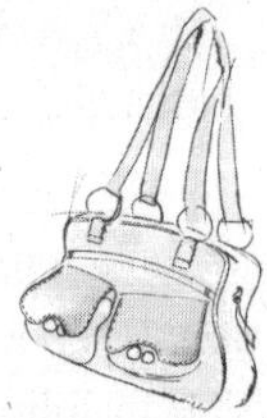

Julia schlief nicht gut. Es war eine schwüle, lautlose Nacht, und sie verfolgte stundenlang die Zeiger auf dem Wecker neben ihrem Bett. Sie seufzte, ärgerte sich, stand dann auf, ging im Raum auf und ab, trank ein Glas Wasser und fluchte leise vor sich hin, wohlwissend, dass ihre Schlaflosigkeit sie am nächsten Morgen furchtbar aussehen lassen würde. Und wenn das so weiterging, würde sie bei ihrer Hochzeit am Samstag vollkommen übermüdet sein.

In ihrem Kopf fuhren die Gedanken Achterbahn. Was für ein Tag! Wie um alles in der Welt hatte sie es geschafft, den ganzen Tag über ihre Hochzeit so tief in die hinterste Ecke ihres Gehirns zu verbannen? Voll Bedauern dachte sie an ihre Mutter, die nun bis zur letzten Minute allein sämtliche Fragen beantworten und mit allen Problemen fertig werden musste. Ihr Vater hatte sich vermutlich in seinem Arbeitszimmer eingeschlossen und grummelte vor sich hin, was ihn diese Hochzeit wohl kosten würde. Ihr dreizehn Jahre älterer Bruder Alaister, ein Staatsanwalt, würde keinen Finger rühren, was vollkommen in Ordnung war, da er Julia Edie und Willow, ihre zwei Nichten, geschenkt hatte, die am Samstag einfach nur da sein und hübsch ausschauen mussten. In ihren pinkfarbenen Blumenmädchenkleidern würden sie ohnehin allen anderen die Show stehlen.

Ihre große Schwester Kathy bildete für ihre Mutter in der Vorbereitungszeit den Fels in der Brandung, darauf konnte Julia sich verlassen. Kathy hatte eine ganz besondere Beziehung zu ihrer Mutter, es war eher die Beziehung einer Erwachsenen zu einer Erwachsenen. Sie konnte es sich förmlich bildlich vorstellen, wie die beiden daheim in Frean Hall saßen, synchron die Köpfe schüttelten und missmutig bemerkten: »Und natürlich macht unsere kleine Julia mal wieder nichts als Probleme.«

Jedenfalls musste sie irgendwann in den frühen Morgenstunden doch noch eingenickt sein, denn als der Wecker um acht Uhr endlich klingelte, fühlte Julia sich, als habe man sie mit Gewalt wieder von den Toten auferweckt. Von Onkel Quinn, der ruhig und entspannt die ganze Nacht über geschnarcht hatte, war weit und breit keine Spur zu sehen.

Sie ließ unter der angenehm kühlen Dusche die erfrischenden Wasserstrahlen auf sich niederprasseln und versuchte dabei, positiv zu denken. Der gestrige Tag war echt abenteuerlich gewesen. Der Unfall mit der Vespa, der Einblick in die High Society von Monte Carlo – bestimmt würde sie in ihrem ganzen Leben nie mehr ein Casino betreten – und, das Schlimmste von allem, sie hatte den ganzen Tag mit einem wunderbaren Menschen verbracht, dem tieftraurigen Luc Desch, der sie wiederum für eine hinterhältige, Tagebuch lesende Schnüfflerin hielt. Eigentlich konnte der heutige Tag doch nur besser werden.

Julia zog sich an und machte sich auf den Weg nach unten. In dem kleinen Innenhof, wo Onkel Quinn soeben sein Frühstück verzehrte, schien kein einziges Lüftchen zu wehen. Obwohl sie ein dünnes Baumwollkleid mit Spaghettiträgern trug, fand sie die schwüle Hitze erdrückend. Marie-Louise kam aus der Küche und trug eine Kanne mit frischem Kaffee in der Hand.

»Guten Morgen!«, begrüßte Julia sie so heiter wie möglich.

»Guten Morgen«, Marie-Louises schwaches Lächeln ließ sie verschämt zu Boden sehen. »Ich hoffe, Sie haben gut geschlafen?«

»Ja, das habe ich«, log Julia.

»Tatsächlich?«, fragte Marie-Louise und stellte die Kanne auf den Frühstückstisch.

»Oh ja, wirklich, vielen Dank«, antwortete Onkel Quinn an ihrer statt und strahlte sie an.

Julia seufzte. Irgendetwas stimmte nicht mit Marie-Louise. Sie hatte so freundlich gewirkt, als sie sich zwei Abende zuvor kennengelernt hatten. Wahrscheinlich hatte Luc ihr inzwischen alles erzählt. *Na wunderbar!*

»Wo ist Luc?«, fragte Julia, nachdem sie sich ihrem Onkel gegenübergesetzt hatte, und griff nach dem Krug mit frisch gepresstem Orangensaft.

»Der regelt ein paar Angelegenheiten mit seiner Bank«, erwiderte Onkel Quinn ruhig.

»Aha.«

Julia spürte die bohrenden Blicke ihres Onkels, während sie sich an einer Schüssel Obstsalat bediente. Zwar hatte sie keinen Appetit, aber irgendetwas in ihr sagte ihr, dass, wenn der heutige Tag auch nur ansatzweise Ähnlichkeit mit dem gestrigen haben sollte, sie Kraft brauchen würde.

»Ich habe uns Flugtickets für den Rückflug organisiert«, fuhr ihr Onkel fort und sah sie eindringlich an.

»Danke«, sagte Julia. »Ich weiß nicht, was ich hier ohne dich gemacht hätte. Habe ich noch Zeit für ein schnelles Frühstück, oder soll ich raufgehen und packen?«

»Oh, wir haben noch jede Menge Zeit«, antwortete er lässig. »Es gab nur noch Plätze für einen Flug heute Abend.«

»Was höre ich da von einem Flug?« Julia und Onkel Quinn drehten sich überrascht um und sahen, wie Luc sich ihnen näherte. Auch er wirkte nicht gerade ausgeschlafen.

»Ich habe Julia eben erzählt«, sagte Onkel Quinn und durchbrach damit die peinliche Stille, die sich mit einem Mal ausgebreitet hatte, »dass ich Tickets für heute Abend reservieren konnte. Spätestens bei Sonnenuntergang werden wir weg sein.«

»Heute Abend?«, fragte Luc stirnrunzelnd und stemmte die Hände in die Hüften. »Ich verstehe.« Er starrte in Richtung Tal, zum dunstig verhangenen Horizont, und schüttelte langsam den Kopf.

Julia sank in sich zusammen. Selbst wenn sie die Hoffnung gehabt hätte, dass Lucs Meinung über sie sich über Nacht geändert hatte, so war spätestens jetzt bewiesen, dass das nicht der Fall war. Seine ganz offensichtliche Enttäuschung zeigte, dass er es gar nicht erwarten konnte, sie endlich los zu sein, und dass die Aussicht, seine zwei ungebetenen Gäste noch einen weiteren Tag um sich haben zu müssen, ihn alles andere als erfreute.

»Wir müssen sicherstellen, dass Sie zeitig zum Flughafen kommen«, warf Marie-Louise ein, in der Hand ein Körbchen voller Croissants. »Luc, in der Küche ist es viel kühler, möchtest du deinen Kaffee nicht dort trinken?«

Doch Luc hatte sich bereits am Tisch niedergelassen. Er sah müde und erhitzt aus.

»Ich bleibe bei unseren Gästen, danke.« Seine Stimme verriet, dass ihm diese Pflicht ganz und gar keinen Spaß machte.

Marie-Louise erkannte das scheinbar auch, denn sie lächelte ihn mitleidig an, schenkte ihm einen Kaffee ein und zog sich dann wieder ins Haus zurück.

»Also, was für eine Woche, nicht wahr?« Onkel Quinn nahm seine Rolle als König des Smalltalks, die er meisterhaft praktizierte, wieder auf. »Ich bin wirklich froh, dass Ihre Schwester zurück ist, um die Last mit Ihnen zu teilen, Luc. Ich weiß noch genau, wie das war, als mein lieber Hugo von mir ging. Es gab so unglaublich viel zu tun. Und nicht die großen Dinge waren es, die einem die Energie raubten, sondern die vielen kleinen. Finden Sie nicht auch?«

»Ja, vermutlich haben Sie Recht«, antwortete Luc. »Doch ich denke, wir werden es schon schaffen. Um wie viel Uhr möchten Sie zum Flughafen aufbrechen? Ich werde Sie selbstverständlich fahren.« Er warf Julia einen flüchtigen Blick zu, und sie spürte, wie sie errötete.

»Wir können uns doch ein Taxi nehmen«, murmelte sie.

»Nein, davon will ich gar nichts hören.«

»Na, dann vielen Dank.«

»Keine Ursache.«

»Wo ist eigentlich Eleonore?«, fragte Onkel Quinn und biss in ein Croissant mit Aprikosenmarmelade.

Luc zuckte mit den Schultern. »Ich glaube nicht, dass wir sie vor heute Mittag zu Gesicht bekommen werden.« Dann lehnte er sich zu Julia vor. »Sie weiß übrigens nicht, dass du ihr Tagebuch gelesen hast, und ich schlage vor, wir belassen es auch dabei.«

Julia blickte zu Boden und nickte zaghaft.

»Aber sie hat es doch gar nicht gelesen«, warf Onkel Quinn ein und trank den letzten Schluck Kaffee aus. »Wie kommen Sie denn darauf?«

»Wie bitte?« Luc schien verwirrt.

»Na, ich habe es gelesen, und zwar im Dienste der Detektivarbeit.«

»*Sie*?«, wiederholte Luc ungläubig.

»Ganz genau!«, meinte er und deutete dann auf Julia. »Die Mademoiselle hier hat mir ganz schön den Kopf gewaschen deswegen, aber das Leben hat mich so einiges gelehrt, und so habe ich entschieden, dass harte Zeiten harte Taten erfordern. Wissen Sie, wie ich das meine?«

Luc war sprachlos. Julia fühlte, wie ihr Herz gegen ihren Brustkorb pochte. Sie konnte ihn einfach nicht ansehen.

»Das ist doch sicher kein Problem, oder?«, sagte Onkel Quinn.

Julia blickte auf. Sie konnte praktisch sehen, wie Lucs Gehirn hinter seiner schweißglänzenden Stirn fieberhaft arbeitete.

»Oh Luc, alter Junge!« Onkel Quinn legte ihm seine Hand auf die Schulter. »Es tut mir leid, aber ich habe wirklich und ehrlich nur versucht zu helfen. Möchten Sie, dass ich Ihrer Schwester diesen kleinen Lapsus mit meinen Worten erkläre? Es wäre mir ein Vergnügen.«

Luc sah ihn an. »Nein danke. Es ist schon in Ordnung.«

Onkel Quinn nickte. Nach einer Weile griff er nach der Zeitung und blätterte darin, wie jemand, der klarstellen wollte, dass er ein wenig Abstand von dem Geschehen brauchte.

Eine bedrückende Stille legte sich über den Tisch. Julia sah ins Tal hinüber zu den makellosen Weinbergen, wo die Sonne langsam ihre volle Kraft entfaltete. Das Bild war so ruhig, so friedlich – der komplette Gegensatz zu dem wilden Durcheinander in ihrem Kopf.

»Ich dachte, du hättest es getan«, sagte Luc und starrte in seine Kaffeetasse. »Aber du warst es gar nicht! Du hast das Tagebuch meiner Schwester nicht gelesen …«

Julia schüttelte den Kopf. »Nein. Aber ehrlich, Luc, Onkel Quinn hat nicht eine Faser Böses in sich, er wollte nur Licht ins Dunkel bringen. Nicht wahr, Onkel Quinn?«

»Natürlich wollte ich das«, murmelte er, ohne von seiner Zeitung aufzusehen. »Und falls du, wie ich allmählich zu verstehen glaube, diese Information für dich behalten haben solltest, bist du wirklich ein dummes, dummes Ding. Du hättest mich sofort verpetzen müssen. Nun lasst mich bitte weiter meine Zeitung lesen. Nein, wisst ihr was, ich werde mich dort drüben hinsetzen.« Er faltete die Zeitung zusammen, erhob sich und ging hinüber zu einem großen Korbsessel am anderen Ende der Terrasse.

Luc senkte seine Stimme. »Ich war gestern so wütend auf dich.«

»Das habe ich bemerkt«, erwiderte Julia.

»Du hättest es mir sagen müssen!«

»Wirklich?« Julia beugte sich vor. »Hättest du das gestern wirklich hören wollen? Ein Mädchen, das du gerade erst kennengelernt hast, rechtfertigt sich vor dir und lädt die ganze Schuld auf einen älteren Mann ab, den du auch kaum kennst? Dadurch hätte ich mich vielleicht besser gefühlt, aber für dich hätte es im Moment keinen Unterschied gemacht, oder?«

»Ich weiß es nicht«, gab er zu. »Ich kann es wirklich nicht sagen. Aber ich muss es unbedingt Simon erzählen …«

Julia nickte. »Das wäre nett. Ich hatte das Gefühl, dass er auch nicht gerade begeistert von mir war.« Doch dann dämmerte es ihr plötzlich, dass es ihr eigentlich nichts ausmachen sollte, ob Simon schlecht von ihr dachte oder nicht. Denn ab heute Abend würde sie Simon – und auch Luc – nie wiedersehen.

Sie verfielen erneut in Schweigen, doch diesmal fühlte es sich anders an. Lucs Feindseligkeit schien sich in Luft aufgelöst zu haben, und er war in Gedanken versunken. Marie-Louise kam, um die Teller abzuräumen. Julia sah, dass auch sie die veränderte Stimmung zwischen ihnen bemerkte.

Sie stellte das schmutzige Geschirr auf einem kleinen Beistelltisch ab und ließ sich auf den Stuhl fallen, auf dem Onkel Quinn zuvor gesessen hatte. »Was für ein Tag! Diese schwüle Hitze bringt mich noch mal um.«

Luc überhörte ihre Bemerkung und wandte sich erneut an Julia. »Du hast das Weingut noch gar nicht gesehen, oder?«

Julia zuckte leicht mit den Schultern und wies mit dem Kopf auf das Tal. »Ich habe *das da* gesehen«, sagte sie. »Und es sieht wunderschön aus.«

»Da gibt es noch jede Menge mehr zu sehen!«, meinte Luc und erhob sich von seinem Stuhl. »Komm, ich führe dich herum.« Er rief zu Onkel Quinn hinüber: »Wir machen einen Rundgang über das Weingut. Begleiten Sie uns?«

Onkel Quinn senkte seine Zeitung, dachte kurz nach und stand dann gemächlich auf.

»Wisst ihr was«, sagte er und gähnte. »Ich denke, ich werde nach oben gehen und mir ausgiebig die Zähne putzen! Ich kann euch sagen, frische Feigen sind ja schön und gut, aber diese kleinen, klebrigen Kerne sind ein wahres Waterloo fürs Gebiss. Bis später, Kinder.«

Luc wandte sich an Julia. »Wollen wir?«

Doch sie zögerte. Sie wusste genau, welche Motivation ihn antrieb. Ganz offensichtlich war sein Vorschlag ein unbeholfener Versuch, sein gestriges Verhalten wiedergutzumachen, weil er sich schuldig fühlte. Doch was spielte das noch für eine Rolle? Sie würde bald abreisen, und er hatte eine Beerdigung zu organisieren. Vermutlich wäre er sie immer noch am liebsten so schnell wie möglich los.

»Bemüh dich nicht, Luc. Du hast sicher viel zu tun. Vielleicht drehe ich nachher noch eine Runde, nachdem ich gepackt habe …«

»Julia! Es ist noch früh am Tag. Packen kannst du später.«

»Bist du sicher, dass du nichts Wichtigeres zu tun hast?« Sie mochte es, wenn er ihren Namen sagte. Und sie war *sehr* neugierig darauf, das Weingut zu besichtigen.

»Luc«, mischte sich Marie-Louise ein, noch ehe er antworten konnte. »Du hast so viele Anrufe zu erledigen. Ich kann Julia doch herumführen.«

Zu Julias großer Erleichterung schüttelte Luc den Kopf. »Ich möchte es gern selbst tun, Marie-Louise, aber vielen Dank für den Vorschlag.«

Als sie Seite an Seite langsam den Weinberg entlangschlenderten, kam zu Julias Freude wieder jener Luc zum Vorschein, der sie zwei Abende zuvor empfangen hatte. Er war charmant, zurückhaltend, aber trotzdem interessiert daran, was sie zu sagen hatte. Julia merkte, wie sie sich zum ersten Mal seit ihrer Ankunft in seiner Gegenwart entspannte – seit dem Moment, als sie zusammen musiziert hatten. Ganz offensichtlich war Luc sehr stolz auf die Weinberge von Château Deschanel, und warum sollte er das auch nicht sein? In Julias Augen wirkte der Anbau absolut perfekt. Reihe um Reihe sorgfältig aufgestellte Reben, schwere, reife Früchte, alles über Generationen hinweg liebevoll gepflegt.

»Wir ernten verschiedene Sorten zu unterschiedlichen Zeiten«, erklärte Luc. »Es hängt ganz von der Art der Traube ab, und davon, wie trocken oder lieblich das Endprodukt sein soll.«

»Es ist also nicht einfach nur Glück?« Julia war fasziniert. Sie hatte im Fernsehen schon einige Male Sendungen über die Herstellung von Wein gesehen, doch nichts hatte auf diese sinnliche Erfahrung hingewiesen, was es bedeutet, inmitten eines in voller Frucht stehenden Weinbergs in der gleißenden Sonne zu stehen und die herrlichen, dunklen, reifen Früchte aus der Nähe zu sehen und ihren Duft zu riechen. Am liebsten hätte sie eine einzelne Traube abgepflückt und probiert, doch sie wagte es nicht – was, wenn das Unglück für die Weinernte brachte?

»Die sehen einfach unglaublich lecker aus«, sagte sie und strich ganz zart über eine besonders pralle Traube.

Luc schien ihre Gedanken zu lesen. »Probier doch eine«, munterte er sie auf. Und noch bevor sie genau das tun konnte, hatte er schon eine einzelne dicke, dunkle Traube abgepflückt und ihr in den Mund gesteckt.

»Mmh …« Die Traube verursachte eine regelrechte Geschmacksexplosion in ihrem Mund. »Sind die gut!«

»Ja, nicht wahr?« Er lächelte sie breit an und schaute ihr zu, wie sie genussvoll kaute und schluckte. Dabei ließ er seinen Blick einen Moment länger als angebracht auf ihr ruhen.

»Komm mit.« Abrupt drehte er sich um und marschierte den Hügel weiter hinauf. »Ich zeige dir, wie der Wein hergestellt wird.«

Julia folgte ihm und wischte sich unauffällig den Mund mit dem Handrücken ab. Er führte sie zu einer riesigen, grün gestrichenen Scheune, öffnete den Riegel vor der großen Flügeltür und stieß sie auf. Von außen hätte der charmant-rustikale Bau diese wuchtige Inneneinrichtung kaum erwarten lassen. Julias Augen weiteten sich, als sie die schweren, verchromten Gerätschaften vor sich betrachtete.

»Eigentlich«, setzte sie lächelnd an, »hätte ich hier drin Unmengen von Holzbottichen erwartet, in denen barfüßige Frauen die Trauben zertrampeln.«

»Ich vermute, du hast zu viele Dokumentationen über Weinernte im Fernsehen gesehen, oder?«, erwiderte Luc und zog amüsiert eine Augenbraue hoch.

»Wahrscheinlich«, stimmte sie zu. »Das hier sieht einfach toll aus.«

»Es funktioniert eigentlich immer noch nach einem sehr einfachen Prinzip, trotz der Technik«, erklärte Luc. »Alles, was wir machen, ist, den Traubensaft zu fermentieren, wie meine Vorfahren es schon über Generationen getan haben. All diese Maschinen – die Kessel, die Fermentiertanks, die Entsafter, die Mühlen und Filter dort drüben – ermöglichen es uns, größere Mengen zu produzieren, nur können wir lediglich eventuell auftretende Probleme früher erkennen und beheben. Ansonsten ist es eigentlich der gleiche Arbeitsablauf.«

Sein Stolz war offensichtlich. In der Scheune war es auf unheimliche Weise still. Julia wusste nicht, welche Geräusche die Kessel und Pressen normalerweise machten, doch wegen des Todes von Lucs Vater lagen die Maschinen nun im Dornröschenschlaf da. Aus irgendeinem Grund machte ihr der Anblick des Weingutes aus geschäftlicher Sicht Lucs Verlust nur noch deutlicher, und Julia berührte spontan seinen Arm.

Er lächelte sie an. »Mein Vater hat all das aufgebaut, musst du wissen. Vor einigen Jahren kam er an den Punkt, an dem es hieß, entweder investieren oder aufgeben. Es war eine schwierige Zeit für ihn.«

»Das kann ich mir vorstellen«, antwortete Julia, obwohl sie es nicht konnte.

»Viele Weingüter in der Umgebung konnten diesen Schritt, den er getan hat, nicht machen. Und die Bestimmungen waren und sind immer noch sehr streng, also sind viele Betriebe eingegangen. Es ist tragisch. Ich könnte dich hier in der Gegend rumfahren – wenn du mehr Zeit hättest –, und dir Dutzende Weingüter, oder vielmehr ehemalige Weingüter, zeigen, deren Berge umgepflügt werden mussten. Mein Vater musste eine schwere Entscheidung treffen. Er hätte sich auch zur Ruhe setzen und sich auf seine alten Tage noch ein schönes Leben machen können, doch das hat er nicht getan. Er hat das Risiko auf sich genommen und in all diese Maschinen investiert, damit es mit dem Betrieb weitergehen konnte. Er hat es um der Tradition willen gemacht, aber auch für seine Familie. Ich weiß nicht, ob er geahnt hat, wie sehr ich ihn dafür bewundert habe …«

»Du bist immerhin zurückgekommen«, warf Julia ein. »Das muss ihn sehr gefreut haben.«

Langsam schüttelte Luc den Kopf, ging zögerlich zu einem der nächststehenden Chromkessel und legte eine Hand darauf, als könnte das kühle Material ihn ermutigen. »Aber ich bin widerwillig zurückgekommen. Und ich glaube, tief im Inneren hat er das gewusst. Ich war so beschäftigt damit, mir und auch ihm zu beweisen, dass ich mir einen Namen machen konnte, ohne etwas mit dem berühmten Château Deschanel zu tun zu haben. Die Fußstapfen der Familie Deschanel reichen weit, Julia. Als ich hier aufwuchs, hatte ich das Gefühl, man hat enorme Ansprüche an mich, man erwartet, dass ich die Familientradition aufrechterhalte. Meine Familie war so stolz, einen männlichen Erben zu haben, der bereitstand, all das hier zu übernehmen. Die arme Eleonore hatte kaum eine Chance, all diesem Druck standzuhalten. Eigentlich kann ich ihr keine Vorwürfe machen, dass sie nicht gleich heimgekommen ist, als unser Vater starb. Er war nie sehr fair zu ihr gewesen.«

Julia nickte. Sie hatte schon so etwas geahnt.

»Aber ich habe meine Musik gebraucht«, fuhr Luc leise fort. »Sie war meine Leidenschaft. Und sie wird es immer sein. Meine Wurzeln sind zwar hier, mein Zuhause, meine Familie und der Boden, auf dem ich aufgewachsen bin. Aber ... ach, ich weiß auch nicht. Meine Loyalität und meine Liebe ist all dem hier sicher, aber trotzdem ...«

»Deine Seele gehört der Musik.«

Er sah sie lange an und nickte dann. »Genau. Meine Seele gehört der Musik. Es fühlt sich an, als hätte ich sie geopfert, um hierher zurückzukommen, und das ist einfach nicht richtig, oder?«

»Na ja ...«

»Ist es nicht. Schau dich um!« Er schritt eilig aus der Scheune, Julia folgte ihm auf dem Fuße, und draußen machte er eine ausladende Geste mit beiden Armen. »Sieh dir das Château an, das Grundstück, den Weinberg, den Garten. Das ist mein Zuhause. Meines und Eleonores, und es ist wunderschön. Und trotzdem habe ich das Gefühl, ein Opfer zu bringen, indem ich hier bin. Das ist doch Verrat, oder?«

»Nein!« Julias Antwort kam spontan und aus tiefstem Herzen. Gemeinsam schlenderten sie nun in Richtung Garten. »Zuallererst musst du dir selbst gegenüber treu bleiben, Luc.«

Inzwischen war die schwüle Hitze fast unerträglich. Julia schaute gen Himmel und erblickte bedrohliche, dicke graue Wolken, die von den Bergen her zu ihnen herüberzogen. Luc war einmal mehr in sich gekehrt und lief nun schweigend neben ihr her.

»Es tut mir leid«, sagte er nach einer Weile. »Ich wollte mich nicht beklagen. Du musst mich für einen schrecklichen Miesepeter halten.«

Schwerfällig ließ er sich auf eine steinerne Bank fallen. Julia setzte sich neben ihn.

»Ach Quatsch«, sagte sie abwiegelnd.

Ihre Oberarme berührten sich. Es fühlte sich schön an.

»Ich war gestern sehr unhöflich zu dir«, sagte er und starrte auf seine Schuhe. »Ich habe mich wie ein kleiner Schuljunge verhalten. Aber ich wollte dich einfach spüren lassen, wie wütend ich war, dass du Eleonores Tagebuch gelesen hast, und …«

»Glaub mir«, unterbrach ihn Julia, »ich hab's verstanden!«

»Ich habe einfach überreagiert«, fuhr er fort. »Eigentlich sollte gerade ich wissen, dass man Menschen nicht vorschnell verurteilen sollte.«

Von den Bergen her war ein dumpfes Donnergrollen zu hören.

»Wie meinst du das?«

Er schaute weg, in Richtung Weinberg, dann nach oben zu den dicken Wolken. »In meiner allerersten Band gab es eine Sängerin, die ausgesprochen schön war.«

Schon jetzt wusste Julia, dass sie diese Frau nicht leiden konnte.

»Ihr Name war Ludivine. Sie war eine Studienfreundin des Schlagzeugers, und sie war … nun ja, sie war großartig. Sie hatte eine wundervolle Stimme, ein fantastisches Gefühl für Musik, und sie konnte das Publikum fesseln, wie ich es selbst nie vermocht habe.«

Am liebsten hätte Julia ein schmollendes »wie schön für sie« ausgestoßen, doch zum Glück schluckte sie die Bemerkung hinunter.

»Wir sind dann ein Paar geworden – ich konnte gar nicht glauben, dass sie sich für mich interessierte …«

»Tatsächlich?« Julia war nun ehrlich erstaunt. Ihr erschien unwahrscheinlich, dass es eine Frau geben sollte – wohlgemerkt eine Single-Frau –, die sich nicht für Luc Desch interessierte.

»Ich glaube, sie war die Erste, in die ich wirklich verliebt war.«

»Was ist dann passiert, Luc?«

»Ich habe mich selbst betrogen, denke ich. Ich meine, wir kamen aus zwei völlig verschiedenen Welten. Sie war ungestüm, ein echter Freigeist, sehr politisch, manchmal sogar ein bisschen militant. Also habe ich mit allen Mitteln zu verbergen versucht, wo ich herkam.«

»Du hast all das hier verschwiegen?« Julia machte eine ausladende Armbewegung in Richtung Weinberg.

»Ganz genau. Es war auch gar nicht schwierig. In der ersten Zeit sind wir ja nicht gerade in Fußballstadien aufgetreten, eher in kleinen schmuddeligen Bars, Clubs, auf Partys, selbst auf Raves – im Grunde haben wir für jeden gespielt, der uns haben wollte. Auf Tour waren wir alle gleich, das hat sich irgendwie gut angefühlt. Aber dann hatten wir eines Tages ein Konzert in Nizza, und ich lud sie ein, hier zu übernachten. Ich dachte, es sei ohnehin Zeit, dass sie meine Eltern kennenlernte. Immerhin verstanden wir uns sehr gut.«

Julia dachte kurz nach. »Hast du sie vorgewarnt, dass du

in einer Art Schloss lebst, ehe du Ludivine hierherbrachtest?«

Nun schaute er sie fast schuldbewusst an. »Na ja, so in etwa. Ich habe ihr erzählt, meine Eltern seien Winzer, und habe einfach auf das Beste gehofft.«

Er hielt inne, während Julia nervös gen Himmel blickte.

»Als sie unser Haus sah, ist sie total ausgeflippt und wollte es nicht mal betreten. Sie sagte, ich hätte sie getäuscht, und wenn sie gewusst hätte, dass ich vom bourgeoisen Geldadel abstamme – ja, genau so hat sie es gesagt! –, hätte sie nie ein Wort mit mir gewechselt, ja sie wäre sogar niemals der Band beigetreten.«

»Oh Luc! Du Armer.« Im selben Moment fiel ein dicker Regentropfen auf Julias Nase.

»Ich war am Boden zerstört. Natürlich wusste ich, dass sie überreagierte. Und wenn ich ihr genauso viel bedeutet hätte, wie sie mir, wäre es ihr völlig egal gewesen, aus welcher Familie ich stamme, aber sie hat einfach an Ort und Stelle Schluss gemacht. Sie ließ sich nicht mehr beruhigen und hat mir nicht einmal mehr zugehört. Es hat mir das Herz gebrochen.«

»Das tut mir wirklich leid.«

Er lächelte sie an, und Julia spürte ein Kribbeln. »Das muss es nicht. Es ist lange her, und ich bin nicht der einzige Mensch auf der Welt, dem einmal das Herz gebrochen wurde. Am Ende hat sie allerdings auch meinen Schlagzeuger mitgenommen, weshalb ich nicht nur meine Freundin verloren habe, sondern sich auch meine Band aufgelöst hat … Aber wie gesagt, das ist lange her.«

Julia nickte mitfühlend. Doch an seinem Gesichtsausdruck konnte sie sehen, dass ihn diese Erinnerung noch immer schmerzte.

»Vielleicht war ich deshalb gestern so wütend auf dich.«

Julia runzelte wortlos die Stirn und versuchte, eine Verbindung zwischen sich und Ludivine zu sehen.

»Ich war wohl enttäuscht von jemandem, von dem ich dachte …« Luc zuckte mit den Schultern und wirkte fast ein bisschen verschämt.

Im selben Moment ertönte über ihnen ein ohrenbetäubender Donnerschlag, und die Himmelsschleusen öffneten sich. Ein Blitz, der den gesamten Garten zu erleuchten schien, folgte und innerhalb weniger Sekunden waren Luc und Julia nass bis auf die Haut.

»Los!«, brüllte er. »Wir müssen zur Weinkammer! Hier draußen sind wir nicht sicher!«

Er griff nach Julias Hand, und gemeinsam rannten sie durch den Regen, ans andere Ende des Gartens, wo eine schwere Eichentür in eine Felswand eingelassen war. Während über ihnen ein weiterer, beängstigend lauter Donner ertönte, öffnete Luc die Tür und schob Julia hinein.

Kapitel 16

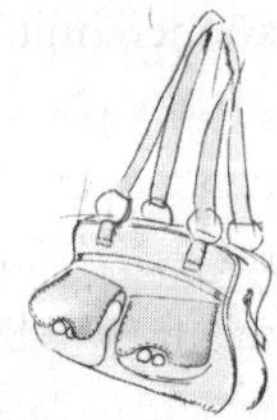

Im Inneren der Weinkammer war es angenehm kühl, im Gegensatz zu der immer noch vorherrschenden drückenden Schwüle draußen. Luc betätigte einen Lichtschalter, doch nichts passierte.

»Verdammt – kein Strom!«

Er stieß die Tür so weit auf, wie es ging, so dass das dumpfe Licht des Unwetterhimmels zu ihnen hereindringen konnte. Der Regen bildete einen nahezu undurchsichtigen Vorhang vor dem Eingang. Julia sah sich um. Die Weinkammer schien sich ins Unendliche zu erstrecken. An den Wänden reihten sich Regale, auf denen still und staubig unzählige Flaschen ruhten.

»Wow«, stieß Julia aus, »das ist ja unglaublich – es müssen Millionen sein!«

»Nicht ganz.« Luc lächelte und zog den Saum seines T-Shirts hoch, um sich das Gesicht abzuwischen. Dabei kam sein schlanker, durchtrainierter Oberkörper zum Vorschein.

Neben ihnen befand sich eine Reihe alter Weinfässer, die in der Mitte durchgesägt und mittels eines Holzbretts zur Sitzbank umfunktioniert worden waren. Julia und Luc setzten sich nebeneinander hin.

Die Situation hätte merkwürdig, ja fast peinlich sein

können, mit dem laut tosenden Gewitter draußen und der Stille in der Höhle, doch so war es nicht. Julia fuhr sich mit den Fingern durchs nasse Haar, lehnte sich zurück und genoss den Ausblick in die vom Sturm gepeitschte Landschaft und die Geborgenheit der Kammer. Luc beobachtete ebenfalls schweigend den Regen. Julia konnte seinen gleichmäßig atmenden Körper neben sich fühlen.

»Es ist einfach unglaublich!«, sagte sie nach einer Weile. »Was sie dir angetan hat, meine ich.«

»Wer? Ludivine?«, fragte Luc und wandte sich ihr zu. »Ich bin froh, dass du so denkst.«

»Ich glaube, ihr Verhalten sagt sehr viel mehr über sie aus als über dich, Luc. Wie konnte sie nur so ungerecht dir gegenüber sein.«

»Sie war noch sehr jung«, warf Luc ein, auch wenn Julia merkte, dass ihr Zuspruch ihm guttat. »Vierundzwanzig, fünfundzwanzig vielleicht …«

»Also ehrlich! Das ist doch wohl alt genug, um den Unterschied zwischen Richtig und Falsch zu kennen. Es ist, als hätte alles an dir, deine Liebenswürdigkeit, deine Großzügigkeit, deine Fähigkeit zu echtem Mitgefühl, einfach alles plötzlich keinen Wert mehr, und das nur wegen Ludivines dummen Vorurteilen gegenüber dem Haus, in dem du aufgewachsen bist. Und das hast du dir ja nun wahrlich nicht selbst ausgesucht, oder? Und selbst wenn du es getan hättest – was wäre falsch daran? Es erfordert viel Einsatz, ein Stück Land zu bestellen, Traditionen zu wahren, Menschen eine Arbeit zu geben, ach, ich weiß auch nicht, einfach das Beste daraus zu machen, was man vom Leben zugespielt bekommt … Was ist? Was ist los mit dir?«

Luc lachte. Er lachte sie nicht aus, sondern – wenn Julia es nicht vollkommen falsch deutete – er lachte einfach aus Freude.

»Komm schon, was ist los?«

»Na ja«, setzte er an, als er sich beruhigt hatte, »ich bin nicht sicher, was genau es war, aber eigentlich finde ich all das, was du da eben gesagt hast, einfach nur toll. Weißt du, so habe ich die Dinge noch nie gesehen, Julia. Ich fühle mich oft schuldig, weil ich zu den sogenannten Privilegierten gehöre. Ich danke dir. Danke, dass du auf meiner Seite bist.«

»Wo sonst sollte ich stehen?«, antwortete sie wie aus der Pistole geschossen, drehte sich dann jedoch abrupt weg und errötete. Vielleicht war das jetzt doch zu viel des Guten.

Luc sah wieder auf seine Schuhe. »Darf ich dir eine persönliche Frage stellen?«

»Schieß los.« Julia hielt den Atem an.

»Wieso warst du Eleonore gegenüber gestern so ruhig? Ich schäme mich so wegen der Geschichte mit den Trauringen. Du hättest jedes Recht gehabt, sie anzubrüllen, die Polizei zu rufen … Immerhin hat eine Fremde deine Trauringe aufs Spiel gesetzt!«

Julia verschränkte die Finger ineinander. »Ich habe mich gestern Abend noch mit ihr unterhalten. Sie ist dir sehr ähnlich, Luc. Stark und …« Sie brach ab. Sie wollte »leidenschaftlich« sagen, denn das war das einzige passende Wort, doch sie spürte, es war unangebracht. »Ich bemühe mich sehr, Menschen nicht nach dem ersten Eindruck zu beurteilen. Meine Eltern in Edinburgh sind beide Anwälte, ebenso meine älteren Geschwister. Ich bin in dieser Hinsicht das schwarze Schaf in der Familie. Wir vom Douglas-Clan scheinen jedenfalls irgendwie genetisch darauf programmiert zu sein, die Wahrheit hinter der Fassade herauszufinden. Ach, was rede ich denn! Hört sich das jetzt selbstgefällig an? Das wollte ich nicht …« Zerknirscht sah sie Luc an, der jedoch den Kopf schüttelte.

»Kein bisschen.«

»Es ist einfach so, dass meist so viel mehr in den Leuten steckt, als der erste Eindruck vermuten lässt, und es ist wichtig, das herauszufinden. Meine Mutter hat mir das mein ganzes Leben lang eingetrichtert. Sie hat ein sehr starkes Gerechtigkeitsgefühl, so etwas habe ich bislang bei niemandem sonst so erlebt. In ihrer Jugend hat sie sich sehr stark politisch und sozial engagiert. Es gibt sogar Bilder von ihr, als sie in ihrer Jugend in Glasgow für Menschenrechte demonstriert hat.«

»Hört sich nach einer außergewöhnlichen Frau an.«

»Sie ist einfach die geborene Anwältin. Mein Vater hatte dagegen – bis er meine Mutter traf vor allem seine eigene Karriere im Sinn. In unserer Familie heißt es immer, meine Mutter hätte den Verlauf seiner beruflichen Laufbahn entscheidend beeinflusst. Mein Vater kam aus einer wohlhabenden Familie mit eindrucksvollem Familienstammbaum und großem Anwesen – ein bisschen wie du, denke ich, und seine ganze Karriere auf dem Finanzmarkt war für ihn vorgeplant … Doch dann hat er eben Mum getroffen. Ich glaube, durch sie hat er sein Gewissen entdeckt. Sie hat ihm die kleinen Dinge nähergebracht, die mehr mit Menschlichkeit als mit Geld zu tun haben.«

»Hört sich an, als wären sie das perfekte Paar«, sagte Luc.

»Ich wünschte, du könntest meine Mutter kennenlernen!« Julia lachte. »Aber mein Dad ist auch ganz cool. Vor einiger Zeit hat er sich entschieden, einen Tag in der Woche weniger zu arbeiten und sich stattdessen ehrenamtlich für einen Verein zu engagieren, der Menschen mit geringem oder gar keinem Einkommen rechtliche Hilfe anbietet.«

»Das ist eine gute Sache.«

Julia nickte. »Ich weiß. Manchmal vertritt er sogar Leute vor Gericht, ohne dafür ein Honorar zu verlangen, nur damit Menschen eine Chance bekommen, die sonst durch das soziale Netz gefallen wären. Wir sind alle sehr stolz auf ihn …«

»Das sehe ich.«

»Einmal, als ich zehn oder elf Jahre alt war, hat meine Mutter mich mit zum Gericht in Edinburgh genommen, damit wir zusehen konnten, wie mein Vater einen Mann, der wegen Raubes angeklagt war, zu verteidigen. Ich habe nur einen Blick auf den Angeklagten geworfen und meine Mutter sofort gefragt, warum um alles in der Welt mein Vater sich für diesen Typen einsetzte.«

»Hatte er eine Augenklappe und keine Zähne mehr?«, Lucs Stimme klang unschuldig, doch seine Augen blitzten schelmisch.

Julia drehte sich zu ihm und setzte einen hochmütigen Gesichtsausdruck auf. »Er hatte tatsächlich keine Zähne.« Dann grinste sie und knuffte ihn in die Seite. »Ich mache nur Witze. Er hatte noch ein paar Zähne, einen Ohrring und ein sehr unfeines Tattoo im Nacken. Außerdem konnte ich kaum ein Wort von dem verstehen, was er sagte, weil er einen so starken Akzent hatte. Mein erster Impuls war jedenfalls, dass diesem Typen wohl kaum zu trauen sei. Also lehnte ich mich zu Mum rüber und machte irgendeinen dummen, herablassenden Kommentar … und sie hätte mir fast den Kopf abgerissen.«

»Deine Mutter gefällt mir mehr und mehr.«

»Sie hat mich sofort vor die Tür gezerrt und mir eine Gardinenpredigt gehalten. Sie erzählte mir, dass der Richter dem Mann, den Dad zuletzt verteidigt hatte, gesagt hat, er solle nach Hause gehen und sich etwas Ordentliches anziehen. Der hat dann unter Tränen geantwortet, dass er keine andere Kleidung habe. Und weißt du was?«

»Ich bin ganz Ohr!«

»Er war gerade mal siebzehn! Siebzehn Jahre alt! Wo war die liebevolle Unterstützung, die ihm ganz selbstverständlich hätte zustehen müssen? Nirgendwo! Aber er hatte ja einen Menschen wie meinen Vater, der sich für ihn einsetzte, um Gerechtigkeit kämpfte, egal welche Kleidung er trug!«

»Also …«

Doch Julia war nun nicht mehr zu bremsen. »Also sind wir zurück in den Saal gegangen, und meine Mutter hat mir befohlen, den Mund zu halten und zuzuhören. Das tat ich dann auch. Und es war unglaublich. Der arme Kerl war von einer Bande Ganoven, die seine Familie bedroht hatten, übel zugerichtet geworden. Es war einfach schrecklich, und ich werde das nie vergessen. Aber ich werde auch nie vergessen, wie mein Vater langsam, aber sicher jedes

Detail der Geschichte aus ihm und den anderen Zeugen herauskitzelte, und wie er gleichzeitig ganz subtil mit den Anwälten der Staatsanwaltschaft umging. Er sprach von ›verständlichen Irrtümern in der Beweisaufnahme‹, und es gelang ihm, ohne die Autorität der Staatsanwälte zu untergraben, jede einzelne Anschuldigung zu entkräften, die sie ihm entgegen schleuderten. Es war einfach fantastisch.«

»Und hat dein Vater den Fall gewonnen?«

Julia nickte. »In dem Moment, als die Geschworenen das Urteil ›nicht schuldig‹ verkündeten, sprang der gesamte Gerichtssaal auf. Der Mann warf sich weinend in die Arme seiner Angehörigen, stürzte auf meinen Vater zu und schüttelte ihm unablässig die Hand …«

Die Erinnerung an diesen Tag hatte Julia Tränen in die Augen getrieben, die nun langsam ihre Wangen hinunterkullerten. Luc legte ihr den Arm um die Schulter und drückte sie leicht an sich.

Sie lächelte ihn dankbar an. »Weißt du, was daran für mich so wichtig war zu verstehen?«

»Was?«

»Er hat all seine Klienten gleich behandelt. Wirklich alle, egal ob den Typen ohne Zähne oder den Vorstandsvorsitzenden des größten Ölkonzerns der Welt. Er hat sein Engagement nie benutzt, um sich zu profilieren, das habe ich gesehen, Luc. Bis spät in die Nacht hat er an den Fällen gearbeitet und für jeden einzelnen hundert Prozent Einsatz gegeben. Es war keine Profilierung. Er hat einfach geglaubt, dass es richtig ist.«

»Kein Wunder, dass du so stolz auf ihn bist«, sagte Luc.

Sie rückte ein winziges Stück von ihm weg, und er nahm vorsichtig seinen Arm von ihren Schultern. Als sie merkte, wie es ihren Körper wegen dieser kurzen Berührung durchfuhr, war Julia schockiert. Vielleicht waren es aber auch nur die elektrischen Entladungen der Blitze? Ach, wem wollte sie hier etwas vormachen? Luc war die Ursache, nicht der Sturm.

Auch seine Körperhaltung hatte sich verändert. Er wirkter angespannter, als müsse er sich selbst am Riemen reißen. Es fühlte sich gefährlich an. Sehr, sehr schön. Aber eben auch gefährlich.

»Das nun«, plapperte Julia weiter, »ist also mein familiärer Hintergrund. Aber ich wollte gar nicht so viel über meinen Vater reden, wo deiner doch gerade …«

»Keine Sorge.« Er zuckte mit den Achseln. »Ich höre dir sehr gern zu, Julia.«

Oh, wie sehr sie doch wünschte, es würde nicht so unheimlich sexy klingen, wenn er ihren Namen aussprach.

»Was ist eigentlich mit Eleonore?«, sagte sie und setzte sich aufrecht. »Was passiert jetzt?«

Luc zögerte einen Moment, als müsse er sich erst wieder auf dieses Thema, das sie so unbeholfen angeschnitten hatte, konzentrieren.

»Eleonore? Um ehrlich zu sein, weiß ich es nicht. Es war schon schwierig genug, sie anlässlich der Beerdigung nach Hause zu bekommen. Keine Ahnung, welche Pläne sie hat, wie lange sie sich freinehmen will, und so weiter. Offen gestanden ist es ein heikles Thema. Manchmal habe ich das Gefühl, Eleonore denkt, mir sei mein Leben auf dem Silbertablett serviert worden, während sie raus in die Welt geschickt wurde, um ihr Glück selbst in die Hand zu nehmen …«

»Hast du schon mal mit ihr darüber gesprochen?«

Er schaute ihr tief in die Augen. »Das sollte ich wohl tun, oder?«

Julia lächelte. »Mit der Familie ist es so eine Sache«, gab sie zu. »Manchmal sieht die Lösung für Außenstehende so leicht aus, aber für einen selbst? Mit all der Geschichte, den Traditionen, den Hierarchien, den Anekdoten aus der Kindheit und dem Umstand, dass man niemanden verletzen will – das kann ein echter Alptraum sein. Aber du solltest dir Zeit nehmen und mit ihr sprechen. Vielleicht nach der Beerdigung. Denk dran, dass Eleonore deine Schwester ist und … na ja …«

»Alles, was ich noch habe?«, fragte er und rückte wieder ein kleines Stückchen näher.

Julia fiel es plötzlich schwer zu atmen. Draußen goss es immer noch in Strömen, doch die Blitze gingen inzwischen nicht mehr in unmittelbarer Nähe des Weinbergs nieder und waren nur noch als fernes Blinken zu vernehmen.

»Ich glaube …«

Seufzend stand sie auf und reckte sich. Luc tat es ihr nach, und so standen sie nebeneinander in der Tür und schauten in den Regen hinaus. Mit einem Mal konnte sie den Gedanken, Château Deschanel schon so bald wieder verlassen zu müssen und Luc nie wiederzusehen, nicht ertragen. Es fühlte sich einfach nicht richtig an. Andererseits war es auch nur verständlich, dass sie in letzter Zeit ein bisschen emotional war. Oder nicht? Sie hatten zwei verrückte Tage miteinander verbracht, und all die Gedanken an ihre Hochzeit und dann der Tod von Lucs Vater … Keiner von ihnen konnte mehr klar denken.

Luc näherte sich ihr, bis sie sich fast berührten. »Julia, ich wünschte …«

Doch seine Stimme und jedes andere Geräusch wurden von einem ohrenbetäubenden Donnerknall verschluckt. Ohne nachzudenken machte Julia einen Satz zur Seite und klammerte sich ängstlich an ihn.

Verlegen sah sie zu ihm auf. Er starrte sie an, und auf seinem Gesicht zeichnete sich ein Ausdruck von Zärtlichkeit ab. Ihr fiel wieder auf, wie attraktiv er war. Sie blickten einander eine Ewigkeit in die Augen. Oder war es nur eine halbe Minute – wer konnte das schon sagen? Julia jedenfalls nicht, so viel war sicher. Ihr ganzer Körper zitterte vor Verlangen, es schien ihr fast unmöglich, es zu unterdrücken.

»Julia«, flüsterte Luc, »ich … ich will dich. Ich kann nicht anders, es ist so …«

»Luc …«, keuchte Julia und rang nach Luft, um Worte und, na ja, irgendwie auch um ihr Leben. So kam es ihr wenigstens vor.

»Ich kann nichts dagegen tun«, fuhr er fort. »Ich weiß, es ist falsch, weil du verlobt bist. Aber ich muss es einfach sagen. Du bist das Wunderbarste, was mir je in meinem Leben passiert ist …«

Sie wollte ihn küssen. Ihr Körper hatte den Kampf längst aufgegeben, und sie streckte sich ihm entgegen. Lucs Lippen kamen den ihren gefährlich nahe.

»NEIN!«

Wo war das denn hergekommen? Und wer hatte die Nerven und dieses entsetzlich schlechte Timing, genau in diesem Moment »Nein!« zu brüllen? Oh. Sie selbst war es gewesen. Im Innersten unwillig und mit all der Kraft, die sie noch aufbringen konnte, löste sie sich von ihm.

»Luc, ich kann nicht!«, sie keuchte und wusste, dass ihr Körper genau das Gegenteil wollte. »Es … es tut mir leid! Ich muss jetzt gehen.«

Julia stolperte zum Eingang der Weinkammer. Draußen regnete es noch immer in Strömen, und es war wieder lauter Donner zu hören. Das Gewitter kam zurück.

»Julia!« Lucs Stimme war eindringlich. »Du kannst da nicht raus! Es ist zu gefährlich!«

»Hierzubleiben ist es aber auch!«, rief sie, atmete einmal tief ein und rannte hinaus in den Sturm.

Sie bemerkte den Regen und die riesigen Pfützen kaum, die sich auf dem Rasen ausgebreitet hatten, während sie auf das Haus zulief. In ihrem Kopf drehte sich alles. Was hatte sie nur getan? Und was hatte sie *nicht* getan? Sie brauchte Abstand zu Luc Deschanel. Ängstlich blickte sie über ihre Schulter. Luc rannte hinter ihr her, wenn auch mit einigen Metern Abstand. Sie zog das Tempo an. Sie musste ins Haus kommen, nach oben rennen, in Windeseile packen und ein Taxi zum Flughafen nehmen …

Als sie schließlich triefnass durch die Terrassentür in den Salon stolperte, traf sie der Anblick völlig unvorbereitet.

»Schätzchen, du solltest dir rasch ein Handtuch holen. Du bist wahrlich in keinem angemessenen Zustand, um deinen Besuch zu empfangen.«

Julia blinzelte die Wassertropfen weg. Neben Onkel Quinn stand ein braungebrannter Mann mit leicht verwirrtem Gesichtsausdruck: Lorenzo.

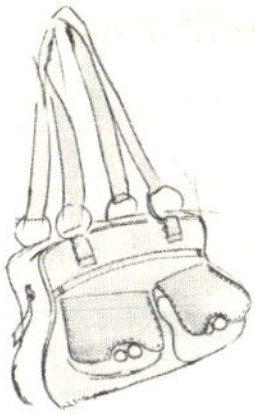

Kapitel 17

Die Familiengruft der Deschanels lag unter der kleinen steinernen Kapelle am äußersten Ende des Gartens. Eleonore hatte sich nie vor der Gruft gefürchtet, sie hatte sie lediglich gemieden. Die Bedeutung der Grabstätte, der Zusammenhang von Tod und den Generationen danach, die mit dem Leben weitermachten, schienen dem damals kleinen Mädchen einfach zu groß und zu gewaltig.

Nun aber saß Eleonore ganz still da, zwischen den kühlen Steinwänden, auf der oberen Stufe zur Grabkammer. Das Geräusch des Regens draußen wirkte merkwürdig beruhigend auf sie, während sie, umringt von ihren Vorfahren, ihren Gedanken nachhing. Die gespenstische Düsterheit um sich herum nahm sie gar nicht wahr.

In der Mitte der Krypta war bis zur Beerdigung am Samstag der Sarg ihres Vaters aufgebahrt. Endlich hatte sie es geschafft hierherzukommen, um bei ihm zu sein, Frieden mit ihm zu schließen oder einfach nur mit sich selbst. Um einfach nur *zu sein.*

Ein paar Tränen stahlen sich ihre Wangen hinunter, und sie war froh darüber. Doch auf die Leere und Taubheit, die sie beim Anblick des Sarges empfand, war sie absolut unvorbereitet. Ihr Kopf war voll gewesen mit einem Durcheinander von Fragen, aber ihre eigene Verwirrung darüber, dass keinerlei Antworten auf sie herunterregneten wie bei einer himmlischen Erleuchtung, überraschte sie selbst. Sie hatte gehofft, hier inneren Frieden zu finden. Doch stattdessen musste sie sich mit dem wohltuenden Gefühl begnügen, vielleicht zum ersten Mal in ihrem Leben zu wissen, dass sie das Richtige tat.

»Papa«, flüsterte sie, »ich bin hier.«

Staubkörnchen tanzten in dem fahlen Licht, das durch das kleine Fenster in die Kammer fiel, während es draußen immer noch stürmte.

»Ich habe totalen Mist gebaut. Und ich bin zu spät gekommen. Aber jetzt bin ich da.« Dann murmelte sie mit der leisen, bockigen Stimme eines Kindes: »Wo bist du nur?«

Sie bedeckte ihr Gesicht mit den Händen und atmete laut aus.

»Eleonore?«

Sie sprang auf. Die Stimme kam aus einer dunklen Ecke in der Nähe der Tür. Eleonore kniff die Augen zusammen und konnte schemenhaft eine Silhouette wahrnehmen. Sie war groß und vertraut. Es war Simon.

»Was machst du denn hier?«, rief sie erschrocken. »Bist du mein Schatten, oder was?«

Er trat aus der Ecke hervor und ging auf sie zu.

»Ich war schon hier drin, als du hereingekommen bist, also bin ich geblieben, falls du … falls du jemanden brauchst.«

»Was dachtest du denn, was ich hier tue?«, fragte sie schnippisch. »Die Kupfergriffe vom Sarg abschrauben, um sie dann zu verscherbeln?«

Simon schloss die Augen, als wolle er sich vor ihrem Angriff verschließen. Das gefiel Eleonore. Gut so. Ein direkter Treffer.

Sie erwartete, dass er sich umdrehte und ging. Doch er tat es nicht.

»Nein, Eleonore, daran habe ich natürlich nicht gedacht.«

Eleonore sah zu ihm auf und setzte einen gekonnt gelangweilten, hochmütigen Blick auf. »Hast du noch nicht bemerkt, dass ich hierhergekommen bin, um mit meinem Vater allein zu sein? Es kommt mir so vor, als hätte ich in den letzten Tagen nichts anderes gemacht, als dir zu sagen, dass du mich in Ruhe lassen sollst, Simon. Musst du nicht auch irgendwelche Leute herumchauffieren? Dein Vater hätte sich niemals in unsere Privatangelegenheiten derart eingemischt. Das Auto muss noch für Samstag poliert werden – ist das nicht auch Aufgabe des Chauffeurs?«

Simon verzog keine Miene. Eleonore funkelte ihn an und fragte sich, ob sie ihn noch einmal direkt auffordern sollte zu gehen.

»Eleonore«, setzte Simon an. »Hör mir bitte einen Moment zu. Und dann gehe ich auch, wenn du unbedingt willst.«

Seine Stimme war sanft, doch es schwang eine Bestimmtheit darin mit, die klarmachte, dass Simon sich keinesfalls von Eleonore herumkommandieren lassen würde. Wie konnte er es nur wagen?

»Hör mir bitte zu, Eleonore. Ich bin nicht euer Familienchauffeur.«

Eleonore drehte sich weg. Niemand würde sie zwingen,

Simon zuzuhören. Aber Moment mal – was hatte er da gesagt? Sie runzelte die Stirn und wandte sich ihm wieder zu.

»Das bist du also nicht? Gestern jedenfalls hast du eine sehr überzeugende Darstellung eines Chauffeurs abgeliefert. Und den Tag davor auch, wenn ich mich recht erinnere. Dein Vater wäre sehr stolz auf dich gewesen.«

Er legte den Kopf schief und sagte: »Schön, dass du so denkst. Ich habe deinem Bruder geholfen. Eleonore, auch mein Vater war nicht der *Familienchauffeur*, wie du ihn und uns immer so nett bezeichnest. Er hat deinem Vater dreißig Jahre lang in allen möglichen handwerklichen Dingen zur Seite gestanden und hin und wieder hat er ihn auch gefahren. Aber er hätte sich niemals aufgeplustert und sich als ›Familienchauffeur‹ bezeichnet – ebenso wenig dein Vater!«

Eleonore verspürte einen leichten Stich, weil er sie indirekt als Snob bezeichnet hatte.

»Wie auch immer«, sagte sie leise.

»Weißt du, warum ich gerade im Château war, als dein Vater starb?«

»Du wirst es mir gleich verraten, oder?« Trotzig verschränkte Eleonore die Arme vor der Brust.

»Ich bin letzte Woche hierher zurückgekommen, um Luc zu sehen und mit ihm über meine Bewerbung als Chefwinzer zu sprechen …. Claude geht ja bald in den Ruhestand.«

»Wirklich?« Eleonore bemühte sich, so teilnahmslos wie möglich zu klingen. »Das wusste ich gar nicht.«

»Ja, wirklich. Nur habe ich erst da gesehen, wie krank dein Vater wirklich war. Luc hat den großen Helden markiert und nie etwas zuvor davon erwähnt. Mit aller Kraft hat er sich bemüht, die Dinge hier so reibungslos wie möglich am Laufen zu halten, so als wäre es noch dein Vater, der hier das Sagen hat. Also hat er keine Anstalten gemacht, unser Gespräch zu verschieben.«

»So ist er, mein Bruder«, brachte Eleonore mit zusammengebissenen Zähnen hervor, sehr viel schärfer, als sie es beabsichtigt hatte. »Er ist wie ein Heiliger, der Junge.«

»Wie auch immer.« Simon ignorierte ihren Einwurf und richtete seinen Blick auf den Sarg. »Als dein Vater dann leider verstorben ist, bin ich natürlich geblieben und habe Luc so gut ich konnte unterstützt. Auch mein Vater hätte das so gewollt.«

»Wie schön für dich.« Ihre Stimme war nur einen Hauch sarkastisch.

Damit hätte sie das Fass beinahe zum Überlaufen gebracht. »Eleonore, würdest du bitte einfach damit aufhören?«

Das Echo der steinernen Wände ließen seine Worte erschreckend laut wirken. Sie hatte noch nie erlebt, dass Simon seine Stimme erhob. Einen Moment lang fühlte es sich an, als hätte er sie geohrfeigt.

»Dein Gehabe geht mir wirklich auf die Nerven«, fuhr er in kaltem Tonfall fort. »Wir zwei kennen uns doch nun wirklich schon viel zu lange, als dass du mich einfach so beleidigen könntest und dann auch noch erwartest, dass ich es hinnehme.«

»Simon …« Eleonore deutete vielsagend zu dem aufgebahrten Sarg, doch Simon war nun nicht mehr zu bremsen.

»Hör zu, Eleonore, ich kenne dich. Ich weiß, dass es dir entsetzlich schlechtgeht, und ich will dir helfen. Dir und Luc. Ich hasse es, wenn du mir all diese miesen Beleidigungen an den Kopf wirfst, aber wenn du auch nur einen Moment lang glaubst, deine kleine Überheblichkeitsnummer würde mich vergraulen, hast du dich geschnitten! Ich bin da, Eleonore! *Ich bin da!* Und ich werde nirgendwo hingehen, also gewöhn dich besser an meine Existenz!«

»Simon, bitte! Sprich doch leiser!«, flüsterte sie.

Er seufzte tief und entspannte sich etwas. »In Ordnung, Eleonore. Aber nur, weil du mich so nett darum gebeten hast.«

Eleonore hatte diese Seite an Simon völlig vergessen. Dieser leidenschaftliche, treue Junge war zu einem Mann herangewachsen, der scheinbar kein bisschen Bösartigkeit in sich trug. Mit einem Mal wurde ihr klar, warum er sie im Casino nicht alleingelassen hatte. Simon Crasset würde so etwas niemals tun. Ebenso wie sein Vater alles für ihren Vater getan hätte.

Er drehte sich um und entfernte sich ein paar Schritte von ihr. Durch das Fenster drang nun gedämpftes, mildes Sonnenlicht in die Kammer. Draußen hatte es aufgehört zu regnen. Die Stille war geradezu unheimlich. Eleonore erinnerte sich an ihre Teenagerzeit, an diese wilden, sorglosen Tage, als sie, Luc und Simon ein unschlagbares, zu allem fähiges Team gewesen waren. Und daran, als Luc sich allmählich später zurückgezogen hatte, weil Eleonore und Simon entdeckt hatten, dass sie sich voneinander angezogen fühlten und sie – wenn auch nur sehr kurz – ein Paar wurden.

Sie erschauderte, obwohl es gar nicht so kalt in der Kapelle war. Das alles schien hundert, ja tausend Jahre her zu sein. Sie waren andere Menschen geworden. So viel war inzwischen passiert – das Erwachsen werden, der Umzug nach Paris, all die Fehler, die sie begangen hatte …

Und trotzdem, trotzdem war Simon nun bei ihr und weigerte sich, sie alleinzulassen, obwohl sie sich alle Mühe gab, sich so unfair wie möglich zu benehmen. Er blieb an ihrer Seite, treu und aufrichtig, wie schon vor so vielen Jahren. Warum hatte er sie nie aufgegeben? Jeder andere Mann, den sie kannte, hatte sie im Stich gelassen, warum nicht Simon?

»Warum bist du hier, Simon?« Ihre Worte waren nicht mehr als ein Flüstern. Sie konnte ihm nicht in die Augen sehen.

»Weil ich dich immer noch liebe, Eleonore. Ich habe nie aufgehört, dich zu lieben.«

Es war, als sei plötzlich jeglicher Sauerstoff aus der Gruft gewichen. Eleonores gesamter Körper begann zu kribbeln, und sie fühlte sich, als würde sie jeden Moment in Ohnmacht fallen … Nein, nein, das durfte jetzt nicht passieren …

»Oh Simon«, flüsterte sie. »Du …« Ihre Stimme brach. Sie kämpfte, um überhaupt atmen zu können, geschweige denn sprechen. »Du … du armer Junge. Ich bin all die Mühe nicht wert.«

»Ich bin ein armer Junge?« Er trat auf sie zu. »Ich kann mir niemanden vorstellen, der es mehr wert ist, geliebt zu werden, als du.«

Seine Worte erschütterten sie zutiefst, und sie konnte

nicht anders, als ein unkontrolliertes, hilfloses Kichern von sich zu geben. »Simon, ich bin eine totale Katastrophe … eine absolute Katastrophe.«

»Das bist du nicht! Wie könntest du allen Ernstes eine Katastrophe sein? Du bist wunderschön. Und etwas ganz Besonderes.«

Sie schnaufte ungläubig.

»Zwar glaube ich, dass du spielsüchtig bist, Eleonore, und es tut mir weh, das mit ansehen zu müssen, weil es dir ganz offensichtlich schadet. Aber das ist nur eine Seite von dir und zeigt nicht, wer du wirklich bist. Dein Wesen definiert sich nicht über die Sucht.«

»Simon, hör bitte auf damit! Das funktioniert im echten Leben nicht.«

»Mag sein, oder auch nicht. Auf jeden Fall liebe ich dich.«

Eleonore starrte auf den Sarg ihres Vaters, der in fahles Licht getaucht dastand. In ihrem Kopf drehte sich alles. Ob ihr Vater hören konnte, was hier vor sich ging? War er hier irgendwo? Schwebte er um sie herum, als Geist, und hörte zu, wie Simon ihr seine Liebe erklärte? Eleonore konnte sich nicht erinnern, jemals von einem Mann gehört zu haben, dass er sie liebte. Wirklich und ehrlich liebte. Hatte Simon es damals gesagt, als sie noch Teenager waren? Sie wusste es nicht mehr. Nein, nur ihre Mutter hatte ihr gesagt, dass sie sie liebte, und das jeden Tag. Ihre Mutter war der einzige Mensch auf der Welt, auf dessen uneingeschränkte Liebe sie sich hatte verlassen können. Auch Luc liebte sie wahrscheinlich – sie jedenfalls liebte ihn sehr, doch das war etwas anderes. Und Luc, ihr kleiner Bruder, hatte ihre schlimmsten Exzesse nie mitbekommen. Wenn er von all diesen Geschichten wüsste, würde er sicher keine Liebe mehr empfinden. Und jetzt, nach alldem, was sie ihm in den letzten Tagen angetan hatte, war ganz sicher noch das letzte bisschen Zuneigung für sie verschwunden. Sie verdiente die Liebe dieser aufrichtigen Männer nicht, so viel war klar.

»Simon …«

»Versuch es, Eleonore«, unterbrach er sie und legte ihr sanft die Hände auf die Schultern. »Versuch doch wenigstens, meine Nähe zuzulassen. Nein, schau nicht wieder weg. Ich werde immer für dich da sein. Wenn du es zulassen würdest, dich lieben zu lassen, dann … dann könnten wir beide *danach* süchtig sein.«

Sie lächelte. Was für eine unbeholfene kleine Rede, und trotzdem war sie schön. Vorsichtig sah sie Simon in die Augen. Sie waren fast gleich groß. Simon war vielleicht ein Stückchen größer, doch sie trug hochhackige Cowboystiefel, es gab also kein Entkommen, als sich ihre Blicke trafen.

Er hatte klare, braune Augen, die umrahmt waren von wunderbar langen, dunklen Wimpern. Wimpern, die, wie ihre Mutter gesagt hätte, und vielleicht hatte sie es sogar getan, als sie noch Kinder waren, an einem Jungen eine echte Verschwendung darstellten. Simon hatte sich ihr soeben vollkommen offenbart, hatte sich vor ihr entblößt und verletzlich gezeigt und war nun scheinbar bereit, die unter Umständen größte Abfuhr seines Lebens einzufahren. Es war seltsam, irgendwie unwirklich.

»Simon, ich verstehe es einfach nicht«, flüsterte sie. »Du sagst, du liebst mich … Aber wie kannst du mich nur lieben? Alles, was ich bislang angepackt habe, ist gescheitert. Ich bin spielsüchtig, habe getrunken, und jetzt trinke ich nur nicht mehr, weil ich stattdessen spiele …«

»Eleonore, hast du mir überhaupt zugehört?« Er hob die Hand und wischte ihr eine Träne aus dem glühenden Gesicht. »Ich will mit dir zusammen sein. Was immer es auch für Probleme gibt – wir kriegen das hin. Ich meine damit nicht, dass ich deine Persönlichkeit oder deinen Charakter ändern will, aber ich will dir helfen, mit den Dingen fertig zu werden, die dich unglücklich machen. Ich kann es einfach nicht ertragen, wie du dich die ganze Zeit über selbst schlechtmachst – das geht einfach nicht! Du bist eine großartige Frau, Eleonore Deschanel. Das warst du immer. Du bist strahlend schön und klug, bist leidenschaftlich, geheimnisvoll und warmherzig, aber auch verletzt und einsam. Und das kann ich nicht ertragen.«

Eleonore löste sich von ihm. Sie wollte ihm so gern glauben, doch es war so neu, all diese Dinge über sich selbst zu hören, ohne dass sie mit einem schmeichlerischen, selbstgefälligen Gesichtsausdruck ausgesprochen wurden.

Wie wundervoll wäre es doch, wenn er wirklich die Wahrheit sagte. Zumindest wusste sie, dass wenigstens er all das glaubte, was er sagte, doch wie sollte sie selbst es tun? Wie konnte er an sie glauben? Oder war es nur Mitleid? Wenn es doch nur so einfach wäre, einfach Ja sagen zu können. *Ja, Simon, lass es uns noch einmal miteinander versuchen …*

Das wollte er hören. Sie rang mit sich, es könnte jetzt so einfach sein. Alles, was sie tun müsste, war, seine Hand zu nehmen. Sie musste nicht einmal etwas sagen. Pah, wenn ihr

Vater das wüsste, würde er sich im Sarg umdrehen. Keine Casinos mehr, keine Schuldgefühle, nie mehr allein sein …

Sie trat noch näher an ihn heran und atmete tief ein. Und endlich, hier in der Familienkapelle, neben ihrem toten Vater, umgeben von Generationen ihrer Ahnen, fand sie die richtigen Worte.

»Simon, ich kann einfach nicht glauben, dass du mir das jetzt antust! Ausgerechnet hier und in dieser schweren Zeit! Würdest du mich bitte endlich alleinlassen, damit ich um meinen Vater trauern kann?«

Kapitel 18

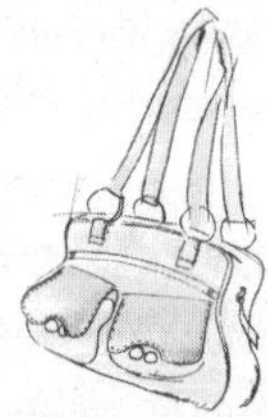

Was um Himmels willen machst *du* denn hier?«

Julia ging ihrem Verlobten wie in Trance entgegen. Nach dem, was sich soeben in der Weinkammer abgespielt hatte, löste Lorenzos Anblick beinahe einen Herzinfarkt bei ihr aus. Sie war sicher, dass sie in irgendeiner Weise von Lucs Berührung gebrandmarkt war, und zwar in einer Weise, die sehr viel offensichtlicher war, als wenn sie einfach eine Flagge mit einem aufgestickten Schuldbekenntnis geschwenkt hätte.

Lorenzo lächelte sein verführerischstes Lächeln, beugte sich zu ihr hinunter und küsste sie dreimal auf ihre erhitzten Wangen. Der vertraute Geruch seines Aftershaves mit Limette und Vetivergras wirkte wie ein Schock auf sie.

»Also, Kleines, das ist wirklich eine ausgesprochen nette Art und Weise, mir mitzuteilen, dass du mich vermisst hast.«

»Natürlich habe ich dich vermisst!« Sie umarmte ihn und verbarg ihr Gesicht an seiner Brust. Sie spürte den vertrauten Herzschlag und den athletischen Körper ihres Verlobten. Ihr eigenes Herz schlug wild wie eine Buschtrommel – das musste er doch merken, oder?

Er trug graue, leichte Sommerhosen, ein dunkelblaues Leinenshirt mit V-Ausschnitt und seinen Sommerblazer.

Sein nackenlanges schwarzes Haar war akkurat geschnitten und gestylt und an seinen sonnengebräunten Füßen trug er braune Lederflip-Flops. Kurz gesagt – er sah umwerfend aus. Und machte so Julia ihre eigene jämmerliche Erscheinung nur noch deutlicher bewusst: Ihr klatschnasses Sommerkleid aus ursprünglich gelber Baumwolle hing wie ein grauer, glitschiger Sack an ihr herunter, ihre ehemals weißen Leinenschuhe waren matschig braun, und ihre Haare klebten ihr an Kopf und Schultern wie Rattenschwänze.

»Wohl in den Sturm geraten, wie? Ganz schön heftiges Unwetter.«

Unbeholfen harkte sie sich mit gespreizten Fingern durch die klammen Haare und streifte die vorderen Strähnen hinter ihre Ohren. Lorenzo sah immer so makellos aus!

»Ich … ich habe mich nur umgesehen … Hör zu, Renzo, das ist wirklich eine süße Überraschung, aber du hättest dir wirklich nicht die Mühe machen müssen …«

Hinter ihr ertönten plötzlich Schritte. Julia drehte sich abrupt um und sah, wie Luc in den Salon kam. Er war ebenso durchnässt und atemlos wie sie. Julias Gesicht schien zu lodern. Sie beide hätten nicht schuldiger aussehen können. Lucs T-Shirt klebte an seinem Körper, und seine Jeans war triefnass. Er wirkte seltsam wild und scheu, als er so den Raum durchquerte und sich zu den anderen gesellte.

Onkel Quinn strahlte ihn an. »Ah, Luc, wunderbar, dass Sie auch da sind. Großartig!« Er trat vor, um die beiden Männer einander vorzustellen.

»Luc, darf ich Ihnen Julias berühmten Lorenzo präsentieren?«

Sie sah schockiert und gleichermaßen fasziniert zu, wie

sich die zwei Männer die Hand gaben. Luc war total verwirrt und musste sich sichtlich anstrengen, während dieser kurzen Begrüßung seine sonst tadellosen Manieren nicht zu vergessen. Auch Lorenzo wirkte zögerlich – oh, verdammt! Julia merkte, wie sie zitterte.

Er muss doch merken, dass etwas hier nicht stimmt, dachte sie. Man muss uns doch nur anschauen! Beide völlig durchnässt und mit knallroten Köpfen – da muss man nun wahrlich kein Genie sein, um einen Schluss daraus zu ziehen … Doch Lorenzos lächelnder Mund verzog sich keinen Millimeter. Da stand er, schlank und groß, die anderen überragend, als sei er und nicht Luc der Hausherr.

»Lorenzo, Luc hat sich wahrlich heldenhaft um Julia und mich gekümmert, während dieser ganzen Verwechslungsgeschichte. Und das, obwohl er selbst gerade so eine schwere Zeit durchmacht.«

»Ja, das habe ich schon gehört«, sagte Lorenzo und nickte verständnisvoll mit dem Kopf. »Mein aufrichtiges Beileid, Monsieur.«

»Vielen Dank«, erwiderte Luc rasch.

Bedrückende Stille machte sich breit. Julia, obgleich immer noch wie erstarrt, dachte fieberhaft nach. Es ist nichts passiert, und ich muss mich für gar nichts schämen. Was zum Teufel geht hier vor? Was wäre, wenn ich einfach schreiend aus dem Zimmer laufe? Denn das ist das Einzige, was mir im Moment einfällt …

»Meine liebe Julia«, Lorenzo wandte sich ihr in diesem Moment zu, »du siehst einfach wunderbar aus. Selbst wenn du – wie sagt man – wie ein begossener Pudel hier auftrittst. Denken Sie nicht, meine Herren?« Zu Julias großer

Erleichterung wartete er keine Antwort ab. »Ohne Zweifel ist es die Vorfreude auf das kommende Wochenende, die dein hübsches Gesicht so leuchten lässt.«

Julia warf Luc ein schwaches, entschuldigendes Lächeln zu, das er nicht erwiderte.

»Lehn dich nicht zu weit aus dem Fenster«, konterte sie und rang sich ein Lachen ab. »Wir alle sind uns darüber klar, dass ich furchtbar aussehe.«

Keiner sagte etwas, nur Lorenzo zuckte demonstrativ mit den Schultern, als wolle er ihr am Ende doch Recht geben. Onkel Quinn schien unbeteiligt und auf einen Fleck auf seinem Ärmel konzentriert zu sein.

Julia plapperte also einfach weiter. »Also, Lorenzo, das ist wirklich eine Überraschung. Du solltest doch morgen nach Edinburgh fliegen. Wir haben alles in die Wege geleitet, um noch heute Abend zurückzufliegen. Ich bin nun endlich fertig hier …«

Sie brach ab. Das war nicht gerade taktvoll gewesen. »Also, was ich meine, ist, dass ich darauf eingestellt war, dich morgen vom Flughafen abzuholen. Du hättest doch nicht vorzeitig von der Arbeit aufbrechen müssen, um zu uns zu kommen, obwohl es natürlich schön ist, dich zu sehen, wirklich, sehr schön …«

Onkel Quinn schüttelte fast unmerklich den Kopf. Luc stand vollkommen still und mit regloser Miene da.

Lorenzo hob die Augenbrauen. »Was? Ich hätte dich das Abenteuer hier in Nizza einfach allein zu Ende erleben lassen sollen? Komm schon, Kleines, das konnte ich wirklich nicht! Ich musste einfach hierherkommen und mir selbst ein bisschen Action sichern.«

»Ja, aber Lorenzo, das war wirklich nicht nötig. Du bist so beschäftigt, und eigentlich hätte es ja gar nicht so lange dauern sollen …«

»Hey, ich kann doch mein Mädchen nicht auf dem Schlachtfeld alleinlassen, oder?«

Mein Mädchen. Das hörte sich wirklich seltsam an, wenn man bedachte, dass sie sich vor nicht mal zehn Minuten in den Armen des Mannes befunden hatte, der hier durchnässt und ähnlich dampfend wie sie neben ihnen stand. Schuldgefühle machten sich in ihr breit. Lorenzo schien davon allerdings glücklicherweise nichts zu bemerken. Seine entspannte Art stand in bizarrem Gegensatz zu dem Durcheinander, das in ihrem Kopf tobte.

Schweigend standen sie nun in diesem merkwürdigen, internationalen Zirkel zusammen und fragten sich, was sie nun tun sollten.

»Ich habe dich gar nicht kommen hören, Renzo«, versuchte Julia, das Gespräch wieder in Gang zu bringen. »Bist du mit dem Taxi gekommen?«

»Vor etwa einer Stunde bist du hier angekommen, nicht wahr, mein Freund?« Onkel Quinn schlug Lorenzo herzlich auf die Schulter. Der zuckte dabei leicht zusammen.

»Vor einer Stunde?« Julia war schockiert.

»Ja, genau. Wir haben uns gewundert, wo du wohl steckst.«

Julias Magen drehte sich schier um, doch zum Glück schien Lorenzo keinerlei Verdacht zu schöpfen. Und als sie über seine Schulter schaute, sah sie zwei leere Weingläser auf dem marmornen Kamin stehen.

Er ist schon seit einer vollen Stunde hier …

Sie spürte, wie der Boden unter ihren Füßen langsam nachzugeben schien, und hatte einen Moment lang das Gefühl, in Ohnmacht zu fallen. Lorenzo war nur wenige Meter entfernt und in diesem Haus gewesen, während sie in der Weinkammer in Lucs Armen gelegen hatte.

Ihr war ganz furchtbar schwindlig, als sie sich ihrem Onkel zuwandte. »Aber du wusstest doch, wo wir waren. Wir haben doch zusammen gesessen beim Frühstück. Und du hast uns zugehört, Onkel Quinn.«

Doch der schaute nur vollkommen verständnislos drein.

»Erinnerst du dich nicht? Da hat Luc uns *beiden* angeboten, uns zu zeigen, wo und wie der Wein gekeltert wird. Du … du hättest Lorenzo rüber zu der Scheune mit den Weinpressen bringen können, und ihr hättet uns sofort gefunden!«

Und Luc hätte mir nie gestanden, dass er Gefühle für mich hat, und mich nie in seine Arme genommen …

Onkel Quinn kratzte sich zerstreut am Kopf und strich dann seiner Nichte zärtlich über das zerzauste Haar. »Aber Schätzchen, du weißt doch, wie ich morgens bin. Wenn du mir nicht gerade mitteilst, dass Charles Aznavour auf einen Kaffee vorbeikommt, stehen die Chancen, dass ich mir komplexe Informationen merken kann, um diese Tageszeit eher schlecht.«

Julia glaubte ihm kein Wort.

»Wie auch immer, es ist ja niemandem etwas zugestoßen, nicht wahr? Lorenzo und ich haben die Zeit genutzt, uns näher kennenzulernen, und das war wirklich eine große Freude für mich. Was für ein interessanter Mann!«

Lorenzo strahlte. »Du bist wirklich zu liebenswürdig, Onkel Quinn – ich darf dich doch auch so nennen?«

»Mein lieber Junge, das darfst du nicht nur, das *musst* du sogar!«

»Wollen wir uns nicht vielleicht alle setzen?« Lucs kühle, distanzierte Stimme, die genauso wie gestern klang, als er noch dachte, sie habe Eleonores Tagebuch gelesen, überraschte Julia. »Ich könnte uns Kaffee bringen lassen.«

»Das wäre nett«, sagte Lorenzo lächelnd. »Vielen Dank.«

Mit einer fast divenhaften Armbewegung sah Onkel Quinn auf seine Armbanduhr. »Ach du liebes Lieschen, wie ich wohl schon seit dreißig Jahren nicht mehr gesagt habe; ich muss mich beeilen – heiße Verabredungen warten nicht.« Leicht wie ein Sommerwind schwebte er an ihnen vorbei, küsste erst Julia, dann Luc und schließlich Lorenzo auf beide Wangen und machte sich auf, den Salon zu verlassen.

»Heiße Verabredungen?«, wiederholte Julia. »Was führst du im Schilde, Onkel Quinn?«

Er zwinkerte ihr zu. »Stell keine Fragen, Süße, dann muss ich die Wahrheit nicht frisieren! Luc, mein Lieber, kein Kaffee also für mich und auch kein Mittagessen, aber vielen, vielen Dank trotzdem. Und, Julia …«

»Ja, Onkel Quinn?«

Er sah ihr tief in die Augen und lächelte sie wohlwollend an. »Du siehst wirklich ganz reizend aus, selbst wenn du pitschepatschenass bist, was übrigens auch ein Wort ist, von dem ich kaum mehr wusste, das es noch in meinem Wortschatz existiert. Als eine echte Douglas sind dir viele

Gaben zuteilgeworden – daran denkst du immer, Schätzchen, ja?«

Und damit war er entschwunden.

Julia starrte ihm irritiert nach. Was hatte er vor? Er wusste doch ganz genau, wo Luc und sie hingegangen waren. Was für ein unglaublicher Unsinn, den er da von sich gegeben hatte.

Sie ließ sich auf dem Klavierhocker nieder und stützte sich mit dem Ellbogen auf dem Steinway Baby Grand ab. Wäre es gar möglich, dass – und dieser Gedanke verursachte ihr Gänsehaut – Onkel Quinn Lorenzo absichtlich abgelenkt hatte, damit Luc und sie mehr Zeit allein miteinander verbringen konnten?

Nein, auf keinen Fall! Es war ja nicht so, als würden zwischen Luc und ihr die Funken sprühen. Aber was, wenn Onkel Quinn glaubte, etwas gesehen oder gar eine Chemie gespürt zu haben, und nun Unheil stiften wollte? Immerhin hatte er ihr gegenüber sehr deutlich gemacht, dass er sich bei Lorenzo nicht sicher war; seine schmeichlerische Kumpeltour vor einigen Minuten nahm sie ihm kein bisschen ab. Sie erinnerte sich daran, was er ihr vorletzte Nacht vorgeschlagen hatte: Sie solle hinuntergehen und sich mit Luc einen letzten vorehelichen Spaß erlauben … Ach, Onkel Quinn!

Luc stand in der Tür und beauftragte Marie-Louise soeben, ihnen Kaffee zu bringen. Vielleicht bildete Julia es sich ja nur ein, aber Marie-Louise wirkte sehr viel munterer als vorhin noch beim Frühstück. Hatte das etwa mit dem plötzlichen Auftauchen von ihrem Verlobten zu tun und der Tatsache, dass Julia sich nun kaum mehr Luc unter den Nagel reißen konnte? Ach, verdammt, welchen Gedanken hing sie da nach? Hatte Onkel Quinn das gemeint, als er sie darauf aufmerksam gemacht hatte, dass sie eine echte Douglas war? Weil sie nicht anders konnte, als die Dinge zu Tode zu analysieren und eine Shortlist mit circa fünfzehn Erklärungen für alles zu erstellen?

»Hübsche Hütte«, flüsterte Lorenzo ihr auf einmal augenzwinkernd zu.

»Ja. Schade nur, dass es eine so traurige Woche für die Familie ist«, erwiderte Julia leise und blickte verstohlen zu Luc hinüber. Der Arme, nun musste er sich um noch einen ungebetenen Gast kümmern.

»Wie wahr, wie wahr«, stimmte Lorenzo zu. »Hör zu, ich konnte noch ein Ticket für die gleiche Maschine, die du und dein eigenartiger Onkel nehmen wollt, ergattern.« Lorenzo lächelte sie breit an. »Das wird ein Spaß, zusammen in Schottland anzureisen, meinst du nicht auch?«

»Ganz bestimmt«, antwortete Julia. »Und Onkel Quinn ist nicht *eigenartig*, Renzo, sondern *einzigartig*.«

Ungläubig beobachtete sie Lorenzo, wie er sich auf das Sofa niederließ. Durch die Art, wie er sich platzierte, wirkte er durch und durch wie der Herr des Hauses. Er breitete die Arme weit über die großen Seidenkissen und grinste sie immer noch in heiterer Stimmung an, als befänden sie sich im Urlaub auf ihrem Landhaus.

Luc hingegen schien vollkommen in sich gekehrt. Kein Wunder, bei all dem, was in den letzten zwei Stunden passiert war. Dennoch musterte er Lorenzo unentwegt mit zusammengekniffenen Augen, und dabei schien seine sonst so makellose Höflichkeit verschwunden zu sein. Julia wünschte, einer der beiden würde einfach den Raum verlassen, so dass sie wieder durchatmen und einen klaren Kopf bekommen konnte.

Irgendetwas musste passieren. Ein bisschen ungeschickt erhob Julia sich von dem Klavierhocker, wo sie zusammengesunken gesessen hatte, durchquerte den Raum und setzte sich neben ihren Verlobten aufs Sofa. Lorenzo legte ihr sofort den Arm um die Schulter und drückte sie gebieterisch an sich.

Julia wagte es nicht, Luc anzusehen. In ihrem Kopf läuteten die Alarmglocken. Aber es musste einfach sein. Alles andere hätte nur noch mehr zweideutige Signale gesendet. Ihr Verlobter war den ganzen Weg nach Nizza geflogen, um sie zu überraschen, und dafür hatte er einfach ihre Solidarität verdient. Was Luc – den bedauernswerten, süßen Luc – und sie anging; da hieß es wohl ein für alle Mal *Game over*. Es ging einfach nicht anders. Was hatte er sich nur dabei gedacht? Was hatte *sie* sich dabei gedacht?

»Hey, entspann dich«, murmelte Lorenzo, lehnte sich zu ihr hinüber und küsste ihr Ohr. »Wohl nervös wegen der Hochzeit, was?«

Sie rang sich ein Kichern ab. »Scheint so.«

»Sieh mal.« Lorenzo zeigte durchs Fenster nach draußen. »Der Regen hat aufgehört. Vielleicht kannst du dir was Trockenes anziehen und mir dann ein bisschen was von dem Gut zeigen? Die Weinberge, die Gartenanlagen …«

»… und die Weinkammer«, fügte Luc trocken hinzu.

Julia hatte das Gefühl, ihr Gesicht ginge in Flammen auf, während Lorenzo jovial weiterplauderte. »Ein ganz schönes Stück Land, das Sie hier haben, was, Luc? Hunderte Hektar?«

»So etwas in der Art.«

»Lorenzo, das ist eine hervorragende Idee«, sagte Julia. »Luc, wir … wir sollten dich ein bisschen in Ruhe lassen. Du hattest unseretwegen schon zu viele Unannehmlichkeiten.«

»Sagen Sie, Lorenzo, kennen wir uns nicht?«, sagte Luc und starrte ihn an.

»Pardon?«

Julia bemerkte, wie sich Lorenzos Körper anspannte.

»Irgendwie kommt mir Ihr Gesicht bekannt vor …«

Das darauffolgende bedrückende Schweigen wurde von dem Geräusch hoher Absätze auf dem gefliesten Boden der Eingangshalle durchbrochen. Marie-Louise konnte es noch nicht sein, denn fürs Kaffeekochen konnten die paar Minuten unmöglich ausgereicht haben. Außerdem war Julia sicher, dass keine Frau mit High Heels und einem Tablett in der Hand über diesen Boden laufen konnte.

Da stürmte Eleonore durch die Tür, und sie sah fantastisch aus. Sie trug hohe schwarze Stiefel, eine enge Jeans, die ihre schier endlos langen Beine betonten, ein weiches, weißes Hemd, einen braunen Ledergürtel mit großer Schnalle und ihr glänzendes rotbraunes Haar fiel ihr flammend über die Schultern. Am liebsten hätte Julia ihr laut applaudiert. Also, das ist mal ein Auftritt, dachte sie.

Luc stand auf, doch Eleonore ignorierte ihren Bruder. Stattdessen marschierte sie geradewegs auf das Sofa zu, wo Julia und Lorenzo immer noch beieinandersaßen.

»Sieh an, Lorenzo«, sagte sie. »Das ist ja schon eine Weile her mit uns.«

»Wie bitte?« Julia war vollkommen verblüfft. Was sollte das denn jetzt?

Langsam erhob sich Lorenzo vom Sofa. Seine nonchalante Souveränität von vorhin war mit einem Schlag verschwunden und, so glaubte Julia zu erkennen, schierer Panik gewichen.

»Eleonore …«, murmelte er und trat stolpernd einen Schritt auf sie zu. Er beugte sich vor, um sie zu begrüßen.

Doch Eleonore wich zurück. »Ich frage mich nur eines, Lorenzo. Schenkst du all deinen Freundinnen limitierte Sonderexemplare der Bottega Veneta-Handtasche? Oder nur einigen auserwählten?«

Kapitel 19

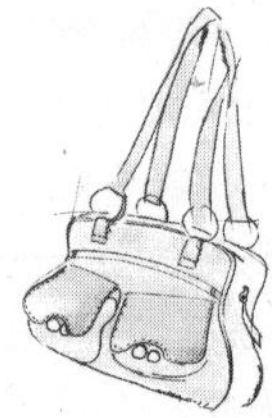

Lorenzo«, rief Julia aus, als sie ihre Fassung wiedergewonnen hatte, und dann, als käme ihre Stimme von ganz weit her, fügte sie hinzu: *»Freundinnen?«*

Eleonore nickte langsam, fixierte jedoch weiterhin Lorenzo. Die Atmosphäre im Raum war mit einem Mal so grauenvoll, so eisig geworden, dass Julia ihren Fluchtplan wieder ernsthaft in Erwägung zog. Lorenzo seinerseits schien sich inzwischen wieder gefasst zu haben, er stemmte die Hände in die Hüften und musterte Eleonore lächelnd.

»Eleonore, du siehst umwerfend aus, wie immer. Komm, setz dich, lass uns … lass uns Julia alles erklären, ja?«

Und während er wieder Platz nahm, glaubte Julia zu sehen, wie ihr Verlobter Eleonore einen warnenden Blick zuwarf. Auch wenn ihr Gehirn längst noch nicht wieder richtig zu funktionieren schien, weshalb sie nicht sicher war, was genau das zu bedeuten hatte.

»Entschuldigt bitte, aber was geht hier vor?«, fragte sie schließlich zögernd. »Renzo?«

Eleonore ließ sich in einen breiten Lehnstuhl ihnen gegenüber fallen, schlug die Beine übereinander und ließ ihre schlanken Arme über die Lehnen baumeln. Mitleidig sah sie Julia an.

»Julia, ich bin überrascht – oder vielleicht bin ich das auch gar nicht –, dass Lorenzo dir nicht schon längst alles erklärt hat.«

»Nichts hat er mir erklärt«, flüsterte Julia. »Könnte also bitte endlich jemand so freundlich sein und mir sagen, um was es hier geht?« Sie war den Tränen nah.

»Erlaub mir, dich aufzuklären«, sagte Eleonore. »Lorenzo und ich waren einmal ein Paar. Nicht wahr, Lorenzo?«

Lorenzo nickte stumm. Instinktiv rückte Julia von ihm weg, in die andere Ecke des Sofas. Sie zitterte von Kopf bis Fuß.

»Warum ... warum hast du mir nie was gesagt?«, stotterte sie.

»Julia, das ist eine Ewigkeit her!«, rief Lorenzo. »Viele, viele Jahre!«

»Oh ja, eine sehr lange Ewigkeit – zwei Jahre, um genau zu sein«, warf Eleonore ein. »Nur zwei Jahre, aber Julia, es ist wirklich längst Vergangenheit, ganz sicher.«

»Ich kann es einfach nicht glauben!«, brach es aus Julia heraus. »Gestern Abend haben wir uns noch so gut unterhalten! Und du hast mir kein Wort davon gesagt! Was fällt dir eigentlich ein?«

»Ich wusste nicht ...«, sagte sie und warf Lorenzo einen verächtlichen Blick zu, »dass er es ist. Erst später, ich schwöre es, als du schon ins Bett gegangen warst, Julia ...«

Julia wusste nicht mehr, was sie sagen sollte. Sie war hin- und hergerissen; sollte sie sich auf Eleonore stürzen und ihr die Augen auskratzen oder heulend aus dem Raum rennen? Aber selbst wenn Eleonore wirklich nichts geahnt hatte, so musste doch zumindest Lorenzo etwas gewusst haben, oder?

Julia sah ihn an. Er schaute mit einer Mischung aus Verwirrung und Belustigung in die Runde, als handle es sich bei der ganzen Sache lediglich um ein dummes Missverständnis.

»Warum ich dir nichts gesagt habe? Es fehlte einfach die Zeit dazu«, sagte er schlicht und wartete keine Reaktion von ihr ab. »Natürlich wusste ich, dass du dich in Eleonores Haus aufhältst, aber, Julia, das Wichtigste war doch herzukommen, um bei dir zu sein! Du hattest dein Handy nicht mehr, und die ganze Situation war so verrückt.«

Luc war die ganze Zeit über bemerkenswert ruhig geblieben. Er sah Lorenzo nur nach wie vor stirnrunzelnd an.

»Lorenzo«, sagte Eleonore und schnurrte dabei wie eine Katze, »seit wann bist du denn so fürsorglich? Als *wir* zusammen waren, habe ich von dieser Seite nicht sehr viel mitbekommen.«

»Ach, komm schon«, protestierte Lorenzo. »Genau so eine Szene hatte ich befürchtet. Wir wollen doch nicht unfair werden.«

»Ich denke, ich bin mehr als fair«, gab Eleonore zurück. »Und ich muss schon sagen, es birgt doch eine gewisse Ironie in sich, dass wir uns ausgerechnet wiedertreffen, wenn ich erneut eine so schwere Zeit durchmache, oder?«

»Wie bitte?« Lorenzo schien verwirrt, doch dann änderte sich sein Gesichtsausdruck schlagartig. »Oh, natürlich.

Eleonore, mein allerherzlichstes Beileid. Was für ein schlimmer Verlust, dein lieber Vater …«

»Danke, danke«, unterbrach ihn Eleonore. »Ich nehme dein Beileid genauso herzlich entgegen, wie du es sicher gemeint hast.«

Julia zuckte zusammen. Das war ein Schlag unter die Gürtellinie gewesen. Sie konnte sehen, wie sich Lorenzo mühte, seine Selbstbeherrschung zu bewahren, und dennoch wollte sie nicht näher zu ihm aufrücken und ihm dadurch ihre Unterstützung signalisieren. Es war einfach so schwer zu begreifen, dass Eleonore Deschanel, die Frau auf der Flucht, die in den letzten Tagen so viele Probleme verursacht hatte, seine Exfreundin sein sollte. Und dass er aus heiterem Himmel im Château auftauchte und dann auch noch vergaß, seine Verlobte über diese nicht ganz unwesentlichen Details in Kenntnis zu setzen.

»Glaub mir, Eleonore«, setzte Lorenzo wieder an, »wir sind in Gedanken bei dir an diesem Wochenende.«

»Das bezweifle ich. Du hast doch Wichtigeres an diesem Wochenende zu tun, nicht wahr?«

Luc setzte sich wortlos in einen Lehnstuhl neben Eleonore.

»Das alles sind unglaubliche Zufälle«, sagte Julia. »Ein Zufall folgt auf den nächsten, die ganzen letzten Tage … Ich meine, es fing am Flughafen in Paris an, wo zwei seltene, teure Handtaschen verwechselt wurden, und nun kommt es hier zu einer Art Wiedervereinigung einstiger Lover.«

Eleonore schnaubte. »*Wiedervereinigung*? Wohl kaum, Julia.« Sie wandte sich an Lorenzo. »Du wirst uns heute noch verlassen, nicht wahr?«

Er nickte. »Heute Abend.«

»Gut.«

Lorenzo ignorierte sie und wandte sich stattdessen an Julia: »Das Ganze ist gar kein so großer Zufall, wie es scheint, Julia. Eleonore arbeitet doch auch für PPR, und die Bottega-Taschen …« Er wedelte mit der Hand, als ringe er um Worte.

»… die mit ganz winzigen, quasi unsichtbaren Produktionsfehlern bekommt man als Angestellter im Zehnerpack nachgeworfen«, ergänzte Eleonore und schlug sich dann mit gespielt dramatischer Geste die Hand vor den Mund. »Oh, entschuldige, Lorenzo. Hattest du vor, die Geschichte ein bisschen anders zu erzählen?«

»Eigentlich ja«, er seufzte. »Vielen Dank, Eleonore. Ja, es stimmt, die Mitarbeiter bekommen tatsächlich sehr großzügige Rabatte auf die neuen Kollektionen …«

»Manchmal gibt es sogar ein Kontingent von Gratisstücken!«, verriet Eleonore. »PPR hat zu PR-Zwecken mehrere Exemplare der Bottega-Tasche bekommen. Lorenzo, ich wette, du standest ganz vorne in der Schlange, um dich zu bedienen.« Sie lachte laut. »Ich hoffe ja sehr, dass du Julia gegenüber nicht behauptet hast, dass ihr Geschenk dich ein halbes Vermögen gekostet hat, oder?«

Schon wieder spürte Julia, wie ihre Wangen glühend rot anliefen. Lorenzo hatte ihr tatsächlich zu verstehen gegeben, dass die Tasche sehr teuer gewesen, seine Verlobte ihm aber jeden einzelnen Euro wert sei. Doch dies spielte jetzt eigentlich keine Rolle mehr. Zumindest versuchte sie sich das nun einzureden. War es nicht der Gedanke, der zählte? Und egal, wie viel er für die Tasche bezahlt hatte, oder auch nicht, es war und blieb eine echte Bottega, und Julia liebte sie.

»Was soll ich sagen?« Lorenzo hatte sich wieder gefangen und ein leicht überheblicher Unterton war in seine Rede zurückgekehrt. »Ja, Julia, die Bottega war ein Gratisexemplar. Schuldig im Sinne der Anklage. Aber all meine anderen Geschenke für dich habe ich bezahlt. Und die Ringe – die habe ebenfalls ich bezahlt! Unser Urlaub in Italien war auch nicht gerade …«

»Renzo«, unterbrach ihn Julia und legte ihm die Hand auf den Arm. »Glaub bitte nicht, dass ich irgendetwas aufrechne. Das tue ich nicht.«

Zumindest versuche ich es.

Endlich setzte Luc zu sprechen an. Und als er den Mund öffnete, erklang eine Stimme, die Lorenzo gegenüber so hasserfüllt war, dass Julia sie kaum wiedererkannte.

»Ich dachte mir gleich, dass du es bist«, zischte er. »Aber ich war nicht sicher. Es wäre einfach ein zu großer Zufall gewesen. Lorenzo Landini. Ich habe Bilder von dir gesehen, doch wir sind uns nie persönlich begegnet, nicht wahr?«

Julia war wie vom Donner gerührt. Lucs Augen funkelten so zornig, als hätte er Mordabsichten. Lorenzo schaute Luc geradewegs in die Augen, doch Julia konnte sehen, dass es ihren Verlobten einige Mühe kostete, Lucs Blick standzuhalten. Ihr Herz schlug ihr fast bis zum Hals, als sie von einem Mann zum anderen blickte. In ihrem Kopf schien sich alles zu drehen.

Luc wandte sich an seine Schwester: »Das ist er doch, oder?«

Eleonore nickte. »Oh ja, das ist er. Aber vergiss es einfach, Luc. Es ist schon so lange her.«

»Von wegen«, er sprang von seinem Stuhl auf und ging langsam auf Lorenzo zu, der nervös mit seinen Fingern zu spielen begann.

»Ach, komm schon«, versuchte Lorenzo ihn zu beruhigen. »Wir wollen uns doch nicht unnötig aufregen, oder? Was … was soll ich denn getan haben?«

Schon wieder kam es Julia so vor, als ob ihr Verlobter Eleonore einen warnenden Blick zuwarf.

»Was du getan hast?« Luc war nun völlig außer sich. »Wo soll ich denn anfangen?«

»Luc!«, schritt Eleonore nun ein. »Bitte beruhige dich!« Und dann setzte sie mit leiser Stimme hinzu: »Er ist es nicht wert.«

»Kann mir bitte mal jemand erklären, was hier eigentlich los ist?«, mischte sich wieder Julia ein und schaute Luc herausfordernd an. »Deinen Ton finde ich sehr unangebracht, Luc. Mir ist nicht sehr wohl dabei.«

»Genau«, stimmte Eleonore zu. »Luc, benimm dich gefälligst!«

Luc seufzte und ließ sich wieder auf seinen Stuhl fallen. Dann sagte er zu Julia: »Ich habe immer wieder von den wilden Zeiten gehört, die meine Schwester in Paris verlebte.« Er schüttelte den Kopf. »Es waren gefährliche Zeiten. Zunächst schien alles ganz harmlos, doch dann hörte ich ein und denselben Namen immer und immer wieder. *Deinen!*« Er schoss mit ausgestrecktem Zeigefinger auf Lorenzo zu.

»Und?«, warf Lorenzo ein. »Ich gebe ja zu, Eleonore und

ich hatten viel Spaß miteinander. Aber was soll daran gefährlich gewesen sein? Nun ja, ich denke, das ist alles eine Frage der Sichtweise. Also wirklich, Luc, wir waren jung und frei, und wir waren zusammen in Paris. Nicht wahr, Eleonore?«

»Ja, und wir waren unendlich dumm.«

»Und was ist passiert, als unsere Mutter krank wurde?«, fragte Luc scharf. »Als Eleonore wirklich Unterstützung gebraucht hätte?«

»Das war eine Familienangelegenheit«, murmelte Lorenzo.

»Das war eine Frage der Menschlichkeit und des Einfühlungsvermögens«, gab Luc zurück. »Und du hast meine Schwester fallen lassen. Wann noch mal genau? Zwei Tage, nachdem unsere Mutter gestorben war? Oder war es sogar noch am selben Tag?«

»Wie bitte?«, entfuhr es Julia, die nicht glauben konnte, was sie da gerade gehört hatte.

Verteidigend hob Lorenzo seine Hände in die Höhe. »Es war eine schreckliche Zeit …«

»Und woher zum Teufel willst du das wissen? Du warst ja nicht da!«, polterte Luc weiter.

»Luc, bitte! Lass es einfach!«, rief Eleonore.

Der lehnte sich zurück und seufzte schwer. »Es tut mir leid, Eleonore.« Er streckte den Arm aus und griff nach der Hand seiner Schwester.

»Die Gefühle«, sagte Lorenzo gönnerhaft, »können in Zeiten wie diesen mit einem durchgehen. Die Umstände sind sehr schwierig, und da weiß man doch nie, wie die Menschen reagieren, nicht wahr?« Er lächelte. »Mach dir keine Sorgen, Luc, du machst gerade eine schwierige Zeit durch. Ich verstehe das voll und ganz, du bist einfach nicht du selbst.«

Julia hielt den Atem an. Hatte er tatsächlich vor, die ganze Diskussion zu seinen Gunsten zu verdrehen und so zu tun, als könne Luc nicht klar denken?

Doch Luc verzog keine Miene. »Meine Mutter – *unsere* Mutter – war immer gut zu dir, Lorenzo. Und du machst dir nicht einmal die Mühe, zu ihrer Beerdigung zu erscheinen.«

Eleonore schloss die Augen, und Julia glaubte zu sehen, wie eine einzelne Träne ihre Wange hinunterlief. Das war ganz und gar nicht gut.

»Renzo?«, flüsterte sie. »Stimmt das?«

»Ja, schon, aber …«

»Wie bitte? Du bist nicht zur Beerdigung der Mutter deiner Freundin gegangen?«

»Nein, er hatte sie doch kurz vorher fallen lassen! Genau genommen zwei Tage zuvor!«, erinnerte Luc sie in zynischem Tonfall. »Er hat sich demnach nichts vorzuwerfen.«

»Hört auf!«, stöhnte Eleonore. »Hört doch bitte auf!«

»Es war einfach kein guter Zeitpunkt«, verteidigte sich Lorenzo und nickte zustimmend in Eleonores Richtung. »Genau wie das jetzt kein guter Zeitpunkt für eine Diskussion wie diese ist. Sollten wir es nicht einfach dabei belassen? Luc, du regst Eleonore einfach zu sehr auf.«

»Mir scheint, dass ihr da beide euren Anteil daran habt«, bemerkte Julia.

»Nur noch eines, dann bin ich fertig«, sagte Luc. »Lorenzo, dein Verhalten nach dem Tod unserer Mutter war nicht gerade rühmlich. Aber ja, du hast Recht, manchmal kann man nicht vorhersehen, wenn eine Krise ausbricht.«

Julia zuckte zusammen. Hatte Luc ihren Verlobten gerade unterschwellig als Feigling bezeichnet?

»Aber selbst«, fuhr Luc fort, »wenn wir die Wechselhaftigkeit menschlicher Natur berücksichtigen, so bleibt doch immer noch die Spielerei.«

»Wie bitte?«, fragte Julia verdutzt. Lorenzo schüttelte langsam den Kopf, während Eleonore ihr Gesicht in den Händen verbarg.

Einen Moment lang schien es so, als stünde die Welt still. Die vier Leute saßen sich in einem emotional aufgeladenen Quadrat inmitten des prachtvollen Salons im Château Deschanel gegenüber. Julia ertappte sich, wie sie eine der kleinen Porzellanvasen fixierte, die auf einem Marmorsims an der Wand standen zwischen den zwei Flügeltüren, die zum Garten hinausführten. Die Farben der Vase waren weich und fließend, hellgrün und korallenrot … Stammte sie aus China? Oder Venedig? Oder gab es in Venedig nur Glas? Sie musste mehr über Italien in Erfahrung bringen … Immerhin fand sie gerade so einiges über einen gewissen Italiener heraus. Und Julia war nicht sicher, ob ihr gefiel, was sie da noch zu hören bekam.

»Was zum Teufel hat Lorenzo mit Glücksspiel zu tun?«, fragte sie.

Luc schaute sie freundlich an und seufzte. »Ganz offensichtlich wurdest du noch nicht in seine dunkle Welt hineingezogen, Julia. Einen Moment lang habe ich mich gestern gefragt …«, er schaute einmal mehr zu Lorenzo,

»… ob deine Unschuld und deine Unerfahrenheit, als du versucht hast, Eleonore zu finden und nach Hause zu bringen, echt war …«

Julia war entrüstet. »Und warum sollte ich dir etwas vormachen? Ich war mein Leben lang zuvor noch nie in einem Casino gewesen!«

»Dann haben sich die Gewohnheiten deines Verlobten entweder geändert, was mich natürlich sehr für dich freuen würde, oder aber er hat dich nur bislang noch nicht mit seiner Leidenschaft angesteckt. Julia, es war Lorenzo, der Eleonore zum Spielen gebracht hat!«

»Dazu gehören immer noch zwei«, warf Lorenzo lautstark ein. »Immer noch zwei.«

»Nein, Lorenzo, du hast mich dazu animiert«, flüsterte Eleonore. »Und das sehr oft. Jeden Abend …«

Julias Körper fühlte sich taub an. »Wie bitte?«

»Ach, komm schon, du warst von Anfang an verrückt danach!« Lorenzo setzte sich aufrecht hin und sah Eleonore herausfordernd an. »Es ist doch nicht meine Schuld, wenn du ein dummes Mädchen bist und nicht weißt, wann du aufhören sollst.«

Eleonore erstarrte, und selbst Luc wirkte wie vom Donner gerührt.

»Außerdem hast du immer gesagt, ich solle mir keine Sorgen ums Geld machen, es sei mehr als genug davon da …«

Eleonore sprang von ihrem Stuhl auf und rannte schluchzend aus dem Raum. Als die schwere Tür hinter ihr zuflog, wackelten die Porzellanvasen auf dem Marmorsims.

»Bist du jetzt zufrieden?«, fragte Luc. »Jetzt, wo du uns

allen klargemacht hast, dass du nichts mit Eleonores Problemen zu tun hast?«

»Was sollte ich denn damit zu tun haben? Ich habe mir nichts vorzuwerfen!«, sagte Lorenzo. »Ich gebe zu, Luc, der Zeitpunkt unserer Trennung war nicht gerade günstig, aber so etwas passiert eben. Beziehungen gehen auseinander, und manchmal kann man einfach nichts dagegen tun. Es tut mir leid, aber so ist es nun mal.« Seufzend lehnte er sich zurück. »Weißt du, ich hatte wirklich gehofft, diese Auseinandersetzung zu vermeiden.«

»Das kann ich mir gut vorstellen.«

Lorenzo setzte erneut an, um Luc zu beschwichtigen. »Ja, es stimmt, Eleonore und ich waren oft zusammen in Casinos. Und vielleicht habe ich sie wirklich von Zeit zu Zeit ermuntert zu spielen. Ich hatte damals viele Freunde in dem Geschäft …«

»Tatsächlich?« Julia hatte keine Ahnung von all dem. Um genau zu sein, so fiel ihr jetzt auf, wusste sie kaum etwas über Lorenzos Freunde. Es hatte sich wohl nie ergeben …

»Ja, das war lange, bevor die Dinge außer Kontrolle gerieten – für Eleonore, meine ich. Sie hatte so eine Seite an sich, die unkontrollierbar war. Nicht, dass ich sie jemals hätte kontrollieren wollen. Natürlich nicht. So ein Mann bin ich nun weiß Gott nicht. Aber ab einem gewissen Zeitpunkt war einfach kein Rankommen mehr an sie. Ich habe mir Sorgen um sie gemacht, aber immer, wenn ich ihr nahegelegt habe, mit dem Spielen aufzuhören, hat sie mich von sich gewiesen. In den Casinos ist sie geradezu zum Leben erwacht. Als könne sie die ganze Welt beherrschen.«

»Und trotzdem bist du weiter mit ihr hingegangen«,

sagte Luc. »Du hast sie animiert, immer mehr Geld auszugeben …«

»Nein, ich wollte sie nur unterstützen.«

Luc blieb regungslos.

»Julia, Luc, ihr müsst mir glauben, ich habe nicht gewusst, dass sie pleite war. Ich wusste nicht, dass sie Kredite aufnahm und Vorschüsse auf ihr Gehalt kassierte – wie hätte ich das auch merken sollen?«

»Indem du sie einfach gefragt hättest?«, sagte Luc trocken.

»Aber es gab doch keinen Grund, ihre finanzielle Situation infrage zu stellen. Was für ein Mann wäre ich denn, wenn ich das täte?«

Die Frage blieb unbeantwortet in der Luft hängen.

»Immerhin war sie Eleonore Deschanel, aus der berühmten Winzerfamilie vom Château Deschanel.«

»Sie brauchte Hilfe«, entgegnete Luc.

»Und ich war immer an ihrer Seite.«

Julia war verwirrt. »Aber wann hast du denn begriffen, dass es ein ernsthaftes Problem gibt?«

Lorenzo blickte zu Boden. »Ich habe mir lange Zeit eingeredet, dass die Situation nicht so ernst ist, auch wenn ich tief im Inneren wahrscheinlich immer schon wusste, dass es nicht stimmt. Ich hoffte einfach, dass sie irgendwann zur Vernunft kommen und auf sich selbst aufpassen würde. Sie ist eine geradezu beängstigend unabhängige Frau.«

»Und sie ist einsam«, ergänzte Luc.

Lorenzo schüttelte den Kopf. »In den Casinos war sie ganz anders. Sie war jedermanns beste Freundin, sie hatte diese unwiderstehliche Aura aus. Und jeder liebt schließlich Gewinner, nicht wahr?« Er sah Luc beschwörend an, beeilte sich dann jedoch, das unangenehme Schweigen zu durchbrechen.

»Luc, ich bereue wirklich sehr, dass ich ihr kein besserer Partner gewesen bin. Und vielleicht habe ich mich wirklich nicht genug bemüht, zu ihr durchzudringen, ehe die Probleme ihr über den Kopf wuchsen.«

»Und wann war das?«, fragte Julia.

»An dem Tag, als ich erfuhr, dass sie ihre Besitztümer versetzte, um ihre Spielschulden zu bezahlen. Julia, du musst mir glauben, wenn du Eleonore damals gekannt hättest, du hättest niemals geglaubt, dass diese Frau irgendwelche Sorgen hat. Ich selbst habe es nur zufällig herausgefunden. Eines Tages ist ihr ein Stück Papier aus der Manteltasche gefallen, und als ich es aufhob, sah ich, dass es sich um die Quittung eines Pfandhauses handelte. Sie hat eine Handtasche versetzt, die ich ihr kurz zuvor zum Geburtstag geschenkt hatte.«

»Eine *Handtasche*?«, wiederholte Julia.

»Ein Gratisexemplar, ganz ohne Zweifel«, ergänzte Luc.

»Nein! Es ist mir egal, ob du mir glaubst oder nicht, aber es war ganz sicher keine Gratistasche. Eleonore hatte die Tasche in einem Schaufenster gesehen, als wir einmal zusammen bummelten. Eine Gucci …«

»Eine weiße Tote Bag. Mit Schnallen und Fransen«, sagte Julia. Sie war wie erstarrt.

»Ja, genau die!«, Lorenzo sah sie an. »Woher weißt du das?«

Julia zuckte mit den Schultern.

»Sie hat mich fast ein komplettes Monatsgehalt gekostet, aber Eleonore hatte sich in die Tasche verliebt, also habe ich sie gekauft. Ich dachte, mein Geschenk bedeutet ihr etwas … Ich dachte, *ich* bedeute ihr etwas. Als ich dann herausfand, dass sie die Tasche versetzt hatte, wusste ich, dass ich ihr nicht mehr helfen kann.«

»Du hast ihr nicht mehr helfen können? Also hast du sie einfach verlassen?«

Lorenzo strich sich sein dickes, schwarzes Haar aus der Stirn. »Luc, ich konnte nicht anders. Ich war völlig am Ende, weil ich keinen Zugang mehr zu ihr gefunden habe. Sie hat sich völlig abgekapselt, und ich habe gemerkt, dass es ihr egal war, ob ich bei ihr blieb oder nicht. Sie hätte damals schon professionelle Hilfe gebraucht.«

Langsam schüttelte Julia den Kopf. Wie sehr musste Lorenzo gelitten haben, um so etwas zu tun? Es sah ihm nicht ähnlich, einfach so eine Frau zu verlassen, die in so großen Schwierigkeiten steckte – und auch noch den Tod ihrer Mutter zu verarbeiten hatte.

»Es gibt doch viele … viele Hilfsmöglichkeiten für Süchtige …«, stotterte Julia, ehe sie abbrach und Luc einen nervösen Blick zuwarf. Der funkelte immer noch Lorenzo an. Sie wünschte sich sehnlichst, das Gespräch möge enden. Ja, am liebsten wäre es ihr gewesen, wenn all das nie passiert wäre.

»Schon seltsam«, sagte Luc, »wie das Timing manchmal so ist. Ich habe mit Eleonore gesprochen, Lorenzo. Und zwar einige Wochen vor dem Tod unserer Mutter. Sie war nur kurz zu Hause und hat die meiste Zeit bei Mutter im Krankenhaus verbracht, aber wir hatten Gelegenheit, uns auszusprechen.«

»Aha.« Lorenzo wirkte plötzlich nervös und nestelte an seinen Fingern. Seine Angespanntheit verwunderte Julia einmal mehr.

»Sie hatte einen sehr unschönen Streit mit unserem Vater. Hat sie dir davon erzählt?«

»Einen Streit? Nein.«

Auf Lorenzos Gesicht machte sich ein schockierter Ausdruck breit, der jedoch auf Julia nicht besonders echt wirkte.

»Was das Geld angeht«, fuhr Luc fort, »so war mein Vater es leid, Eleonore ständig auslösen zu müssen. Er war verzweifelt wegen der Krankheit meiner Mutter, und Eleonores Spielsucht hat das Fass schließlich zum Überlaufen gebracht.«

»Das kann ich mir gut vorstellen«, sagte Lorenzo mitfühlend. »Sie kann so trotzig sein.«

»Mein Vater hat ihr unmissverständlich mitgeteilt, dass er, sollte sie ihre Gewohnheiten nicht ändern, sein Testament ändern und sie enterben wird.« Seine Stimme war nun nicht viel mehr als ein Flüstern. Mit hängenden Schultern, geneigtem Kopf und gefalteten Händen machte er einen unendlich elenden Eindruck.

»Das hätte er niemals getan«, brach es aus Lorenzo hervor. »Er hat seine Tochter geliebt.«

»Genau aus diesem Grund hätte er es getan«, antwortete Luc ruhig. »Zuckerbrot und Peitsche.«

»Eleonore versicherte mir, dass er so etwas niemals tun würde.«

»Also wusstest du es doch.«

Julia hatte das Gefühl, ihr Herz wäre stehengeblieben.

Lorenzo, der sich ertappt fühlte, sah aus, als würde er jeden Moment anfangen zu hyperventilieren.

»Und dann hast du sie verlassen, Lorenzo Landini!«, sagte Luc. Er hatte die Fäuste geballt, und seine Fingerknöchel traten weiß hervor. »Genau zu dem Zeitpunkt, als du erfuhrst, dass Eleonore höchstwahrscheinlich ihr Erbe verlieren würde. Habe ich Recht?«

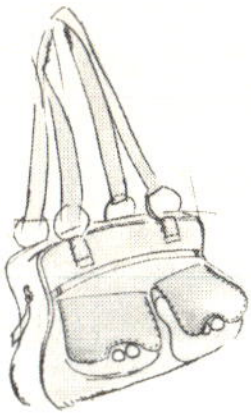

Kapitel 20

Das ist nicht wahr!«

Lorenzo war vom Sofa aufgesprungen und lief nun wie ein nervöses Tier im Raum auf und ab. Er hatte die Arme um den Körper geschlungen und den Blick gen Boden gerichtet.

Der Anblick erschreckte Julia zutiefst. Hier erlebte sie ein völlig neue Seite an Lorenzo – er, der sonst so unendlich süß, leidenschaftlich und romantisch war. Er schien ihr in die Ecke gedrängt und zu schwerwiegenden Entscheidungen geradezu gezwungen worden zu sein von einer spielsüchtigen Eleonore Deschanel. Oder sollte er doch …? Das alles war so unfassbar. Viel zu viele Informationen stürzten auf sie ein, die von ihr nun verarbeitet werden mussten …

Gut, Lorenzo und Eleonore waren also mal ein Paar gewesen. Allein das stellte schon einen ziemlich großen Schock dar. Doch ihre Beziehung war ganz offensichtlich nicht im Guten auseinandergegangen, und das schon vor längerer Zeit. Eleonores unterkühltes Verhalten wies jedenfalls darauf hin. Nicht dass Julia glaubte, Lorenzo würde sie jemals betrügen.

Aber, wenn sie Luc Glauben schenken wollte, so war es Lorenzo, der Eleonore in die Spielsucht getrieben hatte –

eine Tatsache, die sie schwer zu akzeptieren fand. Glücksspiel! Er hatte ihr nie auch nur den leisesten Hinweis darauf gegeben, dass er früher einmal gespielt hatte. Welche Geheimnisse hatte dieser Mann noch vor ihr?

Außerdem hatte er Eleonore scheinbar zwei Tage nach dem Tod ihrer Mutter verlassen. Zum selben Zeitpunkt hatte er erfahren, dass Eleonore Gefahr lief, ihr Erbe zu verlieren … Das zumindest war Lucs Version der Geschichte.

Aber vielleicht war es ja Lucs Absicht, ihren Verlobten in schlechtes Licht zu setzen? Hatte er nicht vorhin in der Weinkammer einen Annäherungsversuch unternommen? Unwillkürlich erschauderte sie bei der Erinnerung an Lucs Umarmung, und sie versuchte nervös, diese spontane Reaktion mit einem Hustenreiz zu überspielen.

Auf der anderen Seite stand Lorenzos Version der Geschichte … ja, wie war die eigentlich? Julia war nicht sicher, ob sie sie kannte. Aber letztlich hatte er ja auch noch kaum Gelegenheit gehabt, sich zu erklären. Oder doch?

»Luc«, sie sah ihn entschuldigend an und erhob sich so würdevoll wie möglich. »Ich würde gern eine Weile allein mit Lorenzo sein. Wäre das in Ordnung?«

»Aber das ist doch nicht …«, warf Lorenzo ein.

»Ich denke schon, dass das nötig ist.« Julia sah ihn warnend an, zog ihn hoch und hakte sich bei ihm unter.

»Natürlich«, sagte Luc knapp und nickte. »Ich denke, es gibt da so einige Details, über die du Bescheid wissen möchtest.«

Luc verließ den Salon, nicht ohne Lorenzo mit einem letzten verachtenden Blick bedacht zu haben, und schloss sanft die schwere Tür hinter sich.

Erneut breitete sich eine unbehagliche Stille in dem Raum aus. Sie standen nun Arm in Arm da, Lorenzo noch immer den Blick zur Tür gerichtet, Julia versteinert, in einer Art Schockzustand. Ihr ganzer Körper war angespannt und fühlte sich wie elektrisiert an. Ihre Hände waren klamm. Sie wusste nicht, was sie sagen sollte.

Schließlich ergriff Lorenzo das Wort. Ohne Vorwarnung drehte er sich ruckartig zu ihr und drückte Julia fest an sich.

»Oh, mein Mädchen«, murmelte er in ihr Haar. »Mein Mädchen.«

Julia schloss die Augen und wartete, dass ihr die Tränen kamen. Doch nichts passierte. Es war, als ob ihr Kopf mit zu viel anderen Dingen beschäftigt war, als dass er auch noch das Kommando zum Weinen hätte geben können.

»Das alles tut mir so leid«, fuhr Lorenzo fort. »So wahnsinnig leid.«

»Was sollte das alles?«, fragte sie und drückte ihr Gesicht an sein Hemd. »Ich habe das Gefühl, als würde ich hier einem komplett fremden Menschen gegenüberstehen.«

»Ich wollte dir all das ersparen. All diese übertriebenen Behauptungen!«

Julia runzelte die Stirn. Luc war ihr nie wie jemand vorgekommen, der zu Übertreibungen neigte. Allerdings kannte sie ihn ja auch erst knappe drei Tage. Was wusste sie überhaupt von ihm?

»Ich kann einfach nicht glauben, dass Eleonore und du …«, sprudelte es schließlich aus ihr heraus. Dann beugte sie den Kopf zurück und sah ihm direkt in die Augen.

»Es tut mir wirklich leid«, sagte er erneut und versuchte, sie an sich zu drücken. »Was all diese Geschichten angeht …«

Julia löste sich aus seiner Umarmung und suchte seinen Blick.

»Ist es wahr, was Luc gesagt hat?«, fragte sie.

Lorenzo wandte sich ab und ließ den Blick durch den Raum schweifen, als könne er irgendwo in der Ferne die passenden Worte finden. Er seufzte, rieb sich den Nacken und verzog den Mund, während Julia immer noch wie erstarrt vor ihm stand und auf eine Antwort wartete.

»Lass uns nach draußen gehen«, sagte er endlich. »Die frische Luft wird uns guttun.«

Er schritt auf eine der großen Terrassentüren zu, die zum Garten führten, und durch sie und Luc kurze Zeit zuvor triefnass ins Haus gestolpert waren. Der Sturm hatte sich inzwischen komplett gelegt. Lorenzo trat hinaus auf den Weg aus feinen Kieseln, der zwischen dem Rasen und den Rosenbeeten zum Obstgarten und schließlich zu den Weinbergen führte.

Julia eilte ihm nach und hakte sich wieder bei ihm ein. Sie musste einfach von ihm die ganze Geschichte – *die ganze Wahrheit* – erfahren.

»Bist du deshalb gekommen, Renzo?«, fragte sie. »Um dich verteidigen zu können, wenn alles auffliegt? Denn früher oder später wäre ja doch alles ans Licht gekommen, oder?«

Lorenzo schüttelte den Kopf. »Nein, natürlich nicht. Ich sagte doch schon, ich bin gekommen, um bei dir zu sein.«

»Wirklich?«, flüsterte sie.

Er presste die Lippen zusammen, als müsse er sich konzentrieren. »Okay, ich gebe zu, es war ein ganz schöner Schock für mich, als ich hörte, dass du zum Château Deschanel fährst. Auch dachte ich, es sei womöglich eine gute Idee, hier zu sein und dir alles zu erklären, falls du von meiner früheren Liaison mit Eleonore erfahren solltest …«

»Liaison?« Das Wort hörte sich merkwürdig an aus seinem Mund.

»Liaison, Beziehung, wie auch immer du es nennen willst. So oder so – wir haben sie vor zwei Jahren beendet. Das glaubst du mir doch, oder?«

»Natürlich glaube ich dir«, sagte Julia, »Trotzdem ist es so seltsam, so ein enormer Zufall, dass ihr beide mal zusammen wart. Ich meine … von allen Frauen der Welt, deren Handtasche ich mit meiner hätte verwechseln können, treffe ich ausgerechnet auf deine Exfreundin!«

Deren Bruder mich um ein Haar voller Leidenschaft geküsst hätte, fügte sie in Gedanken hinzu und errötete.

»Und was ist mit der Spielerei?«, versuchte sie schnell das Thema zu wechseln. »Du hast nie erzählt, dass du früher öfter in Casinos gegangen bist.«

»Aber Julia, genau das ist der Punkt. Ich bin nicht stolz darauf, wie ich mich damals verhalten habe. Luc ist vermutlich zu Recht wütend auf mich. Es war eine schlimme Zeit, wirklich schlimm.«

»Hört sich wirklich ziemlich düster an«, meinte sie nachdenklich.

»Eleonores Spielsucht hat sich schnell meinem Einfluss entzogen. Am Anfang war alles noch ein großer Spaß, ich fand es schön, sie so lebendig zu sehen. Aber später hat sie sich verändert. Also bin ich einfach abgehauen. Ich bin abgehauen, um mich nicht auch noch kaputtzumachen, nehme ich an. Natürlich wusste ich, dass ihre Mutter schwer krank war, und das tat mir wirklich leid für sie, doch was hätte ich tun sollen? Eleonore und ich hatten damals schon kaum mehr Zugang zueinander. Wie hätte ich annehmen können, ihr eine Hilfe zu sein, wenn sie mich so gut sie konnte aus ihrem Leben ausschloss? Ich fühlte mich völlig losgelöst von ihr, während Eleonore allein trauerte und nur im Casino zu dieser glamourösen, euphorischen Frau wurde, die mehr und mehr Geld ausgab …«

»Also hast du die Flucht ergriffen.«

»Ja.«

Die regennassen Pflanzen im Garten glitzerten im Licht. Kleine Vögel kamen aus ihrem Unterschlupf hervor, und es war nur ihr zartes Gezwitscher und das Scharren ihrer kleinen Füße auf dem Kies zu hören. Die ganze Geschichte hörte sich vollkommen logisch an, so wie Lorenzo sie erzählte, und Julia entspannte sich ein wenig. Doch was war mit Luc? Was mit seinem Zorn? Es war vollkommen klar, dass er seiner Schwester gegenüber loyal sein wollte. Selbstverständlich hätte er ihr damals, nachdem ihre Mutter gestorben war, eine stabile, Trost spendende Beziehung gewünscht. Es wäre für ihn sicher eine große Erleichterung gewesen, zu wissen, dass Eleonore in Paris jemanden hatte, der ihr Halt gab. Vielleicht speiste sich sein Zorn auch nur aus seiner Trauer.

»Okay, Julia, ich gebe es zu. Als du mir erzählt hast, wohin du fährst, hatte ich Angst, dass Eleonore dir etwas über mich erzählen würde, und ich bin gekommen, um mich gegebenenfalls dagegen zur Wehr zu setzen.«

»Oh.« Julia wünschte, er hätte das nicht gesagt. Nachdem sie seine Version der Geschichte gehört hatte, wollte sie eigentlich nur … Ja, was eigentlich? Vergeben und vergessen? Zumindest vergeben und nach vorn schauen.

»Ich wusste, dass sie versuchen würde, mich in ein ungünstiges Licht zu setzen, oder auch ihr Bruder. Und ich habe befürchtet, du könntest dich aufregen …«

»Ich verstehe.«

»Und genau dazu ist es ja auch gekommen.«

Julia spulte die Szenen des Tages immer und immer wieder in ihrem Kopf ab. Wie sie vor Luc zurückgewichen und geflohen war, wie sie dann zu ihrer Überraschung auf Lorenzo getroffen war, der mit Onkel Quinn im Salon gestanden hatte, wie Luc triefnass nach ihr hereingestolpert kam, danach Eleonores Auftritt. Stolz, ungestüm, ganz Herrin des Hauses. Und dann ihr alles zerschneidender Eröffnungssatz: *Schenkst du all deinen Liebhaberinnen limitierte Sonderexemplare der Bottega Veneta-Handtasche?* Irgendetwas stimmte hier nicht.

»Renzo, warum war Eleonore nicht überrascht, dich im Salon ihres Elternhauses zu sehen, als sie hereinkam?«

Lorenzo blieb abrupt stehen. Die Frage hatte ihn kalt erwischt.

»Ach, war sie das nicht? Wirklich nicht?« Seine Stimmlage hatte sich verändert.

»Wirklich nicht. Um genau zu sein, wirkte sie beinahe so, als hätte sie dich erwartet. Aber warum sollte sie das?«

Lorenzo seufzte tief und sprach dann mit zu Boden gerichtetem Blick. »Julia, ich habe sie gestern Abend angerufen.«

»Du hast *was*?« Empört fuhr Julia herum und baute sich vor ihm auf.

Er nickte zögernd, schaute ihr aber dabei nicht in die Augen. »Ehe ich mich entschieden habe herzukommen, habe ich sie angerufen.«

»Lorenzo! Ich glaube es einfach nicht! Warum um alles in der Welt hast du das getan?«

»Ich wollte sie nur vorwarnen …«

»Sie vorwarnen?«, polterte Julia los. »Wovor? Vor deiner Verlobten, die sich in ihrem Haus befand? Du hättest *mich* warnen müssen, Lorenzo, nicht *sie*!«

»Nein! Also ja, aber ich musste doch auch sicherstellen, dass … ach, ich weiß auch nicht … dass sie mit der Situation klarkam.«

»Dass sie damit klarkam oder dass sie dich auch ja nicht verrät?« Julia spürte, wie ihre Verwirrung blanker Wut wich. »Also wirklich, Lorenzo! Das ist doch völlig verrückt! Was hast du dir dabei gedacht, hinter meinem Rücken mit Eleonore zu sprechen? Wir heiraten immerhin diesen Samstag! Wir sollten doch alles miteinander teilen.«

»Ganz genau!«, entgegnete Lorenzo. »Wir heiraten am Samstag, und was glaubst du, wie ich mich gefühlt habe, als ich erfuhr, dass du auf dem Weg zu der unzuverlässigsten Frau bist, die ich jemals kennengelernt habe?« Auf seinem Gesicht spiegelte sich nun echte Empörung wider. »Wer weiß, was sie alles hätte sagen können, nur um uns Probleme zu machen. Du warst nicht dabei, Julia, als sie damals kurz vor dem Tod ihrer Mutter vollkommen außer sich war. Als ich dann hörte, dass auch noch ihr Vater verstorben ist …« Er brach ab, als müsse er sich sammeln. »Es ist eine

Tragödie für die Familie, und selbstverständlich sind meine Gefühle mit mir durchgegangen! Ich wusste, dass Eleonore wohl kaum fähig sein würde, in dem Moment vernünftig zu denken – wer könnte das schon nach so einem Schicksalsschlag? Bei dem Gedanken, dass sie herausfinden könnte, wer du bist, wurde mir klar, dass sie uns allen große Probleme machen kann, also bin ich sofort hergeflogen. Man kann dieser Frau nicht trauen, Julia. So einfach ist das.«

»*So einfach?*«, wiederholte Julia und fühlte, wie ihr Tränen in die Augen stiegen. »Und das war's jetzt?« Sie zitterte am ganzen Leib. Ihr Kleid war immer noch klamm, und nach dem Sturm war die Luft wesentlich kühler als zuvor. Eilig zog Lorenzo sein Jackett aus und legte es ihr um die Schulter.

»Hey du«, sagte Lorenzo und schnurrte dabei wie ein Kater. Er legte seinen Arm um sie und streichelte sanft ihren Arm. »Du bist doch mein Mädchen. Und es ist ja wirklich keine Katastrophe passiert, oder? Ich habe dich nie angelogen, Julia. Ich habe nur versucht, dich zu beschützen.«

Julia dachte darüber nach. Stimmte das? Ihre Wut war inzwischen wieder ein wenig verraucht. Vielleicht wollte er sie wirklich nur beschützen. Eleonore war eindeutig labil, da gab es keinen Zweifel. Die kleine Schnitzeljagd, der sie Luc und Julia am Tag zuvor ausgesetzt hatte, sprach Bände. Und ja, genau genommen hatte Lorenzo sie wirklich noch nie angelogen.

»Es ist nur«, stammelte sie, »als hätte ich ganz plötzlich einen völlig neuen Lorenzo zu Gesicht bekommen.«

»Aber nein, Julia! Ich bin immer noch derselbe! Ich liebe dich!«

»Aber …« Sie suchte nach Worten, um ihm klarzumachen, dass Lucs Anschuldigungen sie zutiefst verunsichert hatten, ohne ihm dabei das Gefühl zu geben, gegen ihn zu sein. Immerhin hatte Luc ihm vorgeworfen, ein schäbiger Erbschleicher zu sein, der seine Schwester erst in die Spielsucht getrieben und sie dann in ihrer dunkelsten Stunde verlassen hatte. Das war alles andere als schmeichelhaft.

»Was aber?«, hakte Lorenzo nach.

»Keiner von uns hat eine unbefleckte Vergangenheit, das ist mir klar. Aber es wundert mich schon, dass vor zwei Jahren so einschneidende Dinge in deinem Leben passiert sind, und ich überhaupt keine Ahnung davon hatte.«

»Aber vielleicht waren es gar keine so einschneidenden Erlebnisse«, erwiderte Lorenzo. »Warum sollte ich dir Geschichten erzählen, von denen ich wünschte, sie wären nie passiert? Weißt du, falls mir jemals das Gleiche widerfahren sollte, was natürlich nicht der Fall sein wird, da ich dich ja jetzt habe, würde ich anders reagieren. Ich habe lange Zeit sehr starke Schuldgefühle gehabt, weil ich Eleonore in einem so schweren Moment ihres Lebens im Stich gelassen habe. Aber seither habe ich viel gelernt – und weitergemacht. Es tut mir nur leid, dass es Eleonore und ihrem Bruder nicht genauso gutgeht wie mir.«

»Die beiden trauern!«, brach es aus Julia hervor. »Ganz sicher kommen bei ihnen Erinnerungen und Gefühle der letzten zwei Jahre wieder hoch.«

Er nickte fast unmerklich. »Sicher hast du Recht.«

Sie setzten ihren Gang durch den Garten fort. Julia nahm Lorenzos Hand, sein Griff war locker und fühlte sich unsicher an. Aber vielleicht bildete sie sich das nur ein. Irgendwie bemitleidete sie Lorenzo. Er hatte zumindest eine umfassende Erklärung abgegeben, wie schwierig die Situation für ihn damals gewesen war, aber andererseits schien ihr seine Reaktion Eleonore gegenüber doch reichlich hart; *keine einschneidenden Erlebnisse, einfach weitergemacht* … Was hatte er da für einen Scherbenhaufen zurückgelassen? Wo war der charmante, liebenswerte Lorenzo? Lorenzo war ein Mann, der sein Herz auf der Zunge trug. Wie damals, als sie zusammen in Verona waren, und er neben dem berühmten Balkon von Romeo und Julia vor ihr auf die Knie gesunken war und ihr, völlig ungeachtet der anderen Touristen, eine italienische Arie vorgesungen hatte. Hatte er so etwas für Eleonore auch getan, oder waren die beiden zu sehr damit beschäftigt gewesen, die Casinos abzuklappern?

Der Garten war in fahles, wässriges Licht getaucht. Eine Dunstdecke hing dicht über dem Rasen und ließ die Umgebung gespenstig wirken. Als Julia über ihre Schulter zurückblickte, sah sie, wie das Château geradezu über dem Boden zu schweben schien. Die Erkertürmchen reckten sich silbrig gegen den aufklarenden Himmel. Ein Bild wie in einem Traum. Vielleicht war all das ja auch ein Traum gewesen?

Nein. Im Traum klingeln nicht plötzlich Handys los. Lorenzos Telefon ertönte schrill in seiner Jackentasche, und da Julia das Jackett immer noch um die Schultern trug, erschrak sie durch den Lärm.

»Gib her, ich stelle es ab«, meinte Lorenzo, kramte in der Tasche nach dem kleinen Gerät und schaute aufs Display. »Oh, das ist Luca von der Arbeit …«

»Geh ruhig dran«, sagte Julia tonlos.

»Sicher?«

»Klar.«

Lorenzo hob ab. Als er die Stimme seines Arbeitskollegen am anderen Ende hörte, leuchtete sein Gesicht auf, und er entfernte sich ein paar Schritte von Julia. Mit einem Mal war er wieder der selbstbewusste Geschäftsmann, redete ohne Punkt und Komma und zwar so charmant und unbedarft, als habe er keinerlei Sorgen.

Julia sah ihn verwirrt an. Wie konnte er von einer Minute auf die andere so umschalten? Da sprudelte es nur so auf Italienisch aus ihm heraus, er diskutierte mit Luca über irgendeinen Vertrag, gestikulierte wild und lachte ab und an – wie funktionierte das?

Die kleine Steinbank am Ende des Kiesweges war schon fast wieder trocken. Mit einem Seufzer setzte sie sich. Sie musste aufhören, alles an ihm interpretieren zu wollen. Sie musste diesem Mann vertrauen. Sie *musste* einfach!

Er hatte sie nicht angelogen. Kein einziges Mal. Okay, zuerst hatte er so getan, als sei er nur zum Château Deschanel gekommen, um an ihrem »Abenteuer«, wie er es nannte, teilzuhaben und sie beschützen zu wollen. Außerdem hatte er offen zugegeben, dass er mit Eleonore gescheitert war – und er würde kein zweites Mal scheitern wollen.

Und was war schon so schlimm daran, dass er sie zum ersten Mal in ein Casino geführt hatte? Er sagte, dass er damals Freunde in der Branche gehabt hatte. Natürlich wollte er seine Freundin beeindrucken. Und allein die Tatsache, dass er Julia niemals vorgeschlagen hatte, in einen

Spielsalon zu gehen, bedeutete doch, dass er aus der Erfahrung mit Eleonore gelernt hatte und sich nicht noch einmal in eine ähnlich schwierige Lage bringen wollte, in der er hilflos zusehen muss, wie jemand leidet.

Doch was war mit Luc? Ganz offensichtlich ließ der kein gutes Haar an ihrem Verlobten, und das tat weh. Tief im Inneren wusste Julia, dass Luc sich seine Meinung über Lorenzo gebildet hatte, lange bevor sie und er sich in der Weinkammer nähergekommen waren. Die Boshaftigkeit seiner Worte, der spürbare Hass, entsprang einer tiefliegenden Verletzung.

Sie seufzte. Eigentlich sollte ihr Lucs Meinung über ihren Verlobten doch nichts ausmachen, oder? Sie kannte Lorenzo in- und auswendig, wenn man mal von den Enthüllungen der letzten Stunde absah, und Lucs Abneigung gegen ihn kam ganz klar daher, dass es Lorenzo nicht gelungen war, Eleonore vor der Spielsucht zu retten. Julia wusste, dass selbst intensiver Familienrückhalt einen Süchtigen nicht davor schützen konnte, süchtig zu werden oder von der Abhängigkeit loszukommen. Oft genug hatte sie gesehen, wie ihr Vater hoffnungslose Fälle vor Gericht verhandelte, um zu wissen, dass der Umgang damit nie ganz einfach war.

Lorenzo beendete sein Telefonat, und sie nickte wie zu sich selbst. So und nicht anders sah es aus. Luc trauerte um seinen Vater und versuchte, einen Teil seines Schmerzes auf etwas anderes umzupolen. Ein Bewältigungsmechanismus, das war alles. Und der arme Lorenzo war in die Schusslinie geraten. Er hätte nicht kommen sollen.

Nun blieb nur noch Lucs Anschuldigung, Lorenzo hätte Eleonore wegen des verlorenen Erbes verlassen. Das war einfach lächerlich! Und so altmodisch! In der ganzen Zeit, in der sie jetzt ein Paar waren, hatte Lorenzo niemals auf ihre eigene Erbschaft von Frean Hall angespielt, die ihr irgendwann einmal zustehen würde, wenn ihre Eltern … Nein! Der Gedanke war einfach unerträglich. Lorenzo könnte niemals so berechnend sein!

»Der gute, alte Luca!«, rief Lorenzo und ließ das Handy in seiner Hosentasche verschwinden. »Er hat den Vertrag mit Singapur unter Dach und Fach gebracht!«

Er kam auf sie zu, ehe er kurz innehielt und sagte: »Alles in Ordnung, Süße? Sollen wir deine Sachen packen gehen?«

Julia sah ihn aufmerksam an. Wie sehr wünschte sie, er würde wenigstens ein bisschen Reue zeigen!

Lorenzo schien ihre Gedanken zu lesen. »Weißt du«, fuhr er in sehr viel weniger jovialem Tonfall fort, »ich habe mich monatelang wirklich furchtbar gefühlt wegen Eleonore. Und ich bereue sehr, wie ich mich damals verhalten habe. Du glaubst mir doch, oder? Julia?«

Sie nickte vorsichtig, konnte ihm jedoch nicht in die Augen sehen.

»Möchtest du, dass ich noch einmal mit ihr spreche? Wenn du willst, tue ich es! Um die Situation ein bisschen zu entspannen. Ich finde es unerträglich, dein hübsches Gesicht so traurig zu sehen, wo dies doch die glücklichste Woche unseres Lebens sein sollte.«

Schließlich hob sie den Kopf und sah ihn an. »Ja, Renzo. Bitte geh und sprich mit ihr. Ich denke, das ist das einzig Richtige.«

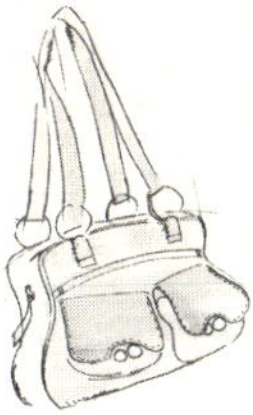

Kapitel 21

Auf der Terrasse war es kühl und windig nach dem Sturm. Nachdem Eleonore in Tränen aufgelöst aus dem Salon gelaufen war, saß sie nun in ihren braunen Kaschmirschal eingewickelt draußen und starrte das Tal hinab in die dicken Dunstwolken. Sie hatte aufgehört zu zittern und war nun tief in ihre Gedanken versunken. Nacheinander ließ sie die Ereignisse der letzten Stunde noch einmal Revue passieren.

Sie wusste, dass sie vorhin eine ziemlich gute Vorstellung abgegeben und Luc und Julia sehr deutlich zu verstehen gegeben hatte, wie sehr sie Lorenzo verachtete. Gut so! Was fiel diesem Kerl auch ein, sich so aus der Affäre winden zu wollen. Dennoch – der Auftritt hatte sie einige Kraft gekostet. Ihr ganzer Körper schmerzte, eine Mischung aus Angst und Zorn tobte in ihr, und sie konnte mit niemandem darüber reden. Sie überlegte, ob sie einfach zurück in den Salon stürmen und den Anwesenden den ultimativen Showdown liefern sollte. Warum auch nicht? Was hatte sie schon noch zu verlieren?

»Nun gut«, sagte sie zu sich selbst, »dann mal los!«

Sie erhob sich, band sich den Schal um und wandte sich zum Gehen. Doch dann sah sie auf einmal aus dem Augenwinkel zwei Gestalten am anderen Ende des Gartens, die neben der kleinen Steinbank standen. Lorenzo und Julia. Er entfernte sich gerade von ihr, und sie ließ ihn gehen. Hatten sie gestritten? Eleonore hoffte es inständig. Warum sollte sie die Einzige sein, die an der Situation zu leiden hatte?

Doch dann sah Lorenzo auf und in ihre Richtung. Er blieb stehen, hob ganz leicht die Hand, als wolle er ihr winken, straffte dann die Schultern und marschierte mit entschiedenen Schritten auf sie zu.

Sie ließ ihn herankommen. Eleonore war sich ihrer erhabenen Position auf der Terrasse durchaus bewusst und stand stolz und mit wehendem Haar über ihm wie auf einem Podest. *Lass ihn kriechen. Lass ihn dir zu Füßen kriechen.*

»Eleonore.«

Seine Stimme war gefühlsvoll überladen, seine Augen sprachen von … ja, von was? Schmerz? Angst? Verlangen?

Sie rührte sich nicht. Endlich stieg er die Stufen zur Terrasse empor, und nun stand er vor ihr, die Hände leicht angehoben, ein fast nicht sichtbares Flehen um Vergebung.

Es fühlte sich fantastisch an. Eleonore zählte die Sekunden im Kopf und ließ ihn warten, ehe sie zu sprechen ansetzte. Vierzehn, fünfzehn, sechzehn …

Er öffnete den Mund, um etwas zu sagen, besann sich dann aber eines Besseren und blieb stumm.

Neunzehn, zwanzig.

»Nicht hier«, sagte sie und warf ihm einen hochmütigen Blick zu. »Komm mit.«

Eleonore schlug den Weg am Schloss entlang ein, vorbei an einer Reihe majestätischer Zypressen und auf ein kleines Wäldchen zu. Als sie zurückblickte, konnte sie sehen, wie Julia gerade im Haus verschwand.

»Wohin gehen wir?«, fragte Lorenzo.

Die Nervosität in seiner Stimme amüsierte Eleonore. Acht, neun, zehn.

»Zu meinem Geheimort«, sagte sie über die Schulter hinweg. »Da, schau!«

Am Ende der Zypressenreihe und hinter einer brüchigen Ziegelwand, die von Moos und Ranken überzogen war, stand eine alte, mit Brettern vernagelte Gartenlaube. Das Häuschen war in einem traurigen Zustand, von den Außenwänden blätterte die hellgrüne Farbe ab, die trüben kleinen Glasfenster hatten Sprünge, und das achteckige Schindeldach war in der Mitte eingesackt.

»Meine Eltern haben es zusperren lassen, als ich klein war«, erklärte sie und griff nach einer verrosteten Brechstange unter einer der morschen Planken. »Sie dachten, es sei gefährlich. Aber ich habe mich immer wieder hineingeschlichen. Komm schon!«

Sie brauchte die Brechstange kaum, um die zwei unteren Bretter vom Eingang zu lösen.

Lorenzo rümpfte die Nase, als er sich bückte, um ihr unter den Balken hindurch zu folgen, doch sobald sie das Innere der kleinen Hütte betreten hatten, schnappte er hörbar nach Luft.

»Oh, ich dachte, es wäre feucht und ekelhaft hier drin«, sagte er. »Aber so schlimm ist es ja gar nicht …«

Sie standen einander im fahlen Licht der Laube gegenüber. Eleonore legte ihm einen Finger auf die Lippen, um ihn zum Schweigen zu bringen.

»Du hast es ihr nicht gesagt, habe ich Recht?«

Eleonore hatte sich noch nie so lebendig gefühlt. Ihr ganzer Körper kribbelte. Das Gefühl war besser als jedes

Full House beim Blackjack, besser als beim Roulette die schwarze Siebzehn, ihre Glückszahl, zu erwischen, besser als eine gewonnene Partie Poker …

»Du hast Julia nicht gesagt, dass wir vor drei Monaten miteinander geschlafen haben, oder?«

»Ich … Na ja, wie sollte ich …«

»Lorenzo Landini, schäm dich.« Sie lachte und schüttelte ganz leicht ihren Kopf. »Ich dachte, Paare, die bald heiraten wollen, sollten keinerlei Geheimnisse voreinander haben, hm? Ich frage mich, warum du gerade *dieses* für dich behalten hast.«

»Eleonore, bitte, tu es nicht.« Seine Stimme war heiser. Eleonore fühlte immer noch ein überwältigendes Prickeln. Fast hatte sie ihn so weit.

»Es war gut, oder Lorenzo? War es besser als mit ihr? Sag es mir! Ich wette, das war es.«

»Hör auf!«, rief er und kniff die Augen zusammen. »Eleonore, bitte!«

Er wandte sich ab und stützte sich mit der Hand gegen einen der heruntergekommenen Fensterrahmen. »Eleonore, das war … etwas anderes! Ich war …«

»Was warst du, Lorenzo? Was war damals los mit dir? Soll ich deiner Erinnerung ein bisschen auf die Sprünge helfen?« Langsam glitt sie hinter ihn und fuhr mit ihren Fingerspitzen sanft an seinem Nacken entlang.

Doch als er sich zu ihr umdrehte, war seine Stimme erschreckend hart. »Ich habe dich nur getröstet, Eleonore! Wir sind entschieden zu weit gegangen.«

»Mich getröstet?« Eleonore konnte kaum glauben, was sie da hörte. »So nennst du das also?«

»Ja! Was hätte ich denn tun sollen? Du tauchst einfach bei mir auf, um zwei Uhr nachts, nachdem du gefeuert wurdest …«

Eleonore zuckte unwillkürlich zusammen, strengte sich jedoch an, keine Miene zu verziehen.

»Und, na ja, dann ist es eben einfach passiert.« Lorenzos Gesicht war kreidebleich. Auch er zitterte nun am ganzen Leib.

»Das ist es. Und es war doch gut, oder etwa nicht?«

Eleonore hielt inne. War sie zu schnell vorgegangen?

Lorenzo sah sie eindringlich an. »Hör zu, was passiert ist, war falsch. Es ging dir so schlecht, du warst eben entlassen worden, in Paris gab es kein einziges Casino, das dir noch zu spielen erlaubt hätte, du hattest Angst, allein nach Hause zu gehen. Du hast gesagt, du wüsstest nicht, wo du hin sollst! Hätte ich dich etwa abweisen sollen?«

Eleonore lachte. »Oh Lorenzo, komm schon, du wolltest mich genauso sehr wie ich dich. Ich weiß ja, dass du ein guter Schauspieler sein kannst, aber in dieser Nacht hast du dich nicht verstellt.«

»Eleonore, bitte!«

Sie hörte die Verzweiflung in seiner Stimme und triumphierte innerlich. »Lorenzo, meine angebliche Spielsucht hat mich vielleicht meinen Job gekostet, aber mein Verlangen nach dir hat mich gerettet. Komm schon, gib's zu. Du wolltest mich auch.«

Sie standen einander gegenüber und funkelten sich im trüben Schein der Laube an. Einzig ihr schwerer Atem war zu hören.

Schließlich ergriff Eleonore wieder das Wort. »Ich nehme an, du hast auch nicht vor, Julia zu erzählen, dass du es warst, der mir die gleiche Bottega-Tasche geschenkt hat, die sie auch bekommen hat.« Als sie die Panik in seinen Augen sah, lächelte sie sanftmütig. »Aha, das dachte ich mir schon. Ich versuche mir gerade vorzustellen, wie so ein Gespräch wohl ablaufen hätte können … ›Äh, Julia, Liebes, es tut mir so leid, aber zufällig habe ich in der Arbeit gleich zwei Exemplare einer limitierten Bottega Veneta-Tasche bekommen, und eine davon habe ich der Frau geschenkt, mit der ich kürzlich noch im Bett war.‹«

»Das würdest du nicht tun, Eleonore.«

Sie ging einen weiteren Schritt auf ihn zu, so dass ihr Gesicht nur wenige Zentimeter von seinem entfernt war. »Natürlich nicht, Lorenzo.« Sie lächelte ihn an. »Hm, wahrscheinlich sind wir füreinander geschaffen.«

»Hör auf!«

»Also wirklich, Lorenzo! Mich einfach danach wegschicken, mit meiner neuen Tasche unter dem Arm, als hättest du mich damit bezahlen wollen! Und dann sagtest du auch noch, dass es in Anbetracht deiner Hochzeit wohl besser wäre, wenn wir uns voneinander fernhielten. Großartig! Du hast es geschafft, dass ich mich wie eine echte Nutte fühle!«

»Sei nicht albern! Was ist denn mit dir?«, konterte Lorenzo. »Ich bin hier nicht der Einzige, der Leichen im Keller hat, nicht wahr? Ich vermute mal, du hast weder Luc noch deinem Vater gebeichtet, dass du deinen Job verloren hast.«

Das war ein Tiefschlag in die Magengegend. Eleonore schüttelte den Kopf. »Was Luc angeht, so bin ich immer noch die glamouröse PR-Mieze von PPR, und ich wäre dir sehr dankbar, Lorenzo, wenn du meinen Bruder in diesem Glauben lassen könntest. Und Vater …« Sie hielt inne, den Tränen gefährlich nah. »Wenigstens starb er, ohne zu wissen, dass ich es geschafft habe, den einzigen Job zu verlieren, den ich für eine längere Zeit behalten konnte.«

Lorenzo sah zu Boden und nickte schweigend.

»Hat er … du weißt schon … dich rausgestrichen?«

»Wie bitte?«

»Aus seinem Testament. Ich meine, nicht dass es mich etwas anginge, aber hat er dich tatsächlich enterbt?«

Eleonore war nicht sicher, wie sie die Frage verstehen sollte. Sie schüttelte schließlich den Kopf und lächelte schwach. »Nein, hat er nicht.«

»Aha.«

»Wir gehören zum selben Menschenschlag, nicht wahr, Lorenzo?«, flüsterte sie.

Lorenzo antwortete nicht. Stattdessen drehte er sich um und starrte durch die angeschlagenen Fensterscheiben hinaus zur Zypressenallee. Eleonore beobachtete ihn eindringlich. Er war wirklich ein schöner Mann. Warum hatte sie es zugelassen, dass er ihr durch die Finger glitt? Sie hatte ja auch nicht wirklich ein Mitspracherecht gehabt. Allein *er* hatte es entschieden. Er hatte gesagt, er würde ihr niemals verzeihen, dass sie die weiße Gucci-Tasche versetzt hatte. Immerhin hatte die ihn fast einen kompletten Monatslohn gekostet.

Und wenn schon? Sie dachte, er hätte sie wirklich geliebt. Es war doch nur eine Tasche! Warum konnte er ihr das nicht verzeihen? Wieso konnte er nicht verstehen, dass es ihr damals so unsagbar schlechtging? Immerhin hatte Julia ihr verziehen – Julia, eine völlig fremde Frau, konnte ihr verzeihen, dass sie ihre Trauringe versetzt hatte. Und das war doch weitaus schlimmer, oder? Warum also konnte Lorenzo damals nicht dasselbe tun, wo er doch behauptete, verrückt nach Eleonore zu sein?

Simon hatte sie nie so im Stich gelassen, wie Lorenzo es getan hatte. Simon verstand sie wirklich! Warum hat Lorenzo sie nie verstanden? Warum hatte er sie nur benutzt und dann verlassen? Hatte er vielleicht zu viel von sich selbst in ihr gesehen?

»Eleonore?«, flüsterte Lorenzo, und Eleonore machte sich auf eine letzte, definitive Abfuhr gefasst.

»Ich bin so durcheinander.« Und dann drehte er sich zu ihrem großen Erstaunen zu ihr um und warf sich in ihre Arme.

Vor lauter Schock wusste Eleonore nicht, was sie sagen sollte. Also schlang sie einfach ihre Arme um ihn und hielt ihn ganz fest. Er klammerte sich an sie wie ein Ertrinkender, hielt seinen Körper fest an ihren gepresst, ballte seine Hände in ihrem Rücken zu Fäusten.

»Lorenzo, alles ist gut! Schschhh, schon gut! Was ist denn?«

Langsam löste er sich aus der Umklammerung.

»Was hast du, Lorenzo? Sag schon!« Eleonore stand völlig still da. Sie wagte nicht zu hoffen.

»Meinst du wirklich«, murmelte er und löste sich ein wenig von ihr, »dass wir füreinander geschaffen sind?« Er sah ihr tief in die Augen und zuckte hilflos mit den Schultern. »Ich meine, ist es nicht seltsam, wie das Schicksal uns diese Woche wieder zusammengeführt hat? Immerhin soll ich doch am Samstag eine andere heiraten!«

»Und ich muss meinen Vater am selben Tag beerdigen, Lorenzo«, flüsterte Eleonore. »Ist wohl für uns beide alles ziemlich viel gerade, oder?«

Er nickte traurig. »Warum musste uns das passieren? Dein Vater und meine Julia – zwei so gute Menschen …«

»Ich weiß«, Eleonore lief ein Schauer über den Rücken, als sie bemerkte, in welche Richtung das Gespräch abglitt.

»Und dann wir beide, Eleonore. Du und ich. Wir sind wie wilde, unbezähmbare Tiere. Es ist seltsam, aber ich habe das Gefühl, als bekäme ich eine zweite Chance, um das, was geschehen ist, wiedergutzumachen …«

Eleonore konnte nichts darauf erwidern. Mit weit aufgerissenen Augen starrte sie ihn an.

»Ich glaube, ich habe lange Zeit verdrängt, wie furchtbar ich mich damals dir gegenüber verhalten habe«, fuhr er fort und ging unruhig in der kleinen Laube auf und ab. »Weißt du, als ich Julia kennengelernt habe, dachte ich, dass ich noch nie einem so aufrichtigen Menschen begegnet bin …«

»Vielen Dank.« Eleonore lächelte schief.

»Ach komm, du weißt schon, wie ich das meine.«

Sie schauten einander tief in die Augen. In ihren Blicken lag vollständige Ehrlichkeit, vielleicht zum ersten Mal im Leben.

»Ja, ich weiß, wie du das meinst«, antwortete sie nach einigen Augenblicken.

»Vielleicht habe ich gedacht, dass Julia auch aus mir einen besseren Menschen machen wird.«

»Vielleicht wird sie das.«

»Vielleicht sollte ich sie nicht heiraten. Das ist doch kein Grund, jemanden zu heiraten, oder?«

»Liebst du sie?«

Die Frage blieb in der Luft hängen und schien in dem fahlen Licht hin- und herzutanzen.

»Es gibt nichts, was man an Julia nicht lieben kann«, antwortete er.

Eleonore nickte. »Du hast es gerade geschafft, aus zwei Negativaussagen eine positive zu formulieren, ist dir das klar?«

»Vielleicht ist das alles, was ich verdiene.«

»Nein, Lorenzo, du verdienst mehr als das.«

Er kam auf sie zu und griff nach ihren Händen. »Verdiene ich *dich,* Eleonore?«

Wie sehr hatte Eleonore auf diese Frage gewartet, und sie gleichermaßen gefürchtet. Und dennoch traf sie sie wie ein Donnerschlag.

Sie hatte ihn in der Hand. Sie hatte gewonnen. Der Rausch des Triumphes durchströmte sie wie eine kühle Welle Champagner. Endlich!

»Du kannst deine Hochzeit nicht abblasen, Lorenzo!«

Er drückte ihre Hände fester. »Nein, das kann ich nicht.«

Eleonore spürte einen Stich im Herzen.

»Nicht ohne ein verbindliches Ja von dir, Eleonore.«

Was hatte er da gerade gesagt?

Erschrocken zog sie ihre Hände zurück und wandte sich von ihm ab. Das Atmen fiel ihr auf einmal schwer. Wie sehr wollte sie ihm doch glauben! Und sich in seine Arme werfen und ihm alles versprechen, was er von ihr hören wollte. Aber irgendetwas fehlte. Zweifel rumorten in ihrem Hirn und irgendwie schaffte sie es nicht, sie abzustellen.

»Warum jetzt, Lorenzo?«

»Warum nicht jetzt, Eleonore?«

Typisch, dachte sie. Warum konnte sie nicht einfach den Moment genießen? Warum musste sie immer ihre Chancen auf Glück sabotieren? Sie sollte ihm einfach um den Hals fallen und Ja sagen. Sie könnten zusammen durchbrennen. Da stand er vor ihr und wollte nur ein kleines Wort hören. Aber irgendetwas hielt sie zurück.

Im selben Augenblick spürte sie einen Blick in ihrem Nacken. Jemand stand draußen. Sie spürte es und erstarrte. Dann ging sie vorsichtig auf die Türöffnung zu. Wer um alles in der Welt konnte wissen, dass sie hier war? Doch mit einem Mal wusste sie, dass sie gar nicht mehr durch den Spalt schauen musste. Sie wusste die Antwort, noch ehe sie den Kopf herausstreckte.

Da stand er, hoch aufgerichtet vor der Gartenlaube, und wartete auf sie, bleich und mit angespannten Gesichtszügen, die Hände zu Fäusten geballt. Simon.

Kapitel 22

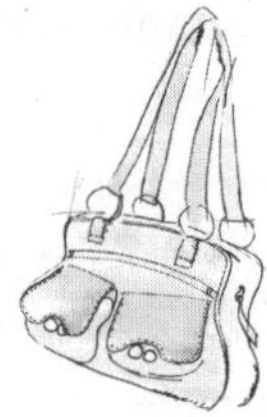

Luc hatte geduscht.

Julia erkannte das sofort, denn als sie auf der Suche nach Onkel Quinn auf dem Weg die Treppe hinunter war und mit Luc zusammenstieß. Sie spürte nicht nur die Kraft seines athletischen Körpers, sondern es schlug ihr auch eine Duftwolke aus Seife und frisch gewaschener Baumwolle entgegen.

»Entschuldige!«, sagte er und trat erschrocken einen Schritt zurück. »Alles in Ordnung?«

Luc war gerade aus dem Salon gekommen und nach oben gestürmt, den Blick starr auf die Stufen gerichtet. Der Zusammenstoß war nicht gerade sanft gewesen. Julia fühlte sich schwindlig und befürchtete kurz, kopfüber die Stiege hinunterzufallen.

Er fasste sie schnell an den Schultern, um sie zu stützen, hielt aber eine Armlänge Abstand.

»Alles okay!« Sie spürte, wie ihr die Röte ins Gesicht stieg. »Meine Schuld! Ich sollte wirklich besser aufpassen …«

»Nein, nein! Ich war viel zu schnell unterwegs, nehme immer zwei Stufen gleichzeitig … Bist du sicher, dass es dir gutgeht?«

»Wirklich, alles in Ordnung, Luc. Danke!« Sie trat einen

Schritt zurück. »Ich war mit den Gedanken ganz woanders.«

So standen sie sich eine Weile im Treppenhaus einander gegenüber und vermieden es, sich anzusehen. Keiner von ihnen wagte es zu sprechen.

»Ich … ich war auf der Suche nach Onkel Quinn«, sagte sie schließlich. Ihre Stimme klang eine Spur schriller als sonst. »Hast du ihn zufällig gesehen?«

Luc kratzte sich am Kopf. »Nein, ich glaube nicht. Aber ich war auch anderweitig beschäftigt.«

»Natürlich, völlig klar. Hör zu, Luc …« Julia fühlte den unbändigen Drang, etwas zu sagen, doch es fiel ihr schwer, im Kopf einen sinnvollen Satz zusammenzukramen. »Ich … also … wegen vorhin …«

»Vergiss es«, unterbrach er sie. »Bitte, vergiss es einfach.« Er machte eine Pause. »Wenn dein Onkel nicht in seinem Zimmer ist, ist er vielleicht draußen.«

»Danke«, murmelte sie. »Dann gehe ich gleich mal raus.«

»Ist gut.«

Sie machten einander den Weg frei. Luc trat seinerseits zurück, um Julia vorbeizulassen. Dabei stieg er seitlich ein, zwei Stufen nach oben, den Rücken steif wie ein Besenstiel. Julia fühlte sich wie eine von diesen scheuen Jane-Austen-Frauen, die bei einer Quadrille auf einem Ball um ihren Verehrer herumtänzeln … Fast hätte sie noch einen kleinen Knicks angedeutet, doch dann hatten sie ihr umständliches Manöver ohne weiteren Zwischenfall hinter sich gebracht.

Am Fuß der Treppe angekommen, hörte Julia, wie Luc

mit energischem Gang den Weg nach oben fortsetzte. Endlich erlaubte sie sich, auszuatmen.

Seine Schritte verhallten. Julia blieb in der Eingangshalle stehen, um sich ein wenig zu sammeln. Ein schwerer vergoldeter Spiegel hing über einem marmornen Kleiderständer, und Julia warf einen Blick hinein. Dunkelrot angelaufene Wangen, die Augen fiebrig glänzend, ein schwer zu leugnender Ausdruck von Panik im Gesicht, der sich einfach nicht vertreiben lassen wollte, und Haare, die sich immer noch feucht um ihren nackten Hals schlängelten. Kein schmeichelhafter Look.

Julia ging in Richtung Garten, wo die Sonne inzwischen den Kampf gegen die Wolken gewonnen hatte. Ihr Herz war schwer. Und trotz allem sah es draußen aus wie an einem ganz normalen Tag.

Onkel Quinn war nicht auf der Veranda. Wie ärgerlich. Nach all dem Chaos der letzten paar Stunden könnte sie jetzt wirklich seine uneingeschränkte Unterstützung gebrauchen. Und eine dicke, fette Umarmung.

Seufzend setzte sie ihre Sonnenbrille auf und schlenderte den Garten hinunter in Richtung Weinberg. Ein Spaziergang würde ihr guttun, mit oder ohne ihren Onkel. Sie hatte auch nicht die leiseste Ahnung, wo Lorenzo war. Er wird ja wohl kaum mehr bei Eleonore sein, um all die fiesen Anschuldigungen aus dem Weg zu räumen, die sie ihm an den Kopf geworfen hatte. Vielleicht hatte er sich auch zu einem Spaziergang aufgemacht. Das wäre allerdings doch eher merkwürdig. Spaziergänge waren nicht gerade Lorenzos Lieblingsbeschäftigung.

Sie seufzte erneut und blieb stehen. Was sollte sie tun –

Onkel Quinn suchen oder nach Lorenzo Ausschau halten? Und in welche Richtung sollte sie gehen?

»Zu den Weinpressen«, entschied sie laut für sich selbst, drehte sich abrupt um und brach auf.

»Ist er das nicht?« Einen Augenblick lang dachte sie, Lorenzo entdeckt zu haben. Eine große schlanke Gestalt kam eilig auf sie zu, energisch in Richtung Château marschierend. Doch auf den zweiten Blick erkannte sie, dass es sich nicht um Lorenzo, sondern um Simon handelte, und er schien vollkommen außer sich zu sein.

»Simon!«, rief sie ihm entgegen. »Ist etwas passiert?«

Simon zuckte zusammen. Ihre Stimme hatte ihn zurück in die Realität geholt. Julia beobachtete, wie er darum kämpfte, die Fassung nicht zu verlieren. Sein Anblick war beunruhigend.

»Nichts ist passiert!«, entgegnete er. »Alles in Ordnung.«

»Sicher?«

»Absolut. Haben Sie sich verlaufen?« Als ob ihn das kümmerte! Julia konnte sehen, dass er allein sein wollte. Irgendetwas stimmte hier nicht.

»Ich versuche nur, die anderen zu finden.« Sie bemühte sich, so unverkrampft wie möglich zu klingen. »Ich suche Onkel Quinn, und Lorenzo, mein Verlobter, ist inzwischen auch hier aufgetaucht, und nun aber wieder verschwunden. Ich glaube, er ist bei Eleonore …«

»*Ihr Verlobter?*«, Simon schaute sie ungläubig an. »Sagten Sie tatsächlich, Ihr Verlobter?«

Julia nickte seufzend. »Ich weiß, noch ein ungebetener Gast in dieser schweren Zeit. Mein Verlobter Lorenzo Landini ist hergekommen, um …«

»Ich hatte ja keine Ahnung«, unterbrach sie Simon, stemmte die Hände in die Hüften und warf einen flüchtigen Blick zurück über die Schulter.

Julia war verwirrt. »Was? Haben Sie ihn gesehen? Oder Eleonore? Sie kennt ihn nämlich ... Sie waren mal ein Paar, wissen Sie.«

Sie folgte seinem Blick. Da stand ein kleines Häuschen, das aussah wie eine heruntergekommene Sommerlaube, halb versteckt unter Blättern und Ranken. Vielleicht waren sie dort? Sie schaute noch einmal hin. Nein. Das war viel zu ... versteckt. Völlig unmöglich.

»Ich habe keine Ahnung, wo Lorenzo und Eleonore sind«, erwiderte Simon nach einigen Sekunden. »Und ich habe auch keine Lust, darüber nachzudenken.«

Julia nickte und blinzelte ihn an. Seine Augen waren voller Schmerz. Es war mehr als offensichtlich, dass er in Eleonore verliebt war. Sie könnte sich glücklich schätzen, ihn zu haben! Er war ein guter Mann, soviel hatte Julia bei ihren flüchtigen Begegnungen mitbekommen. Selbst wenn er jetzt innerlich rasend vor Wut zu sein schien.

Sie beobachtete, wie er erneut zu dem kleinen Häuschen schielte. Als er dann zu reden ansetzte, war seine Stimme sehr eindringlich.

»Der Weinberg!« Er zeigte über Julias Schulter, in die andere Richtung. »Ich denke, sie werden dorthin gegangen sein. Ich bin mir sogar ziemlich sicher. Wenn Sie sich beeilen, holen Sie sie vielleicht noch ein.«

Er fasste sie sanft an der Schulter und drehte sie um.

Julia runzelte fragend die Stirn. »Sind Sie sicher? Es sieht Lorenzo gar nicht ähnlich ...«

»Ich denke schon. Einen Versuch ist es doch wert, oder? Ich muss los. Beeilen Sie sich, Julia.«

Also ging sie los. Doch nach wenigen Schritten hielt sie erneut inne, drehte sich um und rief Simon nach:

»Simon, warum helfen Sie mir nicht beim Suchen?«

»Wie bitte?« Simon stand wie angewurzelt da.

»Na ja, ich denke, Eleonore könnte jetzt wirklich einen Freund gebrauchen. Meinen Sie nicht?«

Simons Gesicht war ausdruckslos, und er zuckte lediglich mit den Schultern. »Vielleicht später. Ich habe noch ein paar Dinge zu erledigen. Viel Glück.«

Damit drehte er sich um und setzte energisch seinen Marsch zum Château fort.

Die Wege zwischen den dichten Weinstöcken waren weich und matschig von dem Regen und nach wenigen Schritten zog Julia ihre Pumps aus und ging barfuß weiter. Die kühle, nasse Erde unter ihren Füßen fühlte sich gut an. Als sie den Fuß des Weinbergs erreichte, wurde die sanfte Stille von Stimmen durchbrochen. Sie hielt an und lauschte. Die Geräusche kamen von weiter weg, ganz rechts von ihr. Eine Männerstimme … *zwei* Männerstimmen … Onkel Quinn! Lächelnd schlug sie die Richtung ein, aus der die Stimmen kamen. Dank des dichten Blattwerks konnte sie sich unbemerkt den Männern nähern.

Sie überlegte eine Sekunde lang, ob sie rufen und ihr Kommen ankündigen oder lieber überraschend auftauchen sollte, als das laute *Plop* eines Champagnerkorkens sie aus ihren Gedanken riss.

»Ah! Wunderbar!« Onkel Quinn hörte sich beschwingt an. Und sehr glücklich. Julia hielt inne und fragte sich plötzlich, ob es wohl unhöflich sei, einfach so hereinzuplatzen. Sie traute ihren Ohren kaum …

»Vielen Dank!« Die andere Stimme gehörte … *Claude?* Es konnte niemand anderes sein. Onkel Quinns heißes Date …

»I don't pop my cork for every man I see …«

»Ah, Shirley Bassey«, sagte Onkel Quinn gerade und seufzte. »Hoch soll sie leben!«

»Allerdings«, stimmte sein Begleiter zu. »Hoch soll sie leben!«

Das Geräusch zweier aneinanderstoßender Champagnergläser brachte Julia schließlich zum Lächeln, und sie trat aus dem Blätterwald hervor.

»Schätzchen!«, Onkel Quinn sprang auf und musterte sie von Kopf bis Fuß, ehe sein entsetzter Blick an ihren schlammbedeckten Füßen hängen blieb. »Du siehst immer noch aus, als hättest du Schiffbruch erlitten.«

»Aber es hat was«, sagte Claude und schickte sich an, Julia die Hand zu küssen. »Kommen Sie, *chérie*, nehmen Sie etwas Champagner!«

Julia ließ sich an den klapprigen kleinen Picknicktisch führen, wo auch ihr Onkel gesessen hatte. Sein Gesicht, überzogen von einem schelmischen Grinsen, war ein Bild für Götter – es strahlte Selbstbewusstsein aus, gemischt mit einer gewissen Aufregung, und er hatte dieses schimmernde Glitzern in den Augen, das Julia eindeutig verriet, dass Onkel Quinn in Claude verknallt war.

Sie saßen in einer Lichtung ganz am Ende des Weinbergs, wo eine Reihe hoher, älterer Weinreben ein Schutzdach bildeten. Eine Reihe von alten Gartenstühlen und

Weinfässern ließ Julia vermuten, dass die Weinpflücker hier vermutlich ihre Mittagspausen abhielten. Die zwei Männer vor ihr gaben mit ihrem Champagner, ihren glücklichen Gesichtern und den zueinanderpassenden halbrunden Brillengläsern auf den Nasen ein fröhliches Bild ab.

Was hatte es bloß mit diesem Ort auf sich? Lag hier etwas in der Luft?

Die beiden sahen gut aus zusammen. Onkel Quinn war dreiundsechzig und damit vermutlich ein wenig jünger als Claude, doch wer wusste das schon genau? Sie setzten sich wieder hin, ganz dicht beieinander, Claude mit seinem Strohhut und Onkel Quinn beschattet von einer Rebe. Ein Fremder hätte auf den ersten Blick gedacht, dass die beiden sich seit Jahren kennen.

Claude zog eine dritte Champagnerflöte aus dem Picknickkorb, der zu seinen Füßen stand, füllte und überreichte sie Julia mit einem Augenzwinkern.

»Ein Siebenundachtziger. Ich denke, der wird Ihnen schmecken.«

Das tat er. »*Cheers*«, sagte sie lächelnd und nahm einen großen Schluck. Das war genau das, was sie jetzt brauchte. Sollten doch alle zum Teufel gehen.

»Das ist einfach … Oh, Gott!«

Zu ihrem Entsetzen merkte Julia, wie ihr mit einem Mal die Tränen in die Augen stiegen und sie kurz davor war loszuheulen. Also wirklich! Den ganzen Tag über hatte sie die Tränen so tapfer zurückgehalten, und nun schien es ihr Unterbewusstsein nicht länger auszuhalten. Keine zukünftige Braut sollte all das ertragen müssen, was sie in den letzten Tagen erlebt hatte. Ihre Unterlippe zitterte. Vorsichtig stellte sie das Champagnerglas zurück auf den Tisch, als Onkel Quinn auch schon aufsprang und sie in die so langersehnte feste Umarmung schloss.

»Schätzchen«, rief er laut aus und küsste sie auf die Stirn, »was ist denn passiert? Wen soll ich umbringen?«

»Niemanden. Alle.« Julia schluchzte und löste sich kopfschüttelnd von ihrem Onkel. »Danke, es geht schon wieder.« Sie atmete tief ein und versuchte sich unter den besorgten Blicken der beiden Männer wieder zu sammeln. »Onkel Quinn, wir müssen hier endlich weg, sonst drehe ich noch durch! Erst Luc, dann Lorenzo und nun Eleonore … Alle scheinen den Verstand verloren zu haben. Ich fühle mich, als sei ich in ein paralleles Universum gerutscht, und ich würde jetzt wirklich gern aufwachen, ehe ich vollkommen wahnsinnig werde …«

»Aber Schätzchen, nun mal der Reihe nach«, sagte Onkel Quinn und reichte ihr sein überdimensionales grün getupftes Taschentuch. »Was ist eigentlich passiert?«

Gleichzeitig kam Claude um den Tisch herum und legte ihrem Onkel aufmunternd eine Hand auf die Schulter. All das war wirklich seltsam – und wirklich süß.

Julia lächelte erst ihrem Onkel, dann seinem neuen Freund schwach zu.

»Das ist doch schon viel besser«, meinte Claude, beugte sich vor und tätschelte ihr das Knie. »Sie sind doch viel zu hübsch, um so zu weinen.«

»Ich weiß einfach nicht, was ich tun soll«, sagte sie schließlich. »Es ist einfach alles durcheinandergeraten.«

»Sind Sie schwanger?« Claudes Gesichtsausdruck war bitterernst.

»Claude, also wirklich!«, tönte Onkel Quinn und funkelte ihn an. »Meine wundervolle Nichte in Umständen? Das glaube ich wohl kaum!« Er machte eine auslandende Bewegung mit der Hand, als wolle er Claude einen Kinnhaken versetzen. Dann wandte er sich wieder an Julia. Seine Augen hatten sich verdüstert. »Du bist es doch nicht, Schätzchen, nicht wahr?«

»Ach, sei doch nicht albern«, sagte Julia. »Hier läuft zwar einiges nicht rund, aber zumindest in dieser Richtung ist nichts zu befürchten.«

»Vergeben Sie mir«, meinte Claude. »Ich wollte nicht unhöflich sein. Meine Kenntnisse im Repertoire von Frauenproblemen beschränken sich auf Basics wie Schwangerschaft, Menopause, Polygamie …«

»Polygamie?«, Onkel Quinn sah Claude ungläubig an.

Der lächelte verschmitzt zurück. »Tante Brigitte, Gott sei ihrer Seele gnädig. Eine traurige, und dennoch durchaus erheiternde Geschichte.« Die beiden Männer grinsten sich an, woraufhin Claude hinzufügte: »Ein andermal vielleicht.«

Onkel Quinn nickte und wandte sich erneut seiner Nichte zu. »Okay, dann schieß mal los.«

Julia ließ sich nicht länger bitten und erzählte den beiden alles. Von Eleonores pompösem Auftritt, wie sie die Bombe hatte platzen lassen, dass sie Lorenzos Exfreundin war, von den furchtbaren, grausamen Vorwürfen, die Luc Lorenzo an den Kopf geworfen hatte, weil er Eleonore im Stich gelassen und nur auf ihr Erbe aus gewesen sein soll. Schließlich auch von Eleonores theatralischen Aufbruch und wie sie, Julia, versucht hatte, Lorenzos Version der Geschichte zu verstehen – einfach alles.

Nun ja, sie ließ lediglich den Teil aus, wie sie in der Weinkammer in Lucs Arme gesunken war und ihn leidenschaftlich hatte küssen wollen … Aber das war ja nur ein Moment der Schwäche gewesen und nun absolut und vollkommen vorüber. Ein Moment geistiger Verwirrung. Eine einmalige Sache. Ein Symptom für ihren aufgewühlten Geisteszustand, sonst gar nichts.

Sie musste sich jetzt vielmehr auf die Sache zwischen Lorenzo und Eleonore konzentrieren. Wie konnte es sein, dass ihr dieses Vorleben ihres Verlobten so gänzlich entgangen war?

»Lorenzo hat mir gegenüber niemals etwas von Casinos und Glücksspielen erwähnt. Kein einziges Mal. Aber Lucs Attacke war so erbarmungslos gewesen, als würde er Lorenzo aus tiefstem Herzen verabscheuen. Das ist doch wirklich ein bisschen hart, oder? Onkel Quinn, Lorenzo sagte mir, er sei damals vor einer Situation davongelaufen, die ihm völlig entglitten war, aber Luc hat es so hingedreht, als wäre Lorenzo berechnend und bösartig – und jetzt weiß ich einfach nicht mehr, was ich von alldem halten soll.«

Das war es. Genau das. Sie wusste nicht, was sie von alldem halten sollte. Seufzend ließ sie sich auf ihrem Stuhl zurückfallen, und instinktiv wartete sie darauf, dass ihr Onkel ihre Hand nehmen, sie anlächeln und sanft *Ich habe es doch gleich gesagt* von sich geben würde.

Aber er tat es nicht. »Ach, Schätzchen« war alles, was er über die Lippen brachte, ehe er sich erneut zu ihr hinüberlehnte und sie wortlos fest umarmte.

»Scotty, beam me up, please!«, murmelte Julia in sein Hemd. »Ich muss ganz dringend nach Hause.«

»Ich weiß, ich weiß. Nicht mehr lange, nur noch ein bisschen durchhalten. Du bist eine Douglas, weißt du noch?«

»Nicht mehr lange.« Sie rang sich ein Lächeln ab.

»Wie wahr … Aber jetzt hör mir mal zu: Nichts davon ist deine Schuld. Du befindest dich da auf irgendeiner, ach, ich weiß auch nicht, auf irgendeiner absurden Zeitreise. Geh und suche deinen Mann, und wenn ihr euch gefunden habt, sprecht euch einmal gründlich aus. Wo ist er überhaupt?«

Julia zuckte mit den Schultern. »Er wollte Eleonore suchen und ein paar Dinge mit ihr klären.«

Claude schnaubte, und Julia sah ihn irritiert an. »Alles in Ordnung?«

Abwehrend hob Claude die Hände. »Es ist nichts. Ich denke gar nichts.«

»Wieso denken Sie nichts?«, fragte Julia misstrauisch. »Was ist, Claude? Ist etwas mit Eleonore?« Das furchtbare, unangenehme Gefühl einer dunklen Vorahnung kroch in ihr hoch.

Claude war sehr still und nachdenklich geworden. Er schien mit sich zu ringen, als wolle er ihr etwas sagen, es aber nicht recht übers Herz bringen.

»Ich glaube, so lange hast du den ganzen Tag über noch nicht geschwiegen«, bemerkte Onkel Quinn. »Was ist mit dir?«

»Wahrscheinlich hat es gar nichts zu bedeuten …«, murmelte Claude.

»Nun sagen Sie schon!«, forderte ihn Julia ungeduldig auf.

Schließlich setzte Claude zu sprechen an. »Weißt du noch, Quinn, wie Lorenzo vorhin am Château angekommen ist? Ich habe ihm die Tür geöffnet.«

»Ja, natürlich.« Onkel Quinn nickte.

»Ich habe ihn in den Salon gebracht und bin dann los, um dich zu suchen.«

»Ich war in meinem Zimmer, beim Aufräumen und Packen«, erinnerte sich Quinn.

»Ja, aber ich brauchte eine Weile, bis mir klarwurde, wo du bist. Ich habe erst draußen nachgesehen, dann in der Küche, bei den Weinpressen … Es sind bestimmt fünfzehn Minuten vergangen, bis ich auf die Idee kam, oben in eurem Zimmer nachzusehen.«

»Und?«

»Nun ja, Lorenzo war die ganze Zeit allein im Salon.«

»Das wird ihm nichts ausgemacht haben«, warf Julia ein und fürchtete sich vor dem, was Claude als Nächstes sagen könnte.

»Stimmt«, sagte Claude vorsichtig. »Aber wissen Sie was? Das Testament lag ganz offen …«

»Was soll das heißen?«, unterbrach ihn Julia.

Claude sah sie fast flehentlich an. »Meine Liebe, alles, was ich damit sagen will, ist, dass er ausreichend Gelegenheit gehabt hat, einen Blick in das Testament zu werfen, um zu erkennen, dass Eleonore am Ende doch nicht von ihrem Vater enterbt worden ist.«

»Also wirklich«, sagte Quinn, »glaubst du ernsthaft, Lorenzo hat das Testament gelesen?«

»Wer weiß?« Claude zuckte mit den Schultern. »Ich hoffe es zwar nicht, aber ich habe vor zwei Jahren, als Eleonore all diese Probleme hatte, mitbekommen, wie Lorenzos Name …«

»Aber es ging ihm damals wirklich schlecht«, rief Julia. »Ihr alle habt doch nur die eine Seite der Geschichte gehört.« Eine dicke Träne lief ihr die Wange hinunter.

»Das ist eine ziemlich unerhörte Unterstellung, die du uns hier präsentierst, Claude.« Onkel Quinns Tonfall hatte sich verändert.

»Es tut mir leid, ich hätte nichts von alldem sagen sollen.«

»Nein, nein, tu dir keinen Zwang an.« Quinn war aufgestanden und funkelte Claude mit in die Hüfte gestemmten Händen wütend an. »Was für eine Unverschämtheit, meiner Nichte gegenüber so etwas zu behaupten. Wenn ich dich recht verstehe, so versuchst du uns gerade glauben zu machen, Lorenzo habe entdeckt, dass Eleonore nach wie vor Erbin von Château Deschanel ist, und sich dann aufgemacht, um sich wieder in ihr Herz zu schleichen. Liege ich da richtig?«

»Hört auf!«, rief Julia schluchzend. »Es reicht!«

»Schau sie dir an!«, polterte Onkel Quinn. »Schau sie dir ganz genau an. Welcher Mann, der all seine Sinne beisammen hat, würde es aufs Spiel setzen, eine so perfekte Frau zu verlieren? Und wofür? Für schnöden Mammon? Schäm dich, Claude.« Er drehte sich zu Julia um und drückte ihr erneut sein Taschentuch in die Hand. »Komm, Schätzchen, wir müssen jetzt endgültig packen.«

»Quinn!« Claude sprang von seinem Stuhl auf. »Bleib, bitte! Vielleicht täusche ich mich ja. Ich bete dafür, dass ich mich täusche! Geh nicht!«

»Sprich mit den Weinreben, Claude, sprich mit den Weinreben – denn die Schotten haben dicht gemacht.«

Julia war zu durcheinander, um ihm zu widersprechen. Sie ließ sich von ihrem Onkel geradezu auf die Füße ziehen, woraufhin sie beide so würdevoll wie irgend möglich den matschigen Weinberg hinunter Richtung Schloss stapften. Keiner von ihnen schaute zurück. Und Claude lief ihnen nicht nach.

»*Voilà*, Schätzchen. Ein schönes heißes Bad mit Lavendelschaumkronen. Auch wenn ich annehme, dass ein bisschen mehr als Lavendelschaumkronen nötig sein werden, um dich nach den Vorkommnissen in diesem Tollhaus heute zu beruhigen.«

Julia hatte sich auf dem Bett zusammengerollt, während ihr Onkel das Wasser einließ. Sie hatte sich ausgeweint. Endlich.

»Lorenzo liebt mich, Onkel Quinn.«

»Natürlich tut er das. Wie könnte er auch nicht?« Onkel Quinn trat aus dem Bad und lächelte sie wohlwollend an. »Nun legst du dich in die Wanne und genießt dein schönes, heißes Bad. Ich werde hinuntergehen und … und irgendetwas tun, was nichts mit Claude zu tun hat.«

»Ich bin sicher, er wollte nicht herzlos sein«, bemerkte Julia wie beiläufig. »Er scheint wirklich nett …«

»Schlag ihn dir aus dem Kopf, Schätzchen. Schlag dir die ganze Bagage aus dem Kopf. Sonst verlierst du noch den Verstand.«

Er warf ihr eine Kusshand zu und schwebte aus dem Zimmer. Julia seufzte, zog sich aus und sank dankbar in das dampfende Badewasser. Es war herrlich. Die Kälte war ihr bis in die Knochen gedrungen und nun schloss sie die Augen und genoss das Gefühl, langsam durch und durch aufgewärmt zu werden.

Doch sie konnte sich nicht völlig entspannen. Wo zum Teufel war Lorenzo? Er war seit einer Ewigkeit weg. Er konnte unmöglich noch bei Eleonore sein … Claudes Worte waren ihr wie Messerstiche ins Herz gedrungen. Dass er Lorenzo wirklich unterstellte, Eleonore zurückgewinnen zu wollen, bloß weil sie ein Vermögen geerbt hatte! Dabei sollte er doch *sie* heiraten, und das schon dieses Wochenende!

Julia tauchte unter und griff dann nach dem Shampoo. Sie würde es nicht zulassen, dass diese Leute hier ihren Verlobten schlechtmachten. Ihre Haare waren noch nie so brutal behandelt worden. Sie schrubbte und rubbelte ihren Kopf, als könne sie so all das Durcheinander darin beseitigen.

Oh Lorenzo, wenn du nur wüsstest, was diese Menschen über dich sagen!

Sie schlug mit der flachen Hand ins Wasser und wusste plötzlich ganz genau, was sie zu tun hatte. Sie würde Lorenzo finden, ihm so sanft wie möglich klarmachen, dass es wohl das Beste sei, wenn sie alle so schnell und so unauffällig wie möglich abreisten und diese arme Familie ihrer Trauer überließen. Sie wollte seine Umarmung spüren, sich daran erinnern, wie es sich anfühlte, ihm nah zu sein, sich den Zauber ins Gedächtnis rufen, der dazu geführt hatte, dass sie zugestimmt hatte, seine Frau zu werden. In guten wie in schlechten Zeiten …

Genauso war es. Erleichterung überkam sie. Sie schnellte geradezu aus der Wanne und trocknete sich ab.

Lorenzo Landini, ich bin unterwegs und werde dich finden. Und du solltest dich auf etwas gefasst machen … Ich werde großartig aussehen, wir werden reden, alles aus der Welt räumen, und dann nehme ich dich mit nach Hause.

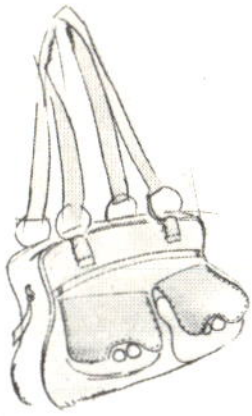

Kapitel 23

Sie war nicht sicher, ob sie die Kapelle betreten sollte. Doch die Tür war nur angelehnt und bislang hatte Julias Suche auf dem Schlossgelände keinerlei Spur von Lorenzo ergeben. Geschweige denn von Eleonore.

Langsam ging sie auf die schwere Eichentür zu und stieß sie auf. Sie war noch nie in einer privaten Familienkapelle gewesen. Diese hier war relativ klein und nüchtern, aus demselben grauen Stein gemauert wie das Château, mit einem kleinen Glockenturm und drei Bogenfenstern auf jeder Seite versehen. Rechts von der Tür führte eine schmale Treppe hinunter zur Krypta, wo der Leichnam von Lucs Vater aufgebahrt war und darauf wartete, am Samstag zu Grabe getragen zu werden.

Im Inneren der kleinen Kapelle fiel sanftes Licht auf die vier Holzbänke, die in dem schmalen Raum aufgereiht waren. Ein einfaches Holzpult stand auf einem kleinen Sockel davor, und an der Wand dahinter war ein Fresko mit biblischen Szenen. Die rührende Schlichtheit überraschte Julia. Sie hatte mit schweren Wandbehängen, Ölgemälden und buntem Bleiglas gerechnet, doch nichts davon war zu sehen. Dieser Ort war perfekt für die innere Einkehr.

Sie hatte auch nicht erwartet, Luc Deschanel in der ersten Reihe sitzen zu sehen, mit gebeugtem Kopf, tief in Gedanken versunken.

Einige Sekunden lang stand sie wie angewurzelt da und beobachtete nur seinen starken Rücken, starrte auf die fast geometrischen Muskeln, ließ den Blick über seine Schultern gleiten, über seinen gebräunten Nacken, seine ungekämmten Haare … und sie fragte sich, was er wohl gerade dachte. Armer Luc. Ob er seinem Vater wohl ähnlich sah? Julia hatte Bilder von Jaques Deschanel im Château gesehen, und so sehr sie es auch versucht hatte, sie hatte keinerlei Ähnlichkeit zwischen den beiden Männern ausmachen können. Außer vielleicht das ausgeprägte Kinn und die Augenpartie. Hatten sich ihre Persönlichkeiten geglichen? Auch der Vater war ein attraktiver Mann gewesen, so viel stand fest, doch war das schon alles? Jaques Deschanel hatte seine Tochter nicht sehr fair behandelt, das hatte Julia im Verlauf der letzten Tage mitbekommen. Luc hingegen war … er war *ehrenhaft*.

In dem Moment ließ sich Luc nach vorn fallen und vergrub sein Gesicht in den Händen. Julia trat lautlos einen Schritt zurück. Sie sollte nicht hier sein. Am besten würde sie ebenso leise wieder hinausgehen, wie sie hereingekommen war. Doch sie blieb. Sie konnte den Blick einfach nicht von ihm abwenden. Bei dem Gedanken an seinen Schmerz zog sich ihr Herz zusammen. Wäre es wirklich falsch, zu ihm zu gehen, sich neben ihn zu setzen und ihm den Arm um die Schulten zu legen? Wer kümmerte sich schon um ihn? Gott allein wusste, wo Eleonore wieder war, und auch Marie-Louise war nirgendwo zu sehen gewesen. Um Himmels willen, jemand musste den armen Mann doch mal umarmen!

Julia vermochte kaum zu atmen. Der Drang, zu ihm zu gehen, war überwältigend, und doch auch beängstigend. Sie biss sich auf die Lippe. Bildete sie es sich nur ein, oder war es warm hier drin? Ein ausgesprochenes Kribbeln machte sich in ihr breit. Sie sollte es einfach tun. Los. Geh schon, geh hin, und tröste ihn, sagte sie sich.

Julia atmete langsam aus. Luc hatte sie immer noch nicht bemerkt. Völlig regungslos saß er da. Er war *so schön* in seiner Trauer.

Was tue ich hier eigentlich? Gib's schon zu, du willst zu ihm rübergehen und ihn küssen, stimmt's?

Es war wirklich zu komisch; sie stand hier, ironischerweise bei Luc, und ihre Gedanken schienen ihr unangebracht, während sie zuvor um Lorenzo gekreist waren, der Eleonore nachgelaufen war. Irgendetwas lag in der Luft. Etwas Unheilvolles.

Sie drehte sich auf dem Absatz um und wollte gerade gehen. Immerhin musste sie ihren Verlobten finden …

»Julia.« Luc hatte sie bemerkt. Er hatte den Kopf umgewandt und sah ihr geradewegs in die Augen. Sein Blick war voller Emotionen.

»Es tut mir leid, Luc, ich wollte nur …« Doch sie brachte es nicht über sich, *seinen* Namen auszusprechen. Sie konnte doch nicht einfach nicht sagen: *Ich wollte nur Lorenzo suchen, den Mann, den ich am Samstag heiraten werde.*

Er stand auf und ging auf sie zu. Dann ließ er eine Hand in seine Hosentasche gleiten und holte eine kleine, blaue Lederschachtel hervor.

»Die ist für dich.«

Julia fühlte sich schwindlig. Sie schauten sich tief in die Augen, und Julia war hin- und hergerissen, zwischen dem Verlangen, einfach wegzurennen oder sich ihm in die Arme zu werfen und ihn leidenschaftlich zu küssen.

»Die Ringe?«, fragte sie flüsternd und senkte den Blick.

»Ja, die Ringe. Sie sind vorhin per Kurier gekommen.«

»Danke.«

Er hielt ihr die Schachtel hin. Mit zitternden Händen nahm sie sie entgegen, wobei sich ihre Finger kurz berührten und dies Julia einen minimalen elektrischen Schlag versetzte. Sie erschauderte am ganzen Körper.

»Das alles hätte nie passieren dürfen«, sagte er. »Das mit den Ringen, meine ich. Es tut mir wirklich leid.«

»Das muss es nicht«, erwiderte Julia und fühlte sich ein wenig lächerlich in ihrer Schüchternheit. »Danke, dass du sie wieder ausgelöst hast.«

Luc schien nun ebenso nervös zu sein wie sie. Julia trat ein paar Schritte zurück, wobei sie sich bemühte, nicht gegen eine der Kirchenbänke zu poltern. »Ich lasse dich jetzt in Ruhe … Ich hätte gar nicht hierherkommen sollen!«

Luc sagte nichts.

»Es tut mir so leid«, fuhr Julia fort, »dass du dich die letzten Tage über damit beschäftigen musstest, wo du doch eigentlich ganz andere Probleme …« Sie brach ab und zuckte verlegen mit den Schultern.

Luc lächelte schwach. »Ist schon in Ordnung. Ich habe ja noch mein ganzes Leben Zeit, um um meinen Vater zu trauern.«

»Wird es nicht schwierig für dich sein, hier zu leben? Mit all den Erinnerungen?«

»Oder vielleicht auch leichter?« Er schien froh zu sein, mit jemandem reden zu können. »Ich habe mir tatsächlich schon Gedanken darüber gemacht. Aber mein Vater wäre glücklich, wenn er wüsste, dass ich hierbleibe und sein Lebenswerk fortführe. Das Weingut zu verkaufen würde mir noch viel schwerer fallen, soviel weiß ich inzwischen.«

»Ist für die Beerdigung am Samstag alles bereit?«, fragte Julia. Es fühlte sich seltsam an, zu wissen, dass sie nicht dabei sein würde.

Er nickte. »Ich denke schon.«

»Gut.«

Das Schweigen zwischen ihnen wirkte nun längst nicht mehr so bedrückend wie noch einige Minuten zuvor. Luc fuhr mit der Hand über die Rückenlehne der vorderen Holzbank. Julia nahm an, dass dies am Samstag sein Platz sein würde.

Doch was passierte nach diesem Tag? Julia versuchte sich vorzustellen, wie Luc am Sonntagmorgen, und am Morgen danach und an dem darauf, aufwachte und pflichtbewusst den Wünschen seines Vaters nachkam. Es schien das Richtige zu sein, und trotzdem war da ein Haken. Wo würde der wahre Luc Deschanel bei all dem bleiben? Und was würde aus Luc Desch werden?

»Luc, ich habe über etwas nachgedacht.«

»Ja, worüber denn? Komm mit, wir gehen ein bisschen spazieren.«

Zusammen verließen sie die kleine Kapelle und traten in den vom Regen noch nassen Garten. Es schien das Natürlichste von der Welt zu sein. Das strahlende Nachmittagslicht tauchte das Château in einen weichen, glitzernden

Schimmer. Die Luft war klar und dennoch voll von den Düften des Gartens.

»Ich bin nur ein Gast hier, Luc, ein ungebetener Gast, dazu noch zu einem wirklich schlechten Zeitpunkt ...«

»Nein, das stimmt nicht ...« Luc wollte protestieren, doch sie hielt, auch aus Zeitdruck, ihre Hand hoch, um ihm Einhalt zu gebieten.

»Doch, Luc, es war ein wirklich mieser Zeitpunkt. All meine Eindrücke vom Château, von dir und allem anderen hier sind also die einer Fremden, eines Eindringlings ... Aber ich habe mir in den letzten Tagen hier ein paar Gedanken gemacht.«

»Du bist keine Fremde«, murmelte Luc.

Julia spürte einen Schauer im Nacken.

»Es ist schön, das zu hören.«

Sie schlenderten über den akkurat gestutzten Rasen vor dem Schloss. Hohe Buchsbaumhecken säumten den Garten, und zu ihrer Linken lagen die ihr inzwischen vertrauten Rosenbeete. Die satten Farben der stolzen, prächtigen Blüten leuchteten noch strahlender als vor dem apokalyptischen Regenguss. Die Szenerie wirkte zeitlos. Und bewegte sie tief.

»Du musst deine Musik nicht zwangsweise aufgeben, um hierzubleiben, weißt du?«

»Wie meinst du das?« Sie gingen gemächlich weiter, doch Julia spürte, dass sie Lucs Interesse geweckt hatte.

»Na ja, dieser Ort ist doch einfach wunderbar! Das Château, die Veranda, die Weinkammer ...«

»Ach ja, die Weinkammer«, meinte Luc.

Julia errötete, fing sich aber gleich wieder. »Konzerte,

Luc. Musikveranstaltungen, Festivals, Lesungen – Château Deschanel eignet sich geradezu perfekt dafür.«

Missmutig schüttelte Luc den Kopf, als hätte er schon kapituliert.

»Denk doch mal darüber nach«, fuhr Julia fort. »Auf diese Art und Weise kannst du das Weingut übernehmen, musst die Musik aber nicht aufgeben. Allein dein Name wäre ein unglaublich großer Anziehungsfaktor für die Leute, und du könntest alle möglichen Musikrichtungen abdecken, vielleicht sogar Musikveranstaltungen kombinieren mit Weinproben, Workshops und solchen Dingen.«

»Hey, halt mal die Luft an«, sagte er lachend.

»So gefällst du mir schon viel besser. Schön, dich lachen zu sehen!« Und das war es. Das war es wirklich.

»Julia, das ist wirklich eine schöne Idee, aber ehrlich gesagt wird es für die nähere Zukunft schon eine riesige Herausforderung sein, das Weingut überhaupt am Laufen zu halten.«

»Ach, komm schon.« So einfach wollte Julia sich nicht geschlagen geben. »Überleg doch mal – dein ganzes Leben liegt noch vor dir, das hast du eben selbst gesagt, und du hast diesen wundervollen, bildschönen Ort, um es zu leben. Warum willst du nicht etwas ganz Eigenes daraus machen? Ich weiß, du kannst das schaffen, Luc, du bist großartig …«

»Bin ich das?« Er fiel ihr ins Wort, seine Stimme war plötzlich schwer. »Denkst du das wirklich?«

Julia trat einen Schritt zurück. Oh, das war wohl zu viel gewesen. Sie war zu weit gegangen. Hatte sie ihm gerade wirklich gesagt, dass sie ihn großartig fand?

»Als ich noch aufgetreten bin«, sagte Luc, »hatte ich Leute zur Verfügung. Weißt du, was ich meine, Julia?«

Sie grinste. »Natürlich. Du meinst, dass du Leute um dich hattest, die dafür gesorgt haben, dir die Meute vom Hals zu halten, stimmt's?«

»Genau! Ich habe keine Ahnung, wie man ein Konzert organisiert, geschweige denn, wie man Château Deschanel in ein Kulturzentrum verwandelt.«

»Aber Luc, du könntest Leute finden, die das für dich übernehmen. Es wäre doch einfach fantastisch, oder? Der Ort, die Kulisse, deine Erfahrungen in der Musikbranche … Abgesehen davon, dass du selbst auch Konzerte geben könntest …«

»Nun mal ganz langsam!« Luc ging mit kräftigen Schritten weiter und schüttelte dabei immer noch den Kopf. »Das wäre total verrückt. Und wohl kaum das, was mein Vater …«

Er ließ sich auf eine gusseiserne Bank nieder und vergrub das Gesicht in den Händen. Der Anblick brach Julia das Herz. Und es schien ihr das Normalste der Welt, sich sofort neben ihn zu setzen und ihn in ihre Arme zu nehmen. Mit einem Mal wurde ihr klar, dass Luc große Kompromisse würde eingehen und hier im Château bleiben müsse, um das Weingut zu übernehmen … und all das ohne seinen Vater. Ihr Vorstoß hinsichtlich kultureller Veranstaltungen kam ihr plötzlich albern und unrealistisch vor.

Luc hatte sich gesammelt und lächelte ihr nun zu. »Entschuldige!«

»Du musst dich nicht entschuldigen. Ich hätte gar nicht davon anfangen sollen. Du hast auch so schon genug zu tun.«

Luc griff nach ihren Händen und drückte sie. »Nein, Julia, ich bin froh, dass du mir so etwas vorgeschlagen hast. Und es rührt mich zu sehen, wie viele Gedanken du dir gemacht hast, wo du doch auch so viele andere Dinge im Kopf haben musst.«

»Wir sind schon zwei, oder?« Julia grinste, ehe sie sich wünschte, diesen letzten Satz so nie ausgesprochen zu haben.

Luc schien ihre Gedanken zu lesen, doch er ging nicht darauf ein.

»Komm, gehen wir noch ein Stück. Ich muss einen klaren Kopf kriegen. Hast du Lust, mich zu begleiten?«

Er erhob sich von der Bank und wartete, dass sie ihm folgte. Julia biss sich unentschlossen auf die Lippe. Sie sollte eigentlich nach Lorenzo suchen. Wo um alles in der Welt war er nur? Andererseits, so dachte sie dann, würde sie ja später mit ihm zusammen zurück nach Edinburgh fliegen – da konnten sie doch auch im Flugzeug miteinander reden. Wahrscheinlich war das die beste Lösung. Château Deschanel und die ganze merkwürdige Atmosphäre hier im Var brachte ganz offensichtlich alle um den Verstand.

Nun gut, sie hatte ihre Entscheidung getroffen. Luc brauchte Gesellschaft, das spürte sie, und Lorenzo konnte warten. Außerdem hatte sie keine Lust, sich jetzt schon von Luc zu verabschieden.

»Na dann los. Aber ich habe nicht viel Zeit«, sagte sie lächelnd.

Sie stand auf und gemeinsam gingen sie über den Rasen, um das ausladende Grundstück herum. Lucs Auftreten wollte so überhaupt nicht zur Umgebung passen: ein lässiger junger Mann in Jeans und T-Shirt, der doch so gepflegt und perfekt daherkam. Sollte der Herr von Château Deschanel nicht viel eher ein Tweed tragender Graf sein? Oder eine ältliche Witwe mit jeder Menge Personal? Einfach jemand, in dessen Gesicht sich die Tradition dieses ehrwürdigen Ortes widerspiegelte?

»Wirst du die Gärten so belassen?«, fragte Julia.

»Ich weiß es noch nicht. Vielleicht«, antwortete Luc. »Warum sollte ich etwas ändern, was seit über hundert Jahren so besteht?«

»Stimmt.«

Schweigend gingen sie nebeneinander her. Julia hing ihren Gedanken nach und überlegte.

»Aber dein Vater hat auch Veränderungen vorgenommen, oder? Du hast erzählt, dass er keine Wahl gehabt hatte, um das Geschäft weiter bestehen zu lassen.«

»Das ist wahr«, stimmte Luc zu. »Es war damals ein mutiger Schritt, in all die Maschinen zu investieren, die du … die du vorhin gesehen hast. Einige Leute hielten ihn für verrückt, aber der Erfolg hat ihm Recht gegeben.«

»Findest du, dass all diese Neuanschaffungen das Wesen von Château Deschanel verändert haben?«

Luc zögerte ein wenig. »Ich war damals sehr jung, genau kann ich es also nicht sagen. Aber … nein, ich glaube nicht wirklich. Für das Weingut Deschanel geht es um mehr als nur ein paar Maschinen. Es geht um die Menschen, die Leidenschaft der Winzerei, einfach darum, mitzumachen, denke ich.«

»Das dachte ich mir schon.«

»Gefallen dir die Gärten nicht?« Er drehte sich zu ihr und sah sie an.

»Oh, nein, ich finde sie wundervoll. Ich frage nur, weil sie so förmlich wirken, so streng, und so … na ja, einfach nicht so sind wie du. Entschuldige, Luc, ich wollte mich nur ein bisschen mit dir unterhalten. Alles hier scheint so gut zusammenzupassen, und du, du passt auch hierher, aber was ich meine, ist … Ich fände es schrecklich, wenn du, um all das hier zu erhalten – so erhaltenswert es in all seiner Schönheit auch ist –, ein Stück von dir selbst verlierst.«

Während ihrer Rede hatte Luc sie nicht aus den Augen gelassen, und als sie schließlich geendet hatte, aufgewühlt und mit glühenden Wangen, sah sie besorgt zu ihm auf, weil sie befürchtete, dass sie vielleicht zu weit gegangen war. In seinen Augen lag ein veränderter Ausdruck, etwas Weiches, sie glaubte, etwas wie Dankbarkeit zu erkennen.

»Du bist eine wahre Freundin, Julia«, sagte er.

»Ich bin froh, dass du so denkst.«

»Was für Kräfte waren da wohl im Spiel, die dich ausgerechnet in dieser Woche in mein Leben geschickt haben?«

Julias Herz raste. Sie wusste, sie sollte die Gefühle, die sie in diesem Moment empfand, eigentlich nicht haben.

»Tja, Luc«, sagte sie betont locker und versuchte, diesen emotionalen Moment mit ein wenig Leichtigkeit aufzulockern. »Man sollte nie die Macht einer limitierten Luxushandtasche unterschätzen.«

Er lachte.

Sie setzten ihren Spaziergang durch den Garten fort, bis sie sich schließlich vor der großen Flügeltür zum Salon wiederfanden.

Julia seufzte. »Zeit zu gehen, Luc. Ich muss noch packen und … und so weiter.«

Zögerlich setzte sie ihren Weg fort und ging auf die Tür zu, als Luc nach ihrer Hand griff und sie zu sich zurückzog.

»Julia, ich wünschte, du würdest nicht gehen.«

»Ich …«

»Du bist mir eine so gute Freundin, obwohl wir vor drei Tagen nichts als Fremde füreinander waren.«

Auf seinem Gesicht zeichneten sich tiefes Gefühl und Leidenschaft ab. Julia entzog ihm ihre Hand.

»Und du warst so … freundlich«, flüsterte sie.

»Bleiben wir in Kontakt?«

»Was meinst du?« Bis zu diesem Moment hatte Julia es verdrängt, dass sie ihm hier und jetzt würde Lebwohl sagen müssen. Für immer. Denn eines wusste sie ganz sicher: Mit Luc Deschanel, dem Mann, der quasi am Vorabend ihrer Hochzeit mit Lorenzo mit ihr geflirtet hatte, in Kontakt zu bleiben, wäre ein großer Fehler. Und nicht weil sie Luc nicht vertraute. Sondern, weil sie sich selbst nicht traute.

»Wirst du mir ab und zu mailen?«, fragte er.

Bedauernd schüttelte sie den Kopf. »Nein, Luc, das kann ich nicht. Es tut mir leid, aber du weißt, dass das nicht geht. Pass auf dich auf, okay? Und dieser wundervolle Ort – er gehört jetzt dir. Mach was draus, ja?«

Und mit einem letzten traurigen Blick in seine Augen drehte sie sich um und lief durch die Tür ins Château.

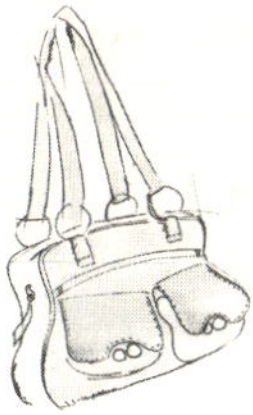

Kapitel 24

Julia rannte die Treppe hinauf und warf sich aufs Bett. In ihrem Kopf drehte sich alles. Was genau war da draußen gerade passiert? Eigentlich hatte sie Lorenzo suchen wollen und stattdessen war sie in Gefühlsdinge mit Luc verwickelt worden. Zwei Tage vor ihrer Hochzeit! Was zum Teufel machte sie hier, in Südfrankreich? Sie fühlte sich einem Mann erschreckend nahe, von dessen Existenz sie bis vor wenigen Tagen nicht einmal gewusst hatte.

Seufzend setzte sie sich auf und ließ den Blick durch den Raum schweifen. Onkel Quinns Koffer stand fein säuberlich gepackt in der Ecke, doch von dem Mann selbst war nirgendwo eine Spur. Julia warf einen Blick auf ihre Uhr. Es musste längst an der Zeit sein, zum Flughafen aufzubrechen.

»Oh mein Gott, das kann ja gar nicht sein!« Julia schnappte nach Luft und blickte noch einmal genau aufs Zifferblatt. Hektisch rechnete sie im Kopf, ob die Zeit noch ausreichte. Sie würden sofort losfahren müssen, jetzt, in diesem Moment, wenn sie noch irgendeine Chance haben wollten, ihr Flugzeug zu erwischen. Ihre Eltern würden ausflippen, wenn sie schon wieder einen Flug verpasste. Sie machten sich ohnehin schon genug Sorgen.

Sie flog fast die Treppe hinunter und stieß dabei um ein Haar mit Lorenzo zusammen.

Gott sei Dank! Sie konnte auch im Auto noch fragen – ganz vorsichtig fragen –, wie das Gespräch mit Eleonore gelaufen war. Onkel Quinn würde das nichts ausmachen. Doch allein der Anblick ihres Verlobten beruhigte Julia zutiefst. All dieser Unsinn, dass er versuchen würde, Eleonore zurückzugewinnen, war doch Quatsch! Wie hatte sie jemals an ihm zweifeln können? Wenn irgendjemand ein schlechtes Gewissen haben musste, so war das sicher nicht Lorenzo …

»Ich habe mich schon gefragt, wo du dich herumtreibst«, sagte Lorenzo und lächelte sie an.

»Ist Onkel Quinn nicht bei dir?« Julia warf einen Blick über seine Schulter.

»Ich dachte, du wärst mit ihm unterwegs.«

»Nein! Ich muss ihn suchen, Renzo. Geh du und hol unser Gepäck!«

Doch sie konnte ihren Onkel nirgendwo auffinden. Sie eilte durchs Schloss, lief von Zimmer zu Zimmer und rief immerzu nach ihm. Dann hetzte sie auf die Veranda und durch den Garten – nichts.

In der Eingangshalle traf sie danach wieder auf Lorenzo, der einen höflichen, schicksalsergebenen Ausdruck im Gesicht trug.

»Ich denke nicht, dass wir es noch schaffen werden, Julia.«

»Doch, das werden wir. Ich weiß, wo ich es noch versuchen kann!«

Julia öffnete mit Schwung die Flügeltüren des Salons und stürmte hinaus in den Garten, lief über den Rasen, wo sie eben noch mit Luc spaziert war, den schmalen Weg hinunter zum Weinberg und rief die ganze Zeit über nach ihrem Onkel.

Die Pfade in dem Weinberg waren immer noch feucht und glitschig. Vorsichtig hastete Julia den schattigen Weg entlang zu der Lichtung zwischen den Reben, wo sie ihren Onkel und Claude zuvor schon einmal gefunden hatte.

Es war genau, wie sie es sich gedacht hatte. Da saßen die zwei Männer, dicht beieinander, am selben wackligen Picknicktisch wie vor einigen Stunden, angeregt in ein Gespräch vertieft. Neben ihnen lehnte eine leere Weinflasche, und eine weitere, die ebenfalls zur Neige ging, stand geöffnet auf dem Tisch.

Claude erhob sich bei ihrem Anblick und ergriff Julias Hand. »Mit Ihrem Onkel habe ich bereits Frieden geschlossen, nach meinem garstigen Verhalten vorhin. Doch bitte nehmen auch Sie mein Ersuchen um Vergebung an.«

»Schässschen. Was verschafft uns diese Ehre sssum ssweiten Mal heute? Du kommst genau richtig für ein klissekleines Schlückchen von dem Sechssssunsiebsssiger!« Torkelnd stand Onkel Quinn von seinem Stuhl auf.

»Onkel Quinn! Du bist ja vollkommen betrunken!«

»Nur ein gaaanss kleines bisschen.« Er hickste. Auf seinem pinkfarbenen Baumwollhemd zeichneten sich rote Weinflecken ab, und der Sonnenhut saß schief auf seinem Kopf. Er sah … nun ja, nicht gerade furchtbar aus, aber doch einigermaßen derangiert.

»Wir verpassen unseren Flieger! Um genau zu sein …«, sie schaute auf ihre Uhr, sank dann mit verzweifeltem Gesichtsausdruck in einen der Stühle, »… haben wir den Flug soeben verpasst. Der Check-in schließt in fünfzehn Minuten, und die Fahrt zum Flughafen dauert um einiges länger. Mum wird ausflippen! Und Lorenzo auch. Onkel Quinn, wie konntest du nur?«

»Ja, wie konnte ich nur?« Er zuckte mit den Schultern und sah dann zu Claude. »Jemand muss mich aus dem Verkehr gezogen haben. Claude, du alter Halunke.«

Ein Rascheln hinter ihnen ließ sie aufhorchen. Als Lorenzo auftauchte, drehte sich Julia zu ihm um und zog eine Grimasse. »Wir schaffen es nicht mehr«, rief sie. »Onkel Quinn ist betrunken, und selbst wenn wir mit dem Bleifuß auf dem Gas zum Flughafen fahren würden – man würde ihn in diesem Zustand gar nicht an Bord lassen.«

»Verstehe«, meinte Lorenzo knapp und krempelte die Ärmel seines Hemdes hoch. Allem Anschein nach musste er seine ganze Kraft zusammennehmen, um ruhig und höflich zu bleiben. Julias Gesicht brannte, und Onkel Quinns Augen verzogen sich zu Schlitzen.

»Ein' Moment mal, bitte!«, lallte er. »Wer hat uns denn befohlen, um Punkt sechs mit gepackten Koffern vor der Tür sssu stehen? Hm, Schässschen?«

Das hatte Julia vollkommen vergessen. Sie errötete.

»Also ich war da, in voller Erwartung, mitsamt meinem Koffer. Und wo wart ihr beide, bitte schön? Auf und davon! So war das nämlich!«

Lorenzo nickte schuldbewusst. »Ja, ich gebe zu, ich habe mich ein klein wenig verspätet.«

»Und warum hast du uns nicht gesucht?«, fragte Julia nach. »Ich hatte vollkommen die Zeit vergessen! Ein bisschen Antrieb hätte mir ganz gutgetan!«

Andererseits hätte ich dann nie dieses schöne Gespräch mit Luc geführt ...

»Und wo bist *du* gewesen?« Onkel Quinn sah Lorenzo misstrauisch an.

Der hob unschuldig die Hände. »Ich musste mich ... um etwas kümmern. Julia weiß Bescheid.«

Julia sah ihren Verlobten an, hoffte auf ein ermutigendes Augenzwinkern, einen Blick, auf *irgendetwas*, doch er schaute sie nicht einmal an.

»Wie auch immer«, meinte Onkel Quinn. »Nachdem ich als Einziger auf meinen gepackten Koffern in der Hitze vor dem Château wie ein Hähnchen auf dem Grill saß, habe ich mich natürlich gewundert und überlegt, ob ich die Anweisungen womöglich falsch verstanden habe. Nach einer halben Stunde verließ ich meinen Posten und begab mich auf die Suche nach meinem neuen Freund hier, um unser Gespräch über diesen teuflischen Sauvignon fortzusetzen, mit dem er mich schon den ganzen Nachmittag über gequält hat.«

»Nun denn«, mischte sich nun auch Claude lauthals ein, »vielleicht ist es Schicksal. Ihr könnt doch auch morgen nach Hause fliegen! Was ist Zeit denn schon? Nur eine Erfindung, um uns daran zu hindern, die Dinge, die uns Freude bereiten, zu Ende zu führen. Bleibt bei uns, ihr wundervollen Menschen ...«

»Dann werden wir unsere Freundschaft festigen, mit Zoten und Anekdoten um uns werfen, an einem knisternden Feuer sitzen, ein heißes, köstliches Mahl genießen und einem Barden auf der Galerie lauschen ...« Onkel Quinn knuffte seinen Freund verspielt in die Seite.

Die beiden strahlten einander an. Auch Julia fand es unmöglich, nicht zu lächeln. Lorenzo seinerseits wirkte immer noch ausgesprochen gehetzt.

»Was wird Luc wohl sagen, wenn wir für eine weitere Nacht um Asyl bitten?«, dachte Onkel Quinn laut nach.

Sie packten zusammen und machten sich auf den Rückweg den Weinberg hinunter.

»Luc?«, fragte Claude. »Der liebe Junge! Für so gute Menschen würde er alles tun. Er ist einer der besten Menschen, die ich kenne. Kommt, lasst uns ihm die gute Nachricht überbringen, dass seine Gäste noch bleiben.«

Julias Finger krallten sich unwillkürlich in Lorenzos Arm. Sie war sich nicht so sicher, ob Claude da Recht hatte.

Sie gaben ein buntes Grüppchen ab, wie sie so den Rasen entlang zum Schloss zurückmarschierten. Die Sonne ging langsam unter, und die Lichter vom Schloss her strahlten hell und einladend. Als sie sich der Flügeltür zum Salon hin näherten, konnte Julia Lucs Silhouette am Kamin wahrnehmen. Regungslos schaute er ihnen entgegen. Julias Herz schlug heftig.

Claude betrat als Erster den Raum, während die anderen hinter ihm herkamen.

»Luc, mein Lieber. Sie müssen uns wirklich für vollkommen und absolut übergeschnappt halten«, eröffnete Onkel Quinn das Gespräch.

Kühl starrte Luc seine Gäste an.

»Luc, stell dir vor!« Claudes Stimme klang aufgeregt, als wolle er ihm von einem sagenhaften Abenteuer berichten. Er setzte Luc über den verpassten Flug in Kenntnis.

»Würdet ihr uns die Freude machen, noch eine weitere

Nacht zu bleiben?« In seiner unantastbaren, tadellosen Höflichkeit hatte Luc seine Frage an Lorenzo gerichtet, der im Gegensatz zu Claude und Quinn absolut nüchtern war. Zu Julia sagte er: »Ihr seid herzlich willkommen.«

»Oh, Luc, das können wir nicht annehmen«, sagte sie leise. »Wir sollten dich wirklich nicht länger belagern.«

»Keine Widerrede«, sagte Luc bestimmt.

»Vielen Dank«, erwiderte Lorenzo. »Gibt es hier einen Computer mit Internetanschluss? Dann kümmere ich mich darum, unsere Flüge auf morgen umzubuchen.«

Julia blickte von einem zum anderen. Sie saß in der Falle. Schon wieder. Konnten die denn alle nicht sehen, dass sie wirklich dringend nach Hause musste, um ... na ja, um Hochzeitsdinge zu regeln? Zwar hatte sie zum Teil Mitschuld an der Situation – wie konnte sie auch nur so die Zeit aus den Augen verlieren? Immerhin waren ihre Eltern die pünktlichsten Menschen der Welt!

Apropos Eltern ... »Entschuldigt mich«, murmelte sie, »ich muss dringend zu Hause anrufen. Haltet euch schon mal die Ohren zu, das wird sicher lautstark. Und Luc ...«

Sie schauten sich in die Augen.

»... vielen Dank.«

Unglücklicherweise war die Telefonverbindung zwischen Château Deschanel und Frean Hall glasklar.

»Liebes, das ist doch nicht dein Ernst!« Der entsetzte Aufschrei ihrer Mutter donnerte ihr wie erwartet durch die Leitung entgegen. »Was meinst du damit, ihr habt den Flug verpasst? Wie kann man denn so dusselig sein?«

»Ich weiß es doch auch nicht!« Mit ihrer freien Hand

fuhr Julia sich durchs Haar. Wenn sie genauer darüber nachdachte, schien es ihr geradezu unglaublich, dass sie ihren Zeitplan so völlig vergessen hatte. »Ich war schon abreisefertig, und dann, na ja, dann habe ich mich mit jemandem verquatscht, und dann haben wir auch noch Onkel Quinn verloren … Aber Lorenzo kümmert sich schon um die Flüge, und wir werden sofort die erste Maschine morgen früh nehmen.«

»Liebes, Lorenzos Eltern kommen schon morgen früh an!«

Das hatte Julia vollkommen vergessen.

»Eine reichlich seltsame Situation, wenn dein Vater und ich hier zwei völlig fremde Menschen unterhalten sollen, meinst du nicht?«

»Oh Mum, es tut mir wirklich leid! Aber die beiden sind wirklich zuckersüß, ehrlich! Sie werden euch überhaupt keine Probleme machen, und Renzo und ich kommen so schnell wie möglich nach.«

»Nun, wie dem auch sei … Aber was um alles in der Welt hat euch denn dort unten so lange aufgehalten? Ich dachte, du wolltest nur deine Ringe abholen und gleich zurückkommen! Habt ihr nicht nach der Hochzeit noch genügend Zeit für Trips in die Sonne?«

»Das ist jetzt alles zu kompliziert«, sagte Julia. »Hör zu, Mum, ich erzähl dir alles, sobald ich zurück bin, ja? Und die Ringe habe ich …«

»Und das Testament? Hast du es bei der Familie abgegeben?«

»Ja.« Es war merkwürdig, ihre Mutter »bei der Familie« sagen zu hören. Sie hatte keine Ahnung, wer Luc oder die rätselhafte Eleonore waren. Für sie waren die Deschanels nur eine trauernde Familie, die bis Samstag eine Beerdigung zu arrangieren hatte, während in den vergangenen Tagen Julias gesamte Welt von »der Familie« auf den Kopf gestellt worden war.

»Liebling, merk dir nur eins: Selbst wenn du es nicht rechtzeitig schaffst, nach Hause zu kommen, wird die Hochzeitsfeier hier stattfinden. Zur Not eben ohne dich. Zu viel Essen ist bestellt, zu viele Leute sind eingeladen, und dein Vater wird sich diese Gelegenheit nicht – und ich betone *nicht* – entgehen lassen, seinen neuen Kilt zu tragen!«

Julia lachte. »Keine Sorge, Mum, wir werden da sein! Und danke für alles!«

Julia, Claude und Quinn saßen in der Küche, während Luc und Marie-Louise um sie herum mit den Vorbereitungen für das Abendessen begonnen hatten. Die Küche war ein hoher Raum mit schwerem Steinfußboden, massiven Holzmöbeln und einer angegliederten Speisekammer, die zum Bersten gefüllt war mit Käse und Schinken. Julia spürte ein Stechen, als sie realisierte, dass die Nahrungsmittel vermutlich für den Leichenschmaus am Samstag gedacht waren. Wann hatte Luc noch Zeit gehabt, das alles zu organisieren?

Sie musste nicht lange nach einer Antwort suchen, denn sie stand in ihrer schlanken Gestalt vor ihr: Marie-Louise war gerade dabei, in einem riesigen gusseisernen Topf mit frischer Bouillabaisse zu rühren. Julias Angebot zu helfen, war höflich von den beiden abgelehnt worden. Claude und

Onkel Quinn saßen etwas abseits und waren immer noch zu beschwippst, um ihnen zur Hand zu gehen. Und Lorenzo, dem die Situation offensichtlich unangenehm war, hatte sich zum Lesen in den Salon zurückgezogen. Es wäre der perfekte Zeitpunkt für ein Gespräch unter vier Augen mit ihrem Verlobten, doch ihre guten Manieren und das starke Bedürfnis, diesen allerletzten Abend gemeinsam mit ihren neuen Freunden zu verbringen, veranlassten Julia, auf ihrem Küchenstuhl sitzen zu bleiben. Von Eleonore war – wie üblich – keine Spur.

Julia beobachtete Luc und Marie-Louise bei der Arbeit. Die beiden plauderten leise miteinander, lächelten sich immer wieder zu und schienen instinktiv zu wissen, was der andere gerade brauchte. Marie-Louise hackte die Zwiebeln, die Luc auf dem abgenutzten Holzbrett zum Ofen trug, und als Luc die Töpfe bereitstellte, kam Marie-Louise mit Butter, Fisch und Sahne hinzu. Er berührte sie regelmäßig wie zufällig zärtlich am Arm, während sie schnitt und rührte, und sie erwiderte seine Blicke mit großer Wärme.

Sie wirkten ganz und gar wie ein Paar. Kein Wunder, dass Marie-Louise so frostig reagiert hatte, als Luc Julia über das Weingut führen wollte.

Julias Wangen waren rot angelaufen. Selbstverständlich sollte es ihr nicht im Mindesten etwas ausmachen, wenn zwischen Luc und Marie-Louise jemals etwas gelaufen war – oder noch lief. Sie sollte sich sogar für ihn freuen! All ihre Sorge um den armen, einsamen Luc Deschanel … Vielleicht konnte das, was in der Weinkammer vorgefallen war, nur ausschließlich in einer derart stressigen Woche wie dieser passieren, in der auch noch die Luft durch das Gewitter elektrisch aufgeladen war. Luc hatte wahrscheinlich nur das getan, was jeder Mann in dieser Situation versucht hätte, wäre er mit einer anderweitig vergebenen Frau in einer abgelegenen Höhle eingeschlossen – seine Chancen austesten! Zumindest hatte es ihn für eine Weile von den traurigen Ereignissen abgelenkt.

Dieser Gedanke hinterließ bei Julia einen merkwürdig fahlen Nachgeschmack.

»Gut«, sagte Luc und setzte einen schweren Deckel auf den großen Topf. »Das Essen wird bald fertig sein.«

»Mein lieber Junge, gibt es denn nichts, was Sie nicht können?« Onkel Quinn erhob sein Glas. »Ein Toast – auf Ihre Freundlichkeit, Ihre Stärke und Ihre Gastfreundschaft in dieser schwierigen, furchtbaren Zeit – all das erinnert uns daran, dass der Mann, der sie großgezogen hat, ein ganz besonderer Mensch gewesen sein muss!«

Onkel Quinn erhob sich von seinem Stuhl und sprach mit glasklarer Stimme: »Auf Jaques Deschanel! Möge er in Frieden ruhen!«

Auch Julia und Claude standen auf und wiederholten den Toast. Marie-Louise legte den Arm um Lucs Taille und drückte ihn schützend. Sie lächelte Onkel Quinn warm und freundlich zu. Er hatte genau das Richtige getan.

»Würden Sie mich bitte für einen Moment entschuldigen?« Luc schüttelte Onkel Quinn die Hand und verließ dann den Raum. Marie-Louise folgte ihm. Julia blickte ihnen nach und wusste mit Sicherheit, dass ihre Zeit im Château nun endgültig vorbei war. Sie musste zu ihrem eigenen Leben zurückkehren und Luc sich selbst überlassen.

Müde stieg sie die Treppen empor, um sich fürs Abendessen frischzumachen. Als sie die Tür zu dem kleinen Schlafzimmer öffnete, sah sie zu ihrer großen Überraschung, dass Lorenzo auf dem Bett lag und in ihrer Modezeitschrift blätterte.

»Ah, Julia!«, rief er aus und wies auf die glänzenden Magazinseiten. »Man will uns weismachen, dass Neonfarben wieder in Mode kommen! Das will ich wirklich nicht hoffen! Nicht nachdem wir so viel Geld in unsere neutrale neue Linie investiert haben … Alles in Ordnung mit dir?« Er setzte sich auf und warf die Zeitschrift zur Seite. »Komm her, Kleines – du siehst erschöpft aus.«

Julia ließ sich auf das weiche Bett fallen und von Lorenzo in die Arme schließen.

»Oh Renzo, ich bin so müde.«

Er drückte sie fest. »Ich weiß, ich weiß. Mir geht es ja auch nicht anders. Und ich kann einfach nicht fassen, dass dein Onkel mich heute Nacht nicht hier schlafen lassen will!«

Julia sah auf. »Will er nicht?«

»Nein. Er hat so eine blöde Bemerkung gemacht, dass der Bräutigam die Nacht vor der Hochzeit nicht mit der Braut verbringen darf. Pah, er wollte nur nicht in den Nebenflügel zu den Dienstboten umziehen. Weißt du, dass Marie-Louise mich dorthin verbannt hat? Den Gang hinunter, noch hinter der Küche!«

»Ach Lorenzo, das ist doch kein Problem. Stell dir mal vor, wie wir reagieren würden, wenn wir von einem Tag auf den anderen lauter Fremde unterbringen müssten? Es ist ja auch nur für eine Nacht. Onkel Quinn ist nicht mehr der Jüngste und ziemlich eigensinnig. Es wäre einfach nicht fair, zu erwarten, dass er mit dir tauscht. Ist doch jetzt auch egal. Erzähl mir lieber, was bei deinem Gespräch mit Eleonore herausgekommen ist!« Ihr Herz schlug ihr bis zum Hals, als sie nach Spuren einer Reaktion in seinem Gesicht suchte. Doch sie konnte nichts dergleichen erkennen.

»Oh, wir haben geredet, und nun ist alles gut.« Lorenzo sah an sich herunter und strich sich über den Hemdsärmel. »Wir haben alles klären können.«

»Wirklich?«

»Wirklich.«

»Komm schon, Renzo, was hast du gesagt? Was hat sie gesagt? Ihr wart Ewigkeiten verschwunden! Du kannst doch unmöglich all diese Stunden mit Eleonore verbracht haben, ohne mit ihr aneinanderzugeraten! Jetzt sag schon!«

»Julia«, seine Stimme wirkte nun angespannt, »ich habe das getan, was ich dir versprochen habe. Ich habe mit Eleonore geredet. Wir ... wir haben die Vergangenheit beigelegt, und das war's.«

»Lorenzo Landini, du weißt ganz genau, dass ich sehr viel detailliertere Informationen brauche, wenn wir die ganze Geschichte endlich hinter uns lassen wollen. Jetzt komm schon, ich hatte einen furchtbaren Tag!«

»Du hattest einen furchtbaren Tag?«, fragte er ungläubig.

»Sag's mir einfach!«

»Okay.« Er seufzte schwer. »Es scheint sich alles um Simon zu drehen.«

»Um Simon?« Julia war baff. »Was genau hat denn Simon mit alldem zu tun?«

»Was weiß ich!«, rief Lorenzo und zuckte mit den Schultern. »Aber Eleonore und ich saßen zusammen und haben geredet, als Simon plötzlich um die Ecke kam, und mit einem Mal ist Eleonore verschwunden.«

»Also habt ihr doch nicht alles ausdiskutiert?«

»Doch, irgendwie schon. Wir haben uns geeinigt, die Vergangenheit ruhen zu lassen. Ist doch jetzt auch egal … Habe ich das richtig verstanden? Es gibt Bouillabaisse zum Abendessen? Sollten die Deschanels nicht etwas Besseres auf den Tisch bringen als einen Topf Suppe?«

»Lorenzo!«

»Entschuldige.« Er zog sie wieder näher an sich heran. »Komm her. Ich war viel zu lange alleine, ohne meine Süße. In was für eine missliche Situation hast du uns da nur hineinmanövriert?«

»Das alles ist doch nicht meine Schuld«, widersprach sie, auch wenn sie sein sanftes Streicheln über ihren Kopf wundervoll entspannte. »Ich habe nur versucht, das Richtige zu tun.«

»Aha«, murmelte er, seinen Mund nun ganz nah an ihrem. »Großer Fehler, Kleines, großer Fehler.«

Ihre Lippen trafen sich, und Julia konnte nichts weiter sagen. Lorenzos Küsse waren sanft, zugleich aber auch fordernd. Heute zumindest würde sie keine weiteren Erklärungen mehr von ihm bekommen – wenn überhaupt jemals noch. Doch das war schon in Ordnung … Oder nicht?

»Renzo«, flüstere sie, »das tut so gut … Oh!«

Die Schlafzimmertür war aufgeflogen, und in der Tür stand Onkel Quinn, die Hände in die Hüften gestemmt.

»Essen ist fertig … Oh, Schätzchen, wie ich sehe, hast du schon mit der Vorspeise angefangen.«

»Onkel Quinn, du bist wirklich schlimm.« Verschämt rollte sich Julia auf die Seite und setzte sich auf. Auch Lorenzo sprang auf die Füße.

»Wird Eleonore auch mit uns essen?«, erkundigte er sich beiläufig, was ihm jedoch einen fragenden Blick von Julia einbrachte. Was interessierte es Lorenzo, ob Eleonore dabei war oder nicht?

Onkel Quinn nickte. »Sie hat in der Tat noch einen Gastauftritt hingelegt. Auch ihr äußerst charmanter Begleiter Simon ist soeben eingetroffen, auch wenn er ein bisschen aussieht, als hätte er auf eine Zitrone gebissen.«

Eilig kämmte Julia sich durch ihr Haar und folgte den beiden Männern nach unten.

»Sag ich doch«, raunte Lorenzo ihr zu. »Simon!«

Kapitel 25

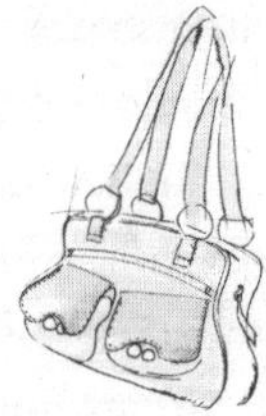

Eigentlich hatte Eleonore gar nicht zum Essen hinunterkommen wollen. Essen war das Letzte, an das sie im Moment denken wollte, außerdem wäre sie lieber Hunderte Kilometer weit weg, als mit Simon und Lorenzo am selben Tisch zu sitzen. Oder zumindest oben in ihrem Zimmer, bei einer Partie Online-Poker.

Doch irgendwie hatte sie es geschafft, das Abendessen durchzustehen und höflichen Smalltalk mit Claude, Julia und deren reizendem Onkel Quinn zu halten, während Luc und Marie-Louise als Gastgeber fungierten. Das war ihr nur allzu recht. So musste sie sich wenigstens um nichts kümmern.

Lorenzo und sie hatten den ganzen Abend über kaum ein Wort miteinander gewechselt. Auch wollten die anderen sie wahrscheinlich schonen – sie, die trauernde Tochter. Auch gut.

Die anderen hatten sich zu einem Glas Cognac in den Salon zurückgezogen. Selbst Simon, der bei Tisch so niedergeschlagen und erschöpft gewirkt hatte, war nicht bei ihr geblieben. Und das machte Eleonore rasend. Sie hatte absichtlich Kopfschmerzen vorgetäuscht, um auf der Veranda bleiben und Simon abfangen zu können. Sie wollte ihm zu gern die Situation mit Lorenzo erklären, doch Simon schien sich nicht darauf einlassen zu wollen. Er war einfach aufgestanden, hatte angeboten, beim Abräumen zu helfen, und war dann ohne ein weiteres Wort verschwunden.

Somit saß sie allein in der kühlen Abendluft, lauschte dem Gesang der Vögel, hörte den Straßenverkehr in der Ferne und das Rauschen der Bäume. Und jedes Mal, wenn sich Eleonore Simons Gesicht in Erinnerung rief, als er sie und Lorenzo in der Gartenlaube ertappte, schwappte eine Welle von Schuldgefühlen über sie.

Schön, vielleicht war es nicht gerade schlau gewesen, Lorenzo zur Gartenlaube zu bringen. Schließlich war es der Ort, an dem Simon und sie vor so vielen Jahren all die gemeinsamen Stunden verbracht hatten ... Eleonore erschauderte bei der Erinnerung daran. Die milden Nächte, in denen sie den Körper des anderen erkundet und sich geheime Versprechen zugeflüstert hatten. All das war so unschuldig, so magisch und so lang her! War es denn ihre Schuld, wenn Simon sie nie vergessen hatte?

Irgendwann würde sie mit ihm reden müssen, aber nicht jetzt. Jetzt wollte sie sich lediglich mit einem großen Haufen Geld in irgendein Casino absetzen und sich verdientermaßen ein wenig entspannen. Sie wollte am Black-Jack-Tisch die Gesellschaft von Männern genießen, Männern wie Lorenzo einer war, und deren schmeichelhafte Versprechungen selbstbewusst in den Wind schlagen.

Warum nur hatte Simon Lorenzo und ihr nachspioniert? Als ob es nicht schockierend genug gewesen wäre, zu hören, wie Lorenzo ihr plötzlich seine Liebe offenbarte.

»Wir hätten in die Weinkammer gehen sollen«, murmelte sie gedankenverloren. Dann blickte sie auf und betrachtete ihr Spiegelbild im Küchenfenster.

Männer. Früher einmal hatte sie gedacht, sie könnte gut mit Männern umgehen. Sie hatte geglaubt, Männer wären die simpelsten aller Lebewesen – gib ihnen ein bisschen von dem, was sie wollen, und sie geben dir alles, was du brauchst … Immerhin hatte diese Taktik auch über lange Zeit funktioniert.

Bis jetzt. Eleonore hatte nicht realisiert, dass sie Lorenzo zurückhaben wollte, bis er sich ihr zu Füßen geworfen hatte … Allein bei dem Gedanken daran wurde ihr ganz schwindlig. Es war fast so, als könne sie, indem sie Lorenzo zurück in ihr Leben ließ, die vergangenen zwei Jahre, in denen sie ihn so sehr ablehnte, einfach auslöschen und einen Neuanfang zu ihren Bedingungen fordern. Sie konnte Lorenzo beweisen, dass er einen riesigen Fehler begangen hatte, als er sie zwei Jahre zuvor in all ihrer Trauer und Verzweiflung verlassen hatte. Sie könnte ihm eine ganz neue Seite an sich zeigen, ihm seinen Fehler immer wieder unter die Nase reiben …

Und trotzdem … Trotzdem war sie wie erstarrt gewesen, als Simon vor der Gartenlaube aufgetaucht war. Sie war erschrocken, hatte sich aber keinen Zentimeter bewegen können. Sie war nicht in der Lage gewesen, auch nur ein Wort zu sagen, um Simon, der zutiefst erschüttert dreinsah, zu überzeugen, dass er sich täuschte und er *nicht* gerade Zeuge einer Wiedervereinigung zwischen ihr und Lorenzo gewesen war. Denn als sie Simons verstörten Blick wahrnahm, hatte dies Eleonore veranlasst nachzudenken. War es das wirklich? Eine *Wiedervereinigung*?

Sie seufzte schwer. Sie musste mit Simon reden. Vielleicht nach der Beerdigung … aber er war den ganzen Abend über so deprimiert gewesen. Das Beste, was sie tun konnte, war vermutlich, ihn schleunigst ausfindig zu machen und mit ihm zu sprechen. Und was sollte sie sagen? Ihr Spiegelbild in der Fensterscheibe schien sie geradezu dazu herauszufordern, endlich ehrlich zu sich zu sein.

Ach, komm schon, Eleonore! Warum zur Gartenlaube? Warum sonst solltest du Lorenzo ausgerechnet zu deinem privaten Liebesnest geführt haben?

In den ersten, leichtlebigen Monaten ihrer Beziehung hatte Eleonore wirklich geglaubt, der elegante, witzige Lorenzo Landini wäre ihr Mann fürs Leben. Sie hatte sich schwer in ihn verliebt. Immerhin arbeiteten sie zusammen, er war erfolgreich, sie hatten die gleichen Ziele, den gleichen Sinn für Humor, und im Bett …

Sie hielt den Atem an. Lorenzo war ein wirklich grandioser Liebhaber. Er konnte Dinge tun, von denen sie bisher nur gelesen oder gar geträumt hatte. All diese heißen Nächte in Paris, in denen sie jede Nacht miteinander geschlafen hatten, in Ekstase und Zauber schwelgten, jegliches Gefühl für Zeit verloren, den Rest der Welt vergaßen … Eleonore rieb sich den Nacken. Das war wirklich eine gute Zeit gewesen.

Aber dann … Ein kühler Windhauch ließ Eleonore erschaudern, als sie an den weiteren Verlauf ihrer Beziehung dachte, wo so vieles falsch gelaufen war.

Irgendetwas zwischen ihnen hatte sich verändert, und es war schwierig, genau zu sagen, was oder wann das passiert war, oder wer genau die Schuld trug. Natürlich hatte Lorenzo ihr die glamouröse Welt der Casinos gezeigt und sie auch ermuntert, mehr zu spielen, als gut für sie war; vor allem, wenn er einen Teil des Gewinns beanspruchte. Doch er war auch nicht suchtgefährdet – das war sie! Okay, natürlich wäre es besser gewesen, wenn er sie unterstützt und ihr geholfen hätte, einen Weg aus der Abhängigkeit zu finden. Doch eigentlich hatte er doch nur genauso gehandelt, wie Hunderte andere Männer in seiner Situation es auch getan hätten – er war gegangen.

Doch die Art und Weise, wie er gegangen war, hatte ihr die tiefsten Verletzungen beigebracht. Allein als sie ihn gebeten hatte, ihr etwas Geld zu leihen, um die Schulden zu bezahlen – was hatte er da noch gleich gesagt? »Es ist doch nicht meine Angelegenheit, für deine Dummheit aufzukommen! Geh doch zu deinem geliebten Papa, der holt dich da schon wieder raus. Oder zapf dein Erbe an! Ich jedenfalls habe damit nichts zu tun.«

Doch er hatte sehr wohl etwas damit zu tun gehabt. Und er hatte sie im Stich gelassen. Und war es Pech gewesen, oder schlechtes Timing, dass all das passierte, als ihre Mutter so schwer erkrankte? Lorenzos Gefühlskälte war für sie unfassbar gewesen. Nie war er ins Krankenhaus gekommen, und er hatte nicht einmal das kleinste bisschen Mitgefühl gezeigt, als sie ihm unter Tränen mitteilte, ihre Mutter würde nicht mehr gesund werden. Und dann hatte er sie am traurigsten Tag ihres Lebens verlassen. Es gibt eben Männer, überlegte Eleonore, die mit Trauer nicht umgehen können. Sie rennen einfach weg.

Lorenzo jedenfalls hatte die Überholspur eingeschlagen und sie zurückgelassen. Und sie hatte in dem Moment nicht zum Château zurückkehren und ihrem Vater eine noch größere Last sein wollen. Also hatte sie sich allein durchgekämpft, ihr strahlendstes Lächeln aufgesetzt und die Casinos von Paris erobert, als könnte sie ihr aus den Fugen geratenes Leben hinter Stapeln aus Jetons und riesigen Versprechungen einfach verstecken. Lorenzo hatte in der Zwischenzeit sein Leben einfach weitergelebt wie bisher, so als wäre nichts geschehen.

Eleonore starrte in die Dunkelheit, in Richtung Weinberg. Im Geiste und wie zum ersten Mal sah sie Lorenzo und Simon vor sich, zwei Männer, Seite an Seite, wie heute Vormittag in der Gartenlaube. Sie waren so verschieden! Und dennoch gaben sie beide vor, Gefühle für sie zu haben.

Zumindest Lorenzos Liebeserklärung hatte sie mehr als überrascht. Und Simons, kurze Zeit zuvor in der Kapelle? Das war nicht wirklich eine Überraschung gewesen. Tief im Inneren hatte sie immer gewusst, dass er, der treue, gut aussehende Simon Crasset, niemals aufgehört hatte, sie zu lieben. Wer sonst hätte ihr in diesen vergangenen schrecklichen Tagen derart beigestanden? Hatte nicht seine bedingungslose Unterstützung, auch wenn sie es zu dem Zeitpunkt noch nicht gewusst hatte, ihr das Leben gerettet? Wer würde für sie da sein, für den Rest ihres Lebens, wenn sie es nur über sich bringen könnte, die Arme auszubreiten und ihn zurück in ihr Leben zu lassen? Simon.

Doch es war nicht so einfach. Sie hatte es sich mit ihm verscherzt. Simon hatte etwas Besseres verdient. Sie war ja nur eine … ja, was eigentlich? Eine Männer fressende Spielerin?

»Eleonore?«

Sie drehte sich um und sah Julia auf sich zukommen.

»Lorenzo hat mir erzählt, dass er dich gefunden hat. Ich bin so froh, dass ihr beide Gelegenheit hattet, miteinander zu reden und alles zu klären. Wie fühlst du dich?«

»Müde«, gestand Eleonore, während Julia sich ihr gegenüber hinsetzte und das Kinn auf eine Hand stützte. »Ich wollte gerade ins Bett gehen. Ist Simon noch da?« Sie fühlte, wie ihre Wangen erröteten, als sie seinen Namen erwähnte, und bemerkte sogleich, dass auch Julia es sah.

»Ich bin nicht sicher«, antwortete Julia. Und nach einer kurzen Pause fügte sie hinzu: »Er ist ein ziemlich netter Kerl, nicht wahr?«

Unwillkürlich musste Eleonore lächeln. »Ach, hör schon auf. Und schau mich nicht so an.«

»Wie denn? Darf ich nicht sagen, was ich denke? Ich habe mich nur gerade daran erinnert, wie nett Simon vorhin war, als wir uns zufällig im Garten getroffen haben. Nur beim Abendessen war er ein bisschen arg ruhig, oder?«

Als Julia das Treffen im Garten erwähnte, begann Eleonores Herz wild zu schlagen. »Wann genau habt ihr euch im Garten getroffen?« Sie bemühte sich, so unbeschwert wie möglich zu klingen. Hatte Simon Julia irgendetwas gesagt? Wollte sie sie täuschen?

Julia zuckte mit den Schultern. »Heute Nachmittag, als ich nach Renzo und Onkel Quinn gesucht habe. Ich war auf dem Weg zum hinteren Ende des Gartens, du weißt schon, dort, wo die kleine verfallene Gartenlaube steht. Und dann begegnete mir Simon, der aus genau dieser

Richtung kam, und meinte, ich sei auf der falschen Fährte. Er hat mich zu den Weinbergen geschickt.«

»Hat er?« Ein mulmiges Gefühl machte sich in Eleonore breit. *Simon!* Noch angesichts ihres Betrugs tat er alles, um sie zu decken. War das wirklich möglich?

»Eleonore«, fuhr Julia mit romantischer Stimme fort, »Renzo meinte vorhin, er habe bemerkt, dass da ein paar Funken zwischen euch beiden sprühen!«

»Nein!«, Eleonore klang fast panisch. »Ich sagte doch schon, dass es Jahre her ist …«

»Nein, das meine ich doch nicht!« Julia lachte und griff über den Tisch nach Eleonores Hand. »Du und *Simon* natürlich!«

»Oh, tatsächlich?« Sie wirkte sichtlich erleichtert.

»Darf ich dir etwas sagen?«

Eleonore zuckte mit den Schultern. Julia war so offen und redselig heute Abend – vielleicht hatte sie ein bisschen zu viel Wein getrunken?

»Ich finde, Simon und du passt perfekt zusammen. Jeder kann sehen, wie sehr er dich anhimmelt, selbst mir ist es aufgefallen, als ich ihn vor ein paar Tagen vor der *Bonne Chance* in deiner Gegenwart gesehen habe.«

»Wirklich?«

Julias Augen leuchteten, als sie zustimmend nickte. »Eleonore, ich möchte nicht, dass du ein schlechtes Gewissen hast wegen deiner Beziehung zu Lorenzo. Es ist nicht deine Schuld, dass mich das so getroffen hat, okay? Alles vergeben und vergessen.« Julia lehnte sich erneut vor und strich Eleonore über den Arm. »Es ist wirklich in Ordnung. Ich bin nur froh, dass ihr beide euch ausgesprochen habt. Das war das letzte Teilchen im Puzzle, das noch fehlte.«

Eleonore konnte Julia nicht ansehen. Arme hintergangene Julia! Sie war so unschuldig … Doch noch etwas anderes ärgerte Eleonore. Was glaubte Lorenzo eigentlich, wer er war, dass er mit den Menschen in seinem Leben so umgehen konnte?

Sie musste das Thema wechseln. Also beugte sie sich vor und flüsterte ihr zu: »Simon hat mir gesagt, dass er mich liebt, Julia.«

Eleonore wusste nicht, warum sie ausgerechnet Julia diese Information anvertraute, doch sie wollte unbedingt das Gespräch von Lorenzo weglenken. Doch was auch immer der Grund gewesen sein mochte, es fühlte sich schön an, es laut ausgesprochen zu haben.

»Ich wusste es!«, rief Julia aus. »Ich wusste es, ich wusste es!«

Eleonore blieb ganz ruhig und schüttelte amüsiert den Kopf. »Willst du wissen, was er genau gesagt hat?«

»Natürlich!«

»Er hat gesagt, dass er mich so liebt, wie ich wirklich bin.«

»Und warum sollte er auch nicht?«

»Ja, ist das nicht offensichtlich?« Stellte sie sich jetzt absichtlich dumm? »Ich bin spielsüchtig, Julia! Simon verdient einfach etwas Besseres als mich. Aber er hat gesagt …« Sie hielt inne, als sie merkte, dass ihre Stimme zu brechen drohte.

»Was hat er gesagt?«, hakte Julia vorsichtig nach.

»Er sagte, dass die Spielerei nur etwas sei, das ich ausübe, und dass sie nichts mit meiner Persönlichkeit zu tun habe. Und dass er mit mir zusammen sein will …« Bei dem Gedanken an Simons unbeholfene kleine Rede musste Eleonore schmunzeln. »Vielmehr könnten wir nacheinander süchtig werden.«

»Das ist gut, das ist mutig!«, rief Julia und klatschte freudig in die Hände. »Er hat sein Herz aufs Spiel gesetzt! Entschuldigung, das Wortspiel ist jetzt wohl nicht angebracht …«

Doch Eleonore lächelte verständnisvoll.

»Schön, sagen wir es eher so … Simon ist deine ganz eigene Birkin Bag, Eleonore! Zeitlos, sehr, sehr hübsch anzusehen, Topqualität, niemals und nirgendwo fehl am Platz …«

»Es reicht!« Eleonore musste lauthals lachen. »Ich kann nicht fassen, dass du meinen Mann mit einer Birkin Bag vergleichst.«

»*Deinen* Mann?« Julia warf ihr einen herausfordernden Blick zu.

Eleonore errötete. Noch stärker als zuvor.

»Ich gehe jetzt hinein, Eleonore«, sagte Julia und erhob sich von ihrem Stuhl. »Gute Nacht!« Und damit war sie auch schon verschwunden.

Nachdem Julia gegangen war, stand auch Eleonore auf und rieb sich die Wangen. Sollte es wirklich möglich sein, dass ein Mann wie Simon sie in seinem Leben haben wollte? Die Erkenntnis war in all ihrer Klarheit schockierend. Denn mit einem Mal wurde Eleonore klar, dass sie es nicht würde ertragen können, wenn er sie nicht wollte. Wenn sie es nur schaffen könnte, sich zu öffnen, ihm ihr Herz zu schenken, dann wäre sie sicher nie wieder allein. Und wenn sie in der Lage wäre, vollkommen ehrlich mit ihm zu sein, bestand wohl tatsächlich eine reelle Chance, dass ihr Leben doch noch eine glückliche Wendung nehmen würde. Sie könnte ihn glücklich machen und so vielleicht endlich auch innere Ruhe und Gelassenheit finden. Und Julia hatte das von Anfang an gesehen!

Eleonore wollte nun keine Sekunde mehr verlieren. Sie würde ins Haus laufen, sich frischmachen und Simon suchen, um ihm so schnell wie möglich zu sagen, was sie für ihn empfand. Der Gedanke ängstigte sie, er war aufregend und doch das einzig Richtige, was sie in diesem Moment tun konnte …

»Eleonore, da bist du ja! Ich habe dich überall gesucht.«

Die Stimme war tief und verführerisch, in ihr schwangen Versprechen und Glücksgefühle mit.

»Du siehst heute Abend unglaublich sexy aus«, fuhr die Stimme ganz nah an ihrem Ohr fort.

Die Ohrfeige, die daraufhin erklang, musste im gesamten Tal zu hören gewesen sein.

»Lorenzo Landini, du hast dir ganz eindeutig die falsche Frau am falschen Ort zur falschen Zeit ausgesucht!«

»Was?« Lorenzo klang fassungslos. »Was habe ich denn getan? Heute Nachmittag warst du nicht annähernd so ablehnend!«

Nachdem er kurz zurückgewichen war, kam er nun erneut einen Schritt auf sie zu – voller Hoffnung. Zumindest hatte Eleonore diesen Eindruck. Ein Mann, der seine letzten Kräfte mobilisierte, um sein anvisiertes Ziel zu erreichen. Der Zauber war verschwunden. Alles, was Eleonore noch sah, war ein attraktiver, ein wenig selbstgefälliger Italiener, der sein Möglichstes gab, um seine Verlobte mit seiner Exfreundin zu betrügen.

»Was ist nur mit euch Männern los? Je härter man euch anfasst, umso mehr turnt euch das an! Also ehrlich, Lorenzo, halt mal die Luft an!«

»Eleonore, das meinst du doch nicht … Autsch!«

»Das dritte Mal werde ich noch härter zuschlagen, und das nächste Krankenhaus ist dreißig Kilometer entfernt. Lorenzo, das Spiel ist vorbei, gib es endlich auf.«

»Nein!« Lorenzo stand nun ganz dicht vor ihr, kleine Schweißperlen glänzten auf seiner Stirn, und der rote Umriss von Eleonores Hand prangte sehr hübsch auf seiner Wange. »Du musst mir zuhören, Eleonore. Ich weiß einfach nicht, was ich tun soll. Dich hier zu sehen hat so viele Erinnerungen in mir aufgewühlt. Wie schön wir es zusammen hatten und dass wir, wenn der Zeitpunkt anders – günstiger – wäre, es vielleicht schaffen könnten.«

»Ach, wirklich?« Spöttisch schüttelte Eleonore den Kopf. »Wie wäre es gewesen, wenn du für mich da gewesen wärst? Wenn du nicht einfach abgehauen wärst wie ein räudiger Hund, in der Zeit, als ich dich am dringendsten brauchte?«

»Wie oft muss ich es denn noch sagen? Ich werde mich nie, nie wieder so schäbig verhalten!«, sagte Lorenzo mit lauter Stimme, und Eleonore wich vor Schreck vor ihm zurück. Man würde sie noch hören, wenn er sich nicht zusammenriss.

»Das hoffe ich sehr für dich«, schimpfte sie nun verhalten zurück. »Ich habe zwar keine Ahnung, wie du es angestellt hast, aber du hast dir eine Verlobte geangelt, die lieb ist und hübsch, und zudem noch loyal und klug und die du schlicht und ergreifend NICHT VERDIENST!«

»Wie bitte?« Lorenzo funkelte sie zornig an.

»Du hast mich schon richtig verstanden. Und hör mir jetzt genau zu, Lorenzo: Ich würde eher zum Mond fliegen, als mich wieder mit dir einzulassen. Also geh in dich, mach dir ein paar Gedanken und pass auf Julia auf. Denn irgendetwas sagt mir, dass du dich höllisch anstrengen müssen wirst, um dieses Mädchen nicht zu verlieren.«

»Was fällt dir eigentlich ein …«

»Denn sobald sie merkt, dass dir das Leben auf großem Fuße gefällt, dass du das Geld anderer Leute ausgibst und dann einen Abgang machst, sobald es ungemütlich wird, wird sie keine Sekunde zögern und nach einem anderem, einem Besseren Ausschau halten … Außer natürlich, sie ist wirklich treu, bis dass der Tod euch scheidet, aber mir scheint, sie hat genügend familiären Rückhalt, der ihr den rechten Weg weisen wird.«

»Hör auf!«

Doch Eleonore kam gerade erst in Fahrt. »Ich begreife es einfach nicht, Lorenzo! Warum ist sie mit dir zusammen? Wie hast du es geschafft, sie um den Finger zu wickeln, ihr glaubhaft zu machen, dass du einer der Guten wärst? Sie ist so unschuldig, und manchmal kommt sie mir vor, als wäre sie gerade erst aus einem Ei geschlüpft, und dann überrascht sie mich plötzlich mit ihrer Weisheit. Und du kommst hinterhergekrochen, Lorenzo. Es sagt jetzt schon sehr viel über den Verlauf eures gemeinsamen Lebens aus. Du wirst dich abrackern müssen, um dieser Frau gerecht zu werden. Und wenn ich wetten würde, Lorenzo, wobei ich hoffe, keine Spielerin mehr zu sein, würde ich einen ziemlich großen Haufen Geld darauf setzen, dass du das keine zehn Minuten aushältst. Und jetzt entschuldige mich bitte, ich muss mich um wahre und anständige Freunde kümmern!«

»Halt, halt, halt!«, rief Lorenzo und baute sich zwischen ihr und der Tür zur Küche auf. »Nicht so schnell! Ich lass nicht zu, dass du mir erzählst, was ich bin oder nicht, und wie mein Leben verlaufen wird!«

»Und warum nicht?«, fauchte Eleonore. »Was habe ich schon zu verlieren? Dich etwa?« Sie lachte laut auf. »Also wirklich, Lorenzo. Ich bin mir sicher, dass Julia eines Tages aufwachen und dir genau das ins Gesicht sagen wird: ›Lorenzo Landini, du bist eine Null!‹«

Erschöpft trat Eleonore ein paar Schritte zurück, an den Rand der Terrasse. Eine kühle Brise umwehte sie, und sie erschauderte. Doch sie fühlte sich frei, und ein neuartiges, erfrischend klares Gefühl umfing sie.

»Ich lasse mich nicht beleidigen«, bekräftigte Lorenzo noch einmal und marschierte erhobenen Hauptes zurück ins Haus.

»Und dabei dachte ich, dir gefällt das«, rief Eleonore ihm nach.

Kapitel 26

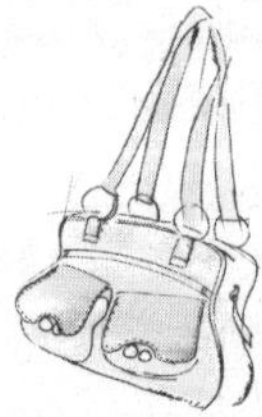

Die Müdigkeit und zwei Gläser Cognac hatten Julia reichlich schwindlig gemacht. Nach dem Abendessen setzte sie sich auf das Sofa im Salon, drückte den Kopf in ein Seidenkissen und versuchte, den Gesprächen um sich herum zu folgen. Luc saß ihr gegenüber und starrte in sein Glas. Er wirkte, als sei er meilenweit von ihnen weg. Selbst Claude und Onkel Quinn waren nach dem üppigen Mahl sehr viel schweigsamer als zuvor. Vielleicht bildete Julia es sich auch nur ein, doch sie wurde das Gefühl nicht los, dass ihr Onkel sie merkwürdig ansah. Die Bouillabaisse war köstlich gewesen, und der Käse mit Salat im Anschluss gehörten ohne Zweifel zu dem Besten, was Julia jemals gegessen hatte. Luc und Marie-Louise hatten in der Zubereitung und Menüwahl ganze Arbeit geleistet.

Julia sinnierte darüber nach, wie Lucs Leben wohl verlaufen würde, wenn sich all die Aufregung gelegt hatte und die Beerdigung überstanden wäre, und er als Familienoberhaupt das Weingut übernehmen würde. Marie-Louise war gut für ihn, entschied Julia, auch wenn die Erinnerung an den Nachmittag in der Weinkammer ihr einen unangenehmen Stich versetzte.

War das wirklich alles passiert? Sie warf Luc heimlich einen Blick zu. Zweifelsohne war er attraktiv. Nein, er war sogar umwerfend, befand sie, absolut und vollkommen umwerfend; ihn nur als attraktiv zu bezeichnen, wurde ihm nicht gerecht, weil es nur sein Äußeres beschrieb. Aber Luc war ein umwerfender, wundervoller Mensch. Marie-Louise hatte großes Glück.

Julia versuchte einen Anfall von Eifersucht niederzukämpfen.

Schau noch ein letztes Mal hin. Er gehört dir nicht!

Sie schaute erneut zu ihm hinüber, diesmal mutiger und direkter. Und im selben Moment hob er den Kopf und sah auch sie an. Ihre Blicke trafen sich, als seien sie ferngesteuert. Julia hatte das Gefühl, als könne er ihre Gedanken lesen. Diese eindringlich blickenden Augen – voll Trauer und dennoch voll Verlangen. Und da war noch etwas anderes, etwas Gefährliches, das sie anzog und das sie sich ab sofort aus dem Kopf schlagen musste …

»Schätzchen?« Onkel Quinn legte ihr die Hand auf die Schulter und riss sie aus ihren Gedanken. Julia zwang sich, ihren Blick von Luc abzuwenden und ihren Onkel anzulächeln.

»Du gehst ins Bett?«, fragte sie und setzte sich auf. »Schlaf gut!«

»Würdest du mit mir nach oben kommen? Ich würde gern kurz mit dir *en privé* sprechen, wenn du nichts dagegen hast.«

»Jetzt?« Julia gähnte. »Ich wollte eigentlich noch auf Lorenzo warten. Ich glaube, er ist rausgegangen, um etwas Luft zu schnappen.«

Auch Eleonore war – einmal mehr – verschwunden. Julia bemühte sich, nicht näher darüber nachzudenken.

»Julia, es ist wichtig.« Er hatte jeglichen Anflug von Leichtigkeit oder Nonchalance abgelegt und sah sie nun auffordernd an. Mit ausgestreckter Hand stand er vor ihr und wartete.

Also erhob sie sich und folgte ihm ins Schlafzimmer. Vermutlich wollte er über Lorenzo sprechen. Der war schließlich, seit er unangekündigt im Château aufgetaucht war, ein eher unangenehmer Gast gewesen.

»Ich will ganz offen sein«, begann er im selben Moment, in dem die Schlafzimmertür hinter ihnen zufiel. Das Abendessen und die Konversation im Anschluss hatten ihn hinreichend ausgenüchtert, und als er sich aufs Bett setzte und Julia zu sich auf die Bettkante zog, wirkte er so klar wie selten zuvor.

»Also, Onkel Quinn, schieß los.«

»Es geht um dich und Luc.«

»Wie bitte?« Julia verzog das Gesicht. Vielleicht war er doch noch betrunken?

»Du hast mich schon verstanden, Schätzchen. Du und Luc. Du kannst nicht von mir erwarten, dass ich einfach ignoriere, was da zwischen euch in der Luft liegt.«

»Onkel Quinn!«

»Ich meine es vollkommen ernst, Süße! Die letzten Tage habe ich beobachtet, wie sich euer Verhältnis entwickelt hat – und bitte versuch nicht, mir zu widersprechen! Ich wandle schon zu lange auf dieser Erde, als dass ich einen harmlosen Flirt nicht von etwas viel, viel Tieferem unterscheiden könnte.«

»Ach, so ein Quatsch«, winkte Julia ab. »Das war doch noch nicht mal ein Flirt! Klar, wir verstehen uns gut, aber in erster Linie doch, weil er ein unglaublich aufmerksamer Gastgeber ist und ähnliche Vorstellungen vom Leben hat wie ich …«

»Und weil er außerdem nur Augen für dich hat, Prinzessin.«

Julia steckte sich die Finger demonstrativ in die Ohren und schloss die Augen. »La la la … ich höre gar nicht mehr zu! Hör endlich auf, Unfrieden zu stiften, oder ich schmeiße dich aus dem Zimmer und hole doch Lorenzo hierher. Der war übrigens ganz schön sauer, dass du nicht mit ihm die Betten tauschen wolltest.«

Onkel Quinn verdrehte die Augen. »Ach, tatsächlich? Irgendetwas sagt mir, dass dieser Knabe es ganz und gar nicht schätzt, wenn etwas nicht nach seinen Wünschen verläuft.«

Julia rang sich ein halbherziges Lachen ab. »Was erwartest du? Er ist Italiener! Seine Mama hat ihn verwöhnt bis ins Letzte, so wie es jede italienische Mama mit ihrem Sohn macht. Es ist doch eigentlich ganz süß.«

Onkel Quinns Körpersprache war eindeutig. Er konnte ihren Verlobten nicht ausstehen.

»Ach Schätzchen, es ist nur so … Er ist schon ein merkwürdiger Vogel, oder? All dieses neue Wissen über ihn, die Spielerei und das alles, nicht zu vergessen Lucs schwere Anschuldigungen, er wäre nur hinter dem Geld seiner Schwester her gewesen …«

»Und weißt du was, Onkel Quinn? Ich denke, eigentlich sollte ich Renzo noch viel mehr lieben, weil er Luc nach diesen lächerlichen Vorwürfen nicht die Nase gebrochen hat. Es war ganz schön hart, sich das anhören zu müssen, und trotzdem ist er erhobenen Hauptes …«

»Aber was ist mit seiner Glaubwürdigkeit?«, unterbrach sie ihr Onkel.

»Was soll damit schon sein?« Julia wurde immer ungehaltener.

»Hör zu, Schätzchen, ich muss das einfach mal loswerden. Und dann kannst du abrauschen und den Mann heiraten, aber wenigstens habe ich meinen Senf beigetragen, und selbst wenn du danach nie wieder mit mir sprichst, haben wenigstens *wir zwei* keine Geheimnisse voreinander …«

»Sehr gut ausgedrückt.« Julia lächelte schwach. »Nun sag es schon. Aber vergiss nicht: Lorenzo hat mich nie belogen. Er hat mir nur ein paar Details einer früheren Romanze erspart.«

»Oh, ganz wie du meinst, Darling!« Erschöpft fächelte er sich mit der Hand Luft zu und lief langsam wieder zu seiner alten, glamourösen Form auf. »Schätzchen, es ist wirklich ganz entzückend, dass du bereit bist, deinen Mann bis aufs Blut zu verteidigen. Deine Eltern wären stolz auf dich. Aber meiner bescheidenen Meinung nach ist es ganz offensichtlich, dass Lorenzo so einiges aufs Spiel gesetzt hat, um dir einen Gutteil seiner Vergangenheit zu verschweigen.«

Als Julia in das ungewohnt ernste Gesicht ihres Onkels blickte, fühlte sie auf merkwürdige Art eine Dankbarkeit in sich aufsteigen, dass er so vehement seine Zweifel äußerte. Mit einem Mal erkannte sie glasklar, wie man auf Château Deschanel Lorenzo zum Bösewicht deklariert hatte, wie eine der schwierigsten Phasen seines Lebens mit der Trauer der Deschanels vermischt worden war. Und natürlich sah sie, wie Luc ihr einen bitteren Ausblick in die Zukunft ihres Ehelebens gewähren wollte, selbst wenn er doch eindeutige Annäherungsversuche unternommen hatte. Es war nicht Lucs Schuld. Und nun auch noch Onkel Quinn, der sich so tief mit ihr verbündete, und sozusagen im Auftrag seiner Schwester – Julias Mutter – mit seiner Nichte sprach, nur um sicherzugehen, dass Julia auch genau wusste, was sie tat … All das erfüllte sie mit einem tiefen Gefühl von Glück. Und Familienzugehörigkeit.

»Ich weiß, Onkel Quinn«, sagte sie schließlich. »Und ich kann dir gar nicht genug danken, dass du mit mir so offen über diese persönlichen Dinge sprichst. Aber ich liebe Lorenzo! Er ist der Mann, den ich mir ausgesucht habe, und damit basta.«

»Tatsächlich? Denn so wie ich das sehe, gibt es da noch einen zweiten Mann, der scheinbar einen … nennen wir es einen unbewussten Einfluss auf deine Entscheidungsfindung ausübt.«

Julia lachte. Vielleicht war es das Mondlicht, vielleicht auch der Wein, vielleicht auch die surreal anmutende Vorstellung, diese letzte milde Nacht vor ihrer Hochzeit auf einem Weingut in Südfrankreich zu verbringen, aber ihr gesamter Körper schien aufgeladen von einer Kraft, die sie noch nie zuvor gespürt hatte.

»Onkel Quinn, jetzt hör mir mal zu.«

»Ich höre.« Ihr Onkel verschränkte die Arme vor der Brust und nahm eine pathetische Denkerhaltung ein.

Sie legte ihm die Hand auf die Schulter und sah ihn eindringlich an. »Nein, ich meine *wirklich* zuhören. Ich werde Lorenzo niemals blind lieben. Meine größte Angst ist es, mich an einen Mann zu binden und dann den Rest meines Lebens damit zu verbringen, seine Erwartungen zu erfüllen. Oder die Erwartungen anderer, wenn wir schon davon reden …«

»Jeder Mann auf der Welt könnte sich glücklich schätzen, dich an seiner Seite zu wissen«, murmelte Onkel Quinn.

»Danke, aber ich bin nicht perfekt, genauso wenig wie Renzo. Der Arme hatte wirklich keine leichte Zeit hier. Und weißt du was?«

Pass auf, Mädchen … Ach, ist doch egal. Sag's einfach!

»Nein, aber ich bin ganz Ohr«, antwortete er.

»Ich finde Luc Deschanel unglaublich attraktiv. Und wer würde das auch nicht?«

»Da werde ich dir ganz sicher nicht widersprechen, Schätzchen. Dieser Waschbrettbauch ist wirklich …«

»Und ja, ich habe mit ihm geflirtet. Dem armen Renzo wird das wohl auch nicht entgangen sein, denkst du nicht?«

»Da wäre ich mir nicht so sicher.«

»Ach, hör doch auf! Natürlich hat er es mitbekommen! Wenigstens am Rande und auch wenn mildernde Umstände gelten …«

»Oh, so ein Unsinn«, neckte sie ihr Onkel. »Als Nächstes wirst du mir noch erzählen, dass dein Verlobter dich einfach nicht versteht.«

»Renzo versteht mich schon«, erwiderte sie beleidigt. »Er weiß, dass Liebe alle Unwegsamkeiten überwindet.«

»Wie bitte?«, lachte ihr Onkel auf. »Hattest du nach dem Käse ein paar Liebesperlen zum Nachtisch? *Unwegsamkeiten*? Ich bitte dich!«

»Komm schon, ich dachte, du verstehst das. Als du mit

Hugo zusammen warst, hattest du da nicht den einen oder anderen harmlosen Flirt?«

»Oh doch«, sagte Onkel Quinn. »Und Hugo auch. Normalerweise erwischte es uns in London, was wirklich eine gewissen Ironie birgt, aber das ist eine andere Geschichte.«

»Na also!«, gab Julia selbstzufrieden von sich und lehnte sich zurück.

»Aber Hugo und ich wussten, dass, egal was passiert, selbst wenn die Welt dem Ende entgegengeht, die Sonne aufhört zu scheinen, unsere Beine abfallen und der Ozean austrocknet, wir uns lieben würden. Wir waren seelenverwandt, Schätzchen. Und so etwas findet man nur einmal im Leben, vertrau mir. Alles andere ist bloß Ablenkung.«

Julia zog gedankenverloren an den Fäden der Stickerei auf der Tagesdecke, und zu ihrem großen Schrecken hatten sich einige Fäden gelöst; eine Blume hatte sich quasi ganz in Luft aufgelöst.

»Oh, könnte ich mir …«

»… das Reisenähset ausleihen? Aber sicher doch, Schatzchen.« Onkel Quinn erhob sich seufzend und zog ein kleines Ledcretui aus seinem Kulturbeutel. Julia nahm das Nähzeug aus dem kleinen Etui und begann, die Stickerei zu reparieren. Feine Handarbeiten gehörten zu ihren Stärken. Zu denen ihres Onkels aber auch. Eine Hinterlassenschaft der lieben Granny Gibson, von der sowohl Julia als auch Quinn diese hohe Kunst erlernt hatten.

»Ich bin ein Versprechen eingegangen, Onkel Quinn. Ich werde Lorenzos Frau werden, und dazu stehe ich. Natürlich werde ich das! Nur weil ich eine verrückte Woche bei den verrückten Franzosen im Süden des Landes hatte, heißt das noch lange nicht, dass sich meine Gefühle über Nacht ändern. Wofür hältst du mich? Für wankelmütig? Außerdem würde Mum mich schier umbringen! Alles ist arrangiert. Zumindest gehe ich davon aus. Um genau zu sein, hätte ich die letzten Tage daheim in Frean Hall sein und mich um alles kümmern sollen. Aber wie es der Zufall wollte, musste ich mein Schicksal den erstklassigen Organisationskünsten von Mum und Kathy überlassen. Nun liegt es an mir, meinen Verlobten und mich – und natürlich dich – rechtzeitig nach Hause zu bringen. Und zwar pünktlich zur Hochzeit.«

Onkel Quinn nickte zustimmend. »Ich wünschte, ich hätte deine kleine Rede aufgezeichnet, um sie deiner Mutter vorzuspielen. Sehr schöne Worte, bedächtig gewählt, Prinzessin. Was bleibt mir also anderes übrig, als mich angesichts deines so überlegenen moralischen Standpunkts vor dir zu verneigen?«

»Luc brennt sicher auch darauf, uns endlich loszuwerden«, meinte Julia, wobei sie den spöttischen Ausruf ihres Onkels ignorierte und sich wieder der Stickerei zuwandte. »Und Marie-Louise auch.«

»Marie-Louise? Warum das denn?«

Julia hielt inne und sah ihren Onkel an. »Nun, ich gebe es ja zu, ich habe mich vielleicht ein kleines bisschen unschicklich gegenüber ihrem Mann verhalten …«

»Wessen Mann?« Onkel Quinn war sichtlich perplex. »Du meinst, du hast Roger kennengelernt?«

»Roger?« Nun wirkte auch Julia verwirrt. »Wer soll denn Roger sein?«

Onkel Quinn kratzte sich am Kopf. »Nun, Schätzchen, wenn du es geschafft hast, neben Luc Deschanel auch noch Marie-Louises Ehemann zu erobern, dann ziehe ich meinen nicht existierenden Hut vor dir.«

»Wie bitte? Marie-Louise ist *verheiratet*? Mit einem anderen?«

»Allerdings!«, rief Onkel Quinn aus. »Sie hat einen ausgesprochen entzückenden Ehemann drüben in Haut-Priere, einen Tierarzt! Claude sagt, seine Praxis sei die am meisten frequentierte im gesamten Var. Dachtest du etwa, sie sei hinter Luc her?«

»Nein!« Julia warf den Kopf zur Seite und stach sich versehentlich mit der Nähnadel in den Finger. »Autsch! Ja! Natürlich dachte ich das! Ich dachte, die beiden seien ein Paar. Sie wirkten so … so innig.«

»Hast du noch nie etwas von *Freundschaft* gehört?«, neckte sie Onkel Quinn. »Ehrlich, Schätzchen, manchmal bist du so ein Unschuldslamm …«

»Sag so etwas nicht«, entgegnete Julia scharf zurück. »Ich bin es ein für alle Mal leid, ständig im Dunklen zu tappen.« Wütend sog sie an ihrem Daumen, der pochte und leicht blutete. »Warum bekomme ich nie etwas mit? Wo ist Lorenzo, wo ist Eleonore, wie steht es um Luc, wer spricht nicht mit wem, warum ist Marie-Louise mit einem anderen zusammen …«

»Ich habe Claude danach gefragt«, sagte Onkel Quinn.

»Claude? Warum sollte er ausgerechnet er sich für Marie-Louises Liebesleben interessieren?«

»Weil er ihr Vater ist, Schätzchen.«

Er lehnte sich mit verschränkten Armen zurück und genoss es ganz offensichtlich zu sehen, welchen Effekt diese Enthüllung auf seine Nichte hatte.

»Er ist *was*?« Sie war sich durchaus bewusst, dass ihr Mund vor Erstaunen weit offen stehen blieb. Sah bestimmt nicht besonders gut aus. »Aber er ist doch schwul! Oder etwa nicht?«

Onkel Quinn senkte den Kopf ganz leicht. »Nun, ich hoffe und glaube es sehr, Schätzchen, aber – und das wird dich vielleicht überraschen – die Fähigkeit, Kinder zu zeugen, bleibt bei schwulen Männern bestehen, auch nachdem ihre sexuelle Orientierung klar ist.«

»Das weiß ich auch!«, erwiderte Julia. »Ich bin einfach nur überrascht.«

»Claude war verheiratet«, fuhr ihr Onkel fort. »Hortense, seine verstorbene Frau, klingt nach einer echten Dame, wenn man Claudes Erinnerungen an die tragisch kurzen Jahre, die die beiden miteinander verbringen konnten, glauben darf. Und wie sollte es auch anders sein – um das Herz eines so feinen Mannes zu gewinnen, muss man schon selbst zu den Besten gehören, habe ich nicht Recht?«

»Eine Ablenkung?«, neckte ihn Julia und sah ihn liebevoll an.

Der zuckte nur mit den Schultern. »*Touché*, Schätzchen. Marie-Louise plant, ein Restaurant in Haut-Priere zu eröffnen, und ich habe da so eine Ahnung, dass sie diesen Plan sehr bald in die Tat umsetzen wird. Aber sie liebt Luc – wie einen kleinen Bruder, denke ich –, und sie würde ihn niemals im Stich lassen, während er eine so schwere Zeit durchmacht.«

Erneut fühlte Julia einen ziemlich unangenehmen Anflug von Eifersucht. *Sie* wollte Luc durch diese schwere Zeit helfen. Ach, das war einfach lächerlich, sie benahm sich wie ein Teenager.

»Ich muss zurück nach unten«, Julia warf einen Blick auf ihre Uhr und stand auf. »Ich muss Lorenzo finden und will den anderen noch eine gute Nacht wünschen.«

»Natürlich, Schätzchen«, sagte Onkel Quinn, ehe er sie fest umarmte. »Weißt du, du bist deiner Mutter sehr viel ähnlicher, als du es vermutlich jemals selbst erkennen wirst. Und nun hör mir noch ein letztes Mal zu. Das ist unheimlich wichtig, und ich meine wirklich *lebenswichtig*, okay?«

»Was ist?« Julia stand schon in der Tür und machte sich auf weitere Belehrungen gefasst.

»Wenn du gleich zurück nach oben kommst, weck mich bitte unter keinen Umständen auf, ja? Denn wenn ich mich morgen von Claude verabschieden muss und dabei aussehe, als hätte ich all mein Gepäck in meinen Tränensäcken verstaut, dann bist ganz allein du schuld!«

»Verstanden«, sagte Julia kichernd und schickte sich an, die Tür hinter sich zu schließen. »Schlaf gut, Lieblingsonkel.«

»Natürlich werde ich das. Oh, und nur noch eins …«

Julia steckte den Kopf noch einmal durch die Tür und zog eine Grimasse. Er stand neben seinem Bett, den Kulturbeutel in der Hand und mit dem feierlichsten Gesichtsausdruck, den sie je bei ihm gesehen hatte.

»Für was auch immer du dich entscheidest, Schätzchen, ich werde immer für dich da sein. Verstanden?«

»Verstanden, Onkel Quinn. Vielen Dank!«

»Dank mir nicht, Süße, sorg nur dafür, dass ich niemals bereue, das gesagt zu haben ... Oh nein, das klang jetzt ein bisschen zu hart, so habe ich das nicht ...«

Julia lief kurzentschlossen zurück in das Zimmer und drückte ihren Onkel. »Ich weiß. Das weiß ich wirklich. Und dafür liebe ich dich. Nun geh aber endlich ins Bett.«

Als sie nach unten ging, hörte Julia plötzlich lautes Gelächter und Geplapper aus dem Salon dringen. Lorenzo! Ja, es war eindeutig seine Stimme. Julia spürte Erleichterung. Er war zu den anderen zurückgekehrt.

Sie öffnete die Tür und trat in den Salon. Alle waren da – außer Eleonore. Luc saß am Kamin, ein Glas Cognac in der Hand, und beobachtete sie mit verschleiertem, unklarem Blick. Sie wagte es nicht, ihm länger in die Augen zu schauen. Der liebenswürdige, fröhlich dreinschauende Claude erhob sich, als sie den Raum hereinkam und grinste sie breit an. Marie-Louise saß neben ihrem Vater und betrachtete Julia mit einer Mischung aus wohlwollender Freundschaft und leichter Skepsis. Nun, das ging schon in Ordnung. Mit einem Mal konnte Julia diese Frau voll und ganz verstehen.

Und Lorenzo? Auch er hatte sich erhoben, wenn auch einen winzigen Moment nach Claude.

Mit seiner beeindruckenden Größe, seinen dunklen Augen und seinem umwerfenden Äußeren konnte Lorenzo die Aufmerksamkeit sämtlicher Anwesender im Raum auf sich ziehen, ohne es bewusst darauf anzulegen. Und selbst wenn er heute vielleicht nicht seinen besten Tag gehabt hatte – was machte das schon! Man musste ihn doch nur anschauen und sich an seinem Anblick erfreuen.

»Julia«, sagte er, »wir fragten uns schon, ob wir dich heute wohl noch einmal zu Gesicht bekommen würden.«

Julia ging zu ihm hinüber und schlang die Arme um seinen Hals. »Ach, komm schon, Renzo. Du weißt doch, ich würde niemals irgendwo hingehen, ohne dir vorher Bescheid zu sagen.«

Lorenzo lächelte sie an und griff dann nach seinem Cognacschwenker.

»Ein Toast, wenn ich bitten darf, Ladys und Gentlemen.«

»Renzo, hör auf!« Julia trat einen Schritt zurück. »Ist es nicht schon ein bisschen spät für solche Reden?«

»Niemals!«, erklärte er. Dann erhob er sein Glas, als säßen in dem Zimmer keine fünf, sondern fünfhundert Leute, und rief laut aus: »Auf Julia Douglas! Meine zukünftige Braut ...«

»Lorenzo, hör auf!«

»Auf Julia Douglas, die Frau, die ich lieben werde bis ans Ende meiner Tage!«

Kapitel 27

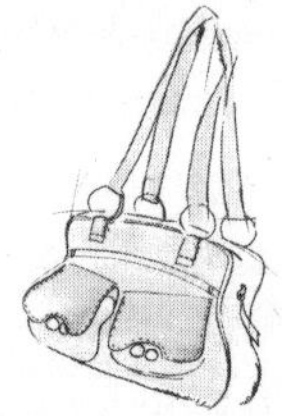

Eleonore hatte anderes erwartet, die frische Morgenluft schien wie geschaffen für einen Neuanfang. Nach dem Streit mit Lorenzo am vergangenen Abend hatte sie auch nicht erwartet, überhaupt Schlaf finden zu können.

Doch als sie in die Küche kam, schlich sich ein Lächeln auf ihr Gesicht. Sie biss in ein frisches Croissant und nahm sich eine Tasse Kaffee. Lorenzo Landini hatte es nicht anders verdient. Sie hatte keine Ahnung, wo sie die Kraft und den Mut hergenommen hatte, ihm gestern auf der Veranda derart die Meinung zu sagen, doch sie wusste, sie würde genau das wieder tun, wenn sie müsste.

Casper, der magere Kater, der immer wieder in der Küche vorbeikam, miaute und verlangte nach Futter. Eleonore konnte Katzen nicht ausstehen. Sie wusste genau, wie sie tickten. Die Tiere waren genau wie sie selbst: Sie schlugen sich allein durch – wen kümmerte es da schon, wenn sie auf ihrem Weg dem einen oder anderen auf die Nerven gingen.

»Geh und fang dir eine Maus!«, rief sie dem Tier zu. »Dafür bist du gemacht. Ich bin nicht so freundlich wie Marie-Louise.«

Beleidigt trollte sich der Kater. Sein grauweißer Schwanz tänzelte dabei so provozierend von dannen, als wolle der

Kater Eleonore seine Version des Mittelfingers zeigen, weil sie ihn so kaltherzig hatte abblitzen lassen. Eleonore grinste. Das machte nun schon zwei männliche Wesen innerhalb der letzten zwölf Stunden, denen sie gezeigt hatte, dass mit ihr nicht zu spaßen war.

Die Küche wirkte heute in ihren Augen so viel kleiner. Als Kind hatte sie hier die Tage mit Yolande verbracht, der matronenhaften Köchin der Deschanels, die in der Küche ein eisernes Regiment geführt hatte. Eleonore erinnerte sich, auf einem alten Wäschekorb gestanden und Yolande beim Backen geholfen zu haben. Ah, Yolande! Wie sehr hatte sie sich doch um das Wohl der Familie und vor allem um das von Jaques Deschanel gesorgt. Immer wieder hatte sie seine Lieblingsgerichte gekocht. Lieblingsgericht, um Lieblingsgericht, um Lieblingsgericht. Bis die einzelnen Familienmitglieder ihr reihum unter großen Schuldgefühlen gebeichtet hatten, dass sie all die *Cassoulettes*, *Bœuf Bourguignons* und *Clafoutis* nicht mehr sehen konnten …

Eleonore wusste, dass Yolande zur Beerdigung kommen würde. Die gute, pensionierte Köchin würde mit ihrem Geheule alle anderen übertönen. Yolande hatte immer schnell geweint. Egal ob der Eintopf zu warm war oder auf dem Tisch kalt wurde oder ob Monsieur Deschanel zu spät nach Hause kam und das Essen somit verdorben war – Yolande weinte dicke Krokodilstränen, und üblicherweise war es Eleonore, die sie getröstet hatte.

Auch Simon hatte sich früher oft in der Küche aufgehalten. Er war ein typischer, immer hungriger Teenagerjunge gewesen. Und Yolande liebte ihn, weil er ihr immer half,

Kartoffelsäcke oder Feuerholz zu tragen. Ständig kam er in die Küche gerannt, um zu fragen, was es zu Essen gegeben hatte, nur um dann gierig die Reste zu verputzen und Yolande zu sagen, dass er wünschte, sie würde bei ihm und seinem Vater leben. Das waren schöne Zeiten gewesen …

Eleonore fürchtete sich vor der Beerdigung. Sich öffentlich von ihrem Vater zu verabschieden fühlte sich irgendwie nicht richtig an. Warum sollte man eine so intime, endgültige Angelegenheit vor aller Augen austragen? Und dann all diese Menschen. Was wussten die schon über sie? Sie würden sie anstarren, wenn sie die Kapelle betrat, mit den Köpfen schütteln und denken: »Das ist sie, die Tochter, die dem armen Jaques Deschanel so viele Sorgen bereitet hat.« Oder würden sie sie gar nicht mehr erkennen? Warum sollte sie jedenfalls ihre Trauer öffentlich zeigen müssen?

Aber sie musste es tun – für Luc. Und für ihren armen Vater. Und für ihre geliebte Mutter. Und für jahrzehntealte Traditionen, die ihr Recht nach Ritualen forderten, so dass man sich davon überzeugen konnte, dass alles seinen geregelten Gang ging und man einem Erbe Respekt zollte.

Der Kaffee schmeckte hervorragend. Sie saß an dem schweren Holztisch und atmete mit geschlossenen Augen das köstliche Aroma der Arabica-Bohnen ein. Kein Wunder, dass sie ihre Ankunft im Château so herausgezögert hatte. Jahrhundertealte Tradition lastete auf ihren – und Lucs – Schultern. Die ganze Gemeinde war darauf angewiesen, dass sie an dem Begräbnis teilnahm. Wenn das kein Druck war!

Da standen sie also, sie und ihr kleiner Bruder, kurz vor der Beerdigung ihres Vaters, und sie spielten die Gastgeber für zwei vollkommen Fremde aus Schottland. Und nicht zu vergessen für den verfluchten Lorenzo Landini. Kein Dichter hätte sich so etwas je ausdenken können.

Eleonore versuchte, ihren Kaffee zu genießen und jegliche Gedanken an die Mission, die ihr früher oder später bevorstand, auszublenden. Sie würde Julia von Lorenzos Annäherungsversuchen am Abend zuvor erzählen müssen. Allein der Gedanke daran versetzte sie in Panik. Wie genau stellte man es an, die Zukunft einer so gutherzigen Person zu zerstören? Sollte sie einfach sagen: »Übrigens, Julia, Lorenzo hat die letzten zwei Tage ununterbrochen versucht, mich anzubaggern, und ehrlich gesagt geht mir das ganz schön auf die Nerven«? Oder sollte sie subtiler vorgehen, damit aber riskieren, dass ihre Wut verebbte und Julia sich zu einer vehementen Verteidigung ihres Mannes aufschwang?

Julia war hochintelligent, das hatte Eleonore längst bemerkt. Außerdem hatte sie diese seltene Gabe vorbehaltloser Güte, die wohl selbst für Menschen wie Lorenzo hart zu zerstören wäre. Sollte sie also vielleicht lieber gar nichts sagen? Sollte sie Julia ihr eigenes Leben und ihre eigenen Fehler machen lassen?

Wahrscheinlich würde sie ihr ohnehin nicht glauben. Diese Frau schien geradezu darauf programmiert zu sein, nur das Gute in den Menschen zu sehen. Warum also sollte sie sich überhaupt die Mühe machen? Womöglich hielt Julia ihren Vorstoß sogar für verletzte Eitelkeit. Julia musste ihr gegenüber doch längst misstrauisch sein – nach all den Stunden, die sie mit Lorenzo in der Gartenlaube verbracht hatte.

Aber was wäre, wenn Simon ihre Geschichte bestätigen würde? Genau! Die Idee versetzte Eleonore in Aufregung. Sie würde Simon suchen und zusammen würden sie mit Julia sprechen. Was für ein Gedanke – Simon und sie auf derselben Seite. Simon würde sich freuen, dass sie ihn einmal um Beistand bitten und nicht abweisen würde. Außerdem hätte sie dann Gelegenheit, ihm ihre Gefühle anzuvertrauen …

Im Nachhinein schien es Eleonore geradezu unglaublich, dass sie so lange Zeit versucht hatte, Simon aus ihrem Leben zu drängen. Mit einem Mal war das Verlangen, ihn zu sehen, überwältigend groß, und Eleonores Herz pochte wie wild. Wenn sie ihm nicht ganz bald sagte, was ihr Herz ihr seit Tagen – wenn nicht seit Jahren – zuflüsterte, dann würde sie explodieren.

Eleonore schnappte sich ihren Mantel und stürmte aus dem Haus. Eilig ging sie den kleinen Weg am Château entlang in Richtung Dorf. Simons Eltern lebten am äußersten Dorfrand, circa zwanzig Minuten zu Fuß vom Château entfernt. Eleonore hoffte inständig, Simon habe sich nach den Ereignissen des Vortages dorthin zurückgezogen …

Nachdem sie gestern Abend nach ihrer Unterredung mit Lorenzo zu den anderen zurückgekehrt war, hatte sich Simon bereits verabschiedet. Typisch, er wollte den Deschanels und ihren Gästen einfach ihre Ruhe und ihren Frieden gönnen.

Ihre Entschiedenheit verstärkte sich mit jedem Schritt, den sie auf dem schmalen Weg zum Dorf zurücklegte. Wie konnte sie all die Jahre nur so dumm gewesen sein? Simon bedeutete ihr einfach alles, und er liebte sie, und trotzdem hatte sie ihn abgewiesen.

Oh bitte, bitte, lass ihn da sein, und gib mir eine letzte Chance, ihm zu zeigen, dass ich bereit bin, ihn zu lieben …

Aber vielleicht hatte sie ihn ja schon für immer verloren? Abrupt blieb sie stehen. In ihrem Kopf drehte sich alles. Was bildete sie sich eigentlich ein? Hatte Simon sie nicht gestern Nachmittag noch mit Lorenzo in der Gartenlaube erwischt? Sie erschauderte bei der Erinnerung. Doch von seiner Position aus musste die Situation eindeutig missverständlich gewirkt haben. Der Schock war zu groß gewesen, als dass sie auf die Schnelle eine sinnvolle Erklärung hätte abgeben können, und Simon hatte sich auf dem Absatz umgedreht und war verschwunden … Wie oft konnte es ein Mann aushalten, von ein und derselben Frau abgewiesen zu werden?

Eleonore rannte los.

Nur einmal noch, Simon! Bitte, sei zu Hause!

Sie war wie umnebelt, bog um eine scharfe Kurve und stieß dabei fast mit Simon zusammen. Groß, attraktiv und mit tief besorgtem Gesichtsausdruck stand er vor ihr. Er hatte sich also auf den Weg zum Château gemacht. Eleonore dachte nicht nach. Sie warf sich ihm spontan in die Arme, so dass sie beinahe zusammen umfielen.

»Simon! Gott sei Dank, da bist du ja! Ich dachte schon, ich hätte dich für immer verloren!«

»Eleonore!«

»Es tut mir so leid, Simon! Mir tut das alles wirklich so unendlich leid!«

Sie bog ihren Kopf zurück und sah ihm in die Augen. Sie glaubte darin Hoffnung, Verwirrung und Liebe lesen zu können.

Doch bevor er jedoch noch etwas sagen konnte, beugte sie sich vor und küsste ihn auf den Mund. Seine Lippen fühlten sich wunderbar weich an, und es war aufregend, doch Simon wich zurück und starrte sie ungläubig an.

»Eleonore«, flüsterte er mit rauer Stimme, »bist du dir sicher? Denn ich kann nicht …«

»Simon, du bist es für mich! Du warst es immer. Ich war nur zu blind, es zu erkennen. Oh Simon, ich habe mich so schäbig verhalten – kannst du mir noch einmal verzeihen?«

Er starrte sie weiter wortlos an.

»Simon«, drängte sie, »bitte, ich halte das nicht länger aus. Willst du mich immer noch? Ich verspreche dir, ich werde den Rest meines Lebens versuchen, dich glücklich zu machen.«

Einen Moment lang befürchtete sie, ohnmächtig zu werden. Noch nie in ihrem ganzen Leben hatte sie sich jemandem derartig offenbart. Die Intensität dieses Gefühls war mit nichts zu vergleichen, nicht einmal mit dem größten Gewinn am schicksten Roulettetisch im edelsten Casino. Sie hatte soeben ihr ganzes Leben mit einer Liebeserklärung aufs Spiel gesetzt. Ihr Einsatz war noch nie so hoch gewesen, und nie war die Chance auf einen Gewinn so greifbar nah.

»Eleonore, es tut mir leid …«

Sie konnte kaum noch atmen.

»… aber ich glaube, du musst mich loslassen.«

»Was?« Ihr wurde übel, eine Welle von Panik durchfloss

ihren Körper, und sie hatte das Gefühl, ihre ganze Welt würde jeden Moment versinken. *Was hatte er da gesagt?*

»Es tut mir leid, aber ich glaube, du musst mich loslassen«, wiederholte er.

»Nein, Simon …«

»Weißt du, du nimmst mir die Luft zum Atmen, denn du bist eine starke Frau … Nun lass mich bitte los, damit ich mich darauf konzentrieren kann, dich zu küssen. Für immer und …«

Eleonore wartete nicht ab, bis er zu Ende gesprochen hatte. Sie ließ ihn los, baute sich vor ihm auf und küsste ihn leidenschaftlich. Sie hatte nie zuvor so empfunden.

»Eleonore!« Simon rang nach Worten und schnappte nach Luft. »Ich habe mir das so lange gewünscht …«

»Ich bin so glücklich, Simon! Aber warum hast du all die Jahre auf mich gewartet?« Eleonore sah ihm tief in seine schönen Augen. »Ich habe mich so mies dir gegenüber verhalten, außerdem bin ich eine absolute Katastrophe …«

»Sei nicht albern.« Zärtlich strich Simon ihr eine Haarsträhne aus dem Gesicht. »Du bist die wundervollste Frau der Welt, Eleonore Deschanel.«

Sie küssten sich wieder und wieder und sahen sich verliebt in die Augen. Eleonore fühlte sich wie elektrisiert und war beinahe versucht, seinen Worten Glauben zu schenken. Simon roch fantastisch. Frisch und männlich, mit einer Spur Natur, gemischt mit Duschgel oder Seife, oder Aftershave, was auch immer diese leichte Zitronennote abgab – es hatte seinen erwünschten Effekt auf Eleonore. Sie hielt ihn fest umklammert und konnte gar nicht mehr aufhören, ihn zu küssen. Er glitt mit seinen Händen über ihre Hüften, ihren Rücken und ihren Hals. Eleonore hatte das Gefühl, vor Verlangen zu zergehen.

Keiner von ihnen hörte den kleinen Weinlaster, der viel zu schnell um die unübersichtliche Ecke bog, an der sie kurz zuvor beinahe zusammengestoßen waren. Erst als der Fahrer heftig auf die Hupe drückte, sprangen Eleonore und Simon zur Seite und kamen in dem kleinen Graben neben der Straße zum Fallen. Als sie sich wieder aufgesetzt hatten, erkannten sie Titus am Steuer und sahen sein breites Grinsen, bevor er wieder aus ihrem Blickfeld verschwand.

Sie blieben Arm in Arm in dem satten, süßlich duftenden Gras liegen und blickten sich tief in die Augen. Eleonore konnte es nunmehr kaum fassen – wie hatte sie diesen Mann um ein Haar aus ihrem Leben verschwinden lassen können? Warum hatte sie ihn all die Jahre weggestoßen?

Als sich Simon ihr erneut näherte, um sie erneut zu küssen, zögerte Eleonore auf einmal.

»Was hast du?«, fragte er und stützte sich auf seinen Ellbogen. »Willst du lieber zurückgehen?«

»Nein … also, eigentlich, ja.« Sie seufzte, setzte sich auf und umfing ihre Knie mit den Armen.

»Woran denkst du?«

»An Julia.«

Zu ihrer Überraschung nickte Simon. »Ich weiß, was du meinst. Sie scheint zu anständig, um diesen Typen zu heiraten.« Er sah sie direkt an. »Es tut mir leid, Eleonore, aber ich kann nicht …«

Sie lehnte sich zu ihm herüber und umarmte ihn. »Ich weiß, Simon, und ich stimme dir vollkommen zu. Deshalb mache ich mir ja auch Sorgen. Ich meine, eigentlich geht es mich ja nichts an. Sie wird jeden Moment abreisen, um ihre große, schillernde Hochzeit zu feiern, und ich habe genug anderes im Kopf, wie Papas Beerdigung …«

»Ich werde bei dir sein«, flüsterte Simon und drückte sie fest. »Wenn du es willst.«

Sie nickte. »Ich glaube nicht, dass ich es ohne dich durchstehen könnte, Simon. Ich … ich würde zusammenbrechen.«

»Nein, das wirst du nicht.« Er lächelte und küsste sie auf die Nase. »Also, was willst du wegen Julia unternehmen?«

Eleonore blickte zur Seite. »Als sie ihre Entscheidung getroffen hat, kannte sie nicht alle Fakten. Sie hat keine Ahnung, wie Lorenzo mich behandelt hat, sie weiß nichts von den Casinos, oder auch von gestern Abend. Oh Simon, du weißt doch, dass da nichts zwischen ihm und mir gelaufen ist, oder?«

»Ich weiß, dass ich dich liebe«, antwortete Simon, auch wenn er ganz unmerklich bei ihren Worten zusammengezuckt war.

»Ich habe mich einfach schäbig verhalten«, murmelte Eleonore. »Lorenzo hat mir Avancen gemacht, und für ein paar Minuten fühlte es sich so an, als hätte ich einen Sieg über ihn errungen. Du weißt schon, weil er endlich eingesehen hat, dass er damals einen großen Fehler begangen hat. Und irgendwie habe ich diesen Moment genossen … Ich war einfach so dumm.«

Simon antwortete nicht. Er starrte nur auf den Boden, rupfte einzelne Grashalme aus und zerriss sie mit den Fingern. Eleonore suchte nach Worten, um ihm klarzumachen, dass sie ihn wirklich liebte, doch nichts, was ihr in den Kopf kam, wirkte auch nur ansatzweise überzeugend. Also blieb auch sie stumm.

»Wir alle machen hin und wieder Dummheiten«, sagte Simon schließlich.

Dankbar lächelte Eleonore ihn an und küsste ihn.

»Wolltest du nicht eigentlich etwas über Julia sagen«, murmelte er in ihr Haar.

»Ach ja. Simon, glaubst du daran, dass Menschen manchmal aus einem ganz bestimmten Grund in dein Leben treten?«

»Du sprichst von Schicksal?«

»Ja, genau. Und Julia ... nun ja, es war beinahe so, als hätte ich meine Identität verloren, als unsere Taschen verwechselt wurden, und als ob wir plötzlich auf geheimnisvolle Weise miteinander verbunden wären. Weißt du, was ich meine? Und selbst als es mir so schlechtging vor einigen Tagen und ich versucht habe, mich vor der gesamten Welt zu verschließen, hat sie einfach so alles auf sich genommen, um mich zu finden. Und was tue ich, um es ihr zu danken? Ich versetze ihre Ringe.«

»Ja, das war nicht gerade dein brillantester Moment«, stimmte Simon zu.

»Und wie reagiert Julia? Nicht ein Wort der Anklage hat sie zu mir gesagt, Simon. Sie hat mich nicht verurteilt, und das ist der Punkt! Mein gesamtes Erwachsenenleben hindurch bin ich aufgrund meiner Taten und meiner Herkunft verurteilt und mit Vorurteilen konfrontiert worden. Egal ob von meiner Familie oder von sogenannten Freunden. Und dann kommt dieses schottische Mädchen daher, die nun wirklich jeden Grund gehabt hätte, wütend auf mich zu sein ... und sie ist es einfach nicht. Sie hat sich sogar um mich bemüht, Simon ... So wie du, und sie hat mir gezeigt, wer ich wirklich bin oder zumindest sein könnte.«

»Respekt«, sagte Simon und nickte anerkennend.

»Ich schulde ihr was, Simon. Ich schulde ihr die Wahrheit.«

Sie blickten auf. In der Ferne ertönten Motorengeräusche.

»Das wird Lorenzos Mietwagen sein«, sagte Simon. »Wir sollten uns beeilen. Wahrscheinlich fahren sie gerade durch die Hauptausfahrt! Los, schnell, Eleonore!«

Hand in Hand rannten sie das kurze Stück Weg zum Château zurück und durch das schwere gusseiserne Tor. Tatsächlich – Julia, Lorenzo und Quinn stiegen soeben in ein kleines rotes Auto.

Luc stand mit verschlossener Miene auf der obersten Treppe an der Tür, die Hände in die Hüften gestemmt. Marie-Louise und Claude winkten bereits. Arm in Arm standen sie neben dem Wagen, und der Winzer schwenkte ein extravagantes blau gepunktetes Taschentuch.

»Julia!«, schrie Eleonore und stolperte. Simon hob sie vom Kiesboden auf, und gemeinsam liefen sie weiter auf das Auto zu und wedelten mit den Armen. »Warte! Ich muss dir etwas sagen!«

Kapitel 28

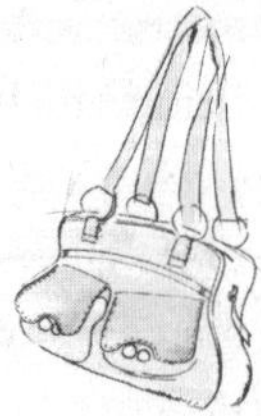

Es war an der Zeit, Luc Lebwohl zu sagen. Julia spürte ein flaues Gefühl im Magen. Sie würde ihn nie wiedersehen. Andächtig stand sie in der hohen Eingangshalle von Château Deschanel und schaute sich noch ein letztes Mal um. Draußen halfen Marie-Louise und Claude Lorenzo und Onkel Quinn, die drei kleinen Koffer der Abreisenden in den winzigen Kofferraum des Mietwagens zu verstauen.

Luc kam mit tief in den Taschen vergrabenen Händen auf sie zu. Sie standen nur wenige Zentimeter voneinander entfernt da, sahen sich an und sagten nichts. Julia wollte nichts sehnlicher, als einen Schritt nach vorn zu treten und diese Distanz zwischen ihnen zu überwinden. Doch da draußen wartete ihr richtiges Leben, und es war Zeit, dieser Tatsache ins Auge zu sehen.

»Danke, Luc …«

»Nein, Julia«, unterbrach er sie sofort, »ich danke dir. Weil du so viel auf dich genommen hast, um meiner Familie zu helfen. Und die Geschichte mit deinen Ringen tut mir sehr leid.«

Sie tat die Entschuldigung mit einer vagen Handbewegung ab, und tätschelte ausweichend ihre geliebte Bottega-Tasche, die nun über ihrer Schulter hing. »Ist ja alles noch mal gut gegangen.«

»Eigentlich wäre dies der Moment, dir alles Gute für deine Hochzeit zu wünschen.«

»Wäre es das wirklich?«, fragte Julia. »Oder wäre es nicht eher der Moment, dir zu sagen, dass all meine Gedanken am Samstag bei dir sein werden? Bei der Beerdigung, meine ich?«

Sie sahen sich tief in die Augen. Julias Blick war tränenverschleiert.

Draußen drückte Lorenzo auf die Hupe.

»Ihre Limousine steht bereit, Mademoiselle«, sagte Luc, ohne die kleinste Spur Ironie in der Stimme.

»Ja, ich sollte wohl besser nicht noch ein Flugzeug verpassen«, meinte Julia und seufzte. »Mach's gut, Luc. Und sag bitte Eleonore und Simon auf Wiedersehen von mir, ja?« Sie brachte es nicht über sich, ihn bei diesen Worten anzusehen. Also drehte sie sich um und wandte sich zum Gehen.

»Julia.« Luc griff nach ihrem Arm. Die Bottega glitt von ihrer Schulter und fiel auf den Boden. Vorsichtig hob er sie auf und hängte sie ihr wieder über die Schulter. »Bist du dir wirklich sicher, dass dies deine Tasche ist?«, flüsterte er, ehe er sich hinunterbeugte und ihr je einen Kuss auf beide Wangen hauchte.

Julia erwiderte nichts. Sie wandte sich nur wortlos erneut von ihm ab, ging entschlossen auf den Wagen zu und hob kurz die Hand zum Gruß. Sie wusste, dass er ihr nachsah.

Galant ließ Onkel Quinn den Beifahrersitz nach vorn klappen, damit Julia, nachdem sie sich von Claude und Marie-Louise verabschiedet hatte, auf den Rücksitz des Autos klettern konnte. Luc war die Treppe hinuntergekommen und schüttelte nun Onkel Quinn die Hand, dann wandte er sich an Lorenzo und sagte mit kühler Stimme zu ihm: »Pass gut auf sie auf.«

Dieser antwortete nur, indem er erneut die Hupe betätigte, und dann fuhren sie auch schon los. Hinter ihnen spritzte der Kies.

Julia drehte sich um, um ein letztes Mal zu winken. Luc stand wie versteinert oben auf dem Treppenabsatz. Claude schwenkte wild sein gepunktetes Taschentuch, und auch Marie-Louise winkte zum Abschied. Doch dann sah sie Eleonore und Simon, die in die Hofeinfahrt gerannt kamen und wie verrückt mit den Armen wedelten.

»Lorenzo!«, schrie sie. »Halt an!«

»Auf gar keinen Fall!«, sagte Lorenzo verkniffen. »Unter keinen Umständen verpassen wir noch ein Flugzeug.«

»Aber wir haben noch jede Menge Zeit!«, brüllte Julia.

»Nein!«

»Renzo, ich will mich von Eleonore verabschieden!«

Lorenzo ging ein wenig vom Gas und warf Julia über die Schulter hinweg einen wütenden Blick zu. »Warum? Die Frau ist übergeschnappt! Je mehr Kilometer wir zwischen uns und sie bringen, umso besser.«

»Ach, findest du das jetzt nicht ein kleines bisschen übertrieben?«, versuchte Onkel Quinn ihn umzustimmen. »Auf mich macht sie einen anständigen Eindruck. Ein bisschen temperamentvoll von Zeit zu Zeit vielleicht, aber das mag an den Haaren liegen. Ihr wisst ja, was man über Rothaarige im Allgemeinen …«

Lorenzo seufzte genervt. »Aber du kennst nicht die ganze Geschichte.«

»Dann schieß mal los, ich bin ganz Ohr.«

Lorenzo sah Onkel Quinn beinahe triumphierend an – zumindest schien es Julia so. »Eigentlich wollte ich das deiner Nichte ja ersparen, Quinn, aber gestern … nun, gestern Abend hat Eleonore versucht, mich zu verführen.«

»Nein!«, rief Julia. »Eleonore würde nie … du würdest nie …«

»Natürlich würde ich nie!«, gab Lorenzo zurück. »Aber ich musste mich ganz schön ins Zeug legen, um sie abzuwimmeln, das kann ich euch mal sagen. Immer wieder hat sie etwas davon gestammelt, dass wir doch so gut zusammengepasst hätten. Einfach unglaublich, sage ich euch. Ich sagte ihr, dass ich mit Julia verlobt sei, und damit basta.«

Julia wusste nicht, wie sie reagieren sollte. Wann würden diese Deschanels endlich aufhören, ihr das Leben schwerzumachen? Erschöpft lehnte sie ihren Kopf gegen die Scheibe. Sie wollte einfach nur nach Hause. Nach Hause zu ihrer Mutter.

Der Flug ging ohne weitere Zwischenfälle vonstatten. Sie waren wirklich auf dem Weg nach Hause! Julia saß zwischen Lorenzo und Onkel Quinn und fühlte sich ausgelaugt. Eigentlich sollte sie in freudiger Stimmung sein, weil sie endlich nach Hause kam und sich auf ihre Hochzeit konzentrieren konnte. Doch die letzten Tage hatten ihre Stimmung erheblich gedrückt. Es war so anstrengend gewesen. Pah, die meisten Bräute, so wusste Julia aus ihren Modezeitschriften, verbrachten die Woche vor der Hochzeit in irgendwelchen Wellnesstempeln, ließen sich verwöhnen und machten die letzten Feinkorrekturen bei der Blumendekoration und der Sitzordnung.

Lorenzo war in seine Zeitung vertieft, und Onkel Quinn führte, mit einem Cognac in der Hand, eine angeregte Unterhaltung mit einer älteren Französin, die auf der anderen Seite des Ganges saß. Seufzend setzte sich Julia die Kopfhörer ihres iPods auf, warf Lorenzo einen kurzen schuldbewussten Blick zu und stellte dann Luc Deschs Musik ein. Sie wusste, das war keine gute Idee, doch sie wünschte sich nichts mehr als einen letzten Widerhall der Welt, die sie soeben hinter sich gelassen hatte.

Jetzt, da sie den Mann hinter der Stimme kannte, klang die Musik so anders. Sie hatte das Gefühl, die Texte nun wirklich zu verstehen, und warum er diese oder jene Silbe mehr betonte als andere – er konnte es gar nicht anders singen. Gedankenversunken fragte sich Julia, was sie wohl tun würde, wenn Luc – rein hypothetisch gesehen – seine Band wieder zusammentrommeln und auf Tour gehen würde. Würde sie zu seinem Konzert kommen? Oder besser gesagt, würde sie im Anschluss daran hinter die Bühne gehen?

Julia bemerkte kaum, wie das Flugzeug auf dem Boden aufsetzte. Im Grunde trat sie erst wieder in die Realität ein, als sie im Terminal ihr Handy einschaltete und sah, dass sie einen verpassten Anruf hatte. Nein, sie hatte *sieben* versäumte Anrufe! Und alle von Eleonore Deschanel.

»Renzo, schau mal!«, rief sie und hielt ihm ihr Telefon hin.

Doch Lorenzo war mit seinem Koffer beschäftigt und hörte ihr gar nicht zu. Julia überlegte kurz. Musste Lorenzo wirklich wissen, dass Eleonore versucht hatte, sie zu erreichen? Schnell löschte sie die Anrufliste und schaltete das Telefon wieder aus.

»Hast du etwas gesagt?«, fragte Lorenzo, als er das Gepäck auf dem Wagen deponiert hatte.

»Ach, nichts – oh, sieh mal, da ist Mummy! Mummy!«

Julia rannte los und warf sich ihrer Mutter überglücklich in die Arme.

»Die verschwundene Braut, sie lebe hoch!«, lachte ihre Mutter und umarmte sie fest. »Willkommen zu Hause, Liebes. Ich hatte schon befürchtet, ich müsse morgen einspringen, zusammen mit deinem Vater.«

»Müsste es denn unbedingt mit ihm sein?«, sagte Onkel Quinn und nahm die beiden Frauen in den Arm. »Dennoch hättest du in jedem Fall natürlich göttlich ausgesehen!«

»Lorenzo, willkommen!« Frances Douglas löste sich von ihrer Tochter und ihrem Bruder, um ihren zukünftigen Schwiegersohn zu begrüßen. Es war schon erstaunlich, dass Lorenzo ihre Eltern erst einmal gesehen hatte – letztes Jahr zu Silvester in Paris. Sie hatten eine Seine-Rundfahrt gemacht und zu viel Champagner getrunken, und Lorenzo hatte sogar angefangen zu singen.

Lorenzo konnte wie kein anderer mit Menschen umgehen. Julia fühlte einen gewissen Stolz, als sie beobachtete, wie galant und herzlich er seine zukünftige Schwiegermutter begrüßte; erst deutete er eine kleine Verbeugung an, dann hielt er ihr die ausgestreckte Hand hin, woraufhin er ihr entgegenkam, damit sie die Führung übernehmen und ihn auf die Wange küssen konnte.

Frean Hall thronte stolz und überlegen an den schroffen Klippen von Firth of Forth an der Ostküste Schottlands. Am äußersten Ende des Anwesens zog sich ein kleiner Fluss entlang, ehe er seinen Weg in die kalte, salzige See fand. Das Haus selbst, es erstreckte sich über drei massive Stockwerke aus Stein, war ein wahres Schmuckstück Georgianischer Architektur. Doch trotz der unermüdlichen Renovierungsbemühungen von Julias Eltern waren über die letzten zwanzig Jahre einige unabwendbare Zeichen des Verfalls an dem Gebäude sichtbar geworden. Die Arbeit war ihnen schlichtweg über den Kopf gewachsen. Die Vorfahren von Argyle Douglas, Julias Vater, hatten noch Unmengen an Dienstboten gehabt, um das Haus und auch das Anwesen in all seiner Pracht zu erhalten. Doch selbst die Gehälter zweier Anwälte konnten nicht einmal ansatzweise die stetig steigenden Kosten von Frean Hall decken.

Aber Julia liebte diesen Ort mehr als irgendeinen anderen sonst auf der Welt. Es war ihr Zuhause. Sie wusste, dass es die Liebe zu Lorenzo war, und ihre glückliche Kindheit und Jugend hier, die es ihr ermöglicht hatten, ihre Flügel auszubreiten und das Nest zu verlassen. Sie wusste einfach, dass Frean Hall und ihr altes Leben sie immer wieder aufnehmen würden.

Julia konnte es kaum abwarten, Lorenzo das Haus zu zeigen. Tausendfach hatte sie es ihm schon in sämtlichen Details beschrieben, so dass sie nun, als ihre Mutter den Mercedes die kurvige Auffahrt hinauflenkte, gespannt den Atem anhielt.

»Schlimmer, als ich dachte.«

Schockiert starrte Julia ihren Verlobten an. Auch Onkel Quinn drehte sich auf dem Beifahrersitz um, und Frances' Douglas Hände verkrampften sich merklich um das Lenkrad. Offenbar hatte Lorenzo nicht nachgedacht.

»Das Wetter meine ich!« Er zuckte demonstrativ mit den Schultern und setzte eine Unschuldsmiene auf. »Was dachtet ihr denn, was ich meine? Das Wetter ist viel schlimmer, als ich es mir vorgestellt habe. *Das Haus* ist wunderschön, wirklich einzigartig.« Er lehnte sich hinüber zu Julia und gab ihr einen Kuss auf die Wange.

Argyle Douglas stand auf der Treppe vor der Haustür, um seine Familie zu begrüßen. Julia war so glücklich, endlich zu Hause zu sein, dass sie sich ihrem Vater ganz spontan in die Arme warf, was diesem sichtlich gefiel. In seinem tiefsten Inneren war er sehr feinfühlig, und während sie sich umarmten, wusste Julia, dass er froh war, sein kleines Mädchen zurückzuhaben.

»Jules, da hast du ja eine ganz schöne Nummer abgezogen!« Ihr dreizehn Jahre älterer Bruder Alastair, der mit jedem Mal, da Julia ihn sah, ihrem Vater ahnlicher zu sehen schien, war aus dem Haus gekommen. Auch er war Anwalt, am Obersten Gericht von Edinburgh. Er trug einen feinen, maßgeschneiderten Nadelstreifenanzug und – das fiel Julia zum ersten Mal auf – seine Schläfen waren inzwischen weitgehend ergraut.

»Al!« Julia löste sich von ihrem Vater und umarmte ihren Bruder. »Warst du heute im Gericht?«

»Na ja, du weißt ja, wir mit den echt wichtigen Jobs … Au!« Julia hatte ihm einen Schlag gegen die Schulter versetzt. »Schön dich zu sehen, Kleine.«

Die nächsten paar Minuten verbrachte Julia damit, alle ausgiebig zu begrüßen und einander vorzustellen; sie schwelgte einfach nur im Glück. Julias Schwester Kathy unterhielt sich im Salon mit Lorenzos Eltern, Patrizia und Guiseppe Landini, Alastairs Frau Eilidh wirbelte derweil gemeinsam mit ihren zwei Kindern durch die Küche und bereitete das Essen vor, und sie ließ sich auch nicht davon abbringen, als Francis Douglas der Schwiegertochter das Kommando am Herd wieder entreißen wollte. Onkel Quinn begrüßte alle Anwesenden mit einem Küsschen, auch, zu dessen großem Entsetzen, Lorenzos Vater. Jock und Ghillie, die zwei ältlichen Labradors, sprangen aufgeregt um die Neuankömmlinge herum, und im Kamin der Eingangshalle knisterte ein Feuer. Nun wusste Julia endgültig, dass sie zu Hause angekommen war.

Einzig die Begrüßung ihrer Schwester Kathy fiel ein wenig unterkühlt aus. Julia wusste sofort, dass ihre Schwester wütend auf sie war. Ihre ganze stolze, steife Körperhaltung strahlte Missbilligung aus. Kathy bemühte sich, mit den Landinis auf Italienisch zu plaudern, und Julia ahnte, dass ihre Schwester damit klarstellen wollte, dass sie eben wusste, wie man sich um Gäste kümmerte. Sie verschwand nicht einfach von der Bildfläche und flüchtete auf ein französisches Weingut. Auch die Landinis wirkten angespannt, und allmählich wurde Julia nervös. Patrizia Landini hatte das Gesicht verzogen, und ihr Mann blickte unruhig im Raum umher, als suchte er den Notausgang. Beide trugen tadellose italienische Maßbekleidung, obwohl sie aus eher bescheidenen Verhältnissen in Umbrien stammten. Doch Julia hatte von Lorenzo gelernt, dass die meisten Italiener sehr viel mehr Wert auf teure Kleidung als auf sonstigen Luxus legten. Ihr Vater in seinen Tweedhosen, den ausgetretenen Golfschuhen und seinem knittrigen Pullover, und ihre Mutter mit der umgebundenen Leinenschürze und den bequemen Schuhen bildeten einen krassen Kontrast zu den Landinis. Für Julias Eltern war Kleidung etwas, das man sich höchstens alle paar Jahre neu kaufte.

Julia, ihr Vater und Lorenzo gingen in den Salon zu Kathy, um sie von ihrer Gastgeberinnenpflicht zu erlösen. Die Erleichterung auf den Gesichtern der drei Landinis, als sie einander mit lauten italienischen Ausrufen begrüßten, war beinahe komisch.

»Patrizia stickt gern«, sagte Kathy verkniffen zu Julia, als sie aufstand. »Und Giuseppe möchte nächstes Jahr nach Portugal fahren. Wenn ihr mich jetzt bitte entschuldigt, Mutter braucht Hilfe in der Küche.«

Mit dieser letzten Demonstration ihrer tadellosen Manieren und einem weiteren zornigen Blick auf ihre kleine Schwester war Kathy auch schon verschwunden. Seufzend sah Julia ihr nach. Manche Dinge änderten sich wohl nie.

Lorenzo setzte sich auf das leicht abgenutzte Tweedsofa direkt unter dem Fenster mit Ausblick zur Küste und streckte seine Arme weit auf der Lehne von sich, genauso wie er es schon auf Château Deschanel getan hatte. Beim Gedanken an das südfranzösische Weingut spürte Julia ein Stechen in der Brust – fast kam ihr alles wie ein Traum vor.

Lorenzos Eltern sahen ihren Sohn mit einer Mischung aus Stolz und Vorfreude an, als erwarteten sie, dass er sie nun mit seiner Weisheit und seinem Charme unterhielt.

Julia schmunzelte. Er war nun ganz der verwöhnte kleine italienische Junge, der von seiner Mutter angelächelt und seinem Vater voller Bewunderung betrachtet wurde.

Argyle Douglas erschien mit einem Tablett, auf dem zwei Flaschen Whisky, ein Wasserkrug und die besten Kristallschwenker der Familie platziert waren. »Sie nehmen doch einen kleinen Schluck, oder?«

Julia musste angesichts des aufgesetzten breiten schottischen Akzents ihres Vaters grinsen; er hatte Spaß daran, diese Vorstellung bei Fremden abzuziehen. Die beiden älteren Landinis lehnten höflich ab, doch Lorenzo erhob sich und nahm eines der Gläser entgegen. Patrizia Landini wirkte fast angewidert, als ob ihr Sohn sich auf ein niederes Niveau herabgelassen hätte, sagte jedoch nichts.

»Slainte, cheers!«, rief Lorenzo aus und kippte seinen Whisky in einem Zug hinunter.

»Du wirst dich hier gut einleben, Schwiegersohn«, sagte Julias Vater und lachte wohlwollend, als ein weiterer Mann den Raum betrat.

»Julia Elizabeth Ursula Douglas, was bist du nur für ein schlimmes Mädchen!«

Julias Laune verfinsterte sich abrupt. Sie musste sich gar nicht erst umdrehen, um zu sehen, wer da den Salon betreten hatte. Jonty, Kathys widerlicher Ehemann, kam auf einmal wie aus dem Nichts geradewegs auf sie zugesteuert.

Jonty Featherstone war klein, hatte einen hochroten Kopf und war stets übertrieben gut gelaunt. Manchmal glaubte Julia, er repräsentiere genau den Typ Mann, den sie ihr Leben lang gemieden hatte. In Jontys Gegenwart fühlte Julia sich immer unwohl – schon als junges Mädchen war das so. Mit seinen zweideutigen Bemerkungen, seinem anzüglichen Augenzwinkern und dem Hang zum Grapschen jagte er ihr jedes Mal eine Gänsehaut über den Rücken, besonders um Silvester herum.

»Jonty«, seufzte sie und versuchte, seine Umarmung und den obligatorischen leichten Klaps auf ihren Hintern so schnell wie möglich hinter sich zu bringen, »da bist du ja.«

»Ohne den Clown gibt's bekanntlich keine Vorstellung.« Er schüttelte den Landinis die Hand, während Julia sie einander vorstellte. »Na, so ist das eben – wir wussten ja, das unsere Julia eine kleine Diva ist, aber wer hätte schon erwartet, dass sie es erst im Kopf-an-Kopf-Rennen zum Altar schafft! Geht's euch allen gut?« Und wie um die Erniedrigung noch komplett zu machen, zog er sie an sich heran und schleuderte sie in einem angedeuteten Walzer um sich herum. Dabei sang er vollkommen falsch aus *My Fair Lady:* »I'm getting married in the morning! Ding Dong! The bells are gonna chime …«

»Jonty«, zischte Julia ihm ins Ohr, »lass mich sofort los, oder ich verrate Dad, was du mir an meinem fünfzehnten Geburtstag gesagt hast!«

»Das würdest du niemals tun!«, sagte Jonty und nahm sofort Abstand von ihr, als hätte sie eine ansteckende Krankheit. Dann schenkte er sich ein großes Glas Whisky ein und ließ sich auf einen freien Sessel fallen.

»Frean Hall ist sehr groß, nicht wahr?«, sagte Lorenzo gerade zu Julias Vater, als sie sich neben ihrem Verlobten niederließ.

»Ach ja, wir selbst nehmen das gar nicht mehr so wahr.« Argyle Douglas zuckte bescheiden mit den Schultern. »Zumindest ist es ein altes, nimmersattes Biest, so viel steht fest.«

»Und der Fluss«, fuhr Lorenzo fort. »Kann man dort angeln?«

»Angeln? Ja, könnte man wohl, aber wir hier in Schottland praktizieren nur Fliegenfischen. Gleich dort drüben am Ufer. Macht großen Spaß! Vielleicht möchten dein Vater und du heute Abend noch den einen oder andere Haken werfen?«

Lorenzo übersetzte seinen Eltern den Vorschlag. Seine Mutter antwortete mit einem wahren Wortschwall italienischer Phrasen, die allesamt ihre ablehnende Haltung bekundeten. Sein Vater zuckte hingegen nur wortlos mit den Schultern und schüttelte den Kopf. Er schien ernsthaft verwirrt, als er nach draußen in den strömenden Regen zeigte.

»Vielleicht ein anderes Mal«, sagte Lorenzo mit einem entschuldigenden Grinsen zu Julias Vater. »Fliegenfischen ist ein lukrativer Nebenerwerb, nicht wahr?«

»Nun, für einige Leute bestimmt«, sagte Argyle Douglas lächelnd. »Wer sein Revier vermietet, oder gar Kompletturlaube anbietet, kann ein absolutes Vermögen machen. Einige meiner Freunde tun das.«

Lorenzo nickte verständig. »Gibt es viele Fische in dem Fluss?«

Das Interesse seines zukünftigen Schwiegersohns an seinem Grund und Boden entzückte Argyle geradezu. Er stimmte ihm enthusiastisch zu. »Oh ja, Lachse und Forellen – alle ganz hervorragend. Einige der alten Logbücher zeigen, dass dies hier ein erstklassiges Fischereirevier wäre. Sicher ließe sich damit gut Geld verdienen.«

»Das dachte ich mir«, sagte Lorenzo. »Argyle …«

Julia zuckte zusammen, als Lorenzo ihren Vater beim Vornamen nannte. Was hatte sie schon erwartet? Dass er ihn *Dad* nannte?

»… diese Stallungen auf der anderen Seite des Hauses, könnte man die nicht hervorragend in luxuriöse Unterkünfte für die Angler und andere Besucher umbauen?«

»Immer schön langsam, Cadenzo, oder wie auch immer du heißt«, mischte sich Jonty ein. »Hier in Frean Hall regelt man die Dinge anders. Was meinst du überhaupt mit Umbauen? Modernisieren etwa?« Er lachte in sein halbleeres Glas, ehe er den restlichen Whisky kippte und dann aufstand, um sich einen weiteren Drink einzuschenken.

»Nun, das ist eine interessante Idee«, sagte Argyle vage. Julia errötete, als sie bemerkte, wie unwohl ihr Vater sich mit einem Mal fühlte. »Doch es gibt schon mit dem Haus an sich so viel zu tun …«

»Frean Hall steht unter Denkmalschutz«, warf Julia ein und legte Lorenzo eine Hand auf den Unterarm. »Ein solcher Umbau wäre also quasi unmöglich. All die Auflagen …«

»Auflagen?« Lorenzo machte eine verächtliche Handbewegung. »Da gibt es doch immer Mittel, die zu umgehen, nicht wahr, Mama?«

»Ganz genau!« Seine Mutter nickte eifrig. »Man kann alles schaffen.«

Julia starrte Patrizia ungläubig an. Das war ohne Zweifel der längste englische Satz, den sie je aus ihrem Mund gehört hatte.

»Zum richtigen Preis natürlich«, fügte Giuseppe hinzu und kicherte.

Und als ich die beiden in Italien kennengelernt habe, haben sie tatsächlich so getan, als verstünden sie kein Englisch. Pah, ich werde wohl noch um einiges ... italienischer werden müssen.

»Essen ist fertig!«

Frances Douglas war aus der Küche aufgetaucht. Ihr Gesicht war rotbäckig und strahlend, als sie das Abendessen ankündigte, und Julia erhob sich sofort. Mit einem Mal fühlte sie sich schuldig, dass ihre Eltern ihretwegen so viele Unannehmlichkeiten hatten.

Das Abendessen verlief alles andere als entspannt. Beim Gedanken an all die Dinge, die sie für die Hochzeit am nächsten Tag noch zu erledigen hatte, fühlte sich Julia melancholisch und schwermütig. Es gab noch so viel zu tun! Nicht einmal ihr Kleid hatte sie gesehen – zumindest nicht seit der letzten Anprobe in Paris vor zwei Wochen. Sie wusste nur, dass es oben hing, eingehüllt in Folie und bereit für den morgigen Tag. Auch die kleine Tiara, ein Familienerbstück, hatte sie noch nie zusammen mit dem Kleid probiert. Was, wenn es grauenhaft aussah? Sie musste sich darauf verlassen, dass der Friseur morgen um acht Uhr da sein würde – ihre Schwester hatte es ihr versichert. Und wenn was dazwischenkam und die Leitungen plötzlich tot waren? Wer hatte überhaupt mit der Dudelsackspielerin gesprochen? Und den Konditoren? Den Floristen? Dem Priester, verdammt noch mal! Konnte es morgen überhaupt eine Hochzeit geben? Aus ihrer Perspektive schien all das ganz weit weg. Und wie musste der arme Luc sich fühlen, so kurz vor der Beerdigung seines Vaters? Und hatte Eleonore sich inzwischen beruhigt?

»Julia? Ju-li-a?«

Ihre Mutter versuchte bereits seit einiger Zeit, ihre Aufmerksamkeit zu erringen.

»Ja, Mum?«

In dem in Kerzenlicht getauchten Esszimmer wurde es plötzlich ganz still.

»Möchtest du vielleicht ein paar Worte sagen?«

Zustimmendes Gemurmel erklang.

»Wie? Du meinst eine Rede?« Julias Hirn fühlte sich plötzlich völlig leer an.

Onkel Quinn, der den ganzen Abend über wie das blühende Leben gewirkt hatte und es sogar geschafft hatte, die strenge Patrizia zu knacken, indem er ihr von seiner Liebe zur Toskana und zu italienischer Kunst erzählt hatte, lehnte sich über den Tisch und tätschelte seiner Nichte die Hand. »Komm schon, Schätzchen! Der Douglas-Clan weiß, wie man eine Gesellschaft im Sturm erobert.«

Julia atmete tief ein. Okay, sie würde eine Rede halten. Sie *musste* ein paar Worte sagen. Sie würde ihrer Familie von Herzen für alles danken, was sie für sie getan hatte. Sie würde von Lorenzo und seinen Eltern sprechen und von ihren Hoffnungen auf eine glückliche Zukunft. Sie würde ihm sagen, dass sie ihn liebte, und dann, erst dann würde sie über eine andere Familie reden, die sie über die letzten paar Tage liebgewonnen hatte und deren kommendes Wochenende von vollkommen anderen Gefühlen geprägt sein würde. Mit einem zurückhaltenden, aber entschlossenen Lächeln machte sie sich daran, sich zu erheben.

»Lorenzo!« Patrizias Stimme durchschnitt die gespannte Stille im Raum und brachte die Kerzen zum Flackern. »Das wirst du doch nicht zulassen, oder?«

Mit einem nervösen Blick auf seine Mutter stand Lorenzo auf. »Natürlich nicht. Ladys und Gentlemen, meine Frau wird niemals eine formelle Ansprache halten müssen – dafür bin ich schließlich da.« Er lächelte den Anwesenden breit zu, und Julia sank zurück auf ihren Stuhl. Ihre Mutter sah aus, als wäre sie zu allem fähig.

»Renzo, ist schon in Ordnung …«, wiegelte Julia ab, doch Giuseppe griff nach ihrer Hand und legte einen Finger auf seine Lippen.

»Im Namen meiner zukünftigen Frau und mir …«, setzte Lorenzo an und wurde lediglich von einem antrunkenen Jonty bejubelt, »… möchte ich mich bei euch allen bedanken, dass ihr heute gekommen seid.«

»*Bene,* Lorenzo.« Seine Mutter nickte zustimmend.

»Und ich möchte euch, Frances und Argyle, oder sollte ich besser Mama und Papa sagen …«

»Papa?«, echote Argyle Douglas und drehte sich ungläubig zu seiner älteren Tochter um. »Meint er mich?«

»Ich möchte euch versichern, dass ich alles in meiner Macht Stehende tun werde, um zu verhindern, dass dieser herrliche Ort dem Meer zum Opfer fällt.«

»Was meinst du damit, mein Lieber?« Frances Douglas' Stimme klang ruhig und unbeschwert, doch ihre drei Kinder ließen sich nicht so leicht täuschen. Sie sahen einander an und vergaßen für den Moment alle Streitereien und

Spannungen, die so oft unter ihnen herrschten. Denn sie alle wussten: Wenn man von Frances Douglas »mein Lieber« oder »meine Liebe« genannt wurde, hatte man verloren. Zumindest konnte man den Nachtisch vergessen …

Lorenzo sah erst seine Eltern, dann Julias Mutter an. »Meine wunderschöne Mum, ich meine jedes Wort genau so, wie ich es gesagt habe. Frean Hall braucht eine Verjüngungskur, doch das ist nicht eure Schuld. Der alte Mörtel, das marode Gemäuer, die altmodische Einrichtung und das Heizsystem – die Einsatzmöglichkeiten sind endlos. Schließt euch mir an! Was tun die Schotten denn am liebsten?«

Das Schweigen im Raum war erdrückend.

»Ganz genau. Es ist doch offensichtlich! Die Leute gehen fischen, sie gehen Golf spielen, sie trinken Whisky. Und sie beschäftigen sich mit ihren Vorfahren. Wir können all das nutzen! Ich sage euch, mit meiner Erfahrung in Geschäftsdingen können wir Frean Hall vor dem Ruin retten und zu einem internationalen Treffpunkt machen. Die Nähe zu Edinburgh, die Anbindung an den Flughafen, all das Land ringsum, der Fluss – gemeinsam können wir es schaffen!«

»Bravo!« Giuseppe Landini war aufgesprungen und spendete der Rede seines Sohnes Applaus. Patrizia stimmte mit ein und schaute sich lächelnd am Tisch um, ebenso wie Jonty, bis seine Frau ihm unter dem Tisch einen Tritt versetzte.

»Mir war nicht klar, dass ihr zu uns ziehen wollt«, sagte Frances Douglas nun und sah Lorenzo ruhig an. Die volle Tragweite dieses Blickes konnten allerdings wiederum nur ihre Kinder verstehen.

Lorenzo setzte sich und zuckte mit den Schultern. »Oh,

nicht sofort natürlich! In nächster Zeit werde ich noch sehr viel in Paris zu tun haben.«

Julia starrte ihren Verlobten ungläubig an. Er hatte nichts, aber auch gar nichts davon erwähnt, was mit *ihr* und *ihren* Aufgaben in Paris zu tun hatte. Und seine Pläne für Frean Hall hatte er auch noch nie mit ihr besprochen. War er betrunken? Überwältigt von den Gefühlen der letzten Tage? Oder hatte er gar schon vor seiner Ankunft hier Informationen über Frean und die Umgebung eingeholt? Doch das schien ihr ganz und gar unmöglich. Andererseits war so manches Ereignis der letzten Tage vollkommen aus der Realität gelöst.

Kathy funkelte sie vom anderen Ende des Tisches aus an. Julia kannte diesen Blick genau. Er war ein Klassiker und machte Julia jedes Mal aufs Neue wütend. *Da schau an,* besagte er, *was du wieder für Scherereien machst!* Plötzlich fühlte sie sich wieder wie ein achtjähriges, trotziges und Grimassen schneidendes Mädchen.

Auch ihr Vater wirkte reichlich überrumpelt, doch er gab sich diplomatisch. »Ja, Lorenzo, es ist immer wieder gut, eine neue Sicht der Dinge zu hören. Möchte noch jemand Wein? Patrizia, ja? Ihr Glas scheint ein Loch zu haben«, sagte er augenzwinkernd.

»Ich fang schon mal mit dem Abräumen an«, bemerkte Kathy scharf und schob ihren Stuhl mit einem abrupten Ruck nach hinten. »Für Jonty bitte keinen Wein mehr, Daddy.«

Julia fühlte sich plötzlich entsetzlich müde und weit entfernt vom Dasein einer glücklichen Braut. Sie wollte nur noch ins Bett und tagelang schlafen.

Onkel Quinn beugte sich über den Tisch. »Schätzchen, darf ich dich um etwas bitten?«

Sie lächelte ihren Onkel an. »Natürlich. Außer, du willst auch jetzt mit mir tanzen. Ich bin NICHT in der Stimmung, okay?«

»Aber sicher doch!« Er stützte das Kinn in seine Hand. »Nun, ich denke, unsere Gäste sind sehr müde, ebenso wie ich. Wärst du, als reizende Braut, so lieb, uns für heute Abend zu entschuldigen? Die gute Patrizia sieht ganz erschöpft aus …« Dann senkte er die Stimme und fuhr im Flüsterton fort: »… und außerdem ist sie schon ziemlich hinüber, weil sie eineinhalb Flaschen des besten Bordeaux deines Vaters weggeschlürft hat …«

»Oh, selbstverständlich.« Julia war erleichtert, endlich der angespannten Stimmung im Raum zu entkommen. Sie sprang auf und sagte: »Ich bringe euch zu euren Zimmern.«

»Mach dir keine Gedanken um den Abwasch!«, zischte Kathy und begann, laut klappernd das dreckige Geschirr zu stapeln. »Wir schaffen das schon.«

»Ah, Queen.« Julia hätte sich jedes Mal am liebsten vor Lachen geschüttelt, wenn Patrizia den Namen ihres Onkels aussprach. »Queen, ich kann einfach nicht verstehen, warum Sie noch keine Frau gefunden haben! Sie sind doch ein so charmanter Mann!«

»Darf ich bitten?« Onkel Quinn hielt ihr seinen Arm hin und führte die kleine Gruppe zu den Gästezimmern hinauf. Giuseppe rang sich ein Lächeln ab, wünschte den Verbleibenden eine gute Nacht und stolperte dann hinter den anderen her. Lorenzo schnappte sich die geöffnete Flasche

Drambuie-Likör, die ihr Vater auf dem Sideboard bereitgestellt hatte, und auch Julia machte sich, nachdem sie ihre Mutter, ihren Bruder und ihren zukünftigen Mann geküsst hatte, auf den Weg ins Bett.

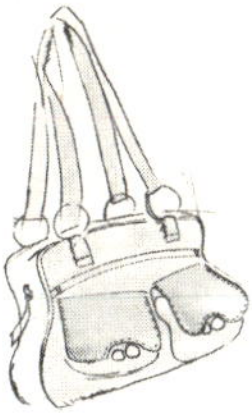

Kapitel 29

Am nächsten Morgen fand sie nach dem Erwachen ihre beiden Hunde tief und fest schlafend am Fuße ihres Bettes liegen. Sie setzte sich völlig geschafft auf, wegen der schweren Tiere auf ihrer Decke hatte sie in seltsam verdrehter Haltung gelegen. Ihr linkes Bein war fast vollständig taub.

»Runter mit euch!« Mit dem anderen Bein schob sie die blinzelnden Tiere von sich, bis sie beleidigt auf den blauen Teppich am Boden auswichen. Julia selbst hatte hier als Kind auch immer gesessen. Auch die Vorhänge waren noch dieselben, wenn schon etwas ausgeblichen – kleine Ponys auf einer idyllischen Wiese. Ihr wie frisch poliert wirkender Schminktisch wies mittlerweile Sprünge im Lack auf und war immer noch viel zu klein – früher für die Mengen von glitzerndem Nagellack, heute für ihren Waschbeutel von Furla und ihr Kosmetiktäschchen von Mulberry.

Die Wände waren dekoriert mit den Ergebnissen ihrer kreativen Teenagerjahre, elegante Hüte und Handtaschen hingen an diversen Haken, wodurch der Raum ein wenig vollgestopft und staubig wirkte. An ihrer Pinnwand hefteten jede Menge Tweedmuster, und die vermeintlichen Kunstwerke aus dem Werkunterricht standen gesammelt auf der Fensterbank. An einem herzförmigen, gepolsterten Brett an der Wand prangten all ihre selbst gemachten Ohrringe – das hatte sie wirklich gern gemacht! Außerdem hatte sie ein kleines Vermögen damit verdient, den Schmuck an ihre Schulfreundinnen zu verkaufen. Es hatte sogar Zeiten gegeben, da hatte sie mehr Aufträge, als sie erfüllen konnte – selbst ihre Lehrerinnen hatten welche haben wollen.

Vorsichtig versuchte sie aufzustehen, doch ihr Bein gab sofort nach. »Autsch!«

Sie ließ sich wieder zurück aufs Bett fallen und starrte an die Decke. Langsam ließ die Taubheit nach. Sie schloss die Augen, als könne das den Schmerz abmildern, öffnete sie dann jedoch wieder. Ihr Blick wanderte schließlich zu dem bodenlangen, perlmuttfarbenen Kleid, das an der Tür ihres Kleiderschrankes hing.

Ach ja, heute war ja ihr Hochzeitstag …

Das Zimmer roch muffig und abgestanden. Behutsam richtete Julia sich erneut auf und sah ihr Gesicht im Spiegel des Schminktischchens.

»Heute ist es so weit«, murmelte sie. »Der Tag ist da.«

Sie sah müde und zerknittert aus, und auf ihrem Gesicht zeichnete sich eine breite rote Falte ab, wo sie auf der Naht ihres Kopfkissens gelegen hatte. Ihr Nachthemd war verrutscht, das Innere ihres Mundes fühlte sich pelzig an, und ihre Haare standen wild vom Kopf ab.

»Ich brauche keinen Friseur, ich brauche eine gute Fee!«

Auf wackeligen Beinen stand sie auf und durchquerte den Raum, wobei sie über die zusammengerollten Hunde steigen musste, und nahm ihr Kleid vom Bügel. Die kalte, glatte Seide fühlte sich unendlich edel an. Julia hatte dieses

Gefühl fast vergessen – immerhin waren seit der letzten Anprobe inzwischen zwei Wochen – und was für zwei Wochen! – vergangen.

Julia ließ ihre Finger über die unzähligen kleinen Perlen, die filigranen Stickereien und die weiche Schärpe gleiten, dann streifte sie ihr Nachthemd ab, um splitternackt in ihr Brautkleid zu steigen. Was, wenn bei der letzten Änderung etwas schiefgegangen war und das Kleid nicht passte? Sie musste es einfach überprüfen.

Doch es passte perfekt. Selbst mit einem roten Streifen im Gesicht und wildem, ungekämmtem Haar verschlug ihr der Anblick ihres Spiegelbildes die Sprache.

Ein Bild schoss ihr durch den Kopf. Sie sah sich selbst in ihrem Kleid, das Haar sauber aufgetürmt, die große Treppe im Château Deschanel hinabsteigen, auf einen Mann am Fuß der Stufen zu, der ihr verzaubert und voll Bewunderung entgegensah …

»Darf ich hereinkommen?«

Es war Patrizia, und sie stand bereits im Zimmer.

»Aber natürlich!« Julia scheuchte die Hunde aus dem Zimmer, wies mit einer Hand auf die Unordnung um sie herum und zuckte entschuldigend mit den Schultern.

»Macht nichts«, versicherte ihr Patrizia. »Lorenzo wird alles gut machen für dich. Du hast großes Glück!«

»Ich … ich weiß«, stotterte Julia. »Oh, du hast ja eine Bottega!« Sie zeigte auf die feine Ledertasche, die an Patrizias Arm baumelte, und war mehr als irritiert, als sie feststellte, dass es sich um exakt dasselbe Modell handelte, das auch sie und Eleonore besaßen.

»Ich habe auch so eine!«

Patrizia nickte stolz. »Ah ja! Mein Lorenzo ist ein so wundervoller Junge! Er hat sie mir geschenkt zu meinem Geburtstag!«

Patrizia setzte sich auf die Kante von Julias Bett, während Julia ihr ein wenig verschämt gegenüberstand. Ihre zukünftige Schwiegermutter hatte kein Wort darüber verloren, dass sie ihr Brautkleid trug – was wenn sie es grauenhaft fand? Zu übertrieben? Zu extravagant? Oder am Ende nicht extravagant genug?

»Ähm, meinst du, Lorenzo wird das Kleid gefallen?«, fragte sie und errötete leicht.

Patrizia runzelte die Stirn und musterte sie von Kopf bis Fuß. »Es ist sehr gut«, entschied sie nach einer gewissen Zeit. »Aber wenn er zuerst mit mir gesprochen hätte, würdest du jetzt mein Kleid tragen! Das ist Tradition.«

»Aber nein«, rief Julia aus, ehe sie sich besann. »Ich meine, ich würde doch wohl eher das Kleid meiner eigenen Mutter tragen, oder?«

»Nein, nein, nicht da, wo ich herkomme! Mein Brautkleid ist hundert Jahre alt. Spitze, Spitze, überall Spitze – wunderschön!«

Julia gestattete sich einen kleinen Seufzer der Erleichterung. Sie hasste Spitze. Was wäre das für ein mieser Anfang gewesen, sofort das Kleid von Lorenzos Mutter ausschlagen zu müssen!

»Was hältst du von Eleonore?«, fragte Patrizia völlig aus heiterem Himmel.

Julia sah sie scharf an. »Eleonore? Nun ja … sie war sehr traurig. Natürlich war sie das, wegen des Todes ihres Vaters …«

»Pah, ihr Vater hat sich nie dafür interessiert, was sie tut! Der Mann hatte kein Herz!« Patrizia verzog angewidert das Gesicht. »Lorenzo war gut zu ihr. Er war zu gut für sie, sie hatte so viel Glück ...«

Damit wären wir schon zwei ...

»Was hätte er auch tun sollen? Er konnte doch nicht mit einer Spielerin leben! All das Geld ...«

»Das Geld?«, fragte Julia leicht genervt nach; sie wollte nun wirklich nicht an ihrem Hochzeitstag über Eleonore reden.

»Ja, das Geld!« Patrizia klammerte sich nun an ihre Tasche und verkrampfte den Unterkiefer. »Sie hatte sich nicht unter Kontrolle. Sie spielte immer weiter und hatte keinen Job. Das geht doch nicht!«

»Natürlich hat sie einen Job«, warf Julia ein. »Sie arbeitet doch mit Lorenzo bei PPR.« Sie wollte jetzt wirklich über etwas anderes reden. All das schien ihr zu sehr Getratsche aus dunkler Vergangenheit zu sein. Außerdem war heute auch der Tag der Beerdigung von Eleonores Vater. Warum konnte Patrizia sie nicht einfach in Ruhe lassen?

»Oh ja, dort hat sie gearbeitet, bis sie – wie sagt man – ins Feuer geworfen wurde?«

»Wie bitte?« Julia war nicht sicher, ob sie ihre zukünftige Schwiegermutter ernst nehmen sollte. »Sie wurde gefeuert? Wann?«

Patrizia zuckte mit den Schultern. »Vor drei Monaten, glaube ich ... ja, es muss vor drei Monaten gewesen sein. Ich weiß das, weil Lorenzo es uns erzählt hat, als er zu Besuch war bei seinem Papa und bei mir.«

Julia wandte sich ab und sah vollkommen verwirrt aus

dem Fenster. Warum hatte Eleonore ihr nicht erzählt, dass sie ihren Job verloren hatte? Warum hatte Luc nichts davon gesagt? Und irgendetwas anderes passte hier auch nicht zusammen …

Die Sonne gab ihr Bestes, die dicken grauen Wolken zu durchbrechen. Der Rasen glitzerte nach einer verregneten Nacht, doch insgesamt versprach es, ein schöner Tag zu werden. Für einen Hochzeitstag nach schottischen Ansprüchen zumindest.

»Ich muss gehen. Ich habe noch viel zu tun.« Patrizia stand auf und kam auf Julia zu. Dann öffnete sie ihre Handtasche und zog zu Julias großem Entsetzen eine riesige Brosche heraus. »Hier, die musst du tragen. Sie gehörte meiner Urgroßmutter.«

Julia schaute erschrocken an sich herunter, als Patrizia ihr die massive, aus Elfenbein und Koralle bestehende Camée ans Kleid heftete. Die Frau, deren Profil auf der Brosche abgebildet war, hatte eine derart große Nase, dass Julias Meinung nach die einzige Erklärung sein musste, dass sich der Macher der Brosche einen Scherz erlaubt hatte.

»Etwas Altes!« Patrizia zwinkerte ihr zu, ehe sie sich endlich umdrehte und die Tür geräuschvoll hinter sich schloss.

Kochend vor Wut streifte Julia ihr Brautkleid ab, zog ihren pinkfarbenen Frotteebademantel über und ließ sich aufs Bett fallen. Nie und nimmer würde sie diese Brosche tragen – es sei denn, sie heftete sie sich an ihre Unterwäsche, nur um Lorenzo später am Abend den Schock seines Lebens einzujagen …

Ihre Gedanken fuhren Achterbahn. Arme Eleonore! Mit

einem Mal wurde Julia klar, dass sie sich zu sehr geschämt haben musste, vor ihrer Familie oder gar ihr, einer vollkommen fremden Person, zuzugeben, dass sie gefeuert worden war. Und deshalb hatte sie es drei Monate lang für sich behalten.

Aber Moment … Was war mit der Bottega? Immerhin hat sie doch eine davon ergattern können, und das Modell war erst vor wenigen Wochen auf den Markt gekommen … Wie hatte sie das gemacht? War sie eingebrochen und hatte sie die Tasche gestohlen – oder hatte ihr jemand aus der Firma das Modell besorgt? Zu wem hatte sie noch Kontakt, der es sich offenbar zur Gewohnheit gemacht hatte, Gratistaschen in der Firma an sich zu raffen?

»Stopp, stopp!«, rief sie laut aus, griff nach einem Hausschuh und schleuderte ihn gegen die Wand. »Das reicht!«

Das war genau es, was hier nicht stimmte. Irgendwer hatte sie irgendwann belogen.

»Julia?« Das schöne Gesicht ihrer Mutter erschien einige Minuten später in der Tür. Sie lief rasch auf ihre Tochter zu und umarmte sie fest. »Einen wundervollen Hochzeitstag, mein Schatz!«

»Ist es also so weit?«, fragte Julia und sah ihre Mutter flehentlich an, als könne sie alles wieder gutmachen, wie damals, als dieses Zimmer noch ihr Nest und ihre Mutter ihr Schutzengel war.

Frances Douglas strich ihrer Tochter sanft eine Haarsträhne aus der Stirn. »Kalte Füße?«

»Ach, so ein Quatsch!«, erwiderte Julia schärfer als beabsichtigt. »Tut mir leid, Mum. Ich bin nur ein bisschen mit den Nerven runter wegen all dem ... Gleich geht es mir wieder gut.«

»In der Küche stehen deine Rühreier bereit. Ohne Räucherhering heute, der würde uns bloß den ganzen Tag wieder aufstoßen, aber es gibt Kedgeree ...«

»Danke, vielleicht später.«

»Der Friseur wird in fünfzehn Minuten hier sein, warum kommst du also nicht einfach mit mir hinunter und versuchst, ein kleines bisschen was zu essen? Oder soll ich dir etwas nach oben bringen?«

»Oh, Mum.« Julia zog ihre Mutter ganz eng an sich heran und drückte sie fest. »Du bist einfach wundervoll.« Sie war fest entschlossen, nicht zu weinen. Julia war bereits bei genügend Hochzeiten dabei gewesen, um zu sehen, dass der aufgelöste Gefühlszustand keiner Braut wirklich gut stand. »Ich bin gleich unten. Aber vorher muss ich noch kurz telefonieren.«

»Wie du meinst, Kleines.«

Sobald ihre Mutter das Zimmer verlassen hatte, verriegelte Julia die Tür hinter sich, schaltete ihr Handy an und wählte Eleonores Nummer. Ihr Herz pochte nun wild. Sie konnte nicht anders, als sich vorzustellen, wo Eleonore sich wohl gerade aufhielt – war sie auf der Veranda? War Luc auch da? Konnten sie beide das Läuten ihres Telefons hören?

»Hallo?« Beim Klang von Eleonores Stimme schreckte Julia auf.

»Hier ist Julia.«

»Julia, Gott sei Dank! Ich habe immer wieder versucht, dich anzurufen. Ich wollte gestern noch mit dir reden ...«

»Ich hielt es für das Beste, einfach abzufahren«, murmelte Julia. »Es tut mir leid, Eleonore, dass ich dich an so einem Tag störe … Um wie viel Uhr findet denn die Beisetzung statt?«

»Um vier«, erwiderte Eleonore. Ihre Stimme klang ruhig und fest. Im selben Moment vergaß Julia Lorenzo und alles, was er gesagt hatte, und empfand einfach nur Mitgefühl und große Zuneigung für die junge Frau am anderen Ende der Leitung.

»Julia, ich wollte dich dringend sprechen. Es ist wirklich wichtig.«

»Warum?« Ihre Stimme war nun nicht mehr als ein Flüstern.

»Julia, du hast mir in den letzten Tagen so sehr geholfen! Ich habe meine Liebe zu Simon erkannt, und ich bin nun bereit, den Dingen ins Auge zu sehen – du hast mir zugehört! Ohne mich zu verurteilen, hast du mir gezeigt, dass ich ein besserer Mensch sein kann, und dafür schulde ich dir etwas …«

»Eleonore, ich bin mir sicher, du …«, setzte Julia an, doch sie wurde sogleich wieder unterbrochen.

»Nein, lass mich bitte ausreden. Ich kann es nicht zulassen, dass du Lorenzo heiratest, ehe ich dir nicht ein paar Dinge gesagt habe, die du verdient hast zu erfahren.«

Julia pochte das Herz nun bis in den Hals. Und dennoch, tief im Inneren hatte sie geahnt, ja gewusst, dass sie etwas Entscheidendes zu Gehör bekommen würde und sie zuhören musste. »Okay, schieß los«, sagte sie, sank nieder auf ihr Bett und umklammerte mit beiden Händen das Telefon. »Ich bin ganz Ohr.«

Sie hörte, wie Eleonore tief Luft holte. »Ich arbeite nicht

mehr für PPR, Julia. Man hat mir vor einigen Monaten gekündigt. Meine Spielsucht hat meine Arbeit zu sehr beeinträchtigt, ich wurde unzuverlässig … Also habe ich die Kündigung bekommen.«

»Das tut mir sehr leid.«

»Danke. Aber ich hatte es damals verdient. Mir ging es noch nie so schlecht! Und im Anschluss an die Kündigung wurde es nur noch schlimmer. Ich hatte keinen Job, kein Geld und kaum Freunde – zumindest keine echten. Ich konnte weder Luc noch Papa etwas sagen, da Papa schon krank und hier im Château so viel zu tun war. Also bin ich zu Lorenzo gegangen.«

Julia spürte ein hartes, hohles Hämmern in ihrem Kopf. Und sie ahnte, dass es noch schlimmer kommen würde.

»Wann?«, fragte sie und bemerkte, dass ihre Stimme plötzlich völlig fremd klang.

Eleonore hielt einige Sekunden lang inne. Julia konnte beinahe fühlen, wie sie am anderen Ende der Leitung alle Kraft zusammennahm. »Vor drei Monaten.«

»Vor drei Monaten?«

»Ich war so verzweifelt, Julia. Ich war allein in Paris. Und da bin ich eines Abends einfach vor Lorenzos Tür aufgetaucht. Ich war so durcheinander und so unglücklich … Ich brauchte Gesellschaft.«

»Was ist dann passiert?« Julia hielt den Atem an. Eine einzelne Träne rann ihr die Wange hinunter.

»Wir … wir haben miteinander geschlafen. Er hat mich reingelassen, und wir haben miteinander geschlafen. Es war nur einmal, fast wie ein One-Night-Stand, und es ist vorbei. Es wird nie mehr passieren.«

»Ich verstehe.«

»Lorenzo hat mir die Bottega geschenkt, Julia. Er hat sie mir am nächsten Morgen gegeben, ehe ich ging. Ich mag gar nicht über die genaue Bedeutung nachdenken, und warum ich die Tasche angenommen habe, aber ich habe es getan, und dann bin ich gegangen.«

Julia saß regungslos auf ihrem Bett. Ihr ganzer Körper fühlte sich nun so an wie ihr linkes Bein heute Morgen. Sie wusste nicht, was sie denken, geschweige denn sagen sollte.

»Und jetzt haben Simon und ich einander wiedergefunden«, fuhr Eleonore fort. »Oh Julia, ich wünschte, wir hätten von Angesicht zu Angesicht reden können, bevor du abgereist bist. Ich war so dumm! Simon ist der Einzige für mich, er war es immer und wird es immer sein. Und ich habe so großes Glück, dass er auf mich gewartet hat, bis ich endlich zur Besinnung gekommen bin … Nicht, dass irgendetwas davon mit dir zu tun hätte, Julia, aber kurzum, so war es nun mal. Und was auch immer Lorenzo noch für mich empfinden mag … Nun, ich habe meine Entscheidung getroffen. Aber ich musste dir einfach die Wahrheit sagen, auch wenn ich weiß, dass ich dir damit jetzt wohl das Herz gebrochen habe.«

Oh nein, Eleonore. Das warst nicht du …

»Vielen Dank, Eleonore. Für deine Ehrlichkeit.« Julia stand auf und starrte wieder aus dem Fenster. Die Wolken waren hartnäckig und weigerten sich, sich aufzulösen, und der Garten von Frean Hall lag dunkel und traurig vor ihr. Auch der Fluss war ein graues Rinnsal von eisiger Vorahnung.

»Julia …« Eleonores Stimme klang nun leicht panisch. »Leg noch nicht auf, ich …«

»Ich glaube, ich habe genug gehört. Wenn es dir nichts ausmacht, ich muss jetzt los. Auch für mich ist heute ein großer Tag, und ich muss gleich in die Kirche. Wir alle treffen unsere Entscheidungen, Eleonore, und ich habe meine getroffen.«

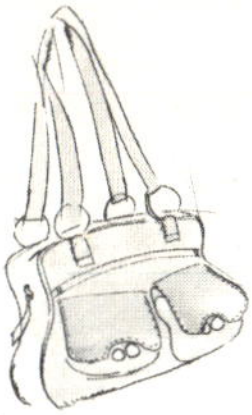

Kapitel 30

Sie zitterte leicht vor der Kirchentür und biss sich nervös auf die Lippe. Von drinnen konnte sie hören, wie der Organist sanft eines ihrer Lieblingsstücke spielte. Die Wolken, die sich den ganzen Tag über ihr aufgetürmt hatten, rissen genau in dem Moment auf, als sie zum wichtigsten Gang ihres Lebens ansetzte, und die Sonne tauchte die Kirche in wunderschönes, glänzendes Licht.

»Danke!« Julia blickte gen Himmel, als sie die Worte in die Luft flüsterte. Es war, als ob ein himmlischer Segen auf sie niedergegangen sei. Sie war eine Douglas. Sie hatte ihre Entscheidung getroffen, und sie wusste, dass sie dabei war, das Richtige zu tun.

In der Kirche tauschte sie mit Onkel Quinn, der in der hintersten Bank Platz genommen hatte, einen flüchtigen Blick aus. Seine pflaumenfarbene Samtkappe mit Goldrand war ein eindeutiges Statement in der schlichten, nüchternen Kirche. Er sah über die Schulter und zwinkerte ihr zu.

Die letzten Takte des Musikstückes verklangen, und eine weitere feierlichere Melodie wurde angestimmt. Julia schaute auf die kleine, mit Diamanten besetzte Uhr, die ihre Mutter ihr für den heutigen Tag geliehen hatte. Es war Zeit. Sie atmete tief ein, hob den Kopf und begann – so klar und entschlossen, wie sie sich die ganze letzte Woche über nicht gefühlt hatte –, den Mittelgang hinunter zum Altar zu schreiten.

Die kleine Kirche war bis auf den letzten Platz gefüllt. Julia bemühte sich, langsame, bedächtige Schritte zu tun. Ihr Herz pochte wild und fühlte sich an, als müsse es jeden Moment zerspringen. Sie schien sich dem Altar in Zeitlupe zu nähern. Julia wollte jede einzelne Sekunde einsaugen, um sich später, wenn sie einmal alt war, daran erinnern zu können. Und als sie vorn angekommen war, wusste sie auch, dass sie das tun würde.

Es gab noch einen Platz in der ersten Reihe. Julia trat einen Schritt nach links und schlüpfte in die Bank. Ihre Tasche, ihren wunderbaren, wertvollen, wunderschönen Talisman von Bottega, stellte sie neben sich auf die Sitzfläche.

Luc hatte sie nicht bemerkt. Er saß wie hypnotisiert da, den Blick starr nach vorn auf den Sarg seines Vaters gerichtet. Der stand neben dem Altar, bedeckt mit dem Familienwappen der Deschanels und mit einer einzelnen weißen Lilie. Der Organist spielte Lucs Musik. Julia erkannte die langsamen, getragenen Klänge von *No End of Season,* ebenfalls eines ihrer Lieblingsstücke.

Luc trug einen dunklen Anzug und ein weißes, kragenloses Hemd. Die Hände hatte er ineinander verschränkt in den Schoß gelegt. Eine Welle von Zuneigung und Zärtlichkeit durchströmte Julia, als sie ihn so sah, und in dem Moment, als sie neben ihm Platz nahm, war jeglicher Zweifel, den sie wegen ihrer Flucht aus Frean, hierher nach Château Deschanel gehabt haben mochte, wie weggewischt. Fast fühlte es sich an, als sei sie nach Hause gekommen.

Eleonore saß zu Lucs anderer Seite, daneben ein elegant gekleideter Simon. Hinter ihnen erkannte Julia Marie-Louise, zusammen mit einem attraktiven, bärtigen Mann. Das musste wohl Roger sein, nahm sie an. Marie-Louise weinte lautlos, doch als sie Julias Blick auffing, lächelte sie sie wohlwollend an.

Julia faltete die Hände und sah, dass auch Eleonore ihre Tasche auf die Bank gestellt hatte, zwischen sich und Luc. Sie lehnte sich ein wenig vor, und Eleonore tat es ihr im selben Moment gleich. Kurz schauten sich die zwei Frauen an. In Eleonores rot geweinten Augen stand zunächst der Schock, dann aber las sie Wärme und Dankbarkeit.

Und Luc? Der schien ganz weit weg. Er hatte sich verändert, als hätte die Ankunft der Trauergemeinde ihn mit einem Schlag erwachsen und zum Hausherrn gemacht, als sei er nun offiziell das Familienoberhaupt der Deschanels, mit allem, was dazugehörte.

Auf der kleinen Bibel, die er in der Hand hielt, lag ein weißes Blatt mit ein paar Worten, die er wohl im Laufe des Gottesdienstes an die Trauernden richten würde. Da saß er, still, ernst, voll von Emotionen und mit einer Aura von Entschlossenheit und Autorität. Das gab Julia beinahe den Rest, sie fühlte für den Mann an ihrer Seite – ja, was eigentlich – *Liebe*? Sie langte in ihre Bottega, um ein Taschentuch herauszuholen. Dabei streifte sie ganz leicht Lucs Arm.

Der schaute nach unten und registrierte die Tasche. Dann runzelte er die Stirn und sah auf die andere Seite, zur komplett identischen Tasche seiner Schwester. Der Groschen war gefallen.

Langsam wanderte sein Blick nach oben, zu ihrem Gesicht. Er begrüßte sie lautlos, und dann glitt ihre Hand in seine, und seine Finger schlossen sich sofort um die ihren. In seinem Blick lag eine Mischung aus Trauer und Verwunderung, so als ob er sie zum ersten Mal und in einem völlig neuen Licht sehe. Julia drückte seine Hand, dann kam der Priester langsam den Mittelgang hinunter, und der Trauergottesdienst für Lucs und Eleonores Vater begann.

Sie war froh, dass sie ihren crèmefarbenen Pashmina mitgebracht hatte. Der Abendwind im Garten von Château Deschanel war schon frisch. Sie zog den Schal enger um die Schultern und vergoss stumme Tränen, als der Sarg von Jaques Deschanel langsam in die Gruft neben den Sarg seiner Frau gelassen wurde. Sie beobachtete Luc und Eleonore, wie sie Arm in Arm am offenen Grab standen, und lauschte dann, wie Eleonore, nachdem sie ein paar persönliche Worte gesagt hatte, eine Handvoll Erde ins Grab warf. Luc tat es ihr nach, und schließlich auch Simon.

»Schätzchen, was für ein Tag …« Onkel Quinn, der darauf bestanden hatte, Julia wieder zu begleiten, legte ihr den Arm um die Schulter und drückte sie. Julia hatte einen Kloß im Hals und konnte nicht sprechen. Also nickte sie nur.

Nach und nach begab sich die Trauergemeinde zum Haus, nur Luc, Eleonore und Simon standen noch still am Grab, mit geneigten Köpfen. Julia wusste, dass ihre Anwesenheit nun unangebracht war. Also griff sie erneut nach ihrem Taschentuch, putzte sich die Nase und ließ sich von Onkel Quinn zurück zum Château begleiten.

»Wir haben es geschafft«, sagte Julia schließlich. »Gott sei Dank!«

Onkel Quinn nickte. »Zum Glück hatte Kevin Dienst am Check-in und konnte uns noch schnell Tickets besorgen, nicht wahr?«

Julia musste unwillkürlich kichern. »Stimmt. Ich schulde dir was – mal wieder.«

Zärtlich zwickte er ihr ins Kinn. »Und, denkst du immer noch, dass es die richtige Entscheidung war?«

Sie nickte. »Ja. Nun, Kathy wird mir natürlich nie verzeihen, so viel steht fest, und Mum und Dad bleiben jetzt meinetwegen auf unfassbaren Kosten sitzen …«

»Glaub mir, Schätzchen, deine Mutter sieht das nicht so.«

»Nicht?« Sie blieben einen Moment stehen, und Julia schaute ihrem Onkel in die Augen. »Woher weißt du das?«

Er zuckte mit den Schultern und wandte sich ab. »Ach, weißt du, nenn es brüderliche Intuition, wenn du willst, oder die Ahnung eines schwulen Mannes. Oder vielleicht hat es etwas damit zu tun, dass sie die Faust in die Luft gestreckt und ›Gott sei Dank!‹ geschrien hat, als ich ihr alles erzählt habe …«

»Das hat sie nicht!« Julia schlug sich die Hand vor den Mund, und ihre Augen weiteten sich. Meinte er das ernst?

»Ich schwöre es.« Onkel Quinn lächelte breit.

»Ich bin mir nicht sicher, ob ich das gut finde oder nicht. Warum hat sie mir nie gesagt, dass sie Renzo nicht leiden kann?«

»Sie war der Meinung, dass sie ihn nicht gut genug kannte, um fair zu urteilen, Schätzchen. Ich bin ja wahrlich kein

Experte, aber so wie ich das verstehe, erfordert die Aufgabe, die Mutter von erwachsenen Kindern zu sein, jede Menge Selbstdisziplin, sich nicht konstant einzumischen.«

»Eigentlich ist Mum doch eine sehr gute Menschenkennerin«, murmelte Julia, als sie ihren Gang fortsetzten. »Wollen wir uns draußen hinsetzen? Es kommt mir merkwürdig vor, da reinzugehen, obwohl ich Lucs Vater gar nicht kannte.«

Sie schlenderten den Garten hinunter und ließen sich schließlich auf der derselben Steinbank nieder, auf der Julia und Lorenzo sich noch zwei Tage zuvor gestritten hatten. Julia strich sich ihr schwarzes Seidenkleid glatt und band den Pashmina noch enger um die Schultern, um sich die Kälte vom Leib zu halten. Sie dachte an Frean Hall, an ihre Eltern, die nun sicherlich schon sämtliche Gäste angerufen und ihnen gebeichtet hatten, dass es keine Hochzeit geben würde, und an das Festzelt, das nun völlig nutzlos im Garten stand und dem schottischen Wind ausgesetzt war.

Onkel Quinn kicherte.

»Was hast du?«, fragte Julia.

»Oh, nichts«, erwiderte er und tupfte sich die Augen trocken. »Ich musste nur gerade an mein Gespräch mit Patrizia denken.«

»Ach so.« Nach ihrer qualvollen Auseinandersetzung mit Lorenzo hatte sie versucht, die Landinis völlig aus ihren Gedanken zu verdrängen.

»Die Frau ist wahrhaft eine Plage für die Menschheit. Sie glaubt doch tatsächlich, die Sonne würde direkt aus Lorenzos … Ist ja auch egal. Jedenfalls, als es so aussah, dass die Arme einen vollkommenen Zusammenbruch erleiden würde, weil die Hochzeit nicht stattfindet, habe ich sie mitgenommen zu dem Klematisbusch draußen vor dem Esszimmer. Du weißt schon, den, den dein Vater letzten Herbst ein bisschen zu stark zurückgeschnitten …«

»Onkel Quinn, was genau willst du sagen?«

»Oh, entschuldige, Schätzchen. Ich habe der lieben Patrizia gesteckt, dass du ihren süßen Jungen nicht vor dem Altar stehen lässt, weil du übergeschnappt bist, sondern dank eines sehr sorgfältig von ihm verheimlichten Zwischenfalls. Ich dachte wirklich, sie würde mir an die Gurgel gehen. Sie hat mich einen dummen, kleinen Mann genannt …«

»Hat sie nicht!«

»Oh doch! Kein Wunder, hat sie gesagt, dass ich es nie geschafft habe, eine Frau zu finden. Freilich wäre es ungehobelt von mir gewesen, ihr klarzumachen, wie weit unten auf der Liste der zu erledigenden Dinge dieser Punkt in meinem Leben steht, also habe ich gesagt, sie habe wahrscheinlich Recht, aber ich hätte wenigstens nie Unzucht getrieben mit einer Ex und meine Angetraute betrogen.«

»Und wie hat sie darauf reagiert?«

»Sie hat mich nicht gleich verstanden, also musste ich mich noch einmal etwas weniger elegant ausdrücken.«

»Verstehe.« Beim Gedanken an Lorenzo fühlte sich Julia ausgelaugt und müde. Schließlich hatte sie ihn einmal geliebt. Wirklich und von ganzem Herzen. Und als er ihr den Antrag gemacht hatte, hatte sie sich wie die glücklichste Frau auf der Welt gefühlt.

»Patrizia wollte mir nicht glauben, was vermutlich nur

natürlich ist, und sie ist zu ihrem Sohn gegangen, um ihn zur Rede zu stellen, und … nun ja …«

»War das, nachdem ich mit ihm gesprochen habe?«

»Ja, Schätzchen, ich habe mir wirklich Sorgen um dich gemacht, als du mit Lorenzo einfach verschwunden bist. Ich habe mich sogar gefragt, ob Lorenzo wohl zu Gewalt fähig ist …«

»Nein, das ist er nicht«, sagte Julia und legte ihrem Onkel die Hand auf den Arm. »Niemals, Onkel Quinn. Lorenzo hat viele Fehler, aber den nicht. Und weißt du, ich möchte ihn wirklich gern in guter Erinnerung behalten, wäre das in Ordnung?«

Onkel Quinn zog eine Augenbraue hoch. »Wirklich?«

»Ja. Ich weiß, er hat schreckliche Dinge getan, und ich denke, mein Herz wird wohl für eine Weile ein kleines bisschen gebrochen sein, aber wir … wir hatten auch viele schöne Momente zusammen, und das würde ich gern in guter Erinnerung behalten. Nur so kann ich Frieden mit alldem schließen.«

»Na schön. Aber dürfen deine Mutter und ich ihn bitte weiterhin als Schlange bezeichnen? Irgendwer muss ja schließlich die Douglas'sche Familiengeschichte *korrekt* dokumentieren.«

»Ach, hör doch auf!« Julia musste unwillkürlich lachen.

»Fährt er direkt zurück nach Paris, oder hat er jemanden in petto, der ihn auf der Hochzeitsreise begleitet? Wo sollte es überhaupt hingehen?«

Julia zuckte mit den Schultern. »Keine Ahnung. Er hat mir nichts verraten. Sollte wohl eine Überraschung sein.« Sie biss sich auf die Unterlippe. »Das ist doch nicht richtig, oder? Paare sollten ihre Hochzeitsreise gemeinsam aussuchen, finde ich.«

»Das scheint mir zumindest der schönste Start in eine Ehe zu sein, Schätzchen.«

»Jedenfalls glaube ich, dass er jetzt erst mal mit seinen Eltern nach Italien fährt, um einen klaren Kopf zu bekommen.«

»Wenn seine Mutter ihm selbigen nicht abreißt ... Ich sage dir, Schätzchen, wenn er nicht von einer Peitsche schwingenden Patrizia in den Olivenhain zur Zwangsarbeit gejagt wird, will ich in meinen Hut beißen.«

Julia strich sanft über seine lilafarbene Samtkappe. »Aber nicht in diesen hier. Er ist einfach zu schön!«

Es dämmerte bereits, und aus den Fenstern des Châteaus drang warmes Licht. Im Haus konnte man all die schwarz gekleideten Gäste sehen. Selbst das stolze Gebäude schien Trauer zu tragen. Die oberen Fensterläden waren geschlossen, und die dunklen Wolken am Himmel schienen darüber hinaus ihr Beileid auszudrücken.

»Lorenzo war übrigens sehr, sehr wütend. Und ich hatte wirklich ein bisschen Angst.«

Onkel Quinn sah sie aufmerksam an.

»Ich habe nie wirklich an dieses ... dieses Alphatiergehabe geglaubt, aber Lorenzo hat gern immer Recht, und am Anfang wollte er mir nicht einmal zuhören.«

»Das überrascht mich nicht.«

»Aber ich wusste, was ich zu sagen hatte, und ich wusste, er muss mir zuhören. Ich habe ihm gesagt, dass er Menschen nur für seine Zwecke benutzt und dass er ein Lügner ist. Erst hat er sich um Kopf und Kragen geredet, dass all das Vorgefallene in der Vergangenheit liege und er ja auch für nichts etwas könne, weil Eleonore ihn eben manipuliert habe, aber als er merkte, dass ich ihm nicht glaube, wurde er wütend.

Er hat nicht verstanden, warum ich seine Entschuldigung nicht annehmen und einfach nach vorne blicken kann. Er sagte, dass ich ihn brauche, dass meine ganze Familie ihn brauche. Stell dir das mal vor! Dann hat er mich darauf hingewiesen, dass es zu spät sei, die Hochzeit abzublasen.«

»Er wollte sich als Retter der Douglasses aufspielen?« Onkel Quinn runzelte die Stirn. »Ich bin nicht sicher, wie deine Mutter das aufgenommen hätte.«

»Ich weiß. Am Ende war es, glaube ich, genau das, was mich meine Entscheidung treffen ließ, nämlich dass ich eine ganz bedeutende Seite an Renzo nicht kenne, weil er sie vor mir verheimlicht hat. Ich kann gar nicht glauben, dass ich so naiv war.«

»Nun sei mal nicht so streng mit dir. Wenn du jemandem dein Herz schenkst, schenkst du ihm auch dein Vertrauen, stimmt's?«

Julia küsste ihren Onkel auf die Wange. »Danke!«

»Ich glaube, die Landinis haben ohnehin nicht sehr viel von Frean Hall gehalten«, sagte er nachdenklich. »Mit einem allerdings hatten sie Recht: Das Wetter ist wirklich grauenhaft dort.«

Sie erhoben sich und gingen langsam in Richtung Château. Julia hakte sich bei ihrem Onkel unter. Es war ein anstrengender Tag gewesen, aber sie würde nicht mehr weinen. Sie würde keine Träne mehr vergießen wegen Lorenzo Landini. Er war es nicht wert.

»Am Ende unseres Gespräches ist er tatsächlich ein bisschen ausfallend geworden«, sagte sie. »Er hat wild mit Beschimpfungen um sich geworfen, hat gemeint, Frean Hall sei eine Bruchbude, und wer wollte schon in dieser Eiseskälte Fliegenfischen gehen, und dass mein Vater in der Vergangenheit leben würde und wir nie Profit aus dem Haus und dem Terrain schlagen würden …«

»Das hat er gesagt?« Onkel Quinns Augen blitzten verwegen auf. »Dann war er doch nicht ganz so dumm, wie?«

Julia knuffte ihn liebevoll in die Seite. Da sah sie am Château Luc stehen, wie er stolz und erhaben dastand und gerade ein älteres Paar verabschiedete. Als er Julia erblickte, leuchtete sein ganzes Gesicht auf.

Epilog

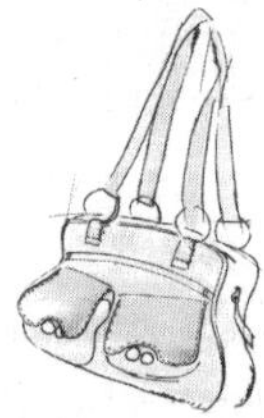

Seit Jaques Deschanels Beerdigung war fast ein Jahr vergangen, und mit all den Veränderungen, die seither stattgefunden hatten, fühlte Julia sich wie ein vollkommen neuer Mensch.

»Wie viele Tickets haben wir für das Konzert verkauft, sagtest du?«, rief Luc ihr zu. Er war gerade damit beschäftigt, die Kabel am Rand der Bühne zu überprüfen.

»Dreihundert«, antwortete Julia. Ihre PR-Arbeit für die erste Konzertreihe im Château Deschanel hatte unglaubliche Früchte getragen. Nicht nur, dass das Eröffnungskonzert am heutigen Abend ausverkauft war – es gab bereits eine lange Warteliste für die nächsten Veranstaltungen.

»Ich hatte vollkommen vergessen, wie sehr die Leute hier noch die Cabrette lieben«, sagte Luc und ging zu den aufgetürmten Stühlen hinüber, die am Nachmittag für das Konzert angeliefert worden waren.

»Tatsächlich?«

Er nickte. »Ich habe das Instrument zwar selbst gespielt, aber ich wusste nicht einmal, dass es eine noch so lebendige Tradition hat.«

»Nun, wir haben ja auch den besten Spieler des Landes eingeladen. Luc, ich bin wirklich aufgeregt! Alle sind so begeistert, und ich glaube wirklich, wir haben etwas ganz Wundervolles ins Leben gerufen!«

Luc kam auf sie zu und umfasste ihre Taille. »Und das verdanken wir alles dir, Julia.«

Sie hob den Finger und sah ihn streng an. »Nein, sag doch so was nicht! *Du* bist der Musiker, das ist *dein* Familienanwesen, *du* bist derjenige, der die Vision und die Überzeugung hat …«

»Und *du* bist diejenige, die all das umgesetzt hat«, fügte er hinzu. »Ich danke dir sehr! Und weißt du was? Ich glaube, ich werde den Rest meines Lebens damit verbringen, dir dankbar zu sein.«

Julia wandte sich ab. Sie war ein wenig rot geworden.

Sie liebte Luc, da war sie sich absolut sicher. Auch wenn sie ihre Beziehung über die letzten zwölf Monate sehr langsam angegangen waren. Nach der Beerdigung war sie für kurze Zeit nach Frean Hall zurückgekehrt, um ihren Eltern beim Beseitigen des Chaos zu helfen, das aufgrund der abgeblasenen Hochzeit entstanden war. Sie hatte Geschenke zurückgeschickt, Briefe an die Gäste geschrieben und Zeit mit ihrer Familie verbracht. Sie hatten viel miteinander geredet, und der Douglas-Clan schien noch näher zusammengerückt zu sein. Sie hatten sich vor der Welt verschlossen und Julia durch die schwierige Zeit der Schuldgefühle und Trauer geholfen. Ihr Vater und ihr Bruder hatten sich als wahre Felsen in der Brandung erwiesen, und ihre Mutter war ununterbrochen an ihrer Seite gewesen. Und Kathy … nun ja, Kathy war zusammen mit ihrem Mann und ihren Kindern zu ihrem eigenen Leben zurückgekehrt, sie war tief getroffen und der festen

Überzeugung, dass die Familie nie mehr dieselbe sein würde.

Nach ein paar Tagen war Julia nach Paris geflogen und hatte sich in die Arbeit gestürzt.

Und Luc, nachdem er das Begräbnis und alle Formalitäten hinter sich gebracht hatte, war ihr gefolgt. Seither pendelten sie zwischen Château Deschanel und Paris hin und her und respektierten den persönlichen Bereich des anderen. Es war einfach wunderbar.

Da kamen Arm in Arm Simon und Eleonore ins Zelt geschlendert und steuerten auf sie zu. Die beiden sahen überglücklich aus.

»Sehr schön ist das alles! Und, wirst du einen Gastauftritt geben, kleiner Bruder?« Eleonore kniff Luc in die Wange. »Gibt es ein Comeback?«

»Auf gar keinen Fall!«, sagte Luc und lachte. »Darum geht es heute Abend nicht, und das weißt du auch.«

»Vielleicht irgendwann später«, meinte Simon.

Simons und Eleonores Hochzeit vor drei Monaten war ein wunderschönes Fest gewesen. Eine kleine, intime Zeremonie bei Kerzenlicht in der Weinkammer. Die bezaubernde Braut und der blendend aussehende Bräutigam waren das wohl schönste Paar, das Julia jemals gesehen hatte. An diesem Tag hatte sie zum letzten Mal geweint. Und es waren Tränen der Freude gewesen.

Simon sah sich im Zelt um. »Braucht ihr noch Hilfe?«

»Ja, unbedingt«, erwiderte Luc und nickte dankbar. »Alle anderen sind beschäftigt mit der Weinernte. Daran hatte ich einfach nicht gedacht, als ich sagte, wir schaffen das schon. Kannst du mir mit der Bestuhlung helfen?«

»Und ich, was kann ich tun?« Eleonore strich sich eine Strähne aus der Stirn und strahlte sie an.

Luc kratzte sich am Kopf und zeigte auf einen großen Pappkarton am Fuß der Bühne. »Könntest du die Kiste mit den Programmen rüber zum Eingang tragen?«

Mit einem panischen Gesichtsausdruck, als enthalte die Kiste Sprengstoff, sah Eleonore von Luc zu Simon, der auch schon sofort zur Stelle war.

»Lass mich das mal machen!« Eifrig beugte er sich vor und hob den Karton auf.

Julia und Luc sahen sich mit großen Augen an. Luc strahlte plötzlich überglücklich, Eleonore war ein wenig rot geworden.

»Wollt ihr uns vielleicht irgendetwas sagen?«, fragte Luc.

Simon stellte die Kiste wieder ab und griff nach Eleonores Hand. Sein Gesicht sprach Bände.

»Wir sind schwanger«, flüsterte Eleonore und schmiegte sich an Simons Brust.

Luc umarmte die beiden stürmisch, Julia tat es ihm gleich.

»Wundervoll! Einfach wundervoll!«, rief er. »Was für ein Jahr! Es wird ein Baby geben! Geht es dir gut?«

»Absolut«, lachte Eleonore. »Nur ein bisschen schlecht ist mir …«

»Schlecht? Dann musst du sofort reingehen und dich hinlegen!« Luc griff nach ihrer Hand, um sie nach draußen zu bringen. »Es ist auch viel zu stickig hier …«

»Luc, mir geht es gut! Ich bin schwanger, nicht krank! Da ist einem manchmal ein bisschen übel, also bitte keine Aufregung!«

»Tu lieber, was sie sagt«, riet ihm Simon. »Ich habe schon aufgegeben, glaub mir.«

»Das müssen wir feiern!«, rief Luc.

Julia hatte ihn noch nie so ausgelassen gesehen. Ihr Herz strömte fast über vor lauter Liebe.

»Champagner … Oh, nein, kein Champagner, natürlich. Wie dumm von mir … etwas anderes …«

»Schätzchen!«, rief auf einmal eine wohlbekannte Stimme. »Wie ich sehe, sind wir nicht zu spät, um zu helfen. So ein Mist aber auch! Claude, wir müssen wirklich an unserem Timing arbeiten. Warum haben wir uns nicht noch ein bisschen Zeit gelassen?«

Julia strahlte Onkel Quinn an, der soeben Arm in Arm mit Claude einen seiner berühmten Auftritte hinlegte. Die beiden waren nun schon seit ein paar Monaten ein Paar. Onkel Quinn hatte ihr zwar erzählt, dass erst weit nach den Turbulenzen der abgeblasenen Hochzeit und der Beerdigung etwas passiert sei, doch Julia glaubte ihm nicht. Onkel Quinn hatte in Claude einen Seelenverwandten gefunden; seine erste wirkliche Beziehung nach dem Tod von Hugo, und für Julia war das fast der beste Teil der Geschichte. Ihrem lieben Onkel Quinn, der ihr bei all diesen bizarren, surreal anmutenden Erlebnissen geholfen und sie durch das schönste Jahr ihres Lebens begleitet hatte, war es vergönnt gewesen, nun ebenfalls sein Glück zu finden.

Luc schaute auf einmal nachdenklich drein. »Nun, den Umständen entsprechend, werden wir zwei besonders liebe Menschen brauchen, die sich heute Abend um eine schwangere Lady kümmern …«

Julia und Eleonore standen Arm in Arm da, wie die Unschuld selbst. Julia sah weg und begann, leise zu pfeifen.

»Was?« Onkel Quinn schaute verdattert von Julia zu Eleonore und wieder zurück. »Wie, ich meine, wer?«

Julia lachte. »*Wie*? Ich bin sicher, das muss ich dir nicht erklären. Aber vielleicht weiht Eleonore dich ja ein …«

»Oh, *chérie*!« Claude trat einen großen Schritt auf Eleonore zu und küsste sie abwechselnd auf beide Wangen, rechts, dann links, dann wieder rechts, bis Eleonore keine Luft mehr bekam und sich lachend von ihm löste.

»Na, das ist wirklich fantastisch! Meinen allerherzlichsten Glückwunsch, ihr zwei!« Onkel Quinn strahlte, drückte Simon die Hand und umarmte Eleonore herzlich. »Aber Claude, was machen wir denn dann mit unseren Reiseplänen?«

»Was für Reisepläne?«, fragte Julia.

Onkel Quinn wandte sich an seine Nichte. »Nun, Claude und ich haben da etwas ausgeheckt. Wollen wir uns kurz setzen, und ich erzähle euch alles?«

In der Zwischenzeit war Luc verschwunden und tauchte nun mit einem Tablett eisgekühlter Limonade wieder auf. »Gehen wir nach draußen?«, fragte er und ging mit seinem Tablett voran.

Die Sonne brannte. Simon lief ins Haus und kam mit einem riesigen Strohhut zurück, der Eleonore hervorragend stand.

»Ein Toast!« Claude erhob das Glas. »Auf Eleonore, die genauso schön ist, wie es ihre Mutter einst war!«

»Hört, hört«, stimmte Simon ein, küsste seine Frau und legte ihr schützend die Hand auf den Bauch.

»Und auf den heutigen Abend«, fuhr Onkel Quinn fort. »Auf den ersten der entzückenden *Wein und Musik-Abende* auf dem wunderbaren Château Deschanel. Mögen noch viele folgen.«

»Danke«, sagte Luc. »Aber nun sagt mal, ihr zwei, was habt ihr für Reisepläne?«

»Ach ja, wir werden tatsächlich verreisen!« Claude konnte seine Freude kaum verbergen. »Schon nächste Woche. Wir wollen die Welt zusammen entdecken.«

»Oh!«, rief Julia aus. »Tatsächlich? Aber was ist mit deiner Arbeit, Onkel Quinn?«

Er lächelte. »Ab sofort ist mein Glück meine ganze Arbeit, Schätzchen. Ich bin nicht mehr der Jüngste, und Claude und ich wollen uns all die Orte ansehen, von denen wir schon immer geträumt haben. Das wird großartig!«

»Ich war zum Beispiel noch nie in Schottland«, sagte Claude und kippte seine Limonade mit einem Schluck hinunter. »Das wird bestimmt sehr aufregend.«

»Einen Moment mal!«, gebot Onkel Quinn Einhalt. »Wer hat denn irgendwas von Schottland gesagt? Wollten wir nicht mit Barbados anfangen, Claude?«

»Ach, wirklich? Na komm schon, ich denke, wir können vorher noch eine Tour zu den Lochs und den Highlands unternehmen, oder?«

Als Claude Julia verschwörerisch zuzwinkerte, prustete sie beinahe los.

»Aber … aber …«, stotterte Onkel Quinn, »… das geht doch nicht! Ah, du machst Witze! Puh, einen Moment lang habe ich wirklich geglaubt, ich würde bald im Seengebiet der Trossachs feststecken!«

»Wie lange werdet ihr weg sein?«, fragte Julia, nachdem das allgemeine Gelächter abgeebbt war.

»Acht, vielleicht neun Monate«, antwortete ihr Onkel. »Wir haben so viele aufregende Orte auf unserer Wunschliste. Allerdings werden wir uns da wohl ein bisschen beschränken müssen, um dann beizeiten den neuen Erdbewohner zu begutachten, nicht wahr, Claude?«

Dieser nickte freudig. Julia war gerührt zu sehen, dass Eleonore und Luc ihm genauso viel bedeuteten, wie seine eigene Tochter Marie-Louise.

Luc und Julia waren sehr ineinander verliebt. Sie beide wussten das, ebenso wie Eleonore, Quinn, Simon und Claude. Zusammen hatten sie die schweren Monate nach der Beerdigung und der annullierten Hochzeit überstanden, und nach und nach verbrachten sie immer mehr Zeit miteinander, lernten sich zunehmend besser kennen und wurden langsam zu einem Paar, das aber dennoch aus zwei eigenständigen Menschen bestand.

Wer wusste schon, was die Zukunft brachte? Ob Julia im Château bleiben und Lucs Frau werden würde? Sie hoffte es sehr, doch im Moment war das noch zu weit weg. Ihr Job in Paris verlangte ihr immer mehr Verantwortung ab. Man hatte sie als wahres Talent innerhalb des Gucci-Teams entdeckt, und niemand freute sich mehr für sie als Luc.

Das Leben war einfach schön.

Besonders auch für eine Gruppe älterer Damen aus Boise, Idaho. Als Julia das Tablett mit den leeren Gläsern zurück in die Küche trug, fiel ihr Blick auf einen Zeitungsausschnitt, den sie vor knapp einem Jahr an die Pinnwand über der Spüle geheftet hatte.

Ein wahres Feuerwerk konnte man im berühmten Co-Co-Casino in Monaco erleben, als gestern Abend zehn Damen aus Boise, Idaho/USA den größten Jackpot aller Zeiten knackten. Insgesamt siebenundvierzig Millionen Euro durften die Damen mitnehmen.

»Das ist einfach unglaublich«, sagte Marion, eine der überglücklichen Gewinnerinnen. »Ich möchte auch noch einmal betonen, wie froh wir sind, hier in Belgien, äh, Frankreich zu sein.«

Eine weitere Dame namens Hettie fügte hinzu: »Der Black-Jack-Gott war uns hold, so viel steht fest. Wir haben hier ganz wundervolle Menschen kennengelernt, und wir möchten unserem Fahrer hiermit mitteilen, dass wir ihm jetzt einen neuen Bus kaufen werden, ob er will oder nicht.«

Das letzte Wort hatte Gloria, die uns von einem geheimnisvollen Mann erzählte, dem die Damen auf ihrer Reise begegnet sind: »Falls zufällig der süße Luc das hier liest: Ich hoffe, seinem Bein geht es besser! Und wenn er die entzückende Kleine nicht heiratet, die er bei sich hatte, rücke ich ihm persönlich den Kopf zurecht!«

Die Bemühungen unserer Redaktion, diesen Mann ausfindig zu machen, blieben leider ergebnislos. Wenn Sie ihn kennen, melden Sie sich bitte bei der Zeitung!